U0109336

古典詩歌研究彙刊

第十九輯

龔鵬程 主編

第4冊

宋詞與亭臺樓閣考論

王慧敏 著

國家圖書館出版品預行編目資料

宋詞與亭臺樓閣考論／王慧敏 著 — 初版 — 新北市：花木蘭
文化出版社，2016〔民105〕
目 4+306 面；17×24 公分
（古典詩歌研究彙刊 第十九輯：第4冊）
ISBN 978-986-404-463-4（精裝）
1. 宋詞 2. 詞論
820.91　　　　　　　　　　　　　　　　105001545

ISBN-978-986-404-463-4

9 789864 044634

古典詩歌研究彙刊
第十九輯　第四冊
ISBN：978-986-404-463-4

宋詞與亭臺樓閣考論

作　者	王慧敏
主　編	龔鵬程
總 編 輯	杜潔祥
副總編輯	楊嘉樂
編　輯	許郁翎
出　版	花木蘭文化出版社
社　長	高小娟
聯絡地址	235 新北市中和區中安街七二號十三樓
	電話：02-2923-1455／傳眞：02-2923-1452
網　址	http://www.huamulan.tw 信箱 hml 810518@gmail.com
印　刷	普羅文化出版廣告事業
初　版	2016 年 3 月
全書字數	197162 字
定　價	第十九輯共 8 冊（精裝）新台幣 12,800 元

版權所有・請勿翻印

宋詞與亭臺樓閣考論

王慧敏　著

作者簡介

王慧敏，女，1974 年生，山東菏澤人。江蘇聯合職業技術學院蘇州建設交通分院副教授，文學博士。2004 年 6 月碩士畢業於廣西師範大學中文系，同年 9 月赴蘇州大學文學院攻讀博士研究生課程，2008 年獲博士學位。主要從事唐宋文學研究，現已公開發表學術論文近 20 篇。近年來主持省市各級課題 2 項，參與課題多項。在教學工作中，多次指導學生參加江蘇省和全國文明風采競賽以及各類徵文比賽，均取得優異成績，獲省級「優秀指導教師」稱號。

提　　要

　　由於諸種原因，文學與亭臺樓閣自古便結下了不解之緣：我們瀏覽中國古代文學名篇，它們或因登臨名樓而感發，或以亭臺樓閣為背景，亭臺樓閣可謂催生中國古代文學名篇的肥土沃壤。因此無論詩歌還是散文都產生了為數不少的詠寫亭臺樓閣的優秀作品。而且到了宋詞，因宋詞和亭臺樓閣同屬於休閒享樂文化的範疇；再加上「登臨生悲」的傳統抒情模式又與宋詞的感傷色彩相契合，故而宋詞與亭臺樓閣之間存在著諸多的相通點與相似性，從而使得宋詞創作越發有得於亭臺樓閣之助。鑒於以上認識，本文試圖從史實和理論兩方面分析論證了宋詞與亭臺樓閣之間的密切關係。第一部分實證篇主要考訂了宋詞中所涉及的有具體實名的景觀類亭臺樓閣六十餘個，主要考訂它們的地理位置、建造時間、建造主人、周圍主要景觀、文化淵源以及它們在宋代及宋代以前的興廢等，旨在為下篇的立論打下堅實的文獻基礎。第二部分論析篇分析論證了亭臺樓閣對宋詞藝術風貌和主題生成的重要作用和影響。德國啓蒙運動時期的文藝理論家萊辛在他的名著《拉奧孔》中就特別強調「把多種美的藝術結合在一起，以便產生一種綜合的效果」，那麼通過探討宋詞與亭臺樓閣之間這種珠聯璧合的關係，進一步證明了「文學之美其實是一種綜合藝術之美」。

目

次

緒　論

　　美學家黑格爾說：「建築是對一些沒有生命的自然物質進行加工，使它與人的心靈結成血肉因緣，成為一種外部的藝術世界。」（黑格爾《美學（三卷）》）可以說深刻揭示了建築的本質：文化是建築的靈魂；也說明了建築與人類生活的密切關係。而亭臺樓閣作為中國傳統建築的典型代表，生動體現著中華民族獨特的審美情趣。它們作為一種文化，表述著中國人的生活現實和感情語言，亭臺樓閣「不是像峨特式教堂那樣，人突然一下被扔進一個巨大幽閉的空間中，感到渺小恐懼而祈求上帝的保護」，〔註 1〕而是正如李澤厚在《美的歷程》中所指出的，中國建築的空間意識與山水畫「可遊」「可居」理論是一致的，它不在意強烈的刺激或認識，而是展現能供遊覽的生活場所。〔註 2〕從而使人產生空闊、達觀、超脫、安謐、幽遠、寧靜、歡悅（或悲寂）之感；作為一種環境，它們可居、可遊、可望，集三者於一身，不僅供人居住，而且為人們提供了觀賞風景、探幽尋古的適當場所，既有實用性，更具審美性。因而說亭臺樓閣與人的生活密切相關；而文學又是「人學」，是以寫人為主的藝術，所以文學創作自古便與亭臺樓閣結下了不解之緣：我們瀏覽中國古代文學名篇，它們或因登臨

〔註 1〕李澤厚著《美的歷程》，文物出版社 1981 年，63 頁。
〔註 2〕李澤厚著《美的歷程》，文物出版社 1981 年，63 頁。

名樓而感發，或以亭臺樓閣爲背景，亭臺樓閣可謂催生中國古代文學名篇的肥土沃壤；我們遊覽風景名勝，其中某些著名的樓臺無不因文學作品而揚名，如無古代文學名篇，這些舊臺廢閣將黯然失色。具體來說：

　　一方面，**亭臺樓閣是文學創作的孕育地之一，它們爲文人提供感興的契機和抒懷的舞臺**。亭臺樓閣都屬於中國的傳統建築：「亭」是「一種有頂無牆，無門無窗，空間開敞，內外通透，形式靈巧別致，形象鮮明飄逸的獨立建築物」；〔註3〕「臺」是一種高而平的建築物，積土而高者叫臺；兩層以上房屋爲「樓」；「閣」也是兩層以上的建築，與樓的形式比較接近，但與「樓」建築不同的是「樓」是屋上建屋，而閣最初是在高架的木構架平臺之上建屋，後來隨著歷史的發展，「樓」、「閣」在形制上基本上趨同了。儘管亭臺樓閣的建築類型不同，甚至每一建築類型又形式各異，有的小巧玲瓏，有的高大壯觀，有的簡易樸實，有的華美輝煌；而且地理位置不一，或聳立於青山之上，或依傍於江河之畔，或點綴於園林之中，或坐落於繁華之地，但是它們都是中國傳統建築的典型代表，且功能基本相似，都是爲休息、觀賞、登臨之用，無論是日常起居、集會宴飲、還是登高望遠、友朋餞別都與之息息相關。尤其是亭臺樓閣高聳挺立，攀登時會產生「欲窮千里目，更上一層樓」（王之渙《登鸛雀樓》）的心理；一旦登臨極目，則可以「仰觀宇宙之大，俯察品類之盛」（王羲之《蘭亭集序》），使人「精騖八極，心遊萬仞」（陸機《文賦》）。登臨者神與物遊，思與境諧，當他俯仰上下之際，自然會思接千載，視通萬里，傷今懷古，感慨萬千。正如劉永前先生所表述：「中國傳統亭臺樓閣的造型多種多樣，但其基本結構是一致的，其審美價值主要並不在於這些建築本身，而在於通過這些建築物欣賞到四周廣闊空間中的自然景象，便於登覽者『仰觀』、『俯察』、『遠望』，可以『納千傾之汪洋，收四時之

〔註3〕陳鶴歲著《漢字中的古代建築》，百花文藝出版社 2005 年，86 頁。

爛漫』（明‧計成《園冶》），極大地豐富了登臨者的審美體驗，加之古代文人墨客多喜登高望遠，登臨其上，往往『遊目騁懷』、『胸羅萬物，思接千載』，進而引發對整個人生、歷史、宇宙的感悟和思慮。」〔註4〕這時的亭臺樓閣，就進入了人的精神活動領域，啓發人的靈感，催發人的思維和心緒，成爲文人感興的契機和抒懷的舞臺，從而創作出許多優秀的文學作品。

　　亭臺樓閣自占就出現在了文學作品之中。早在先秦時期，《詩經》中就有《大雅‧靈臺》、《邶風‧新臺》等詩篇。《大雅‧靈臺》是一首讚美詩，此詩通過記敘周文王爲迷惑商紂王而修建「靈臺」，且修建後與民同樂之事，反映了周文王愛護人民，因而深得人民百姓擁護的現實情形；而《邶風‧新臺》則是一首諷刺詩，諷刺和挖苦了昏君衛宣公爲納宣姜而築「新臺」的惡劣行徑。但這兩首詩都不是對臺本身進行具體描繪，而是借築臺之事表現了人們的愛憎之情，此時的臺本身還沒有眞正進入人們的精神活動領域。《詩經》之後，亭臺樓閣使不斷地湧現在各個時期的各類文學作品之中了，而且隨著中國建築藝術的發展，人們審美心理的變化以及審美水平的提高，亭臺樓閣才眞正成爲催發文人各種情志的舞臺且成爲文學創作的孕育地之一。如東漢有王粲的名篇《登樓賦》；魏晉南北朝時期，散文有王羲之的《蘭亭集序》，詩歌有謝靈運的《登池上樓》；及至唐代，歌詠亭臺樓閣的作品更加可觀，就詩歌而言，有陳子昂《登幽州臺歌》、王之渙《登鸛雀樓》、崔顥《黃鶴樓》、李白的《勞勞亭》、杜甫《登岳陽樓》、李商隱的《安定城樓》等等，散文方面，王勃的《滕王閣序》也是一篇傳誦千古的美文；到了宋代，亭臺樓閣在文學作品中更是頻頻出現，不僅有蘇舜欽《滄浪亭記》、范仲淹《岳陽樓記》、歐陽修《醉翁亭記》、黃庭堅《登快閣》等詩文名篇，宋代詞人則更對亭臺樓閣特別青睞，亭臺樓閣屢屢出現在眾多詞人的作品之中，傳世之作也甚多，如張舜

〔註4〕劉永前《感興的契機，抒懷的舞臺——古詩文中「亭臺樓閣」的審美價值》，《語文學刊》2002 年第 3 期，10 頁。

民《賣花聲》（題岳陽樓）、蘇軾《望江南》（超然臺作）、陸游《水調歌頭》（多景樓）、辛棄疾《水龍吟》（登建康賞心亭）和《永遇樂》（京口北固亭懷古）、吳文英《高陽臺》（豐樂樓分韻得如字）等等，這些作品內容豐富，風格多樣，在浩如煙海的中國文學百花園中獨具風標。

　　另一方面，文學也為亭臺樓閣增加了人文內涵，從而使它們得以名揚四海。我們不難發現，古代亭臺樓閣之所以引人入勝，除了其建築本身的典雅優美、得天獨厚的地理位置以及登臨所見之賞心悅目的自然風光外，更重要的是它們往往具有著深厚的文化內涵。而深察亭臺樓閣的文化內涵，除與之相關的逸聞故事、神話傳說以及歷史文化之外，文人的題詠也是其重要的組成部分。從歷史事實來看，古代的亭臺樓閣因文人的題詠而聞名於世的不在少數。如東晉王羲之等人於永和九年（公元 353 年）在蘭亭舉行修禊活動，他們曲水流觴，飲酒賦詩，之後王羲之又寫了著名的《蘭亭序》，從而使蘭亭名傳至今。金陵鳳凰臺，相傳本南朝劉宋元嘉年間所建，但直至唐李白作《登金陵鳳凰臺》以後，鳳凰臺這才名聲大噪，一躍而為六朝眾多古蹟中最為文人墨客熱衷題詠的素材。再如著名的四大樓閣鸛雀樓、黃鶴樓、滕王閣、岳陽樓則更因王之渙的《登鸛雀樓》、崔顥的《黃鶴樓》、王勃的《滕王閣》、范仲淹的《岳陽樓記》這些名篇而著稱。因此可以這樣說，亭臺樓閣本身的典雅古樸是它的貌，而與亭臺樓閣有關的文學作品則是它的魂。

　　總之，文學作品往往因亭臺樓閣而催生，亭臺樓閣則也因文學作品而揚名，文學與亭臺樓閣之間實有著解不開的緣分。

　　雖然文學創作自古便與亭臺樓閣結下了不解之緣，故而無論詩歌還是散文都產生了為數不少的詠寫亭臺樓閣的優秀作品，但到了宋詞，其創作更有得於亭臺樓閣之助。其主要原因大致如下：

首先，宋詞和亭臺樓閣同屬於休閒享樂文化的範疇

　　先說亭臺樓閣，其功能雖然多種多樣（有的供人棲息、居住，有

的供人登臨、觀賞，古時候，有的亭臺樓閣甚至還曾用在軍事上，作
爲偵察、瞭望敵情之用），但它們自古就與休閒享樂文化密切有關。
如亭，最初就是供行人休息的地方。「亭者，停也。人所停集也。」
（《釋名‧釋宮釋》）因而，水鄉山村，道旁多設亭，供行人歇腳，有
半山亭、路亭、半汀亭等。後來，由於亭自身建築形式的靈巧精緻，
常常設在園林中或者風景名勝處，供遊客眺望、觀賞和休息，其休閒
文化功能進一步增強。臺則是一種比較莊嚴雄渾的建築；而樓閣又「是
我國古代建築中最爲雄偉高大的一種建築類型，同時，它也是一種極
有藝術感染力的建築類型。它們體量高大，華美壯觀，有『瓊樓玉宇』
之美譽；它們飛簷淩空，過雲蔽月，表現了人們嚮往高空的通天欲望，
使人們能夠產生『可上九天攬月』之遐想。」〔註5〕因而臺和樓閣自
古就在某種程度上變成了帝王們炫耀奢華和休閒娛樂的工具。傳說黃
帝就曾建造十二樓（參見（漢）司馬遷撰《史記》卷十二）；春秋之
際，吳王建造了姑蘇臺；秦王朝時期，秦二世爲了追求上達天際，也
曾「起雲閣，欲與南山齊」；〔註6〕漢代武帝亦效黃帝建「井幹樓，高
五十丈」（漢班固《漢書》卷二十五下）；後來曹操建造的銅雀臺，楊
國忠建造的四香閣等等，無不是樓臺高聳，亭閣蔽日，可謂窮奢極侈。
在這種文化思想影響下，歷代宮苑之內均「重樓連閣」；歷朝豪門仕
宦之家亦皆是「高樓池苑，堂閣相望」。當然，其建造的目的都是爲
了他們的享樂休閒之用。

　　宋代乃是一個休閒享樂文化極盛的時代。首先，「在漢代定爲一
尊的儒家文化，經漢宋魏晉動亂，禮隳樂壞；南北朝分裂，中原文化
與四夷文化交流互動，業已失去『集權意識形態』的地位。唐代儒、
釋、道三教並重，而以釋爲尊，特別是武則天專權，從根本上動搖了
封建宗法制和禮制的基礎，遂使儒教在唐代僅存解經注疏，其價值體

〔註5〕覃力著《說樓》，山東畫報出版社 2004 年，12 頁。
〔註6〕漢無名氏撰《三輔黃圖》卷一，參見清永瑢等著《四庫全書‧史部》
　　　卷二二六，上海古籍出版社 1987 年，6 頁。

系已在士族特別是士大夫階層淡化。」〔註7〕後經安石之亂以及唐末五代爭戰，儒家傳統的文化觀念與價值體系已逐漸喪失其「定於一尊」的地位。到了宋代，隨著平民文化的興起，人們更加看重個體的生存欲望和生命質量，從而爲宋人休閒享樂的價值觀念打下了思想文化基礎。又由於宋代實行重文輕武的政策，文官享受的待遇十分優厚。宋太祖在「杯酒釋兵權」時，就曾直截了當地對大臣們說：「人生如白駒之過隙，所以好富貴者，不過多積金錢，厚自娛樂，使子孫無貧乏耳。爾曹何不釋去兵權，出守大藩，擇便好田宅市之，爲子孫立永遠不可動之業，多置歌兒舞女，日飲酒相歡，以終其天年。我且與爾曹約爲婚姻，君臣之間，兩無猜嫌，上下相安，不亦善乎。」（《宋史·石守信傳》）宋太祖此番話「從根本上改變了傳統的觀念和信仰，使宋代文化觀念向『富貴』、『金錢』和『娛樂』等世俗的人生追求及價值向度轉化。」〔註8〕再加上「後周太祖郭威和世宗柴榮採取恢復生產的各項措施，實行改革，使因戰亂而凋敝的中原經濟，得以恢復和發展。走向富庶的中原經濟，給通過政變取得後周政權的趙匡胤『好富貴』、『積金錢』的『御旨』提供了經濟基礎和物質保障。」〔註9〕於是宋代由上而下，整個社會形成了競相追求享樂的風氣。宋太宗率先履行了其兄長的「御旨」。據（宋）李燾《續資治通鑒長編》卷二十五雍熙元年（984）乙丑條記載：「（太宗）召宰相近臣賞花於後苑。上曰：『春風喧和，萬物暢茂，四方無事，朕以天下之樂爲樂，宣令侍從詞臣各賦詩。』賞花賦詩自此始。」（宋）李燾《續資治通鑒長編》卷二十六雍熙二年（985）夏四月丙子條亦記載曰：「是日召宰相、參知政事、樞密三司使、翰林樞密直學士、尚書省四品、兩省五品以上三館學士宴於後苑，賞花釣魚，張樂賜飲。命群臣賦詩、習射。至是每歲皆然。賞花釣魚曲宴始於是也。」正如宋眞宗於大中祥符元年

〔註7〕沈家莊《宋詞的文化定位》，湖南人民出版社2005年，40頁。
〔註8〕沈家莊《宋詞的文化定位》，湖南人民出版社2005年，40頁。
〔註9〕沈家莊《宋詞的文化定位》，湖南人民出版社2005年，42頁。

（1008）二月，對佞臣王欽若所說的「古今風俗，悉從上之所好」（李燾《續資治通鑑長編》卷六十八）。自此，有宋一代不僅關於天子誕辰和各種節令的宮廷遊宴活動接連不斷，且名目繁多，貴族、士大夫的家宴盛況，亦是無與倫比，對此史書多有記載。如（宋）沈括《夢溪筆談》卷九載：「時天下無事，許臣僚擇勝燕飲。當時侍從文館士大夫各爲燕集，以至市樓酒肆，往往皆供帳爲遊息之地。」從而形成了「京師士庶，邇來漸事奢侈」（李燾《續資治通鑑長編》卷六十八）的現實狀況。京師如此，地方官也不例外，他們「建亭臺，遊賓客，攜屬吏以遊賞，車騎絡繹，歌吹喧闐，見於詩歌者不一」。〔註10〕宋代這種追求享樂之風愈演愈烈，尤其是在南宋偏安江南之後，當恢復中原的夢想逐漸成爲泡影，整個社會風氣日趨奢靡，朝廷上下，享樂之風日甚。正如（宋）吳自牧《夢粱錄》卷四「觀潮」條所記載：「臨安風俗，四時奢侈，賞玩殆無虛日」。而且宋人的這種休閒享樂的人生觀在宋詞中也多有反映：「遇良辰，當美景，追歡買笑。剩活取百十年，只恁廝好」（柳永《傳花枝》）、「堪惜流年謝芳草。任玉壺傾倒」（寇準《甘草子》）、「對酒高歌玉壺闕。甚莫負、狂風月」（張先《慶佳節》）、「白髮戴花君莫笑，六么摧拍盞頻傳。人生何處似尊前」（歐陽修《浣溪沙》）、「浮生長恨歡娛少。肯愛千金輕一笑。爲君持酒勸斜陽，且向花間留晚照」（宋祁《玉樓春》）、「閒處直須行樂，良夜更教秉燭」（辛棄疾《水調歌頭》）、「長生藥，有分神仙難學，人生聊復行樂」（劉辰翁《摸魚兒》）等等。

正是在宋代這種休閒享樂文化彌漫朝野的時代背景下，宋詞與亭臺樓閣也各自獲得了長足的發展，並充當了這種文化的重要載體。首先，宋人追求享樂生活，亭臺樓閣自然是他們聽歌觀舞、尋歡作樂的最佳場所，爲了適應他們娛賓遣興的需要，宋代亭臺樓閣建築出現了極盛的局面。據孟元老的《東京夢華錄·序》記載，北宋京城「舉目

〔註10〕王夫之《宋論》卷三，中華書局 1964 年，54 頁。

則青樓畫閣，繡戶朱簾，雕車競駐於天街，寶馬爭馳於御路，金翠耀目，羅綺飄香。新聲巧笑於柳陌花衢，按管調弦於茶坊酒肆。」其卷二又記載了各色樓宇 20 餘座。南宋都城臨安也是一個「西湖萬頃，樓觀矗千門」（辛棄疾《六州歌頭》）的繁盛之地，南宋周密《武林舊事》中就曾記載了都城臨安宮中樓、酒樓等名字 30 餘個。「北起鳳山門，南至於江干，西自萬松嶺，東終候潮門，周圍九里。殿堂樓閣，星羅棋佈，碧瓦紅簷，鱗次櫛比，規模之大，馬可·波羅謂之『在全世界可以稱最』」〔註11〕另外，因宋代官僚機構臃腫龐大，時有冗官冗吏之譏，因而文人官場失意受謫遠戍、辭官歸隱的現象也經常發生。他們在宦遊、謫居或者隱逸的過程中，遇到風景名勝處，自然會登臨觀賞。正所謂「人生行樂，宦遊佳處，閒健莫辭清醉。不寒不暖不陰晴，正是好登臨天氣」（管鑒《鵲橋仙》），而除了自然的名山勝水，著名的名勝建築亭臺樓閣，諸如金陵賞心亭與鳳凰臺、平江府垂虹亭與姑蘇臺、鎮江北固亭與多景樓、嚴州釣臺、太平州蛾眉亭、紹興蓬萊閣、鄂州南樓、岳州岳陽樓、潭州定王臺、隆興府滕王閣等等，也是他們登臨的好去處，《全宋詞》中出現的關於它們的眾多歌詠之作即可說明問題。除此之外，一些文人為了自適，還自行修建或繕復亭臺樓閣，如北宋初年蘇舜欽「以罪廢，無所歸」後，「扁舟南遊，旅於吳中，始僦舍以處」後建「滄浪亭」；張天驥隱居徐州雲龍山築「放鶴亭」；清河人張夢得謫居黃州時也曾建有一亭，其好友蘇軾命名為「快哉亭」；蘇軾因政治失意調任密州知府後也曾修復了一座殘破的樓臺，其弟蘇轍取名「超然臺」；滕子京謫守巴陵郡時重修岳陽樓更是人所共知；宋徽宗大觀三年（1109）七月，葛勝仲因與朝廷議事不合，責知歙州休寧縣（今屬安徽），第二年，他取陶淵明《雜詩》之意，於南溪上建「真意亭」；宋寧宗嘉泰三年（1203），辛棄疾知紹興府兼浙東安撫使時重建秋風亭等等。而且，他們修建亭臺樓閣多數

〔註11〕李志庭《關於杭州南宋皇城的「亭」「閣」》，《杭州大學學報》（哲學社會科學版）1986 年第 1 期。

也是爲了休閒享樂的需要，（宋）周密《癸辛雜識》中曾記載了這樣一件事：

> 張于湖知京口，（按：張孝祥，號於湖居士）王宣子代之。多景樓落成，於湖爲大書樓扁。公庫送銀二百兩爲潤筆，於湖卻之，但需紅羅百匹。於是大宴合樂，酒酣，於湖賦詞，命妓合唱甚歡，遂以紅羅百匹犒之。

就連張孝祥這樣一位滿懷報國之志的愛國詞人在樓臺落成之際，追求的竟也是宴飲歌舞之樂，何況他人！當然，他們追求休閒享樂的方式不盡相同：有的僅僅是爲滿足物質層面的感官刺激；有的卻是追求精神層面的心理自適。

　　至於宋詞，詞本身就是一種休閒娛樂的文體，它自誕生之日起，就擔當著「娛賓遣興，聊以佐歡」的文學工具。在宋代亦是如此，如（宋）吳處厚《青箱雜記》卷五記載了一則有代表性的軼事：「景德（1004～1007）中，夏公（竦）初授館職，時方早秋，上夕宴後庭，酒酣，遽命中使詣公索新詞。公問：『上在甚處？』中使曰：『在拱宸殿按舞。』公即抒思，立進《喜遷鶯》詞曰：『霞散綺，月沉鈎。簾卷未央樓。夜涼河漢截天流。宮闕鎖新秋。瑤階曙，金莖露。風髓香和雲霧。三千珠翠擁宸遊，水殿按梁州。』中使入奏，上大悅。」另外，葉夢得《避暑錄話》卷二中亦記載曰：「（晏殊）惟喜賓客，未嘗一日不燕飲。……每有嘉客，必留；……亦必以歌樂相佐，談笑雜出。」以上史料足以說明宋詞乃是宋代文人士大夫休閒娛樂的產品，其娛樂性功能是首要的。正如袁行霈《中國文學史》中所說：「宋代的官員大多是有高度文化修養的士大夫，他們的享樂方式通常是輕歌曼舞，淺斟低唱。」〔註12〕由此不難看出，在宋代休閒享樂之風盛行的大背景下，宋詞更是找到了適合自己的發育土壤，其休閒娛樂性功能更是得到了充分的發揮。（學術界有關這方面的論述頗多，茲不多贅。）

〔註12〕袁行霈主編《中國文學史》第三卷，高等教育出版社 2003 年，12 頁。

可見，宋詞和亭臺樓閣都屬於休閒享樂文化範疇，而且由於這種文化在宋代的膨脹發展，二者都找到了它們的發展和服務空間，從而也找到了它們之間的連接點。

其次，「登臨生悲」的傳統抒情模式與宋詞的感傷色彩相契合

中國自古就有登高之習，尤其是文人更有喜愛登高的天性，因為「興會則深室不如登山臨水」，〔註13〕大自然中的奇景異觀更易激發他們的創作欲望和創作靈感。宋人韓元吉《虞美人》（懷金華九日寄葉丞相）詞云：「登臨自古騷人事。」正道出了中國古代文人大多喜登高臨遠的現實狀況。人們的登臨之地，除了自然界中的高地之外，隨著人工建築的發展，漢魏六朝以後，那拔地而起、凌空飛動的亭臺樓閣也是人們登臨的好去處。當然，不管是登臨大自然中的名山高地，還是登臨人工建造的亭臺樓閣，由於它們所處自然環境不同，四時景物又各有差異，因此登臨者也會產生不同的心態和情感：他們面對大自然的奇觀異景，或流露「憑高瞰險足怡心」（上官昭容《遊長寧公主流杯池二十五首》）的心曠神怡之情；或生出「登高意表，迥出凡塵外」（曹勛《入破第二》）的閒雲野鶴之念；或抒發「會當凌絕頂，一覽眾山小」（杜甫《望嶽》）的壯志凌雲之志；或產生「欲窮千里目，更上一層樓」（王之渙《等鸛雀樓》）的哲理感悟，等等，但是多數情況下產生的卻是悲愁之情。正如古人所云：「登高遠望，使人心瘁」（宋玉《高唐賦》），「試登高而望遠，咸痛骨而傷心」（李白《愁陽春賦》），「年年上高處，未省不傷心」（劉禹錫《九日登高》）；今人錢鍾書亦謂：「囊括古來眾作，團詞以蔽，不外乎登高望遠，每足使有愁者添愁而無愁者生愁。」〔註14〕許多詩詞創作也確證如此：如屈原《招魂》：「目極千里兮傷春心」；曹植《雜詩》：「飛觀百餘尺，臨牖御欞軒，遠望周千里，朝夕見平原，烈士多悲心，小人偷自閒」；

〔註13〕（清）歸莊著《歸莊集》上冊，上海古籍出版社1984年，191～192頁。

〔註14〕錢鍾書《管錐編》第三冊，中華書局1979年，876頁。

顏延之《登巴陵城樓》：「淒矣自遠風，傷哉千里目」；沈約《臨高臺》：「高臺不可望，望遠使人愁」；何遜《擬古》：「家在青山下，好上青山上。青山不可上，一上一惆悵」；陳子昂《登幽州臺》：「前不見古人，後不見來者，念天地之悠悠，獨愴然而涕下」；王昌齡《閨怨》：「閨中少婦不知愁，春日凝妝上翠樓，忽見陌頭楊柳色，悔教夫婿覓封侯」；杜甫《登樓》：「花近高樓傷客心，萬方多難此登臨」；柳宗元《登柳州城樓》：「城上高樓接大荒，海天愁思正茫茫」；歐陽詹《早秋登慈恩寺塔》：「因高欲有賦，遠望慘生悲」；杜牧《登池州九峰樓》：「百感中來不自由，角聲孤起夕陽樓，碧山終日思無盡，芳草何年恨始休」；曹松《南海旅次》：「憶歸休上越王臺，愁思臨高不易裁」；楊徽之《寒食寄鄭起侍御》：「天寒酒薄難成醉，地迥樓高易斷魂。」等等。可見，借登臨以抒悲情幾乎變成了一種心理定勢和抒情模式，其原因大致如下：

　　首先，因爲它們的地勢之高，容易讓人產生「高處不勝寒」（蘇軾《水調歌頭》）的孤獨之感和悲涼意緒。正如王勃《滕王閣序》所云：「天高地迥，覺宇宙之無窮；興盡悲來，識盈虛之有數。」「天高地迥」、「宇宙無窮」會讓人樂極生悲，頓生人生短暫之悲、人生迷茫之感。其次，登臨之地往往又是人們日常生活中的宴飲、餞別之所，因而容易讓人產生離別的傷感和相思的苦痛。尤其是亭臺樓閣，其本身還承載著歷史滄桑的文化內涵，正如前面所述，由於亭臺樓閣自身的建築特點，它們自古就成爲帝王們顯示權威、人們炫耀自己經濟實力及富有程度的工具，因而歷代宮苑之內無不是「重樓連閣」；歷朝豪門仕宦之家亦皆是「高樓池苑，堂閣相望」。而且，隨著社會和樓閣建築的發展，樓閣遍佈了市井和百姓之家，各種城樓、市樓、望樓、歌樓、酒樓等等拔地而起，一些寺院、道觀以及風景勝地，都建有體量頗大、造型奇麗的樓閣建築。然而，隨著歲月的流逝、歷史的變遷，多數亭臺樓閣已遭毀滅，得以遺留下來的無疑就變成了歷史古蹟，承載了悠久的歷史滄桑而成爲歷史的見證：它們不僅見證了昔日的輝煌，也見

證了時代的更替和衰亡，因而，人們在登臨之際就會產生深沉的思索，往往會瀏古覽今、追昔傷往，無名的愁緒就會油然而生，所以當崔顥登上黃鶴樓時，就流露了人去樓空、古人不得見的空漠感；王勃登上滕王閣即發出了「閣中帝子今安在，檻外長江空自流」（王勃《滕王閣》）的歷史悲歎；李白登上宣州謝朓樓則喊出了「抽刀斷水水更流，舉杯澆愁愁更愁」（李白《宣州謝朓樓餞別校書叔雲》）的心聲；辛棄疾登「上危樓」，也「贏得閒愁千斛」。最後，「宋玉登臨思歸、王粲登樓懷鄉成為中國文學史上兩個著名的典故，後人登臨時常常想起這兩個歷史人物與他們的登臨作品，在心理上就會產生共鳴」〔註15〕；「山上離宮宮上樓，樓前宮畔暮江流。楚天長短黃昏雨，宋玉無愁亦自愁。」（李商隱《楚吟》）「當時宋玉悲感，向此臨水與登山。」（柳永《戚氏》）「王粲平生感，登臨幾斷魂。」（溫庭筠《旅泊新津卻寄一二知己》）於是，「登臨生悲」漸漸成為中國文學傳統的抒情模式。

這種「登臨生悲」的傳統抒情模式在宋詞中更是得到充分的展現，甚至將悲情昇華到懼怕登臨的程度，如柳永《八聲甘州》：「不忍登高臨遠，望故鄉渺邈，歸思難收。」；范仲淹《蘇幕遮》：「明月樓高休獨倚，酒入愁腸，化作相思淚」；張先《偷聲木蘭花》：「莫更登樓，坐想行思已是愁」；章楶《聲聲令》：「樓底輕陰。春信斷，怯登臨」；王千秋《減字木蘭花》：「莫上危樓。樓迥空低雁更愁」；陳允平《風流子》：「闌干休去倚，長亭外、煙草帶愁歸」；辛棄疾《水龍吟》：「千古興亡，百年悲笑，一時登覽」；何夢桂《喜遷鶯》：「怕傷心，休上危樓高處」；吳文英《鶯啼序》：「危樓望極，草色天涯，歎鬢侵半苧」；張炎《聲聲慢》：「獨憐水樓賦筆，有斜陽、還怕登臨」等等，宋詞中這類詞句可謂比比皆是，而且表現都非常精緻完美，因為「登臨生悲」的傳統抒情模式正契合了宋詞的感傷基調。我們知道，宋詞中多離愁別緒、傷春悲秋之作，傷感性是宋詞的重要特點之一。宋代

〔註15〕梁德林《中國古代文學中的登臨之作》，《中國典籍與文化》2000 年第 2 期，72 頁。

詞人是一個憂鬱的群體，他們比以往時代的文人有著更為強烈的憂患意識。宋代社會矛盾日益激化，國家積弱，志士仁人有志難酬，生命短促的感傷和社會價值難以實現的悲哀交織在一起，便形成了他們多愁善感且陰柔化的個性，所以他們往往「過早地感受到了將使萬物衰敗的『秋氣』」，而「出現憂患人生的遲暮之感」，〔註16〕從而形成了宋代詞人獨有的感傷情懷，並進而影響到了宋詞。正如孫維城先生所表述的：「宋人是憂鬱的，此前，大唐盛世的喧騰熱鬧終於無可奈何花落去了。宋人厭倦了外在事功，而轉入對內在人心的刻畫。他們一方面縱情聲色，流連於歌臺舞榭，另一方面又深深思索於人生的價值與意義，形成了如此奇妙的情與理的矛盾與融合。宋代是先秦、魏晉之後又一個思想解放的時代、哲理思考的時代，理學與禪宗就是這種思考的集中表現。同時，宋人把這種思考帶進詩詞中，宋詩的言理不言情正是時代的產物，而宋詞卻又似乎是歌臺舞榭的孵化物，其實宋人的人世滄桑之感不可能不滲透到宋詞中，形成了榮華富貴中的憂傷基調。」〔註17〕正是宋詞的這種感傷基調，與「登臨生悲」的傳統抒情模式相契合，從而使宋詞與登臨之間找到了它們的相通點。當然，由於宋人的視野相對而言比較狹小，再加上宋代建築之盛，因此他們的登臨之處多數便選擇了亭臺樓閣。

　　總之，正是上述宋詞與亭臺樓閣之間存在著諸多的相通點與相似性，從而使得宋詞創作更有得於亭臺樓閣之助，亭臺樓閣也便成了宋詞中頻頻出現的文學意象。

　　宋詞同其它的文學樣式一樣，也經歷了自身的發展和變化過程，因而由此便產生了宋詞的「分期」之論。如清代學者朱彝尊在《詞綜·發凡》中稱：「世人言詞，必稱北宋。然詞至南宋始極其工，至宋季而始極其變。」很明顯，朱彝尊即將宋詞發展分成了兩大時期。此後，

〔註16〕楊海明著《唐宋詞論稿》，浙江古籍出版社1988年，21頁。
〔註17〕孫維城《論「登高望遠」意象的生命內涵》，《中國韻文學刊》1999年第2期，3頁。

學者們又從不同的角度，根據不同的標準，對宋詞的分期曾提出過「三期說」、「四期說」、「五期說」、「六期說」甚至「七期說」、「八期說」等諸種說法。〔註18〕但就亭臺樓閣在宋詞中的運用情況，筆者擬將宋代亭臺樓閣類詞的創作分為前後兩個時期，其中張舜民的詞作則是其前後兩期的轉折點。

前　期

　　前期沿襲唐五代詞，詞中的亭臺樓閣大都是泛指的、無具體名字，且多是人們的歇息居住之所，諸如：長亭、短亭、離亭、亭臺、樓亭、樓臺、樓閣、高臺、小樓、層樓、高樓、危樓、秦樓、鳳樓、玉樓、西樓、畫樓、青樓、紅樓、小閣、繡閣、朱閣、畫閣等等。這類亭臺樓閣一般多建在通都大邑、滾滾紅塵之中，是人們世俗生活、愛情生活的一種背景或環境，它們還沒有真正進入詞人的創作領域而成為詞人的歌詠對象，僅僅是詞人藉以抒發一己之私情的平臺，因而相關詞作所表現的內容相當狹窄，主要有以下幾類：

1、風月戀情

　　在宋代享樂思想的影響下，文人冶遊之風盛行，北宋都城又多青樓妓館，因此在小樓深巷，上演了一幕幕溫馨旖旎的風月戀情。如柳永《集賢賓》詞云：

　　　　小樓深巷狂遊徧，羅綺成叢。就中堪人屬意，最是蟲蟲。有畫難描雅態，無花可比芳容。幾回飲散良宵永，鴛衾暖、鳳枕香濃。算得人間天上，惟有兩心同。　　　近來雲雨忽西東。誚惱損情悰。縱然偷期暗會，長是忽忽。爭似和鳴偕老，免教斂翠啼紅。眼前時、暫疏歡宴，盟言在、更莫忡忡。待作真箇宅院，方信有初終。

詞中記敘了詞人與妓女蟲蟲的真摯戀情。晏幾道《臨江仙》亦記其與女子相戀云：

────────────

〔註18〕詳見崔海正《宋詞分期問題研究述略》，《中國韻文學刊》1996 年第
　　　1 期，72～78 頁。

鬥草階前初見，穿針樓上曾逢。羅裙香露玉釵風。靚妝眉沁綠，羞臉粉生紅。　　　流水便隨春遠，行雲終與誰同。酒醒長恨錦屏空。相尋夢裏路，飛雨落花中。

2、離愁別恨

自古「黯然銷魂者，唯別而已矣」(江淹《別賦》)，古人重離別，尤其是多愁善感的宋代詞人更是如此，而亭臺樓閣又常常是人們的分別之所，因而它們見證了多少離愁別恨。柳永《雨霖鈴》即為我們展示了一幅長亭戀人惜別的生動畫面：

寒蟬淒切。對長亭晚，驟雨初歇。都門帳飲無緒，留戀處、蘭舟催發。執手相看淚眼，竟無語凝噎。念去去、千里煙波，暮靄沉沉楚天闊。　　　多情自古傷離別。更那堪、冷落清秋節。今宵酒醒何處，楊柳岸、曉風殘月。此去經年，應是良辰、好景虛設。便縱有、千種風情，更與何人說。

這類詞作還很多，又如：

祖席離歌，長亭別宴。香塵已隔猶迴面。居人匹馬映林嘶，行人去棹依波轉。　　　畫閣魂消，高樓目斷。斜陽只送平波遠。無窮無盡是離愁，天涯地角尋思徧。(晏殊《踏莎行》)

花外倒金翹。飲散無憀。柔桑蔽日柳迷條。此地年時曾一醉，還是春朝。　　　今日舉輕橈。帆影飄飄。長亭回首短亭遙。過盡長亭人更遠，特地魂銷。(歐陽修《浪淘沙》)

3、閨怨愁思

封建社會的女子足不出戶，紅樓繡閣不僅是她們幾乎全部的生命空間，更是通向外界的唯一橋梁，每當心愛的人不在身邊，她們只能獨守空閨，佇立搔頭，思人懷遠，往往幽怨成詞。柳永《八聲甘州》中云：「想佳人、妝樓顒望，誤幾回、天際識歸舟。」即直言此境。柳永還有一首《少年遊》：

> 日高花榭懶梳頭。無語倚妝樓。修眉斂黛，遙山橫翠，
> 相對結春愁。　　　王孫走馬長楸陌，貪迷戀、少年遊。
> 似恁疏狂，費人拘管，爭似不風流。

這是一首閨怨詞。上片寫閨中女子獨倚妝樓無意梳妝，遙望遠處春山景色而愁緒橫生；下片描寫男子風流疏狂，貪戀出遊的境況，表達了閨中女子對情人的不滿和嗔怪之情。又寇準的《踏莎行》也是一首閨怨詞，詞寫暮春時節一位閨中思婦懷念久別遠人的孤寂情懷，詞云：

> 春色將闌，鶯聲漸老。紅英落盡青梅小。畫堂人靜雨
> 濛濛，屏山半掩餘香裊。　　　密約沉沉，離情杳杳。菱
> 花塵滿慵將照。倚樓無語欲銷魂，長空黯淡連芳草。

全詞情景交融，意境渾然，風格清新，語言曉暢，堪稱閨怨詞中的佳作。

4、思鄉懷遠

「鳥飛返故鄉兮，狐死必首丘」（屈原《九章·哀郢》），思鄉是世世代代人所共有的一種情感，因而思鄉的主題自古便出現在了文學作品之中，宋詞也不例外。羈旅鄉愁無可排遣，亭臺樓閣無疑是抒懷的最佳場所之一。「對瀟瀟、暮雨灑江天，一番洗清秋。漸霜風淒慘，關河冷落，殘照當樓。是處紅衰翠減，苒苒物華休。惟有長江水，無語東流。　　不忍登高臨遠，望故鄉渺邈，歸思難收。歎年來蹤跡，何事苦淹留。想佳人、妝樓顒望，誤幾回、天際識歸舟。爭知我、倚闌干處，正恁凝愁。」柳永的一曲《八聲甘州》將異鄉遊子的思鄉心情描繪得淋漓盡致，栩栩如生。思鄉離不開懷人，「黯鄉魂，追旅思。夜夜除非，好夢留人睡。明月樓高休獨倚。酒入愁腸，化作相思淚。」范仲淹的一闋《蘇幕遮》又將思鄉和懷人完美的結合在了一起。宋詞多寫豔情，因而對於男性來說，其所懷之人多是幽居鳳樓朱閣的戀人，這類作品很多，如：

> 佇倚危樓風細細。望極春愁，黯黯生天際。草色煙光
> 殘照裏。無言誰會憑闌意。　　　擬把疏狂圖一醉。對酒

當歌，強樂還無味。衣帶漸寬終不悔。爲伊消得人憔悴。(柳永《鳳棲梧》)

　　畫橋淺映橫塘路。流水滔滔春共去。目送殘暉。燕子雙高蝶對飛。　　風花將盡持杯送。往事只成清夜夢。莫更登樓。坐想行思已是愁。(張先《偷聲木蘭花》)

　　紅牋小字。說盡平生意。鴻雁在雲魚在水。惆悵此情難寄。　　斜陽獨倚西樓。遙山恰對簾鈎。人面不知何處，綠波依舊東流。(晏殊《清平樂》)

　　對酒當歌勞客勸。惜花只惜年華晚。寒豔冷香秋不管。情眷眷。憑欄盡日愁無限。　　思抱芳期隨塞雁。悔無深意傳雙燕。悵望一枝難寄遠。人不見。樓頭望斷相思眼。
(歐陽修《漁家傲》)

5、傷春悲秋

　　文人總是易感的，自然界中的一花一草，一蟲一鳥，一山一石，都可能激起他們的思想火花。「感時花濺淚，恨別鳥驚心。」(杜甫《春望》)「淚眼問花花不語，亂紅飛過秋韆去。」(歐陽修《蝶戀花》)這些都是文人們對自然的感傷。再加上中國的亭臺樓閣以其結構特點和位置優勢成爲人們親近自然、觀賞風物的重要媒介，多愁善感的文人閒處其中，觀看花開花落，秋木凋零，就會特別觸發他們的感傷情懷，引起傷春悲秋意識。尤其是宋代詞人比過去任何時代都有著更爲敏感的心靈，而且個人生命意識也有所增強，因而傷春悲秋便成爲宋詞中頻繁出現的主題。「一曲新詞酒一杯。去年天氣舊亭臺。夕陽西下幾時回。無可奈何花落去，似曾相識燕歸來。小園香徑獨徘徊。」太平宰相晏殊每天在園中的亭臺樓閣飲酒賦詞，生活是何等的富貴，心境是何等的閒適，然而面對亭前落花，也不免頓生歲月易逝的無奈和傷感。「悲哉秋之爲氣也，蕭瑟兮草木搖落而變衰」，宋玉在其名篇《九辯》中寫下這一名句，將蕭殺的秋景與悲愴的心境融爲一體，引起了後世失意文人的廣泛共鳴。落魄文人柳永

羈旅他鄉，獨立危樓，遠望蕭索秋景，也同宋玉一樣動了悲秋情緒，其《雪梅香》詞云：「景蕭索，危樓獨立面晴空。動悲秋情緒，當時宋玉應同。漁市孤煙嫋寒碧，水村殘葉舞愁紅。楚天闊，浪浸斜陽，千里溶溶。」

轉折詞人張舜民

張舜民，字芸叟，號浮休居士，邠州（今陝西彬縣）人。治平進士。元豐四年（1081）從高遵裕征西夏，掌機密文字，因作詩譏議邊事，次年十月坐罪謫監郴州酒稅。元祐元年（1086）以司馬光薦，除秘閣校理，監察御史。徽宗立，累擢吏部侍郎。《宋史》、《東都事略》有傳。

張舜民是北宋後期詩人，存詞不多，《全宋詞》僅錄其詞四首，但值得注意的是，這四首詞都是登臨亭臺樓閣之作，且詞前小序都標明了具體的亭臺樓閣名字以及寫作緣由，它們分別是登臨賞心亭、清遐臺和岳陽樓而作。這四首詞內容上都已跳出了「豔科」的藩籬，而且詞風蒼涼悲壯，正如世之所言，其詞「慷慨悲壯，風格與蘇軾相近」。先看其《江神子》（癸亥陳和叔會於賞心亭）一詞，這是一首感歎故國興亡的作品，詞曰：

> 七朝文物舊江山。水如天。莫憑欄。千古斜陽，無處問長安。更隔秦淮聞舊曲，秋已半，夜將闌。　　爭教潘鬢不生斑。斂芳顏。抹么絃。須記琵琶，子細說因緣。待得鸞膠腸已斷，重別日，是何年。

此詞乃作者被貶官郴州途中，登臨賞心亭時所作。賞心亭地處七朝國都南京（「七朝」，指吳、東晉、宋、齊、梁、陳和南唐），下臨秦淮河，它見證了諸多王朝的興廢榮衰，作為遷客謫人的張舜民此時「盈掬著一代墨客騷人的感傷心懷，站在秦淮河畔，不禁思念著唐宋王朝的輪番更替，也由衷地聯想到故都長安的盛衰變遷」。〔註19〕其另外

〔註19〕張世民《張舜民其人及其文學創作》，《咸陽師範學院學報》2006 年第 1 期，15 頁。

三首詞也是作於遭貶南行途中，均表達了濃鬱的貶謫失意之感，尤其是登臨岳陽樓所作的兩首有名的《賣花聲》，不啻爲題詠岳陽樓的詞中頗具代表性的名篇佳作，其一云：

> 木葉下君山。空水漫漫。十分斟酒斂芳顏。不是渭城
> 西去客，休唱陽關。　　　　醉袖撫危欄。天淡雲閒。何人
> 此路得生還。回首夕陽紅盡處，應是長安。

岳陽樓自古就是文人貶謫之所，正如范仲淹所云：「遷客騷人，多會於此」（《岳陽樓》）。而詞人此時也以貶謫之身，登臨此地，不免會懷念前賢，因而詞中多引前人詩句入詞：首句「木葉下君山」，源出屈原《九歌・湘夫人》：「嫋嫋兮秋風，洞庭波兮木葉下」；接下來「不是渭城西去客，休唱陽關」兩句，則化用了王維的《送元二使安西》：「渭城朝雨浥輕塵，客舍青青柳色新。勸君更盡一杯酒，西出陽關無故人」；詞末「回首夕陽紅盡處，應是長安」兩句，是對白居易《題岳陽樓》詩中「春岸綠時連夢澤，夕波紅處近長安」的化用。長安是借指宋朝的汴京。作者因回首夕陽而念及家國，這既有難言的憤懣，也有無限的眷戀。語意雙關，耐人尋味。全詞沉鬱悲壯，扣人心弦，以簡潔的語言將作者對無端遭貶的悲憤之情表達得淋漓盡致，具有很強的藝術感染力。

　　總之，張舜民的詞作表現出了強烈的文人意緒，具有典型的時代特徵，不論是從亭臺樓閣在宋詞中的的運用情況，還是從文學史的角度來看，都不失爲宋代詞史上一位重要的轉折詞人。正如楊海明師所言：「在北宋詞壇上，能夠『一洗綺羅香澤之態，擺脫綢繆宛轉之度』而以詞來『言志』的，當然應該首推東坡。但是，從事實來看，東坡詞中，寫柔豔之情的作品還是相當多的，而眞正能脫盡柔靡之氣的詞人，我們應該提到張舜民。」〔註20〕

〔註20〕楊海明《張舜民和他的詞作》，見《唐宋詞論稿》，浙江古籍出版社
　　　　1988 年，144 頁。

後　期

　　後期詞中的亭臺樓閣類型除了前期涉及到的以外,有具體名字的景觀名勝類亭臺樓閣在詞中或詞前小序中大量出現,諸如:蘇州滄浪亭、金陵賞心亭、山陰蘭亭、鎮江北固亭、安徽采石蛾眉亭、吳江垂虹亭、九江琵琶亭、南京鳳凰臺、江西贛州鬱孤臺、嚴州嚴陵釣臺、蘇州姑蘇臺、越州越王臺、長沙定王臺、岳陽岳陽樓、鎮江北固山多景樓、徐州燕子樓、杭州西湖豐樂樓、南昌滕王閣、紹興蓬萊閣、福建悠然閣等等,這類亭臺樓閣大都建在大自然的風景名勝之處,不僅有著優美的自然風光,還擁有豐厚的文化內涵,詞人們登臨之後不僅可以放鬆心情,開闊視野,精神境界也得以提升,因而它們作爲抒情舞臺也使詞人突破了抒發一己之私情的藩籬而藉以抒懷言志,更重要的是詞人已把它們作爲審美對象而眞正納入了詞的創作之中,故而這一時期詞的表現領域得以擴大,除了沿襲前期的幾種題材內容外,主要還有以下幾種:

1、閒適隱逸

　　中國古代文人酷愛山水。孔子在《論語・雍也》中曾發表對自然山水的看法曰:「知者樂水,仁者樂山」,這裏是把人的精神品質和性格與自然山水聯繫起來。宋代郭熙在其《林泉高致》中說得更明確:「君子之所以愛夫山水者,其旨安在?丘園養素,所常處也;泉石嘯傲,所常樂也;漁樵隱逸,所常適也;猿鶴飛鳴,所常親也;塵囂繮鎖,此人情所常厭也;煙霞仙聖,此人情所常願而不得見也。」然而喜歡「從冥冥見炤炤」(劉安《淮南子・泰族訓》)追求「大樂」「大美」的中國古代文人並不對荒榛蠻蕪之地感興趣,總希望山水勝地能有人工藝術(亭臺樓閣)相映襯,所謂「可行、可望、可遊、可居」(郭熙《林泉高致》)。〔註21〕可見,建在山水形勝之地的亭臺

〔註21〕參見龔勳《樓亭情趣與中國古代文人的人文理想》,《解放軍外語學院學報》1990 年第 1 期,78 頁。

樓閣更能讓人怡情悅性。於是詞人們徘徊在亭臺樓閣之間，徜徉於松風明月之中，留下不少流連自然、忘情山水之作，以抒發他們的閒適之情。如「湖水連天天連水，秋來分外澄清。君山自是小蓬瀛。氣蒸雲夢澤，波撼岳陽城」，滕子京一闋《臨江仙》就把岳陽樓周圍美麗的湖光山色描繪得淋漓盡致。吳文英《高陽臺》（豐樂樓分韻得如字）則用「修竹凝妝，垂楊駐馬，憑闌淺畫成圖」這寥寥數語勾勒了豐樂樓內外所見之如詩如畫的美景。當然，登樓臨閣坐亭所見也會喚起那些官場疲憊仕途失意者想做閒雲野鶴，以超脫世俗而返樸歸真的念頭，葛勝仲兩首《漁家傲》（初創真意亭於南溪，遊陟晚歸作）即表現了這一主題，詞云：

> 岩壑縈回雲水窟。林深路斷迷煙客。茅屋數椽攜杖舄。人寂寂。侵簷萬個琅玕碧。　　倦客羈懷清似滌。更無一點飛埃迹。溪漲慢流過几席。寒泛泛。鳧鷖點破琉璃色。
> （其一）

> 疊疊雲山供四顧，簿書忙裏偷閒去。心遠地偏陶令趣，登覽處，清幽疑是斜川路。　　野蔌溪毛供飲具，此身甘被煙霞痼。興盡碧雲催日暮，招晚渡，遙遙一葉隨鷗鷺。
> （其二）

2、言志抒懷

「中國文人向來有『觀物比德』（《論語‧為政》）和『詩言志』的傳統，亭臺樓閣不僅是他們怡情悅性的重要場所，也是他們自我勵志和自我聊慰的地方」，[註22] 因而詞中也不乏言志抒懷之作。如葉夢得《水調歌頭》（濠州觀魚臺作）借用莊子語意，抒寫壯志難酬的憤慨；著名抗金將領岳飛的《滿江紅》（登黃鶴樓有感）抒寫了作者渴望為國殺敵立功的情懷和抱負，也表達了作者雪恥復仇、重整山河的豪情；辛棄疾的《水龍吟》（登建康賞心亭）抒發了自己報國無門

〔註22〕龔勳《樓亭情趣與中國古代文人的人文理想》，《解放軍外語學院學報》1990 年第 1 期，79 頁。

的悲憤；張孝祥的《水調歌頭》（過岳陽樓作）則憑弔屈原賈誼，傾吐了有志之士懷才不遇的苦悶，如此等等，不勝枚舉。

3、懷古傷今

一般來說，中國文人更喜歡登臨那些有著特殊歷史背景的亭臺樓閣，它們要麼建立在自然風光絕佳之處，要麼曾充當歷史的某一重要見證；它們或被歷代名賢登臨覽勝、題詠賦文；或附會有美麗的神話傳說、逸聞故事，令人遐想不已。總之，這類亭臺樓閣溝通了古今，有著厚重的歷史積澱而成爲名勝古蹟。「古迹使人感」（高適《同群公秋登琴臺》），登臨這樣的亭臺樓閣，詞人很容易懷古傷今，產生古今盛衰、人世滄桑的感慨。如建康賞心亭，位於今江蘇南京城西，下臨秦淮河，爲登臨觀賞勝地。因它是六朝興衰的見證者，詞人登臨此地多會產生弔古之情。辛棄疾《念奴嬌》（登建康賞心亭呈史致道留守）詞云：

> 我來弔古，上危樓、贏得閒愁千斛。虎踞龍蟠何處是，只有興亡滿目。柳外斜陽，水邊歸鳥，隴上吹喬木。片帆西去，一聲誰噴霜竹。　　卻憶安石風流，東山歲晚，淚落哀箏曲。兒輩功名都付與，長日惟消棋局。寶鏡難尋，碧雲將暮，誰勸杯中綠。江頭風怒，朝來波浪翻屋。

這是一首弔古傷今的詞。宋孝宗乾道四年（1168），詞人二十九歲，任建康府通判，當時他南歸已經七年了，而他嚮往的抗金救國事業，卻毫無進展，而且還遭到朝中議和派的打擊，胸中塊壘一直耿耿難平，一次作者登上賞心亭，觸景生情，感慨萬千，寫了這首詞，送給建康留守史致道。詞開頭即開門見山，直接點明弔古主題，尤其是詞中於金陵懷古中獨有慨於東晉謝安晚年備受猜忌的史實，個中原委亦不難測知，詞人在此是借古人之酒杯澆自己之塊壘，曲折隱晦地表達有志而不得伸的憤懣情懷。全詞感慨遙深，雖是弔古，實是傷今。另外，蘇軾、周邦彥、丘崈等人登臨賞心亭時，也都有懷古詞句留下，如「千古龍蟠並虎踞。從公一弔興亡處。」（蘇軾《漁家傲》金陵賞心

亭送王勝之龍圖。王守金陵，視事一日移南郡）「賞心東望淮水。酒旗
戲鼓甚處市。想依稀、王謝鄰里。燕子不知何世。入尋常、巷陌人家，
相對如說興亡，斜陽裏。」（周邦彥《西河》大石金陵）「平蕪千里，
古來佳處幾回秋。歌舞當年何在，羅綺一時同盡，夢幻兩悠悠。」（丘
崈《水調歌頭》登賞心亭懷古）等等。

4、哲理的感悟

　　宋代理學昌盛，理學家宣揚義理，注重思辯，大大促進了「尚理」
的社會風氣。這種世風自然會影響到文學創作，不僅宋詩形成了好議
論、追求理趣的創作風尚，從而成為宋詩有別於唐詩的一個重要標
誌，詞也同樣受到此種影響。北宋中期以後，詞的哲理性逐漸增強，
詞人在作品中表達了對宇宙、人生的種種思考，常常能給人以哲理的
啟示。這在蘇軾、辛棄疾等人的詞中猶有明顯的表露。如蘇軾《定風
波》（莫聽穿林打葉聲）詞人通過途中遇雨遂後放晴這件生活小事，
就領悟到了人生的哲理，給人以深刻的的啟示。而建在風景絕佳之處
或擁有豐厚人文內涵的亭臺樓閣更是詞人們產生頓悟的重要場所，故
當蘇軾登上徐州燕子樓，遂生發出「古今如夢，何曾夢覺，但有舊歡
新怨」（《永遇樂》夜宿燕子樓，夢盼盼，因作此詞）的哲理思考。同
樣，辛棄疾也有不少這類詞作，如他登臨蓬萊閣而作《漢宮春》（會
稽蓬萊閣觀雨）詞曰：「秦望山頭，看亂雲急雨，倒立江湖。不知云
者為雨，雨者云乎。長空萬里，被西風、變滅須臾。回首聽，月明天
籟，人間萬竅號呼。」詞中「從亂雲急雨到雲散雨收，月明風起，詞
人在大自然急遽的變化中似乎悟出一個哲理：事物都處在不斷變化
中，陰晦可以轉為晴明，晴明又含著風起雲湧的因素；失敗可以轉為
勝利，勝利了又會起風波。」〔註23〕其它還如「青山遮不住，畢竟東
流去」（《菩薩蠻》書江西造口壁）；「千古江山，英雄無覓孫仲謀處。

〔註23〕唐圭璋等撰《唐宋詞鑒賞辭典》南宋·遼·金卷，上海辭書出版社
　　　　1988年，1613頁。

舞榭歌臺，風流總被、雨打風吹去」(《永遇樂》京口北固亭懷古)；「君莫舞！君不見、玉環飛燕皆塵土」(《水龍吟》登建康賞心亭)，等等，都是深含哲理的著名詞句。

以上從亭臺樓閣在宋詞中的運用情況，鳥瞰了宋代亭臺樓閣類詞的分期和發展，也在某種程度上進一步印證了宋詞「由兒女閨闥到大自然，由宮廷豪門到大都市」，從「伶工之詞」到「士大夫之詞」的發展進程。

對於文學與亭臺樓閣的關係探討，或者說從亭臺樓閣的視角來研究中國文學，到目前為止，只有少數學者們的幾篇單篇論文有所涉足。主要有：龔勳《樓亭情趣與中國古代文人的人文理想》(《解放軍外語學院學報》1990 年第 1 期)，該論文從建築美學、「天人合一」的哲學觀念以及文學審美諸角度詳細論述了樓亭情趣與中國古代文人的人文理想之間的相互關係。作者認為：樓臺亭閣對文人來說之所以有一種特殊的魅力，是因為樓臺在文人的主觀意念中具有親近自然、鈎沈歷史或消釋塊壘的精神調適作用，因而做為某種象徵和寓物在中國文人心目中的地位，樓臺亭閣不復為一種孤立存在的純客觀物而是做為文人的知音與他們如影隨形。樓亭與他們一起超越了時間和空間的界限，從某種意義上，樓亭是中國古代文人人格的外現和智慧的物化；余群《樓臺亭閣寄深情──說說古典文學中登樓臺亭閣之作》(《寧波服裝職業技術學院學報》2004 年第 3 期)一文論述了中國古典文學中有許多優美的登樓臺亭閣之作的原因：樓臺亭閣承載著滄桑歲月的歷史內涵，構成了思接千載的獨立空間，激發了歷代文人的生命意識；孫克誠的《中國古代詩詞中樓意象探論》(《青島科技大學學報》(社會科學版) 2004 年第 3 期)對中國詩歌中諸多的樓意象進行了探討；王波《中國古今文學作品的中的亭文化探討》(《湖北社會科學》2005 年第 8 期)和李筱茜《試論亭在唐代文學中的作用》(《文化學刊》2007 年第 2 期)兩篇論文則專門對中國文學中的「亭」文化進行了探討；不可否認，中國古典文學中存在大量登亭臺樓閣抒懷

的作品，而且這類作品在某些方面已經形成了一些模式化的東西，馮俏《登樓抒懷作品中的模式化表達》（《天津職業院校聯合學報》2006年第1期）一文即對此問題進行了探討；吳莎莎《淺談唐詩中亭臺樓閣的時空美學意蘊》（《南方論刊》2006年第12期）則通過對審美過程中人的時空意識的分析，揭示了唐詩中亭臺樓閣的時空美學意蘊；我們知道，文學與建築（主要指亭臺樓閣）自古以來密不可分，陳蘭村《文學爲建築增輝——文學與建築關係漫談》（《中外建築》2007年第2期）一文則著重從文學的角度，談論了文學對建築的影響。

　　至於宋詞與亭臺樓閣關係的探討，或者說從亭臺樓閣的角度研究宋詞，學者們涉足的也不多，也僅有幾篇論文而已，且涉及範圍狹窄，多著重在對宋詞中「樓」意象的探討，主要成果有：古光亮《唐宋詞中的樓欄意象和詞人的藝術感覺》（《雲南師範人學學報》（哲學社會科學版）1997年第4期）；韓璽吾《唐宋詞中的樓意象及其營構藝術》（《河南師範大學學報》（哲學社會科學版）1998年第6期）；許興寶《宋詞樓意象內容融攝概覽》（《陝西師範大學繼續教育學報》2001年第3期）；李旭《五代、北宋詞「庭院樓臺」意象的文化詩學分析》（《北京工業大學學報》（社會科學版）2003年第2期）；趙紅《從文人登樓看唐宋詞中的樓意象》（《西安文理學院學報》（社會科學版）2005年第2期）；鄒華芬《宋詞中「樓」意象及其美學內涵探析》（《西南民族大學學報》（人文社科版）2005年第9期）等。另外，隨著我國建築技術的發展，欄杆成爲亭臺樓閣建築的重要組成部分，且欄杆所處的位置一般是亭臺樓閣建築的最外邊緣，是「樓臺與自然界的最外交界處，位置的特殊性使其產生特殊的易感性，所以大凡詞人登臨其間必生無限感慨」，〔註24〕因此，欄杆便成了詞人藉以抒發各種情感的重要意象而頻頻出現在宋詞中，有關這方面的研究成果主要有：張介凡《談唐宋詞欄干意象》（《韓山師範學院學報》1995年第4期）；

〔註24〕張介凡《談唐宋詞欄干意象》，《韓山師範學院學報》1995年第4期，49頁。

張彩霞《遮面「琵琶」玉闌干——唐宋詞中的「闌干」意象》（《徐州師範大學學報（哲學社會科學版）》2000 年第 2 期；張宇《淺議宋詞中「欄杆」意象的生活底蘊》（《郎陽師範高等專科學校學報》2000 年第 2 期）；蓋麗娜《宋詞「憑欄」意象析》（《大連大學學報》2003 年第 5 期）等。其它方面的研究成果還有：朱小愛《論宋詞「樓亭」對「窗」的審美超越》（《韓山師範學院學報》2000 年第 4 期）一文通過對「樓亭」詞和「窗」詩的審美比較，闡述了「樓亭」對「窗」的審美超越不僅在於空間，更在於樓亭場景對抒情主體的召喚，以及抒情主體情緒的傳遞對場景的激活而形成的一種強烈的表現意識及人文關懷；薛玉坤的《論宋代垂虹亭詞——兼談區域文化景觀對宋詞創作的影響》（《蘇州大學學報》（哲學社會科學版）2003 年第 4 期）通過對吳江垂虹亭詞這一個案分析，揭示了區域文化景觀對宋詞創作的影響；吳秀紅的《樓與宋詞》（《尋根》2006 年第 5 期）則概述了樓在宋詞中的重要地位以及詞人登臨不同類型的樓閣所產生的不同情感。以上學術成果雖然已從不同角度對宋詞和亭臺樓閣的相關問題作了一定程度的分析和研討，但遠不夠系統、深入和細緻，還存在很大的探索空間，因而本文在借鑒前人研究成果的基礎上，以唐圭璋先生《全宋詞》爲底本，以宋詞中涉及亭臺樓閣的作品爲研究對象，對宋詞和亭臺樓閣的關係（側重於亭臺樓閣對宋詞的作用和影響）做進一步的挖掘。主要內容包括考與論兩部分：1、宋詞中的亭臺樓閣考；2、論析亭臺樓閣對宋詞藝術風貌和主題生成的作用和影響。

　　具體說來，實證篇主要考訂了宋詞中所涉及的有具體實名的景觀類亭臺樓閣六十餘個，其中亭二十餘個；臺十二個；樓十八個；閣八個，凡有具體文獻記載的，本文皆竭力對其進行考證，考訂的內容主要依據詞前小序及詞中的具體描寫，並參考宋人及以後的方志、史料筆記、詩文集等，主要考訂它們的地理位置、建造時間、建造主人、周圍主要景觀、文化淵源以及它們在宋代及宋代以前的興廢等。當然，因文獻有限，以上諸條在具體的考訂過程中或許不能全部涉獵。

因為本篇考證的目的除了為下篇的立論打下堅實的文獻基礎外，更重
要的是為了說明宋詞和亭臺樓閣確實有著極為密切的關係，因此除了
文中詳考的六十餘個亭臺樓閣外，本篇末還附加了一附錄列表，列出
未能考出但在宋詞中出現過的其它亭臺樓閣的名稱以及相關作品。

　　論析篇從兩方面探討了亭臺樓閣對宋詞的作用和影響。一方面，
由於諸種原因，亭臺樓閣自古就與文學結下了不解之緣，而且在長期
的文學實踐中，它們已逐漸變成了蘊蓄著特定情感內涵的意象符號而
積澱在中國文人的審美心理結構之中。因此本篇首先從意象的角度分
別探討了宋詞中「亭」、「臺」、「樓（閣）」意象（主要側重於泛指的，
無特定實名的亭臺樓閣）的審美內涵以及詞境營構藝術，以此來看亭
臺樓閣對宋詞藝術風貌的作用和影響；另一方面，亭臺樓閣作為詞人
抒情言志的重要平臺和媒介，自然對宋詞主題內容的生成具有影響。
而且由於亭臺樓閣所處自然環境不同，四時景物各異，有的還融會不
同的歷史文化、逸聞故事以及神話傳說，詞人登臨時的心態也因社會
狀況與個人遭際而千差萬別，這就促使了宋詞主題內容的生成更為豐
富多樣，尤其是一些著名的亭臺樓閣，諸如建康賞心亭、吳江垂虹亭、
鎮江北固亭、蘇州姑蘇臺、嚴子陵釣臺、金陵鳳凰臺、鎮江多景樓、
岳陽樓、當陽仲宣樓、南昌滕王閣等等，因其皆具有獨特的文化內涵，
經文人們的一再題詠，往往會指向特定的主題。因此本篇選擇了宋詞
中涉及的若干著名類亭臺樓閣及其所表現的特定主題之間的關係進行
個案研究，以此證明亭臺樓閣對宋詞主題生成的作用與影響。

　　以上探討，第一部分主要從史實方面來證明宋詞與亭臺樓閣之間
的密切關係，第二部分意在從理論上分析論證亭臺樓閣對宋詞產生的
作用和影響。由於本人學識有限，文中多有疏漏之處，敬請專家批評
指正。

上篇　實證篇──宋詞中的亭臺樓閣考

　　本篇輯錄並考訂的主要是宋詞中所涉及的有具體實名的景觀類亭臺樓閣，主要考訂它們的地理位置、建造時間、建造主人、周圍主要景觀、文化淵源以及它們在宋代及宋代以前的興廢等。當然，因文獻有限，以上諸條在具體的考訂過程中或許不能全部涉獵。考訂的內容主要依據詞前小序及詞中的具體描寫，並參考宋人及以後的方志、史料筆記、詩文集等。我們知道，亭、臺、樓、閣都是我國傳統的建築，且因它們的基本功能相似，都是爲休息、觀賞、登臨之用，故歷來人們都習慣於把它們合在一起來稱呼，文學作品中也時而出現諸如亭臺、樓臺、樓亭、樓閣等合用情況；但是它們畢竟是造型不同的建築，且都有各自不同的發展演變歷史，所以每一個具體建築根據其造型特點，都給予它們明確具體的命名，在文學作品中也是經常以某某亭、某某臺、某某樓、某某閣這些明確的名字出現。宋人選編的《文苑英華‧詩》就乾脆分設有「亭」「臺」「樓」「閣」類。因此，本篇爲了行文的方便，也按類型將其分爲四章分別來考證。本篇共考訂亭臺樓閣六十餘個，凡有具體文獻記載的，本文皆竭力對其進行考證，其中亭二十餘個；臺十二個；樓十八個；閣八個，每考一處，則列舉相關詞作，並儘量舉一首較典型者，全文錄出以觀其貌，其餘相關詞

作則只列作者和篇目。所考亭臺樓閣基本都以建造時間爲序，建造時間不可考者則以涉及到的詞人年輩先後爲序。本篇考證的目的有二：其一，爲下篇的立論打下堅實的文獻基礎；其二，說明宋詞和亭臺樓閣確實有著極爲密切的關係，因此除了文中詳考的六十餘個亭臺樓閣外，本篇末還附加一附錄列表，列出未能考出但在宋詞中出現過的其它亭臺樓閣的名稱以及相關作品。

第一章　宋詞中的亭考

1、會稽山陰蘭亭

會稽山陰蘭亭，地處今浙江紹興城西南的蘭渚山麓，東漢時建。（宋）樂史撰《太平寰宇記》卷九十六，江南東道八，「越州」條云：「蘭亭在縣（山陰）西南二十七里。《輿地志》云：『山陰郭西有蘭渚，渚有蘭亭。』」據傳，春秋末期越王句踐曾種蘭於此，故地名蘭渚，東漢時建有驛亭，亭亦以蘭名。蘭亭周圍自然景觀幽雅怡人，在晉朝時期已很著名，正如王羲之《蘭亭序》中所云「此地有崇山峻嶺，茂林修竹，又有清流急湍，映帶左右」。（魏）酈道元撰《水經注》卷四十，「浙江水」注亦云：「浙江又東與蘭溪合，湖南有天柱山，湖口有亭，號曰『蘭亭』，亦曰『蘭上里』。太守王羲之、謝安兄弟數往造焉。吳郡太守謝勛，封蘭亭侯，蓋取此亭以為封號也。太守王廙之移亭在水中；晉司空何無忌之臨郡也，起亭於山椒，極高盡眺矣。」可見，蘭亭一派山林野趣的自然景觀，曾吸引了王羲之、謝安兄弟多次造訪。而王羲之等人於永和九年（公元 353 年）在此舉行的一次規模巨大的文朋詩友盛會，以及他那篇著名的《蘭亭序》，更使蘭亭聞名遐邇。

王羲之，字逸少，號澹齋，原籍琅邪臨沂（今屬山東），後遷居山陰（今浙江紹興），官至右軍將軍，會稽內史，是東晉偉大的書法

家，被後人尊爲「書聖」。著有文集十卷，傳於後世。《晉書》卷八十有傳。

　　王羲之於西晉永嘉年間與王氏家族一起隨晉室渡江南下後，大多數時間在會稽山陰度過，因這裏山水優美，謝安、孫綽等著名文士也居住於此，王羲之與他們志同道合，交往甚密。正如《晉書》卷八十，「王羲之傳」中所說：「會稽有佳山水，名士多居之，謝安未仕時亦居焉。孫綽、李充、許詢、支遁等皆以文義冠世，並築室東土，與羲之同好。」永和九年的三月三日，王羲之邀集這些文士四十餘人聚集蘭亭，舉行了一次規模宏大的詩友盛會。這次聚會有二十六人作詩三十七首，王羲之還爲這些詩作序以記其事、申其志，這就是著名的《蘭亭序》。爲了敘述的方便，茲不妨將其序文輯錄如下：

　　　　永和九年，歲在癸丑，暮春之初，會於會稽山陰之蘭亭，修禊事也。群賢畢至，少長咸集。此地有崇山峻嶺，茂林修竹，又有清流激湍，映帶左右，引以爲流觴曲水，列坐其次。雖無絲竹管絃之盛，一觴一詠，亦足以暢敘幽情。

　　　　是日也，天朗氣清，惠風和暢，仰觀宇宙之大，俯察品類之盛。所以遊目騁懷，足以極視聽之娛，信可樂也。

　　　　夫人之相與，俯仰一世。或取諸懷抱，晤言一室之內，或因寄所託，放浪形骸之外。雖取捨萬殊，靜躁不同，當其欣於所遇，暫得於已，快然自足，曾不知老之將至。及其所之既倦，情隨事遷，感慨係之矣。嚮之所欣，俯仰之間，已爲陳迹，猶不能不以之興懷。況修短隨化，終期於盡。古人云：死生亦大矣。豈不痛哉！

　　　　每覽昔人興感之由，若合一契，未嘗不臨文嗟悼，不能喻之於懷。固知一死生爲虛誕，齊彭殤爲妄作。後之視今，亦猶今之視昔，悲夫！故列敘時人，錄其所述，雖世殊事異，所以興懷，其致一也。後之覽者，亦將有感於斯文。

序文開始即介紹了這次聚會的時間——永和九年（公元 353 年）的三月三日；地點——會稽山陰之蘭亭；原因——「修禊事也」。「修禊」又稱「祓禊」，「本來是古時候人們在每年三月上巳日（三月三日）臨水沐浴、招魂續魄、除災求福的一種活動。隨著歷史的演進，這種祓除不祥的活動，漸漸和春游聯繫起來，以至後來發展爲臨流賦詩、飲酒賞景、盡遊宴之樂的風雅之舉。」〔註 1〕王羲之等人的蘭亭集會就是爲慶祝每年一度的「修禊」活動而舉行的，當時「群賢畢至，少長咸集」，是歷史上罕見的一次文人盛會，對後世文人雅集影響很大；序文中那優美的景物描寫以及蘊藏在字裏行間的情景、情調和情感，發乎心靈的感悟純乎天籟之響，千百年來更是傾倒了無數文人墨客。因此「蘭亭」便成了一個具有特定象徵意義的意象而被常常用在詩詞之中，藉以抒寫宴飲之樂。在宋詞中，它也並非全然寫實，多數情況下是出於虛擬用典。如蘇軾的《滿江紅》（東武會流杯亭）：

> 東武南城，新堤固、漣漪初溢。隱隱遍、長林高阜，臥紅堆碧。枝上殘花吹盡也，與君更向江頭覓。問向前、猶有幾多春，三之一。　　官裏事，何時畢。風雨外，無多日。相將泛曲水，滿城爭出。君不見蘭亭修禊事，當時坐上皆豪逸。到如今、修竹滿山陰，空陳迹。

根據詞前小序，知蘇軾此詞也是作於「曲水流觴」之時，但並非作於蘭亭，而是作於東武（山東高密）。詞中「君不見蘭亭修禊事，當時坐上皆豪逸。到如今、修竹滿山陰，空陳迹」是借追慕「蘭亭」之事，表現詞人的宴飲之樂，同時也蘊涵了詞人的撫今追昔之感。

　　其它相關詞作：葛勝仲《蝶戀花》（和王廉訪）、李光《水調歌頭》（兵氣暗吳楚）、劉一止《念奴嬌》（和陳元載中秋小集）、王庭珪《柳梢青》（和張元暉清明）、朱敦儒《千秋歲》（賈方七月五日生日爲壽）、李綱《水龍吟》（上巳日出郊，呈知宗安撫、張參、觀文汪相二首）、張元幹《念奴嬌》（丁卯上巳，燕集葉尙書蕊香堂賞海棠，即席賦之）、

〔註 1〕陳益撰《江南古亭》，上海書店出版社 2000 年，33 頁。

楊無咎《雨中花》〔海宇澄明〕、曾覿《訴衷情》（史丞相宴曲水席上作）、程先《鎖窗寒》（雨洗紅塵）、洪适《滿江紅》（和徐守三月十六日）、洪适《滿庭芳》（酬趙憲）、韓元吉《念奴嬌》（次陸務觀見貽念奴嬌韻）、曹冠《夏初臨》（翠入煙嵐）、曹冠《望海潮》（紹興府西園席上）、姚述堯《水調歌頭》（秩滿告歸，曾使君餞別，席間奉呈）、陸游《烏夜啼》（從宦元知漫浪）、陸游《太平時》（竹裏房櫳一徑深）、范成大《破陣子》（祓禊）、辛棄疾《水調歌頭》（淳熙己亥，自湖北漕移湖南，總領王、趙守置酒南樓，席上留別）、辛棄疾《虞美人》（送趙達夫）、辛棄疾《新荷葉》（上巳日，子似謂古今無此詞，索賦）、辛棄疾《新荷葉》（徐思乃子似生朝，因爲改定）、辛棄疾《滿江紅》（紫陌飛塵）、盧炳《念奴嬌》（上巳太守待同官曲水園，因成）、韓淲《滿庭芳》（王寺簿生朝）、黃機《清平樂》（爲繆推官壽清容，繆之亭名也）、劉克莊《賀新郎》（拂袖歸來）、劉克莊《憶秦娥》（上巳）、趙以夫《賀新郎》（夜來月色可人，蘭香滿室，再用前調）、李曾伯《沁園春》（丁酉春陪制垣齊安郡圃曲水之集）、李曾伯《沁園春》（送喬賓王）、吳文英《晏清都》（夾鍾羽，俗名中呂調餞榮王仲亨還京）、周密《西江月》（懷刻）。

2、京口北固亭

北固亭，即北固樓，原址位於今江蘇鎮江北固山上，（晉）蔡謨所築。（宋）王象之《輿地紀勝》卷七，兩浙西路，鎮江府，「北固樓」條曰：「在丹徒北固山上。輿地記：『北固山有亭屋五間，蔡謨以置軍實』。」北固山，下臨長江，三面濱水，形勢險要，南朝宋高祖曾改名「北顧」。南朝梁武帝大同十年（544），武帝將「北固樓」改名「北固亭」。（唐）李吉甫撰《元和郡縣志》卷二十六，江南道，潤州，丹徒縣，云：「北固山在縣北一里，下臨長江，其勢險固，因以爲名。蔡謨、謝安作鎮，並於山上作府庫儲軍實。宋高祖云：『作鎮、作固誠有其緒，然北望海口，實爲壯觀，以理而推，固宜爲顧。』」

（清）顧祖禹著《讀史方輿紀要》曰：「北固山在鎮江城北一里，下臨長江，三面濱水，回嶺斗絕，勢最險固。晉蔡謨起樓其上，以貯軍實，謝安復營茸之，即所謂北固樓，亦曰北固亭。大同十年，武帝改名北固亭。」

辛棄疾登臨北固亭，留下了千古絕唱《永遇樂》（京口北固亭懷古）：

> 千古江山，英雄無覓，孫仲謀處。舞榭歌臺，風流總被，雨打風吹去。斜陽草樹，尋常巷陌，人道寄奴曾住。想當年，金戈鐵馬，氣吞萬里如虎。　　元嘉草草，封狼居胥，贏得倉皇北顧。四十三年，望中猶記，烽火揚州路。可堪回首，佛狸祠下，一片神鴉社鼓。憑誰問，廉頗老矣，尚能飯否。

詞借古諷今，又借古抒情言志；運用典故，十分恰當；意境雄渾壯闊。（清）陳廷焯評曰：「句句有金石聲音，吾怖其神力。」（陳廷焯評《白雨齋詞話》）（明）楊慎亦說：「辛詞當以《永遇樂·京口北固亭懷古》為第一。」（楊慎《詞品》）

辛棄疾另一首《南鄉子》（登京口北固亭有懷）和岳珂的《祝英臺近》（北固亭）亦堪稱佳作：

> 何處望神州。滿眼風光北固樓。千古興亡多少事，悠悠。不盡長江滾滾流。　　年少萬兜鍪。坐斷東南戰未休。天下英雄誰敵手。曹劉。生子當如孫仲謀。（辛棄疾《南鄉子》登京口北固亭有懷）

> 澹煙橫，層霧斂。勝概分雄占。月下鳴榔，風急怒濤颭。關河無限清愁，不堪臨鑒。正霜鬢、秋風塵染。　　漫登覽。極目萬里沙場，事業頻看劍。古往今來，南北限天塹。倚樓誰弄新聲，重城正掩。歷歷數、西州更點。（岳珂《祝英臺近》北固亭）

楊慎評岳珂的《祝英臺近》（北固亭）云：「此詞感慨忠憤，與辛幼安『千古江山』一詞相伯仲。」（楊慎《詞品》）

其它相關詞作：仲殊《蝶戀花》（北固山前波浪遠）、張表臣《驀山溪》（樓橫北固）、王質《水調歌頭》（京口）、李處全《念奴嬌》（京口上元雪夜招唐元明）、趙善括《水調歌頭》（渡江）、姜夔《永遇樂》（次稼軒北固樓詞韻）。

3、杭州冷泉亭

冷泉亭在杭州靈隱寺前飛來峰下，唐刺史元藇所建。（宋）祝穆《方輿勝覽》卷一，臨安府，「冷泉亭」條云：「在飛來峰下，杭州刺史元藇建。」考（唐）元藇任杭州刺史時間，應在唐憲宗元和十五（820）年，（宋）羅願撰《新安志》卷九，敘牧守，「崔元亮」條云：「崔元亮，字晦叔，磁州照義人。累轉駕部員外郎，清謹介特，澹如也。稍遷密州刺史，元和十五年遷歙州，與杭州元藇等同制。」那麼其建冷泉亭的時間也當在這一年。又（明）田汝成撰《西湖遊覽志》卷十，「冷泉亭」條云：「唐刺史元藇建。舊在水中，今依澗而立。『冷泉』二字乃白樂天所書；『亭』字乃蘇子瞻續書，今亦亡矣。」白居易有《冷泉亭記》，具體描述了冷泉亭的地理位置以及優美景致：

> 東南山水，餘杭郡為最。就郡言，靈隱寺為尤。由寺觀，冷泉亭為甲。亭在山下，水中央，寺西南隅。高不倍尋，廣不累丈；而撮奇得要，地搜勝概，物無遁形。春之日，吾愛其草薰薰，木欣欣，可以導和納粹，暢人血氣。夏之夜，吾愛其泉渟渟，風泠泠，可以蠲煩析酲，起人心情。山樹為蓋，巖石為屏，雲從棟生，水與階平。坐而玩之者，可濯足於牀下；臥而狎之者，可垂釣於枕上。矧又潺湲潔澈，粹冷柔滑。若俗士，若道人，眼耳之塵，心舌之垢，不待盥滌，見輒除去。潛利陰益，可勝言哉？斯所以最餘杭而甲靈隱也。

> 杭自郡城抵四封，叢山複湖，易為形勝。先是，領郡者，有相里君造作虛白亭，有韓僕射皋作候仙亭，有裴庶子棠棣作觀風亭，有盧給事元輔作見山亭，及右司郎中河

南元輿最後作此亭。於是五亭相望，如指之列，可謂佳境
殫矣，能事畢矣。後來者，雖有敏心巧目，無所加焉。故
吾繼之，述而不作。

長慶三年八月十三日記。

辛棄疾有《滿江紅》（題冷泉亭）詞：

直節堂堂，看夾道、冠纓拱立。漸翠谷‧群仙東下，
佩環聲急。聞道天峰飛墮地，傍湖千丈開青壁。是當年、
玉斧削方壺，無人識。　　山木潤。琅玕溼。秋露下，
瓊珠滴。向危亭橫跨，玉淵澄碧。醉舞且搖鸞鳳影，浩歌
莫遣魚龍泣。恨此中、風月本吾家，今為客。

詞上片寫冷泉亭附近景色之勝；下片寫遊亭的活動及感受。

4、益陽裴公亭

裴公亭，一曰裴休亭，在今湖南益陽市南白鹿山上，乃唐宰相裴
休讀書之所。《大清一統志》卷二百七十六，「長沙府」云：「裴公亭，
在益陽縣南白鹿山，一名裴休亭，唐裴休讀書之所。」

裴休，字公美，孟州濟源（在今河南）人。唐太和三年（829）
擢進士第；六年，進同書門下平章事，轉中書侍郎，卓有政聲。晚年
遭貶任荊南節度史，鎮長沙。《湖廣通志》卷四十，名宦志，「裴休」
條云：「乾符間歷荊南節度使，不為皦察行，所治吏民莫不畏信。」
裴公任荊南節度史期間，常往還於湘資之間，結交隱逸，徜徉山水；
並曾僑寓資城，構亭於此，日讀書其間，以適其志。後人因以其姓氏
名亭。據說裴公朗朗的讀書誦經聲，曾引來仙白鹿駐足聆聽。《明一
統志》卷六十三，長沙府，「白鹿山」條云：「在益陽縣治西南，下有
龍湫蒼崖，古木清絕可愛，唐裴休講道於此。有白鹿銜花出聽，因名。
宋楊億詩『資江水急魚行澀，白鹿峰高鳥度遲』。」因此，歷來不乏
到此登亭攬勝、題詠抒懷之人，他們往往會興起對裴公的追憶和懷
想，欽羨他不因遭貶而沉淪，卻能夠潛心治學的曠達精神。試讀王以
寧的《水調歌頭》（裴公亭懷古）：

歲晚橘洲上，老葉舞愁紅。西山光翠，依舊影落酒杯中。人在子亭高處，下望長沙城郭，獵獵灑簾風。遠水湛寒碧，獨釣綠蓑翁。　　懷往事，追昨夢，轉頭空。孫郎前日，豪健頤指五都雄。起擁奇才劍客，十萬銀戈赤幟，歌鼓壯軍容。何似裴相國，談道老圭峰。

此詞上片寫景，下片懷古抒情：不管孫郎過去是何等輝煌，多麼英勇蓋世，到頭來也只不過是一場夢，「轉頭空」而已，哪比得上裴公靜居一方淨土，來談經說道以心靈自適呢？

相關詞作：呂勝已《臨江仙》（同王侯二公登裴公亭）、郭應祥《卜算子》（二月晦，偕徐孟堅、滕審言、李季功遊裴公亭作）。

5、饒州餘干三亭（乘風亭、干越亭、白雲亭）

乘風亭、干越亭、白雲亭均在饒州餘干縣（今屬江西）羊角山（又名「冠山」）。干越亭和白雲亭相對，均為唐朝李德裕所建。《輿地紀勝》卷二十三，江南東路，饒州，「干越亭」條曰：「在餘干，與白雲亭相對，李德裕建。」（《方輿勝覽》卷十八，饒州，「干越亭」條記載基本相同），（明）彭大翼撰《山堂肆考》卷一百七十二，「干越」條亦曰：「亭在餘干縣羊角山，前瞰琵琶洲，唐李德裕建。」又（宋）樂史撰《太平寰宇記》卷一百七，江南西道五，饒州，「白雲亭」條：「在縣西南八十步，旁對干越亭而峙焉。」《江西通志》卷四十一，古蹟，「饒州府」記載曰：「白雲亭，《鄱陽記》：在餘干縣西南，旁對干越亭而峙焉，跨古城之危，瞰長江之深。隨州刺史劉長卿題詩曰：『孤城上與白雲齊』，因以白雲為名；《名勝志》：唐李德裕建。」

關於乘風亭的建造者和建造時間，《輿地紀勝》卷二十三只云「熙寧中（1068～1078）建」。而宋代詞人趙彥斷有四首描寫乘風亭的詞作，其中《朝中措》詞前小序云：「乘風亭初成。」據此，乘風亭應為趙彥斷所建，然趙彥斷乃宣和三年（1121）生，由此看來，他絕非熙寧中建造之人。那麼，我們只能這麼理解：乘風亭初建於熙寧中，後來由趙彥端重建。於此，趙彥端的《虞美人》詞前小序「九月飲乘

風亭故基」可作爲旁證，既然云「故基」，「重建」就不爲虛。《明一統志》卷五十，「饒州府」記載：「趙彥端，紹興間知餘干縣，剛介不屈，愛民如子，民稱爲趙母。」據此，乘風亭的重建時間應爲紹興年間趙彥端知餘干期間。此亭後屬丞相趙汝愚（諡號忠定）家所有。《輿地紀勝》卷二十三，江南東路，饒州，「乘風亭」條云：「在餘干之羊角山，熙寧中建，爲一邑絕覽之地，天氣晴朗望見廬山。今屬趙忠定（即趙汝愚）家，改名『吳楚冠冕』。」

　　饒州餘干三亭周圍自然景觀非常優美，上有羊角山，下有琵琶洲，山清水秀，相映成趣。相傳唐代茶聖陸羽就曾在此地煮茶。《江西通志》卷十一，山川五，饒州府，「冠山」條云：「在餘干縣治東，平地崛起，巍然如冠，一名雙覆峰，又名羊角峰。上多奇樹怪石，前瞰琵琶洲，相傳唐陸羽於此煮茶，有龍泉池、雲風堂、乘風亭，今廢。」尤其是乘風亭，「天氣晴朗」時，還可以「望見廬山」，隆興二年（1164），南宋樞密使、抗金英雄張浚貶醴泉（今陝西永泉縣）觀察使，自巡視地江南北返行次餘干時，曾攜栻、杓二子登此遊覽，《江西通志》卷四十一，古蹟，饒州府，「乘風亭」條云：「《名勝志》：在餘干山龍池畔，晴天開朗可望匡廬，宋熙寧中建。張樞密濬寓餘干時，嘗攜二子栻、杓登之。」

　　有關餘干三亭的詞作，留存下來的不多，《全宋詞》中只輯錄有趙彥端的幾首，它們是：《朝中措》（乘風亭初成）、《好事近》（乘風亭作）、《虞美人》（九月飲乘風亭故基）二首、《垂絲釣》（干越亭路彥捷置酒同別富南叔）、《好事近》（白雲亭）。現錄《虞美人》（九月飲乘風亭故基）二首如下，以觀其貌：

其一

　　煙空礎盡長松語。佳處遺基古。道人乘月又乘風。　未用秋衣沉水、換薰籠。　　　兩峰千澗依稀是。想像詩翁醉。莫驚青蕊後時開。笑倒江南陶令、未歸來。

其二

> 凌虛風馬來無迹。水淨山光出。松間孤鶴睡殘更。喚
> 起緱簫飛去、與雲平。　　　新亭聊共豐年悅。一醉中秋
> 月。江山擬作畫圖臨。樂府翻成終勝、寫無聲。

詞中用簡潔明淨的語言，勾勒出清麗恬淡的環境景物。詞人流連自
然、忘情山水，表現了企圖超脫於世俗而返樸歸眞的審美情趣。

6、九江琵琶亭

琵琶亭，原在九江城西長江之濱，因唐代著名詩人白居易寫長詩
《琵琶行》而得名。唐憲宗元和十年（公元 815 年），白居易因上書
請示嚴緝殺宰相武元衡的兇手，得罪權貴，貶爲江州（今九江市）司
馬。次年秋夜，詩人送客湓浦口，遇琵琶歌女，聽其訴說身世，觸景
生情，因作《琵琶行》贈之。後人特建琵琶亭以張其事。《方輿勝覽》
卷二十二，江州，亭軒「琵琶亭」條：「在西門之外，其下臨大江。」
《明一統志》卷五十二，九江府，宮室「琵琶亭」條：「在府城西大
江濱，唐司馬白居易送客湓浦口，夜聞鄰舟琵琶聲，問之，乃長安娼
女，嫁於商人，爲作《琵琶行》，後人因以名亭。」

張孝祥《減字木蘭花》（琵琶亭林守、王食倅送別）：

> 江頭送客。楓葉荻花秋索索。絃索休彈。清淚無多怕
> 濕衫。　　　故人相遇。不醉如何歸得去。我醉忘歸。煙
> 滿空江月滿堤。

開頭寫景借用白居易《琵琶行》意境，表達對朋友的離別之情。

李曾伯有《醉蓬萊》（丁酉春題江州琵琶亭，時自兵間還幕，有
焚舟之驚）詞曰：

> 倚欄干一笑，舊日琵琶，何處尋覓。獨立東風，吹未
> 醒狂客。沙外青歸，柳邊黃淺，依舊自春色。極目長淮，
> 晴煙一抹，不堪重憶。　　　老子平生，萍流蓬轉，昔去
> 今來，鷗鷺都識。拍拍輕舟，煙浪暗天北。自有乾坤，江
> 山如此，多少等陳迹。世事從來，付之杯酒，青衫休濕。

既有對歷史的緬懷，亦有對現實的感慨，在作白居易式的達觀背後自有諸多無奈。

其它相關詞作：王質《西江月》（和王道一韻促畫屏）、辛棄疾《玉樓春》（有自九江以石中作觀音像持送者，因以詞賦之）、石孝友《水調歌頭》（高情邈雲漢）。

7、蘇舜欽滄浪亭

滄浪亭，位於江蘇蘇州市南，原是五代時中吳節度使孫承祐的池塘，北宋慶曆年間，蘇舜欽貶官蘇州時用四萬錢買得，在水邊築亭以自適，名曰「滄浪亭」，並自作記，南宋歸韓世忠別墅。後以此亭命名整個園林。

（宋）范成大撰《吳郡志》卷十四，園亭，「滄浪亭」條云：「滄浪亭，在郡學之南。積水彌數十畝，傍有小山，高下曲折，與水相縈帶。《石林詩話》以為錢氏時廣陵王元璙池館。或云其近戚中吳軍節度使孫承祐所作。既積土為山，因以瀦水。慶曆間，蘇舜欽子美得之，傍水作亭，曰『滄浪』。歐陽文忠公詩云：『清風明月本無價，可惜只賣四萬錢。』滄浪之名始著。子美死，屢易主。後為章申公家所有，廣其故地。為大閣，又為堂。山上亭北跨水有名『洞山』者，章氏並得之。既除地，發其下，皆嵌空大石，人以為廣陵王時所藏。益以增累其隙，兩山相對，遂為一時雄觀。建炎狄難，歸韓蘄王家。」

（宋）朱長文撰《吳郡圖經續記》卷下，園第亦云：「蘇子美滄浪亭，在郡學東。子美既以事廢，乃南遊吳中。一日過郡學，東顧草木鬱然，崇阜廣水，瀕水得微徑於雜花修竹之間，趨數百步有棄地，乃中吳節度孫承祐之池館也，坳隆勝勢，遺意尚存。子美買地作亭，號曰『滄浪』，前竹後水，水之陽又竹無窮，諸公多為之賦詩。子美嘗謂吳中諸茶野釀足以消憂，蓴鱸稻蟹足以適口，又多高僧隱君子，佛廟勝絕，家有園林，珍花奇石，曲池高臺，魚鳥留連，不覺日暮，遂終此不去焉。」

蘇舜欽有《水調歌頭》（滄浪亭）詞：

> 瀟灑太湖岸，淡佇洞庭山。魚龍隱處，煙霧深鎖渺彌
> 間。方念陶朱張翰，忽有扁舟急槳，撇浪載鱸還。落日暴
> 風雨，歸路繞汀灣。　　丈夫志，當景盛，恥疏閒。壯年
> 何事憔悴，華髮改朱顏。擬借寒潭垂釣，又恐鷗鳥相猜，不
> 肯傍青綸。刺棹穿蘆荻，無語看波瀾。

詞上片寫隱逸之樂；下片寫被迫隱居的痛苦，反映了詞人壯年被斥退
出官場，不得已而隱居的的無奈和不甘。

其它相關詞作：尹洙《水調歌頭》（和蘇子美）、晁端禮《滿庭芳》
（天與疏慵）、京鏜《念奴嬌》（繡天錦地）、辛棄疾《賀新郎》（碧海
成桑野）、吳潛《賀新郎》（吳中韓氏滄浪亭和吳夢窗韻）、吳文英《金
縷歌》（陪履齋先生滄浪看梅）。

8、建康賞心亭

建康賞心亭，在今江蘇南京城西，下臨秦淮河，爲登臨觀賞勝地。
此亭乃北宋晉國公丁謂於宋眞宗天禧年間鎮守金陵時所建，南宋景定
元年（公元 1260 年），亭被燒毀，馬光祖又重新修建。（宋）祝穆《方
輿勝覽》卷十四，江東路，「建康府」云：「賞心亭，下臨秦淮，盡觀
覽之盛，丁晉公謂建。」（宋）宋敏求撰《春明退朝錄》卷下：「丁晉
公天禧中鎮金陵，臨秦淮建亭，名曰賞心。」（宋）周應合撰《景定
建康志》卷二十二亦云：「賞心亭在下水門之城上，下臨秦淮，盡觀
覽之勝。丁晉公謂建，景定元年亭毀，馬公光祖重建」，又云：「景定
庚申四月二十一日，龍王廟災，風盛焰熾，其東正接大軍廣濟諸倉積
貯之所也，而風焰嚮之。馬公光祖至倉所，叩頭祈天，風反而西，倉
廩得全。舊賞心亭在龍王廟西，正當風及之處，不免煨燼。公曰：『倉
毀，則食難足；亭毀，易建也。』亟命工度材重建斯亭。選幕屬朱纫
學董其事，不日而成，視舊觀雄偉過之，爲金陵第一勝築。」

賞心亭雖處在秦淮河畔的風景佳麗地，但登臨此地卻很少能激起
詞人的賞心悅目之情。建康曾是六朝國都，六朝時代，秦淮河一帶繁

華異常，十里秦淮，兩岸貴族，世家聚居，文人墨客薈萃，但隋唐以後，一度冷落，昔日繁華不復存在，它是六朝興衰的見證者，因而更易喚起人們的弔古之感。辛棄疾的《念奴嬌》（登建康賞心亭呈史致道留守）是這方面的代表作：

> 我來弔古，上危樓、贏得閒愁千斛。虎踞龍蟠何處是，只有興亡滿目。柳外斜陽，水邊歸鳥，隴上吹喬木。片帆西去，一聲誰噴霜竹。　　卻憶安石風流，東山歲晚，淚落哀箏曲。兒輩功名都付與，長日惟消棋局。寶鏡難尋，碧雲將暮，誰勸杯中綠。江頭風怒，朝來波浪翻屋。

詞人弔古傷今，表達了對國家前途的憂慮之情。另外，丘崈的《水調歌頭》（登賞心亭懷古）亦表現了相同的主題：

> 一雁破空碧，秋滿荻花洲。淮山淡掃，欲顰眉黛喚人愁。落日歸雲天外，目斷清江無際，浩蕩沒輕鷗。有恨寄流水，無淚學羈囚。　　望石城，思東府，話西州。平蕪千里，古來佳處幾回秋。歌舞當年何在，羅綺一時同盡，夢幻兩悠悠。杯到莫停手，唯酒可忘憂。

辛棄疾還有另一首名作《水龍吟》（登建康賞心亭）：

> 楚天千里清秋，水隨天去秋無際。遙岑遠目，獻愁供恨，玉簪螺髻。落日樓頭，斷鴻聲裏，江南遊子。把吳鉤看了，欄干拍徧，無人會、登臨意。　　休說鱸魚堪膾。儘西風、季鷹歸未。求田問舍，怕應羞見，劉郎才氣。可惜流年，憂愁風雨，樹猶如此。倩何人，喚取盈盈翠袖，搵英雄淚。

詞人則在詞中直接抒發了自己報國無門的苦悶和悲憤。

其它相關詞作：張舜民《江神子》（癸亥陳和叔會於賞心亭）、蘇軾《漁家傲》（金陵賞心亭送王勝之龍圖。王守金陵，視事一日移南郡）、趙彥端《賀聖朝》（一江風月同君住）、王千秋《滿江紅》（和諸公賞心亭待月）、丘崈《菩薩蠻》（再登賞心用林子長韻）、辛棄疾《菩薩蠻》（賞心亭為葉丞相賦）、王奕《酹江月》（和辛稼軒金陵賞心亭）、彭履道《鳳凰臺上憶吹簫》（秦淮夜月）。

9、吳江垂虹亭（附三高亭）

　　吳江垂虹亭，在江蘇吳江縣長橋上，北宋慶曆年間縣令李問建。長橋，又名利往橋，因上建有垂虹亭，所以又名垂虹橋，是松江之上一座著名的橋梁，北宋慶曆年間縣尉王廷堅所建。垂虹亭立於松江之上，又瀕臨太湖，周圍自然風光美不勝收。（清）趙宏恩等監修《江南通志》卷三十一，輿地志，古蹟，「蘇州府」云：「垂虹亭，在吳江縣長橋，宋慶曆中縣令李問建。」又（宋）朱長文《吳郡圖經續記》卷中「橋梁」條云：「吳江利往橋，慶曆八年，縣尉王廷堅所建也。東西千餘尺，用木萬計。縈以修欄，甃以淨甓，前臨具區，橫截松陵，湖光海氣，蕩漾一色，乃三吳之絕景也。橋成，而舟楫免於風波，徒行者晨暮往歸，皆爲坦道矣。橋有亭，曰垂虹，蘇子美嘗有詩云：『長橋跨空古未有，大亭壓浪勢亦豪。』非虛語也。」正因爲垂虹橋亭擁有如此「絕景」，再加上其優越的地理位置（地處松江和江南運河的交匯點，又瀕臨太湖，是宋代文人南來北往水路交通的必經之所），所以一直吸引著眾多的詩人詞客登臨觸詠。宋神宗熙寧七年（公元1074年），蘇軾自杭州移至密州，途徑此地，就曾攜詞人張先等在垂虹亭上置酒吟詠，成爲詞壇史上一段佳話。《東坡志林》卷一，記遊，「記遊松江」條對此有所記載：「吾昔自杭移高密，與楊元素同舟，而陳令舉、張子野皆從吾過李公擇於湖，遂與劉孝叔俱至松江。夜半月出，置酒垂虹亭上。子野年八十五，以歌詞聞於天下，作《定風波令》，其略云：『見說賢人聚吳分，試問，也應傍有老人星。』坐客歡甚，有醉倒者，此樂未嘗忘也。今七年爾，子野、孝叔、令舉皆爲異物，而松江橋亭，今歲七月九日海風駕潮，平地丈餘，蕩盡無復子遺矣。追思曩時，真一夢也。元豐四年十二月十二日，黃州臨皋亭夜坐書。」劉仙倫《賀新郎》（題吳江）就是一首關於垂虹亭的的詞，詞中有「歎垂虹亭下，銷磨幾番今古。依舊四橋風景在，爲問坡仙甚處」，就是針對此事而發。

　　宋詞中有不少關於描繪垂虹亭優美景物的詞作，如：

放船縱棹，趁吳江風露，平分秋色。帆卷垂虹波面冷，初落蕭蕭楓葉。萬頃琉璃，一輪金鑒，與我成三客。碧空寥廓，瑞星銀漢爭白。　　深夜悄悄魚龍，靈旗收暮靄，天光相接。瑩澈乾坤，全放出、疊玉層冰宮闕。洗盡凡心，相忘塵世，夢想都銷歇。胸中雲海，浩然猶浸明月。（朱敦儒《念奴嬌》垂虹亭）

渺然震澤東來，太湖望極平無際。三吳風月，一江煙浪，古今絕致。羽化蓬萊，胸吞雲夢，不妨如此。看垂虹千丈，斜陽萬頃，盡倒影、青奩裏。　　追想扁舟去後，對汀洲、白萍風起。只今誰會，水光山色，依然西子。安得超然，相從物外，此生終矣。念素心空在，徂年易失，淚如鉛水。（毛开《水龍吟》登吳江橋作）

對景物的描寫中抒發了詞人超然物外的淡泊之志。

　　另外，在長橋之北又有三高亭，垂虹亭與它相望。「三高」指（越）范蠡、（晉）張翰、（晚唐）陸龜蒙三人。（宋）龔明之《中吳紀聞》卷三「三高亭」條云：「越上范將軍蠡、江東步兵張翰、增右補闕陸龜蒙各有畫像在吳江鱸鄉亭旁。東坡先生嘗有《吳江三賢畫像》詩。後易其名曰『三高』，且更爲塑像。朣庵主人王文孺獻其地雪灘，因遷之。今在長橋之北，與垂虹亭相望。石湖居士爲之記。」「三高」之中，范蠡曾輔佐越王句踐滅吳，後因知句踐不可以共安樂，而浮海出齊；張翰，字季鷹，是晉代吳江人，在洛陽做官，見秋風起，想起家鄉的鱸魚膾，便辭官返鄉，後人爲此在這裏建鱸鄉亭，《世說新語·識鑒》中云：「張季鷹辟齊王東曹掾，在洛，見秋風起，因思吳中孤菜羹、鱸魚膾，曰：『人生貴得適意爾，何能羈宦數千里以要名爵？』遂命駕便歸。」；陸龜蒙是晚唐文學家，字魯望，姑蘇（今屬江蘇蘇州）人，舉進士不中，居松江甫里，經營茶園，常泛舟於太湖，自稱江湖散人，後以高士召，不赴。總之，「三高」最終都走上了隱逸之路，他們的高潔志行不斷引起後人的追慕和憑弔。因此，宋詞中有關垂虹亭的詞作也多數是對「三高」的歌詠，如：

寒滿一衾誰共。夜沉沉、醉魂朦鬆。雨呼煙喚付淒涼，又不成、那些好夢。　　忽明日煙江暝曚。扁舟繫、一行蝦蝀。季鷹生事水瀰漫，過鱸船、再三目送。（毛滂《夜行船》雨夜泊吳江，明日過垂虹亭）

丁丑春與鍾離少翁、張元鑒登垂虹

拄策松江上，舉酒酹三高。此生飄蕩，往來身世兩徒勞。長羨五湖煙艇，好是秋風鱸鱠，笠澤久蓬蒿。想像英靈在，千古傲雲濤。

　　俯滄浪，舌空曠，恍神交。解衣盤礴，政須一笑屬吾曹。洗盡人間塵土，掃去胸中冰炭，痛飲讀離騷。縱有垂天翼，何用釣連鼇。（張元幹《水調歌頭》）

　　□聲短棹，柳色長條，無花但覺風香。萬境天開，逸興縱我清狂。白鷗更閒似我，趁平蕪、飛過斜陽。重歡息，卻如何不□，夢裏黃粱。　　一自三高非舊，把詩囊酒具，千古淒涼。近日煙波，樂事盡逐漁忙。山橫洞庭夜月，似瀟湘、不似瀟湘。歸未得，數清遊、多在水鄉。（張炎《聲聲慢》重過垂虹）

字裏行間流露了詞人對隱逸生活的羨慕和嚮往。

其它垂虹亭詞：張先《傾杯》（吳興）、蘇軾《青玉案》（和賀方回韻送伯固歸吳中故居）、朱敦儒《水調歌頭》（和海鹽尉范行之）、朱敦儒《滿庭芳》（鵬海風波）、張元幹《念奴嬌》（代洛濱次石林韻）、張元幹《念奴嬌》（己卯中秋和陳丈少卿韻）、張表臣《菩薩蠻》（過吳江）、韓元吉《水調歌頭》（七月六日與範至能會飲垂虹）、袁去華《水調歌頭》（天下最奇處）、趙磻老《念奴嬌》（中秋垂虹和韻）、張孝祥《水調歌頭》（垂虹亭）、崔敦禮《水調歌頭》（垂虹橋亭詞）、李處全《水調歌頭》（明月浸瑤碧）、楊冠卿《賀新郎》（薄暮垂虹去）、辛棄疾《水調歌頭》（和王正之右司吳江觀雪見寄）、劉過《念奴嬌》（留別辛稼軒）、姜夔《慶宮春》（雙槳蓴波）、劉學箕《水調歌頭》（飲垂虹）、趙以夫《風流子》（中秋群賢集於蝸舍，值雨作，和劉隨

如）、吳潛《滿江紅》（送李御帶祺）、吳文英《十二郎》（垂虹橋上有垂虹亭，屬吳江）、吳文英《木蘭花慢》（重泊垂虹）、吳文英《聲聲慢》（餞魏繡使泊吳江，為友人賦）、李彭老《摸魚子》（紫雲山房擬賦薴）。

10、歐陽修醉翁亭

醉翁亭位於安徽琅琊山麓。宋慶曆年間，歐陽修被貶謫滁州太守，感懷時世，寄情山水。山中僧人智仙特在山麓建造了一座小亭，歐陽修自號「醉翁」，因以名亭，並寫下傳世名作《醉翁亭記》。

《明一統志》卷十八，滁州，「醉翁亭」條：「在琅琊山釀泉之上，宋慶曆中僧智仙為郡守歐陽修建。修自號『醉翁』，因以名亭。作《醉翁亭記》，其文膾炙人口，天下傳誦焉。其略曰：『太守與客來飲於此，飲少輒醉，而年又最高，故自號曰醉翁也。醉翁之意不在酒，在乎山水之間也。山水之樂，得之心而寓之酒也。』」

詞人黃庭堅、林正大均有詞作：

> 環滁皆山也。望蔚然深秀，琅琊山也。山行六七里，有翼然泉上，醉翁亭也。翁之樂也。得之心、寓之酒也。更野芳佳木，風高日出，景無窮也。　　遊也。山肴野蔌，酒冽泉香，沸籌觥也。太守醉也。喧嘩眾賓歡也。況宴酣之樂、非絲非竹，太守樂其樂也。問當時、太守為誰，醉翁是也。（黃庭堅《瑞鶴仙》）

> 環滁皆山也。望西南、蔚然深秀者瑯琊也。泉水潺潺峰路轉，上有醉翁亭也。亭、太守自名之也。試問醉翁何所樂？樂在乎山水之間也。得之心，寓酒也。　　四時之景無窮也。看林霏日出雲歸自朝暮也。交錯觥籌酣宴處，肴蔌雜然陳也。知太守游而樂也。太守醉歸賓客從，擁蒼顏白髮頹然也。太守誰？醉翁也。（林正大《括賀新涼》）

二詞詞意皆是隱括歐陽修《醉翁亭記》，可見歐記影響之深。

11、南京白鷺亭

白鷺亭，在今江蘇南京城西，東臨賞心亭，因下瞰「白鷺洲」，故名。宋仁宗嘉祐初王君玉鎮守金陵時建，宋理宗景定元年（1260）馬光祖重建。（宋）祝穆撰《方輿勝覽》卷十四，江東路，「建康府」云：「白鷺亭，在府城上，與賞心亭相接，下瞰白鷺洲，柱間有蘇子瞻留題。」（宋）宋敏求撰《春明退朝錄》卷下曰：「嘉祐初王侍郎君玉守金陵，建白鷺亭於其（賞心亭）西，皆棟宇軒敞盡覽江山之勝。」又（宋）周應合撰《景定建康志》卷二十二：「白鷺亭接賞心亭之西，下瞰白鷺洲，柱間有東坡留題，景定元年馬公光祖重建。」（元）張鉉撰《至正金陵新志》卷十二上亦云：「白鷺亭，在賞心亭西，，下瞰白鷺洲，景定元年馬光祖重建。李白《鳳凰臺》詩有『二水中分白鷺洲』之句，亭對此洲，故名。」

詞作有：周紫芝《水調歌頭》（丙午登白鷺亭作）、趙彥端《鷓鴣天》（白鷺亭作）、袁去華《柳梢青》（建康作）、王埜《六州歌頭》（龍蟠虎踞）、陳允平《西河》（形勝地）施翠岩《沁園春》（夜登白鷺亭），基本是感概六朝興亡的主題。其中，周紫芝《水調歌頭》（丙午登白鷺亭作）堪稱佳作：

> 歲晚念行役，江闊渺風煙。六朝文物何在，回首更淒然。倚盡危樓傑觀，暗想瓊枝璧月，羅襪步承蓮。桃葉山前鷺，無語下寒灘。　　潮寂寞，浸孤壘，漲平川。莫愁艇子何處，煙樹杳無邊。王謝堂前雙燕，空繞烏衣門巷，斜日草連天。只有臺城月，千古照嬋娟。

12、溫州富覽亭

富覽亭，在永嘉（今浙江溫州）郭公山上，宋仁宗嘉祐三年（1058）知州楚建中建。

《明一統志》卷四十八，溫州府，「富覽亭」條：「在郭公山上，宋建。登者不越几席而盡山水之勝——。」

《浙江通志》卷五十，古蹟十二，溫州府下，「富覽亭」條：「《明

一統志》：『在永嘉縣郭公山』；萬曆《溫州府志》：『宋嘉祐三年知州楚建中建』。」

姜夔有《水調歌頭》（富覽亭永嘉作）詞：

> 日落愛山紫，沙漲省潮回。平生夢遊不到，一葉眇西來。欲訊桑田成海，人世了無知者，魚鳥兩相猜。天外玉笙杳，子晉只空臺。　　倚闌干，二三子，總仙才。俑歌遠遊章句，雲氣入吾杯。不問王郎五馬，頗憶謝生雙屐，處處長青苔。東望赤城近，吾興亦悠哉。

13、采石蛾眉亭

采石蛾眉亭，在今安徽當塗縣北牛渚山下采石磯上，前對東、西梁山，東、西梁山夾江對峙，形似天門，又稱天門山，從亭上望二山，如兩道蛾眉，故名。宋神宗熙寧年間太平州（州治在今安徽當塗縣）知州張環在采石磯上築此亭，以便觀覽天門奇景。(明) 李賢等撰《明一統志》卷十五，「太平府」云：「蛾眉亭，在采石山，宋郡守張環建。前有□望梁山，夾大江，對峙如眉，因名。」又《江南通志》卷三十五，輿地志，古蹟六，「太平府」：「蛾眉亭在當塗縣北二十里，據牛渚絕壁，前直二梁山，夾江對峙如蛾眉然，故名。宋熙寧二年太守張環建。」

蛾眉亭周圍不僅地勢非常險要，而且風光也異常優美奇絕。(元) 吳澄《蛾眉亭重修記》（元吳澄撰《吳文正集》卷四十五）對此有所描述：

> 姑孰之水，西入大江，其汭有山突起曰「采石」。橫過其衝江之勢撞激齧射浩蕩而不可禦；山之骨峻峭刻露嶻嶭而不可攀。其下有磯曰「牛渚」，晉溫常侍嶠燃犀燭怪之所也；其上有亭曰「蛾眉」，宋熙寧時張守環之所創也。俯眺淮甸、平晥、天門，一水中通三山，旁翼修曲如蛾眉狀，亭之所以名也。據險而臨深，憑高而望遠，水天一色，景物千態，四時朝暮變化不同，雖巧繪莫能殫也。瀕江奇觀未能或之雙者。

再加上相傳詩仙李白曾在這裏醉後捉月而沒或騎鯨而去的傳說，更爲此處增加了一份浪漫和傳奇的色彩，歷來題詠頗多。韓元吉寫有《霜天曉角》(蛾眉亭)：

> 倚天絕壁。直下江千尺。天際兩蛾凝黛，愁與恨、幾時極。　　怒潮風正急。酒醒聞塞笛。試問謫仙何處，青山外、遠煙碧。

此詞在歌詠蛾眉亭的同時，寓有作者對時局的感慨，向來被認爲是詠采石蛾眉亭的名作。賀鑄有《天門謠》：

> 牛渚天門險。限南北、七雄豪占。清霧斂。與閒人登覽。　　待月上潮平波灩灩。塞管輕吹新阿濫。風滿檻。歷歷數、西州更點。

此爲登臨懷古之作，流露出作者對祖國大好河山和歷史的無限熱愛。

其它相關詞作：李之儀《驀山溪》(采石值雪)、李之儀《天門謠》(次韻賀方回登采石蛾眉亭)、吳潛《霜天曉角》(雲收霧辟)、王奕《霜天曉角》(和韓南澗采石蛾眉亭)、徐君寶妻《霜天曉角》(蛾眉亭)。

14、南京覽輝亭

覽輝亭，在今江蘇南京。《景定建康志》卷二十二：「覽輝亭，在今保寧寺後鳳凰臺舊基側。寺有覽輝亭碑，刓缺不可讀，莫詳其人，唯歲月可考，蓋熙寧三年夏四月也。」

《江南通志》卷三十，輿地志，古蹟，「江寧府」：「覽輝亭，在江寧縣鳳凰臺側保寧寺後，有宋熙寧三年殘碑，蘇轍有《和孔武仲覽輝亭》詩。」

毛幵有《念奴嬌》(陪張子公登覽輝亭)詞：

> 層欄飛棟，壓孤城臨瞰，并吞空闊。千古吳京佳麗地，一覽江山奇絕。天際歸舟，雲中行樹，驚點汀洲雪。三山無際，渺然相望溟渤。　　鳳么遺響悲涼，故臺今不見，蒼煙蕪沒。千騎重來初起廢，緬想六朝人物。峴首他年，羊公終在，笑幾人磨滅。一時樽俎，且須同賦風月。

15、黃州快哉亭

　　黃州快哉亭，在今湖北省黃岡縣南，宋人張夢得建，亭名「快哉亭」乃蘇軾所取。蘇軾之弟蘇轍作有《快哉亭記》。（明）彭大翼撰《山堂肆考》卷一百七十二載：「快哉亭，在黃州府城南，宋郡人張夢得建，可覽江山之勝。蘇軾扁名『快哉』，又作詞，末句云：『一點浩然氣，千里快哉風』。」

　　張夢得，字懷民，一字偓佺。宋神宗元豐六年（1083）貶黃州，初時寓居承天寺（今湖北省黃岡縣南方），他不以政治上的逆境縈懷，坦然自適，於住處的附近，選地建亭，用以觀覽江山形勝，抒發情懷。現有蘇轍《快哉亭記》中所寫為證：「清河張君夢得，謫居齊安（即黃州），即其廬之西南為亭，以覽觀江流之勝。」又云：「蓋亭之所見南北百里，東西一舍，波瀾洶湧，風雲開闔。晝則舟楫出沒於其前，夜則魚龍悲嘯於其下。變化倏忽，動心駭目，不可久視。」可見，亭周圍的景象可謂波瀾壯闊，煙波浩淼。蘇軾貶謫黃州後，與張心境相同。他不僅欣賞亭周圍的優美景致，更佩服張的氣度，所以為此亭取名「快哉亭」，並賦詞相贈。此詞就是他那首《水調歌頭》（快哉亭作）（原題作「黃州快哉亭贈張偓佺」）〔註2〕：

　　　　落日繡簾捲，亭下水連空。知君為我，新作窗戶溼青紅。長記平山堂上，欹枕江南煙雨，渺渺沒孤鴻。認得醉翁語，山色有無中。　　　　一千頃，都鏡淨，倒碧峰。忽然浪起，掀舞一葉白頭翁。堪笑蘭臺公子，未解莊生天籟，剛道有雌雄。一點浩然氣，千里快哉風。

詞上片描寫亭遠處廣闊的景象，並勾起對在揚州平山堂所領略的那若隱若現、若有若無、高遠空濛的江南山色的美好回憶，以比擬他在快哉亭所看到的景致，使二者融為一體，意境獨特優美。下片寫景由遠及近，並由此抒發詞人的江湖豪興和對待人生的見解，同時在詞的結

〔註2〕此說據鄒同慶、王宗堂著《蘇軾詞編年校注》中冊，中華書局 2002年，483 頁。

尾處說明了「快哉風」這個詞語的來源，就是宋玉的《風賦》。對此，蘇轍《快哉亭記》中的一段文字可作爲注解：

> 昔楚襄王從宋玉、景差於蘭臺之宮，有風颯然至者，王披襟當之，曰：「快哉此風！寡人所與庶人共者耶？」宋玉曰：「此獨大王之雄風耳，庶人安得共之！」玉之言蓋有諷焉。夫風無雄雌之異，而人有遇不遇之變。楚王之所以爲樂，與庶人之所以爲憂，此則人之變也，而風何與焉！士生於世，使其中不自得，將何往而非病；使其中坦然不以物傷性，將何適而非快！

蘇轍記中所言「玉之言蓋有諷焉」乃是爲蘭臺公子宋玉辯護；而蘇軾在詞中卻云「堪笑蘭臺公子，未解莊生天籟，剛道有雌雄」，是嘲笑宋玉不懂莊子講的天籟不可能是由什麼雌風雄風出的。但兄弟二人都認爲人生之憂愁和痛快都是由自己的態度決定的，目的是讚揚「張君不以謫爲患，竊會計之餘功，而自放山水之間」（蘇轍《快哉亭記》）的浩然之氣，抒發了他們曠達豪邁的處世精神，從而也說明了爲張夢得之亭取名「快哉亭」的眞正用意。

16、毛滂寒秀亭、陽春亭

毛滂，字澤民，號東堂居士，衢州人。宋哲宗元祐間爲杭州法曹，元符二年（1099）知武康縣（今屬浙江省湖州）。有《東堂集》，詞集爲《東堂詞》，《四庫全書總目提要》集部三，別集類二云：「滂嘗知武康縣，縣有東堂，故以名其集也。」寒秀亭和陽春亭皆屬於東堂之建築群。東堂本是武康縣衙的「盡心堂」，乃治平（宋英宗年號）年間，越人王震所建。宋哲宗元符二年，毛滂任武康縣令時改名曰「東堂」，並對其進行了改建。關於東堂的營建始末，毛滂在其《驀山溪》（東堂先曉）詞自序中對此有詳細的記述，序云：

> 東堂，武康縣令舍盡心堂也，僕改名東堂。治平中，越人王震所作。自吳興刺史府與五縣令舍，無得與東堂爭廣麗者。去年僕來，見其突兀出欹簷間，而菌生梁上，鼠走戶內，東西兩便室，蛛網黏塵，蒙絡窗戶。守舍者云：

前大夫憂民勞苦，眠飯於簿書獄訟間。是堂也，蓋無有大夫履聲，姑以爲田廬耳。又縣圃有屋二十餘間，傾撓於蒿艾中，鴟嘯其上，狐吟其下，磨鐮淬斧，以十夫日往夷之，才可入。欲以居人，則有覆壓之患。取以爲薪，則又可憐。試擇其螻蟻之餘，加以斧斤，乃能爲亭二，爲庵、爲齋、爲樓各一，雖卑陋僅可容膝，然清泉修竹，便有遠韻。又伐惡木十許根，而好山不約自至矣。乃以生遠名樓、畫舫名齋、潛玉名庵、寒秀、陽春名亭、花名塢、蝶名徑。而疊石爲漁磯，編竹爲鶴巢，皆在北池上。獨陽春西窗得山最多，又有酴醾一架。僕頃少時喜筆硯淺事，徒能誦古人紙上語，未嘗與天下史師遊，以故邑人甚愚其令，不以寄枉直。雖有疾苦，曾不以告也。庭院蕭然，鳥雀相呼，僕乃得飽食晏眠，無所用心於東堂之上。戲作長短句一首，托其聲於蕎山溪雲。

此序寫得洋洋灑灑，膾炙人口，堪稱一篇美文。從序文中可知，寒秀亭和陽春亭皆於「東堂」改建時所築。

毛滂作有寒秀亭詞兩首，陽春亭詞一首，現分別輯錄如下：

雲峰秀疊。露冷琉璃葉。北畔娑羅花弄雪。香度小橋淡月。　　與君踏月尋花。玉人雙捧流霞。吸盡杯中花月，仙風相送還家。（《清平樂》東堂月夕小酌，時寒秀亭下娑羅花盛開）

相見江南情不少。爾許多時，怪得無消耗。澹日暖雲勾引到。闌干寂寞憐春小。　　宮面可忺勻畫了。粉瘦酥寒，一段天眞好。喚起玉兒嬌睡覺。半山殘月南枝曉。（《蝶戀花》戊寅秋寒秀亭觀梅）

長記勞君送遠。柳煙重、桃花波暖。花外溪城望不見。古槐邊，故人稀，秋鬢晚。　　我有凌霄伴。在何處、山寒雲亂。何不隨君弄清淺。見伊時，話陽春，山數點。（《夜遊宮》僕養一鶴，去田間以屬鄭德俊家。今縣齋新作陽春亭，旁見近山數峰，因德後歸，以此語鶴，便知僕居此不落寞也）

詞作均反映了詞人悠然自適的隱居生活。

17、葛勝仲真意亭

葛勝仲（1072～1144），字魯卿，常州江陰（今屬江蘇）人。哲宗紹聖四年（1097）進士，調杭州司理參軍。元符末中宏詞科，除兗州教授，入爲太學正。累任太常少卿、太府少卿、國子祭酒。出知汝州、湖州、鄧州。南渡後乞祠歸，卒諡文康。有《丹陽集》八十卷，《宋史》卷四四五有傳。

宋徽宗大觀三年（1109）七月，葛勝仲因與朝廷議事不合，責知歙州休寧縣（今屬安徽），第二年（1110），他仍在休寧任上，並於南溪上建「眞意亭」。《江南通志》卷三十四，輿地志，古蹟五，徽州府，「秋水亭」條云：「在休寧縣治，宋令葛勝仲濬深池築亭其中，《府志》云：『國朝縣令廖騰煃重建加廣焉。』又縣治西有『眞意亭』，亦葛所建。」

葛勝仲自言因景仰陶淵明，故取陶《雜詩》之意命其亭。其《次韻良器眞意亭探韻》序中有云：「世人不知淵明類若此，淵明何訾焉？某自年來頗知景仰其素風，到海寧築亭於南溪之上，取其《雜詩》句，名以『眞意』，今顯東、良器諸公相率飲酒賦巨篇。」（宋葛勝仲撰《丹陽集》卷十六）如此看來，其被貶的苦悶只能靠在追慕淵明的隱逸並與同僚賞景、飲酒、作賦中消解了。

葛勝仲有《漁家傲》二首，前有小序曰：「初創眞意亭於南溪，遊陟晚歸作。」詞作如下：

> 岩壑縈回雲水窟，林深路斷迷煙客。茅屋數椽攜杖屨，人寂寂，侵簷萬個琅玕碧。　　倦客羈懷清似滌，更無一點飛埃迹。溪漲慢流過几席，寒湜湜，鳧鷺點破琉璃色。
> （其一）

> 疊疊雲山供四顧，簿書忙裏偷閒去。心遠地偏陶令趣，登覽處，清幽疑是斜川路。　　野蔌溪毛供飲具，此身甘被煙霞痼。興盡碧雲催日暮，招晚渡，遙遙一葉隨鷗鷺。
> （其二）

詞作於貶所，所以「貶謫的寂寥孤苦，只能通過瀏覽景色來排遣。詞人忙裏偷閒，攜杖來往於岩壑、碧雲、煙霞、清溪、幽林、翠竹、茅屋之間，與鷗鷺為伍，體會到陶淵明隱居斜川時的心境，於是對這種『心遠地偏』的生活發生了濃厚的興趣，甘願在這樣『野蔌溪毛供飲具』的簡陋環境裏逍遙避世。『倦客羈懷清似滌，更無一點飛埃迹』，是此時求隱心態的表露，也是對貶謫生活的無奈排遣。」
〔註 3〕

18、卓津（世清）徐仙亭

徐仙亭，在袁州府萍鄉縣（今屬江西）西，相傳有徐僊人居此地仙去，宋紹興間縣丞卓世清建亭於此。《明一統志》卷五十七，袁州府，「徐仙亭」條：「在萍鄉縣西三里，世傳有徐僊人修道於此，宋紹興間縣丞卓津建亭，壁間題詠甚多。」《江西通志》卷三十九，古蹟，「袁州府」亦云：「徐仙亭，《夷堅志》：萍鄉縣興教寺後有徐仙亭，昔徐君居此地，每日見黃犬往來，心異之，遂烹食焉，蓋黃精也，因而仙去，後人於故居築亭。《林誌》：宋紹興間縣丞卓津建。」卓津，既卓世清，其有《卜算子》（題徐仙亭）：

> 流水一灣西。晚坐孤亭靜。不見高人跨鶴歸，風竹搖清影。　　往古與來今，休用重重省。十里梅花雪正晴，月掛遙山冷。

（明）陳霆評此詞「全篇殊有仙氣」〔註4〕；《江西通志》卷一百三，「仙釋」條亦云：「興教寺後有徐仙亭，相傳徐君居此，每日見黃犬往來，訪其主，無能知者，遂誘而烹食之，蓋黃精也，因仙去，後人於故居築亭，題詩詞百千篇，惟卓世清和東坡《卜算子》一闋可稱，云：流水一灣西……」。

〔註 3〕諸葛憶兵著《徽宗詞壇研究》，北京出版社 2001 年，183～184 頁。
〔註 4〕（明）陳霆撰《渚山堂詞話》卷三，唐圭璋《詞話叢編》第一冊，中華書局 1986 年，372 頁。

19、會稽秋風亭

會稽秋風亭，在今浙江紹興。初建年代不詳，宋寧宗嘉泰三年（1203）辛棄疾重建，「（宋寧宗嘉泰三年）六月，（辛棄疾）知紹興府兼浙東安撫使」〔註5〕；嘉定十五年（1223）汪綱再建。（宋）張淏撰《會稽續志》卷一：「秋風亭在觀風堂之側，其廢已久。嘉定十五年（1223）汪綱即舊址再建。綱自記於柱云：『秋風亭，辛稼軒曾賦詞，膾炙人口，今廢矣。余即舊基，面東爲亭。』」

另外，據張鎡《漢宮春》詞前小序「稼軒帥浙東，作秋風亭成，以長短句寄余，欲和久之。偶霜晴小樓登眺，因次來韻，代書奉酬。」，秋風亭似應辛棄疾初建造，對此，蔡義江，蔡國黃辯證云：「《會稽志》稱秋風亭『其廢已久，嘉定十五年汪綱即舊址再建』，可知此亭不可能是不到二十年前稼軒所新造的。按情理，再建此亭之汪綱知亭之來歷最確，他也只說『辛稼軒曾賦詞』而末言稼軒創建。稼軒秋風亭二詞詞題又無一語道及締造該亭事（如果是自己新建造的，是不會不說的）。相反，詞的起句『亭上秋風，記去年嫋嫋，曾到吾廬』數語，恰恰證明亭係舊有。當係稼軒就原有會稽秋風亭之名勝古蹟，重加修葺。不曾親臨實地之張鎡，據傳聞臆測，遂有『作秋風亭成』之語。」〔註6〕吾從之。

辛棄疾重建秋風亭後，曾賦詞：

> 亭上秋風，記去年嫋嫋，曾到吾廬。山河舉目雖異，風景非殊。功成者去，覺團扇、便與人疏。吹不斷，斜陽依舊，茫茫禹跡都無。　　千古茂陵詞在，甚風流章句，解擬相如。只今木落江冷，眇眇愁余。故人書報，莫因循、忘卻蓴鱸。誰念我，新涼燈火，一編太史公書。（《漢宮春》會稽秋風亭懷古）

〔註5〕蔡義江，蔡國黃編著《辛棄疾年譜》，齊魯書社1987年，258頁。
〔註6〕蔡義江，蔡國黃編著《辛棄疾年譜》，齊魯書社1987年，262頁。

九衢中，杯逐馬，帶隨車。問誰解、愛惜瓊華。何如竹外，靜聽窣窣蟹行沙。自憐是，海山頭，種玉人家。

紛如斗，嬌如舞，才整整，又斜斜。要圖畫，還我漁蓑。凍吟應笑，羌兒無分謾煎茶。起來極目，向彌茫、數盡歸鴉。（《上西平》會稽秋風亭觀雪）

丘崈、姜夔、張鎡均有和作：

聞說瓢泉，占煙霏空翠，中著精廬。旁連吹臺燕榭，人境清殊。猶疑未足，稱主人、胸次恢疏。天自與，相攸佳處，除今禹會應無。　　選勝臥龍東畔，望蓬萊對起，岩壑屏如。秋風夜涼弄笛，明月邀予。三英笑粲，更吳天、不隔尊罏。新度曲，銀鈎照眼，爭看阿素工書。（丘崈《漢宮春》和辛幼安秋風亭韻，癸亥中秋前二日）

雲曰歸歟。縱垂天戔戔，終反衡廬。揚州十年一夢，俛仰差殊。秦碑越殿，悔舊遊、作計全疏。分付與、高懷老尹，管絃絲竹寧無。　　知公愛山入劃，若南尋李白，問訊何如。年年雁飛波上，愁亦關予。臨皐領客，向月邊、攜酒攜罏。今但借、秋風一榻，公歌我亦能書。（姜夔《漢宮春》次韻稼軒）

城畔芙蓉，愛吹晴映水，光照園廬。清霜乍凋岸柳，風景偏殊。登樓念遠，望越山、青補林疏。人正在，秋風亭上，高情遠解知無。　　江南久無豪氣，看規恢意概，當代誰如。乾坤盡歸妙用，何處非予。騎鯨浪海，更那須、採菊思罏。應會得，文章事業，從來不在詩書。（張鎡《漢宮春》稼軒帥浙東，作秋風亭成，以長短句寄餘，欲和久之。偶霜晴小樓登眺，因次來韻，代書奉酬）

20、張鎡駕霄亭、宜雨亭

張鎡，字功甫，號約齋，西秦（今陝西省）人，居臨安。張俊諸孫。有南湖集、玉照堂詞。張鎡出身華貴，循王張俊之曾孫，能詩擅詞，又善畫竹石古木。嘗學詩於陸游。尤袤、楊萬里、范成大、辛棄疾、姜夔等皆與之交遊。張鎡無意功名，具有濃厚的園林情趣，

有南湖別墅。（宋）周密《齊東野語》載「其園池聲妓服玩之麗甲天下」。因此，張鎡過著優遊園亭、富貴閒適的生活，正如其在《賞心樂事序》中所云：「余掃軌林間，不知衰老。節物遷變，花鳥泉石，領會無餘。每適意時，徜徉小園，殆覺風景與人為一。間引客攜觴，或幅巾曳杖，嘯歌往來，澹然忘歸。」（宋周密撰《武林舊事》卷十）

　　駕霄亭和宜雨亭均在張鎡南湖別墅。《西湖遊覽志餘》卷十：「張鎡功甫，號約齋，忠烈王諸孫，能詩，一時名士大夫莫不交遊。其園池聲妓服玩之麗甲天下。嘗於南湖園作駕霄亭於四古松間，以巨鐵垣懸之空中，而羈之松身。當風月清夜，與客梯登之，飄搖雲表，真有挾飛仙、遡紫清之意。」《武林舊事》卷十「約齋桂隱百課」之「眾妙峰山」條列有「宜雨亭（各葉海棠二十株，夾流水）」。

　　張鎡於駕霄亭、宜雨亭皆有詞作。《感皇恩》（駕霄亭觀月）詞云：

> 詩眼看青天，幾多虛曠。雨過涼生氣蕭爽。白雲無定，吹散作、鱗鱗瓊浪。尚餘星數點，浮空上。　　　明月飛來，寒光磨蕩。彷彿輪間桂枝長。倚風歸去，縱長嘯、一聲悠颺。響搖山嶽影，秋悲壯。

其《念奴嬌》（宜雨亭詠千葉海棠）是一首詠物詞：

> 綠雲影裏，把明霞織就，千重文繡。紫膩紅嬌扶不起，好是未開時候。半怯春寒，半便晴色，養得胭脂透。小亭人靜，嫩鶯啼破清晝。　　　猶記攜手芳陰，一枝斜戴，嬌豔波雙秀。小語輕憐花總見，爭得似花長久。醉淺休歸，夜深同睡，明日還相守。免教春去，斷腸空歎詩瘦。

此詞「在宋人海棠詞中雖非冠冕之作，卻也寫得清麗秀逸，婉轉有致，富有文人化的情趣。」〔註7〕

〔註7〕唐圭璋等撰《唐宋詞鑒賞辭典》南宋・遼・金卷，上海辭書出版社1988年，1670頁。

21、杭州雪香亭（在葛嶺集芳園）

杭州雪香亭在葛嶺集芳園。葛嶺集芳園原是皇家御園，曾為宋高宗后妃所居，理宗時賜給賈似道。園中勝景很多，雪香亭是其中之一。（宋）周密《武林舊事》卷四，「集芳園」條曰：「葛嶺，元係張婉儀園，後歸太后。殿內有古梅老松甚多，理宗賜賈平章。舊有清勝堂、望江亭、雪香亭等。」宋亡之後，園亭荒廢，現有周密《獻仙音》（弔雪香亭梅）詞為證：

> 松雪飄寒，嶺雲吹凍，紅破數椒春淺。襯舞臺荒，浣妝池冷，淒涼市朝輕換。歎花與人凋謝，依依歲華晚。
>
> 共淒黯。問東風、幾番吹夢，應慣識當年，翠屏金輦。一片古今愁，但廢綠、平煙空遠。無語消魂，對斜陽、衰草淚滿。又西泠殘笛，低送數聲春怨。

此詞通過感弔廢園荒亭中的　點紅梅，寄託了詞人沉痛的千古興亡之感。

22、杭州飲綠亭（在具美園）

杭州飲綠亭在楊府具美園。（宋）吳自牧《夢粱錄》卷十九，「園囿」云：「楊府雲洞園、西園、楊府具美園、飲綠亭，裴府山濤園，葛嶺水仙廟西秀野園、集芳園為賈秋壑賜第耳。」又《浙江通志》卷三十九，古蹟一，杭州府上，「具美園」條曰：「《夢粱錄》楊府園在葛嶺水仙廟西，內有飲綠亭。」

史達祖有《釵頭鳳》（寒食飲綠亭）詞：

> 春愁遠。春夢亂。鳳釵一股輕塵滿。江煙白，江波碧，柳戶清明，燕簾寒食。憶憶憶。　　鶯聲曉，簫聲短，落花不許春拘管。新相識。休相失，翠陌吹衣，畫樓橫笛。得得得。

詞中歌詠了清明時節飲綠亭的熱鬧場景。（清）厲鶚等撰《南宋雜事詩》卷六云：「兩湖勝概得佳名，飲綠亭前春水生。好是上頭天氣近，燕簾柳戶作清明。《范石湖集》：『李壟知縣作亭西湖，予用東坡語，

名曰飲錄，遂爲勝概。』《夢粱錄》：『清明節，凡官民子女，未冠笄者，以此日上頭。』史梅溪『飲綠亭』詞有『柳戶清明，燕簾寒食』之句。」

第二章　宋詞中的臺考

1、蘇州姑蘇臺

姑蘇臺又名姑胥臺，是春秋之際吳王的離宮別館，是一處高大雄偉的豪華建築。（唐）陸廣微撰《吳地記》云：「臺高三百丈，望見三百里外。」吳王夫差十四年（前 422），越王句踐伐吳，姑蘇臺被焚毀，但燒到何種程度，史籍不見記載，而據《木瀆小志》「秦始皇東巡會稽，還走吳。上姑蘇。」；司馬遷弱冠之年，東南壯遊，「上姑蘇，望五湖」（《史記》）可知，司馬遷之時，姑蘇臺尚可登臨觀覽。到了唐代，臺雖荒涼冷落，但還有遺跡存在。迨至宋朝，臺已渺然難尋，這有范仲淹創建的府學教授朱長文所言為證，他說：「昔太史公嘗云：『上姑蘇，望五湖。』而今人殆莫知其處。嘗欲披草萊以訪之，未能也。」（朱長文《吳郡圖經續記》）朱長文為蘇州世居，所述又為史家者言，當為的論。〔註1〕

姑蘇臺是蘇州歷史上一大名勝古蹟，然而，對於其建造者以及具體臺址所在，歷來說法不盡相同。

姑蘇臺何人所造，文獻記載有兩種說法：一種是吳王闔閭；一種是吳王夫差。但當據（宋）范成大《吳郡志》中所說「此臺始基於闔廬，而成於夫差」更為合理。《吳郡志》卷八對諸說有詳細引述，並最後得出較為合理的結論：

〔註 1〕 參見魏嘉瓚《姑蘇臺考》，《蘇州教育學院學報》（社會科學版）1991年第 2 期，53 頁。

姑蘇臺，在姑蘇山。《舊圖經》云：「在吳縣西三十里。」
《續圖經》云：「三十五里，一名姑蘇，一名姑餘。」《史
記正義》云：「在吳縣西南三十里，橫山西北麓姑蘇山上。」
《山水記》云：「闔廬作，春秋游焉。」又云：「夫差作臺，
三年不成，積材五年乃成。造九曲路，高見三百里。勾踐
欲伐吳，作柵楯。嬰以白璧，鏤以黃金，狀如龍蛇，以獻
吳王。吳王大悅，受以起此臺。」《越絕書》云：「闔廬造
九曲路，以遊姑胥之臺。柵楯之義未詳，此楯所謂神木一
雙，大二十圍，長五十尋者。吳王將起臺，子胥諫曰：『王
既變禹之功，而高高下下，以罷民於姑蘇，吳民離矣。弗
聽。』」《洞冥記》云：「吳王夫差築姑蘇之臺，三年乃成。
周旋詰屈，橫互五里。崇飾土木，殫耗人力。宮妓千人，
臺上別立春宵宮，爲長夜之飲。造千石酒鍾，又作天池。
池中造青龍舟，舟中盛致妓樂，日與西施爲嬉。又於宮中
作海靈館、館娃閣、銅溝玉檻。宮之楹檻，皆珠玉飾之。」
《吳地記》云：「闔廬十一年，起臺於姑蘇山，因山爲名，
西南去國三十五里，夫差復高而飾之。越伐吳，焚之。」
又云：「闔廬十年築，經五年始成。高三百丈，望見三百里，
造曲路以登臨。吳王春夏遊姑蘇臺，秋冬遊館娃宮、興樂
華池、南城之宮。又獵於長洲之苑。」太史公云：「余登姑
蘇，望五湖。」案：五湖去此臺尚二十餘里。《越絕書》云：
「夫差伐齊，越范蠡、洩庸帥師屯海道江，以絕吳路。敗
太子友，遂入吳國。燒姑胥臺，徙其大舟。」《續圖經》：「考
之傳記，謂闔廬食不二味，居不重席，器不雕鏤，宮室不
觀，舟車不飾。」而《吳越春秋》言：「闔廬晝游蘇臺。」
蓋此臺始基於闔廬，而成於夫差。庶可以合傳記之說云。

對於姑蘇臺址所在，文獻記載有四種不同說法：（一）在胥山；（二）
在皋峰山；（三）在茶䃲嶼；（四）在姑蘇山。據魏嘉瓚先生分析考證，
當在姑蘇山上最爲準確。〔註2〕姑蘇臺乃吳王觀覽、休憩、飲宴之所，

〔註 2〕 詳見魏嘉瓚《姑蘇臺考》一文，《蘇州教育學院學報》（社會科學版）
1991 年第 2 期，54～55 頁。

臺上建有吳王離宮別館，《洞冥記》云：「臺上別立春宵宮，爲長夜之飲。造千石酒鍾，又作天池。池中造青龍舟，舟中盛致妓樂，日與西施爲嬉。又於宮中作海靈館、館娃閣、銅溝玉檻。宮之楹榱，皆珠玉飾之。」其豪華之狀可見一斑。就是這樣一座華麗建築，後來竟被越國毀於一炬而成爲廢墟，至宋代連蹤跡亦蕩然無存。總之，姑蘇臺是吳國歷史的見證者，既見證了它的輝煌，也見證了它的衰亡。因此，歷來文人墨客喜來此弔古抒懷。

宋詞有不少關於姑蘇臺的詞作，著名詞人柳永、范成大、辛棄疾、吳文英等都有作品留下：

> 晚天蕭索，斷蓬蹤跡，桀興蘭棹東遊。三吳風景，姑蘇臺榭，牢落暮靄初收。夫差舊國，香徑沒、徒有荒丘。繁華處，悄無睹，惟聞麋鹿呦呦。　　想當年、空運籌決戰，圖王取霸無休。江山如畫，雲濤煙浪，翻輸范蠡扁舟。驗前經舊史，嗟漫載、當日風流。斜陽暮草茫茫，盡成萬古遺愁。（柳永《雙聲子》）

> 方帽衝寒，重檢校、舊時農圃。荒三徑、不知何許。但姑蘇臺下，有蒼然平楚。人笑此翁，又來訪古。　　況五湖、元自有，扁舟祖武。記滄洲、白鷗伴侶。歎年來、孤負了，一蓑煙雨。寂寞潮暮，喚回棹去。（范成大《三登樂》）

> 玉簫聲遠憶驂鸞。幾悲歡。帶羅寬。且對花前，痛飲莫留殘。歸去小窗明月在，雲一縷，玉千竿。　　吳霜應點鬢雲斑。綺窗閒。夢連環。說與東風，歸意有無間。芳草姑蘇臺下路，和淚看，小屏山。（辛棄疾《江神子》和陳仁和韻）

> 步晴霞倒影，洗閒愁、深盃灩風漪。望越來清淺，吳歈杳靄，江雁初飛。輦路凌空九嶮，粉冷濯妝池。歌舞煙霄頂，樂景沈暉。　　別是新紅闌檻，對女牆山色，碧澹宮眉。問姑餘遊鹿，應笑古臺非。有誰拈、扁舟漁隱，但賦情、西子卻題詩。閒風月，暗消磨盡，浪打鷗磯。（吳文英《八聲甘州》姑蘇臺和施芸隱韻）

其它相關詞作：康與之《瑞鶴仙》（別恨）、袁去華《水調歌頭》（次黃舜舉登姑蘇臺韻）、張鎡《水調歌頭》（姑蘇臺）、盧祖皋《摸魚兒》（九日登姑蘇臺）、盧祖皋《賀新郎》（姑蘇臺觀雪）、王沂孫《摸魚兒》（洗芳林）、唐珏《摸魚兒》（紫雲山房擬賦蓴）。

2、越州越王臺

越州越王臺原在浙江紹興臥龍山東北，公元前 490 年，句踐命范蠡築山陰大城，又以臥龍山為核心築句踐小城，疊建宮室，越王臺也是其中之一，且規模宏大，據《越絕書》卷八記載，宮臺「周六百二十步，柱長三丈五尺三寸，臺高丈六尺。宮有百戶，高丈二尺五寸」。越王臺因越王句踐 「臥薪嘗膽」的故事而著名，後來臺廢壞，宋嘉定十五年（1222）紹興知府汪綱重建並將臺移至臥龍山的西面。

《會稽續志》卷一，「越王臺」條：「按：《祥符圖經》云在種山東北。種山蓋臥龍之舊名也，今臺乃在臥龍之西。舊有小茅亭，名『近民』，久已廢壞。嘉定十五年，汪綱即其遺址創造，而移越王臺之名於此。氣象開豁，目極千里，為一郡登臨之勝。」

《明一統志》卷四十五，紹興府，「越王臺」條：「舊在種山東北，越王勾踐登眺之所。宋汪綱復建，在山之西麓。」

汪元量有《金人捧露盤》（越州越王臺）詞：

> 越山雲，越江水，越王臺。個中景、盡可徘徊。凌高放目，使人胸次共崔嵬。黃鸝紫燕報春晚，勸我銜杯。
> 古時事，今時淚，前人喜，後人哀。正醉裏、歌管成灰。新愁舊恨，一時分付與潮回。鷓鴣啼歇夕陽去，滿地風埃。

詞人撫今追昔，借詠史以抒懷，於登臨懷古中飽含了深沉的家國之恨。

其它相關詞作：柳永《多麗》（鳳凰簫）、劉克莊《臨江仙》（庚子重陽，余以漕攝帥，會前帥唐伯玉、前漕黃成父於越王臺。明年是日，寓海豐縣驛作）、劉辰翁《臨江仙》（謝友人）、汪元量《憶王孫》（鷓鴣飛上越王臺）。

3、濠州觀魚臺

《元和郡縣志》卷十河南道五，濠州，「鍾離縣」：「莊周臺在縣西南七里。濠水經其前，莊子與惠子觀魚之所，又曰『觀魚臺』。」

《太平寰宇記》卷一百二十八，淮南道六，濠州，「鍾離縣」：「觀魚臺在縣西南七里。莊子游於濠梁水，見儵魚出遊從容，莊子曰：『是魚樂乎。』惠子曰：『子非魚，安知魚之樂耶？』莊子曰：『子非我，安知我不知魚之樂也？』按：惠莊觀魚即此臺也。」

葉夢得有《水調歌頭》（濠州觀魚臺作）詞：

> 渺渺楚天闊，秋水去無窮。兩淮不辨牛馬，輕浪舞回風。獨倚高臺一笑，圉圉遊魚來往，還戲此波中。危檻對千里，落日照澄空。　　子非我，安知我，意真同。鵬飛鯤化何有，滄海漫沖融。堪笑磻溪遺老，白首直鈎溪畔，歲晚忽衰翁。功業竟安在，徒自兆非熊。

詞借用莊子語意，抒寫壯志難酬的憤慨。濠州觀魚臺，在今安徽鳳陽縣西，又名莊周臺，係莊子與惠子觀魚之處。

4、邯鄲叢臺

邯鄲叢臺位於河北省邯鄲市，戰國時期趙國武靈王所築，亦名「武靈叢臺」。叢臺之名，源於當時有許多亭臺建築連接疊列而成，《漢書·高后紀》顏師古注曰：「連聚非一，故名叢臺。蓋本六國時趙王故臺也。在邯鄲城中。」（明董說撰《七國考》卷四，趙宮室，「叢臺」）《明一統志》卷四，廣平府，「叢臺」條亦曰：「在邯鄲縣北。《史記》：『趙武靈王所築，因其叢雜而名。』」

趙武靈王是趙國歷史上一位很有作為的國君，為了使國家強大起來，他對作戰方法進行改革，變車戰為騎戰，推行「胡服騎射」，並身體力行，訓練兵馬，軍隊的戰鬥力大大提高，使趙國成為「戰國七雄」之一。趙武靈王建築叢臺的目的，是為了觀看歌舞和軍事操演。李白《明堂賦》說：「秦、趙、吳、楚，爭高競奢，結阿房與叢臺，建姑蘇及章華。」可見叢臺也同阿房宮等一樣，都曾經是「朝歌夜弦」

的宴樂之所。史載，叢臺有天橋、雪洞諸景，結構奇特，裝飾美妙，在當時揚名於列國。《畿輔通志》卷五十四，古迹，正定府，「叢臺」條：「在邯鄲縣東北隅。《名勝志》：『趙武靈王所築，上有雪洞、天橋諸景。』《漢書》顏師古注，以其連聚非一，故名。」

曾覿有《憶秦娥》（邯鄲道上望叢臺有感）詞：

> 風蕭瑟。邯鄲古道傷行客。傷行客。繁華一瞬，不堪思憶。　　叢臺歌舞無消息。金尊玉管空塵迹。空塵迹。連天草樹，暮雲凝碧。

詞屬懷古傷今之作。南宋孝宗乾道五年（1169），南宋與金簽定妥協的「隆興和約」以後，曾覿等人奉命出使金國，途徑邯鄲古道（《續資治通鑒》卷一四一），作此詞。詞人身處繁華一時的趙國古都，遠望叢臺這一歌舞陳迹，如今都已成「空」，心中怎會不湧起種種沉痛的黍離之悲，興亡之感呢？所以，詞中的「所謂繁華一瞬，所謂歌舞陳迹等都寄寓著對北宋滅亡的感歎，以及失地未能收復的悲傷於其中。」〔註3〕

5、長沙定王臺

定王臺在湖南長沙，傳為西漢景帝之子長沙定王劉發所築。由於劉發死後，追諡為長沙定王，故名「定王臺」。《方輿勝覽》卷二十三，湖南路，潭州，「定王臺」條云：「俗傳定王載米博長安土築臺於此，以望其母唐姬墓。張安國名曰『定王臺』自為書扁。」《明一統志》卷六十三，長沙府，「定王臺」條亦云：「在府城東北。漢長沙定王發，乃景帝第十子，既之國，築臺於此，以望母唐姬墓。」

劉發是漢景帝第十子，其母親唐姬原是漢景帝程姬的侍者。有一次景帝召程姬侍寢，程姬不願意，令侍者唐兒假扮成她的樣子與景帝過夜，那天晚上景帝喝醉了，以為是程姬，待發現唐兒有了身孕，才知侍寢的是唐兒。後唐兒生了劉發，晉封定王。劉發因「母微無寵」，被封到長沙這個「卑濕貧國」。（事見《史記》卷五十九、《漢書》卷

〔註3〕唐圭璋等撰《唐宋詞鑒賞辭典》南宋・遼・金卷，上海辭書出版社1988年，1316頁。

五十三）定王來長沙後，每年都要挑選出上好的大米，命專人專騎送往長安孝敬母親，再運回長安的泥土，在長沙築臺，以登臨忘母。後來臺廢址存，又稱做定王岡。岡前建有定王廟，歲時香火不絕。到了宋代，廟已廢圮，又在這裏建立長沙學宮。定王臺凝結著定王劉發對母親的深情懷念，其至孝秉性被歷代文人所稱頌。（宋）朱熹寫有《定王臺》詩：「寂寞番君後，光華帝子來。千年餘故國，萬事只空臺。日月東西見，湖山表裏開。從知爽鳩樂，莫作雍門哀。」（元）許有壬亦有詩曰：「黃葉紛飛弄早寒，楚山湘水隔長安。荒臺蔓草凝清露，猶是思親淚未乾。」可謂崇德而悱惻之至也。

宋代詞人也喜歡登臨定王臺來弔古抒情。袁去華《水調歌頭》（定王臺）詞曰：

> 雄跨洞庭野，楚望古湘州。何王臺殿，危基百尺自西劉。尚想霓旌千騎，依約入雲歌吹，風指幾經秋。歎息繁華地，興廢兩悠悠。　　登臨處，喬木老，大江流。書生報國無地，空白九分頭。一夜寒生關塞，萬里雲埋陵闕，耿耿恨難休。徒倚霜風裏，落日伴人愁。

此詞畫面壯闊雄渾，音調蒼涼悲壯。詞人在懷古的同時，抒發了報國無門的愁苦之情，全詞充溢著強烈的愛國情感。

姜夔《一萼紅》：

> 丙午人日，予客長沙別駕之觀政堂。堂下曲沼，沼西負古垣，有盧橘幽篁，一徑深曲。穿徑而南，官梅數十株，如椒、如菽，或紅破白露，枝影扶疏。著屐蒼苔細石間，野興橫生，亟命駕登定王臺。亂湘流、入麓山，湘雲低昂，湘波容與。興盡悲來，醉吟成調。
>
> 古城陰。有官梅幾許，紅萼未宜簪。池面冰膠，牆腰雪老，雲意還又沉沉。翠藤共、閒穿徑竹，漸笑語、驚起臥沙禽。野老林泉，故王臺榭，呼喚登臨。　　南去北來何事，蕩湘雲楚水，目極傷心。朱戶黏雞，金盤簇燕，空歎時序侵尋。記曾共、西樓雅集，想垂楊、還裊萬絲金。待得歸鞍到時，只怕春深。

此詞與小序渾然一體。詞人借景、借古抒情，抒發了「時序侵尋」的千古幽情。

其它相關詞作：呂勝已《滿江紅》（登長沙定土臺和南軒張先生韻）、趙師俠《滿江紅》（丙辰中秋定王臺即席餞富次律）、郭應祥《菩薩蠻》（戊辰重陽）、羅志仁《揚州慢》（危榭摧紅）。

6、嚴子陵釣臺

嚴子陵釣臺，在嚴州（今浙江杭州）桐廬縣富春山上，與七里瀨相連。《元和郡縣志》卷二十六，江南道，睦州，桐廬縣：「嚴子陵釣臺在縣西三十里，浙江北岸也。」因東漢高士嚴子陵拒絕光武帝劉秀之召，拒封「諫議大夫」之官位，來此地隱居垂釣而聞名古今。

嚴子陵，名光，字子陵，浙江餘姚人。「少有高名，與光武同遊學。及光武即位，乃變名姓，隱身不見。帝思其賢，乃令以物色訪之。……除為諫議大夫，不屈，乃耕於富春山，後人名其釣處為嚴陵瀨焉。」（《後漢書·卷八十三·逸民列傳·嚴光傳》）《太平寰宇記》卷九十五，江南東道七，睦州：「嚴子陵釣壇，縣南大江側。壇下連七里瀨。按：《東觀漢記》云：光武與子陵友善，及登位忘之。陵隱於孤亭山垂釣為業。時主天文者奏：『每日出帝星，有客星同流。』帝曰：『嚴子陵耳。』訪得之，陵不受封。今郡有臺並壇，亦謂『嚴陵瀨』。」

歷史上的釣臺古蹟算起來也有十幾處，但最著名的是嚴子陵釣臺。如清代學者嚴懋功所言：「自古名勝以釣臺命名繁多：陝西寶雞縣渭河南岸之周呂尚釣臺；山東濮州之莊周釣臺；江蘇淮安漢韓信釣臺；福建閩縣之東越王王餘善釣臺；湖北武昌縣江濱之吳孫權釣臺……呂尚、韓信、任昉三釣臺較為著稱，然均不及桐廬富春山嚴子陵釣臺。」其重要原因乃歸結於嚴子陵本人所具有的不慕虛榮，不怵權貴，淡泊名利的高尚氣節。正像范仲淹在他所撰《嚴先生祠堂記》中說的：「雲山蒼蒼，江水泱泱。先生之風，山高水長。」歷代不少

文學家如李白、孟浩然、范仲淹、蘇軾、陸游等來過釣臺，並留下諸
多詩文佳作。宋詞中也不乏有關嚴子陵釣臺的作品，多數表達了對嚴
光高風亮節的讚美之情，表現詞人爲求心靈自適而寄情山水、歸隱山
林的願望。如：

　　九州島島雄傑溪山，遂安自古稱佳處。雲迷半嶺，風
號淺瀨，輕舟斜渡。朱閣橫飛，漁磯無恙，鳥啼林塢。弔
高人陳迹，空瞻遺像，知英烈、垂千古。　　　憶昔龍飛
光武。悵當年、故人何許。羊裘自貴，龍章難換，不如歸
去。七里溪邊，鸕鶿源畔，一蓑煙雨。歎如今宕子，翻將
釣手遮日，向西秦路。（葛立方《水龍吟》遊釣臺作）

　　扁舟夜泛，向子陵臺下，偃帆收櫓。水闊風搖舟不定，
依約月華新吐。細酌清泉，痛澆塵臆，喚起先生語。當年
綸釣，爲誰高臥煙渚。　　　還念古往今來，功名可共，
能幾人光武。一旦星文驚四海，從此故人何許。到底軒裳，
不如蓑笠，久矣心相與。天低雲淡，浩然吾欲高舉。（工自
中《念奴嬌》題釣臺）

蘇軾和陸游也有詞作：

　　一葉舟輕。雙槳鴻驚。水天清、影湛波平。魚翻藻鑒，
鷺點煙汀。過沙溪急，霜溪冷，月溪明。　　　重重似畫，
曲曲如屏。算當年、虛老嚴陵。君臣一夢，今古虛名。但
遠山長，雲山亂，曉山青。（蘇軾《行香子》過七里灘）

　　一竿風月，一蓑煙雨，家在釣臺西住。賣魚生怕近城
門，況肯到、紅塵深處。　　　潮生理棹，潮平繫纜，潮
落浩歌歸去。時人錯把比嚴光，我自是、無名漁父。（陸游
《鵲橋仙》）

兩詞均有笑嚴光行爲乃「沽名釣譽」之意。

　　其它相關詞作：鄭庶《水調歌頭》（千古釣臺下）、袁去華《柳梢
青》（釣臺。紹興甲子赴試南宮登此，今三十三年矣）、陳居仁《水調
歌頭》（重過釣臺路）、方有開《點絳唇》（釣臺）、方有開《滿江紅》
（釣臺）、韓淲《水調歌頭》（清明嚴瀨）、韓淲《步蟾宮》（釣臺詞）、

程準《水調歌頭》（船繫釣臺下）、薛師石《漁父詞》（春融水暖百花開）、劉克莊《長相思》（勸一杯）、黃子功《水調歌頭》（縮纖釣臺下）、沈明叔《水調歌頭》（漢事正猶豫）、無名氏《滿江紅》（嚴州釣臺）、紫姑《白苧》（繡簾垂）。

7、當塗淩歊臺

淩歊臺遺址在今安徽當塗縣黃山，南朝宋高祖武皇帝劉裕所築，南朝宋世祖孝武皇帝劉駿後建離宮於其上。

《太平寰宇記》卷一百五，江南西道，「太平州」云：「黃山在縣（當塗）西北五里，上有宋淩歊臺，周回五里一百步，高四十丈，石碑見存。」

（宋）陸游《入蜀記》卷二：「淩歊臺正如鳳凰、雨花之類，特因山巔名之。宋高祖所營，面勢虛曠，高出氛埃之表，南望青山、龍山、九井諸峰，如在几席。」

《輿地紀勝》卷十八，江南東路，太平州，「淩歊臺」條：「在城（當塗縣）北黃山之巔，宋孝武帝大明七年南遊登臺，建離宮。」

《山堂肆考》卷一百七十二，「淩歊」條：「臺在太平府當塗縣黃山之顛，劉宋孝武帝南遊登此臺，建離宮。唐許渾有詩。」

根據以上材料，《方輿勝覽》卷十五，太平州，「淩歊臺」條云：「在城北黃山上，宋武帝南遊，嘗登此臺，具建離宮焉。」其中「宋武帝」當為「宋孝武帝」之誤。

淩歊臺宏偉壯麗，這從歷代詩人描寫淩歊臺的「曠望登古臺，臺高極人目」（李白《淩歊臺》）、「宋祖淩歊樂未回，三千歌舞宿層臺」（許渾《淩歊臺》）等詩句中，可窺其雄姿之一斑。歷代詞人墨客登臨淩歊臺，留下了不少吟詠之作。

李白有《淩歊臺》詩：

> 曠望登古臺，臺高極人目。疊嶂列遠空，雜花間平陸。
> 閒雲入窗牖，野翠生松竹。欲覽碑上文，苔侵豈堪讀。

許渾亦有《淩歊臺》詩一首：

　　宋祖淩高樂未回，三千歌舞宿層臺。
　　湘潭雲盡暮山出，巴蜀雪消春水來。
　　行殿有基荒薺合，寢園無主野棠開。
　　百年便作萬年計，巖畔古碑空綠苔。

對於許渾詩中首二句「宋祖淩高樂未回，三千歌舞宿層臺」，（明）楊慎曾提出微議：「許渾《淩歊臺》詩曰：『宋祖淩歊樂未回，三千歌舞宿層臺。』此宋祖乃劉裕也。《南史》稱宋祖清簡寡欲，儉於布素，嬪御至少，嘗得姚興從女，有盛寵，頗廢事，謝晦微諫，即時遣出，安得有三千歌舞之事也。審如此，則是石勒之節宮，煬帝之江都矣。渾非有意於誣前代，但胸中無學，目不觀書，徒弄聲律以僥倖一第，機關用之既熟，不覺於懷古之作亦發之，而後之淺學如楊仲弘、高棅、郝天挺之徒，選以為警策，而村學究又誦以教蒙童，是以流傳至此不廢耳。」（明楊慎撰《丹鉛總錄》卷十八，「三千歌舞」條）不難看出，楊慎之所以會提出微議，是因為他認為許渾詩中的「宋祖」乃是宋高祖劉裕，「三千歌舞」之事也是劉裕所為。其實，據上述徵引文獻考證，在淩歊臺上建離宮者，乃是劉裕的孫子宋世祖孝武帝劉駿，那麼許渾詩中的「宋祖」實應為劉駿，「三千歌舞」事亦劉駿所為。

李之儀有《臨江仙》（登淩歊臺感懷）詞：

　　偶向淩歊臺上望，春光已過三分。江山重疊倍銷魂。
　風花飛有態，煙絮墜無痕。　　已是年來傷感甚，那堪
　舊恨仍存。清愁滿眼共誰論。卻應臺下草，不解憶王孫。

詞人借登臺遠望抒發自己的新愁舊恨。

賀鑄的《淩歊》（銅人捧露盤引）則是一首詠史懷古之作：

　　控滄江。排青嶂，燕臺涼。駐彩仗、樂未渠央。巖花
　磴蔓，妒千門、珠翠倚新妝。舞閒歌悄，恨風流、不管餘
　香。　　繁華夢，驚俄頃，佳麗地，指蒼茫。寄一笑、
　何與興亡。時船載酒，賴使君、相對兩胡床。緩調清管，
　更為儂、三弄斜陽。

詞中通過描寫淩歊臺昔日繁華以及今日蒼茫的今昔對比，流露了詞人對歷史興衰、世事滄桑的無限感慨。

其它相關詞作：黃庭堅《木蘭花令》（當塗解印後一日，郡中置酒，呈郭功甫）、曹勳《沁園春》（濃綠交陰）、周紫芝《青玉案》（淩歊臺懷姑溪老人李端叔）。

8、金陵鳳凰臺

金陵鳳凰臺是南京著名的古蹟，故址在今南京市鳳凰山。相傳南朝劉宋元嘉年間因異鳥集於山而建。南朝沈約《宋書》卷十八「符瑞中」曰：「文帝元嘉十四年（438 年）三月丙申，大鳥二集秣陵民王顗園中李樹上，大如孔雀，頭足小高，毛羽鮮明，文采五色，聲音諧從，眾鳥如山雞者隨之，如行三十步頃，東南飛去。揚州刺史彭城王（劉）義康以聞，改鳥所集永昌里曰鳳凰里。」又《輿地紀勝》卷十七，江南東路，建康府，「鳳凰臺」條云：「故基在保寧寺後，元嘉十六年秣陵王顗見三異鳥集於山，聚鳥翼而附集。時人謂之『鳳凰』，乃起臺於上。」金陵鳳凰臺在南宋曾於淳熙年間及開慶元年先後被留守范成大、總領倪垕重建。《景定建康志》卷二十二，「鳳凰臺」條考證云：「宋元嘉十六年，秣陵王顗見三異鳥飛集於此，狀如孔雀，文采五色，音聲諧和，眾鳥附翼群集，時謂之『鳳』。乃置鳳凰里，起臺於山，因以為名。又案：《宮苑記》：『鳳凰樓在鳳臺山上，宋元嘉中築，有鳳凰集，以為名。』李白、宋齊丘皆有詩。建炎中金張太師嘗賦詩。淳熙中留守范成大重建，更榜曰：『鳳凰臺』；開慶元年總領倪垕重建，馬大使光祖作記。登臨之勝，題詠為多。」（《至正金陵新志》卷十二上，「鳳凰臺」條有相似記載）

金陵鳳凰臺因唐李白的《登金陵鳳凰臺》而聞名：

> 鳳凰臺上鳳凰遊，鳳去臺空江自流。
> 吳宮花草埋幽徑，晉代衣冠成古丘。
> 三山半落青天外，二水中分白鷺洲。
> 總為浮雲能蔽日，長安不見使人愁。

全詩以登臨鳳凰臺時的所見所感而起興唱歎，把天荒地老的歷史變遷與悠遠飄忽的傳說故事結合起來，用以表達深沉的歷史喟歎與清醒的現實思索。(宋) 張戒《歲寒堂詩話》卷一：「金陵鳳凰臺，在城之東南，四顧江山，下窺井邑，古題詠唯謫仙爲絕唱。」自李白作《登金陵鳳凰臺》以後，鳳凰臺名聲大噪，一躍而爲六朝眾多古迹中最爲文人墨客熱衷題詠的素材。

吳景伯《沁園春》（登鳳凰臺）詞曰：

> 再上高臺，訪謫仙兮，仙何所之。但石城西踞，潮平白鷺，浮圖南峙，雲淡烏衣。鳳鳥不來，長安何處，惟有碧梧三數枝。興亡事，對江山休說，誰是誰非。　　庭花飄盡胭脂。算結綺、繁華能幾時。問何人重向，新亭揮淚，何人更到，別墅圍棋。笑拍闌干，功名未了，寧肯綠蓑尋釣磯。深深飲，任玉山醉倒，明月扶歸。

詞人在緬懷謫仙，感歎歷史興亡的同時，對人生亦有深刻的感悟。

再如梁棟《摸魚兒》（登鳳凰臺）：

> 枕寒流，碧縈衣帶，高臺平與雲侔。燕來鶯去誰爲主，磨滅謫仙吟墨。愁思裏。待說與山靈，還又羞拈起。蕭韶已矣。甚竹實風摧，桐陰雨瘦，景物變新麗。　　江山在，認得劉郎何寄。年來聲譽休廢。英雄不博胭脂井，誰念故人衰悴。時有幾。便鳳去臺空，莫厭頻遊此。興亡過耳。任北雪迷空，東風換綠，都付夢和醉。

其它相關詞作：劉一止《踏莎行》（遊鳳凰臺）、張元幹《瑤臺第一層》（江左風流鍾間氣）、李曾伯《沁園春》（庚子登鳳凰臺，和壁間韻）、方岳《最高樓》（和人投贈）、黎延瑞《八聲甘州》（金陵懷古）、陳德武《歸朝歡》（送前王通判惟善赴召）。

9、金陵雨花臺

金陵雨花臺是南京著名的古迹之一。本是僧侶講經說法之講臺，相傳梁武帝時期，有位高僧雲光法師在此設壇講經說法，僧侶趺坐聆聽，講得精彩，聽得入神，數日而不散，感動佛祖，使得天女散花，

落地為石，遂稱「雨花石」，「雨花臺」也由此得名。《輿地紀勝》卷十七，江南東路，建康府，「雨花臺」條云：「雨花臺在江寧縣城南三里，據岡阜最高處，俯瞰城闉。舊傳梁武帝時，有雲光法師講經於此，感天雨賜花，故名。」（《景定建康志》卷二十二、《六朝事迹編類》卷上等有相同記載）南宋劉克莊曾有詩云："昔日講師何處去，高臺猶以雨花名。」（《登雨花臺》）後隨著文人墨客的不斷賦詠，雨花臺逐漸成為登高覽勝之地。南宋年間臺曾經建炎兵火而毀，宋孝宗隆興元年（1163），留守陳之茂重築此臺。《至正金陵新志》卷十二上，古迹志，「雨花臺」條曰：「在城南三里，據岡阜最高處，俯瞰城圍。考證舊梁武帝時，有雲光法師講經於此，感天雨賜花，故名。《丹陽記》云：『江南登覽之地三：曰甘露、曰雨花、曰凌歊。』建炎兵後，臺址僅存。後人乃請均慶院舊額即基建寺，又壞於火。隆興元年，留守陳之茂重築此臺。」

　　韓元吉有《水調歌頭》（雨花臺）詞：

　　　　澤國又秋晚，天際有飛鴻。中原何在，極目千里暮雲重。今古長干橋下，遺恨都隨流水，西去幾時東。斜日動歌管，莫菊舞西風。　　江南岸，淮南渡，草連空。石城潮落、寂寞煙樹鎖離宮。且斗尊前酒美，莫問樓頭佳麗，往事有無中。卻笑東山老，擁鼻與誰同。

另外，吳淵有《滿江紅》（雨花臺再用弟履齊烏衣園韻）、吳潛亦有《滿江紅》（雨花臺用前韻）。

10、密州超然臺

　　超然臺是山東諸城著名的歷史名勝，最初係北魏永安二年（529）築北城以置膠州治時所為，當時州治兩廂各置一臺，東西對峙。宋熙寧八年（1075），蘇軾知密州（今山東諸城）時，對州治西側之臺進行修葺，復加棟宇，並請適在齊州（今山東濟南）任職的弟弟蘇轍為臺命名。蘇轍深知兄長的性格與情懷，遂即命名為「超然臺」，並寫了一篇《超然臺賦》。《明一統志》卷二十四，東昌府，「超然臺」條

云：「在諸城縣北城上。宋蘇軾守膠西，因舊臺而新之，其弟轍名之曰『超然』。」《山東通志》卷九，「超然臺」條亦云：「在縣北城上之西偏縣之北城上，東西各有一臺，元魏建城時所築。宋熙寧八年蘇軾來守密州，因於西城臺上創爲棟宇，以爲登眺遊息之所。其弟爲濟南司理，寄題爲『超然臺』云。」

　　蘇軾對於其弟爲其臺取名「超然臺」深表讚賞，因爲這正符合蘇軾超然物外與世無爭的處世哲學，而且 「超然」的確也是蘇軾的精神支柱。政暇之餘，蘇軾經常邀同僚會友朋，登臺遠眺，飲酒唱酬。曾作有《超然臺記》一文：

　　　　凡物皆有可觀，苟有可觀，皆有可樂，非必怪奇瑋麗者也。餔糟啜醨，皆可以醉；果蔬草木，皆可以飽。推此類也，吾安往而不樂。

　　　　夫所爲求福而辭禍者，以福可喜而禍可悲也。人之所欲無窮，而物之可以足吾欲者有盡，美惡之辨戰乎中，而去取之擇交乎前。則可樂者常少，而可悲者常多，是謂求禍而辭福。夫求禍而辭福，豈人之情也哉！物有以蓋之矣。彼遊於物之內，而不遊於物之外；物非有大小也，自其內而觀之，未有不高且大者也。彼挾其高大以臨我，則我常眩亂反覆，如隙中之觀鬥，又焉知勝負之所在？是以美惡橫生，而憂樂出焉，可不大哀乎！

　　　　余自錢塘移守膠西，釋舟楫之安，而服車馬之勞；去雕牆之美，而蔽采椽之居；背湖山之觀，而行桑麻之野。始至之日，歲比不登，盜賊滿野，獄訟充斥；而齋廚索然，日食杞菊，人固疑余之不樂也。處之期年，而貌加豐，髮之白者，日以反黑。余旣樂其風俗之淳，而其吏民亦安予之拙也。於是治其園圃，潔其庭宇，伐安丘，高密之木，以修補破敗，爲苟完之計。而園之北，因城以爲臺者舊矣，稍葺而新之。時相與登覽，放意肆志焉。南望馬耳、常山，出沒隱見，若近若遠，庶幾有隱君子乎？而其東則盧山，秦人盧敖之所從遁也。西望穆陵，隱然如城郭，師尚父、

齊桓公之遺烈，猶有存者。北俯濰水，慨然太息，思淮陰
之功，而弔其不終。臺高而安，深而明，夏涼而冬溫。雨
雪之朝，風月之夕，余未嘗不在，客未嘗不從。擷園蔬，
取池魚，釀秫酒，瀹脫粟而食之，曰：「樂哉遊乎！」

　　方是時，余弟子由適在濟南，聞而賦之，且名其臺曰
「超然」，以見余之無所往而不樂者，蓋遊於物之外也。

文中充分表露了蘇軾超然物外的心態；並記敘了「超然臺」周圍的壯
美景觀及其建臺始末。

　　蘇軾有《望江南》（超然臺作）詞一首：

　　春未老，風細柳斜斜。試上超然臺上望，半壕春水一
城花。煙雨暗千家。　　　　寒食後，酒醒卻咨嗟。休對故
人思故國，且將新火試新茶。詩酒趁年華。

此詞作於熙寧九年（1076）暮春。時蘇軾登上超然臺，眺望春色煙雨，
觸動鄉思，寫下此作。詞中通過描寫暮春景色和作者心態的複雜變
化，既展現了詞人難以排遣的苦悶，又表達了詞人豁達超脫的襟懷。

11、贛州鬱孤臺

　　鬱孤臺在江西贛州西北賀蘭山上，因山勢高埠、鬱然孤峙，故
名。乾隆二十一年刊本《贛縣志》卷二《疆域志》云：「鬱孤臺在縣
之西北隅，舊名文壁山，一名賀蘭山，俗呼田螺嶺，隆阜鬱然孤起，
因巔為臺，故名鬱孤。」其實，對於鬱孤臺的具體方位，說法不同，
有「在贛州西南」和「在贛州西北」二說。對此，唐圭璋先生《讀
詞續記》一文第 4 條「鬱孤臺在贛州西北」考證曰：「鬱孤臺之方位，
自《辭源》、《中國古今地名大辭典》以及《辭海》等書，皆以為在
贛州西南。近新雷（吳新雷）從康熙、乾隆諸刊本《贛州府志》考
明此臺在贛州西北，而不在贛州西南。」〔註 4〕唐老還引用（宋）
樂史《太平寰宇記》卷一〇八及乾隆二十一年刊本《贛縣志》卷二
《疆域志》確證臺的方位的確在贛州西北。論據充分，吾從之。然

〔註 4〕唐圭璋先生《讀詞續記》，《文學遺產》1981 年第 2 期，82 頁。

而唐老又云：「乃知自宋至清乾隆，臺之方位皆不誤。清《嘉慶重修一統志》卷 311 始誤作在贛州西南，《辭源》諸書並沿《嘉慶重修一統志》之誤。」〔註5〕愚以爲唐老此說欠妥，因爲據查考，《明一統志》卷五十八，贛州府，「鬱孤臺」條和《大清一統志》卷二百五十四，贛州府，「鬱孤臺」條均記載曰：「在府治西南。」而此兩書分別成書於明代和清乾隆朝。

對於鬱孤臺的始建年代，史籍未詳，唐虔州刺史李勉登臺北望，易匾爲『望闕』。南宋高宗紹興年間，郡守曾慥又在鬱孤臺北增建望闕臺。《明一統志》卷五十八，贛州府，「鬱孤臺」條云：「臺莫知所始，唐郡守李勉登臨北望改名『望闕』。宋郡守曾慥增創二臺，南爲鬱孤，北爲望闕。」《大清一統志》卷二百五十四，贛州府，「鬱孤臺」條小曰：「唐郡守李勉登臨北望，改名『望闕』。宋郡守曾慥增築二臺，南爲鬱孤，北爲望闕。」後幾經興廢，仍名鬱孤臺。

歷代文人墨客爲鬱孤臺題詠甚多，尤以南宋辛棄疾《菩薩蠻》（書江西造山壁）詞最爲著名，傳誦千古，詞云：

　　　　鬱孤臺下清江水。中間多少行人淚。東北是長安。可
　憐無數山。　　　　青山遮不住。畢竟江流去。江晚正愁予。
　山深聞鷓鴣。

詞於青山碧水之中寓有鬱鬱悲壯之音，正是稼軒素來風骨。

劉克莊有《賀新郎》（寄題聶侍郎鬱孤臺）：

　　　　絕頂規危榭。跨高寒、鳥飛不過，雲生其下。斤斸無
　聲人按堵，翕習青紅變化。覽城郭、山川如畫。閣老鳳樓修
　造手，笑談間、突出凌雲廈。臺上景，買無價。　　　　唾
　壺塵尾登臨暇。似當年、滁陽太守，歐陽公也。傾倒贛江
　供硯滴，判斷雪天月夜。更喚取、鄭枚司馬。銅雀凌歊歌
　舞散，訪殘磚、斷甓無存者。餘翰墨，被風雅。

歌詠鬱孤臺周圍景物的同時，也對聶侍郎進行了深情的讚揚。

〔註 5〕唐圭璋先生《讀詞續記》，《文學遺產》1981 年第 2 期，82 頁。

其它相關詞作：康與之《訴衷情令》（登鬱孤臺，與施德初同讀坡詩作）、戴復古《大江西上曲》（寄李寶夫提刑，時郊後兩相皆乞歸）、李昂英《水龍吟》（和吳憲韻，且堅鬱孤同遊之約）。

12、司馬光見山臺

司馬光，字君實，北宋傑出的史學家和散文家。陝州夏縣涑水鄉（今山西運城安邑鎮東北）人，世稱涑水先生。他在政治上是保守派，頑固地反對王安石的變法，因而曾自請任西京御史臺，退居洛陽十五年，專門從事《資治通鑑》的編撰。死後追贈太師，溫國公，諡文正。司馬光學識淵博，史學之外，音樂、律曆、天文、書數，無所不通。生平著作甚多，主要有史學巨著《資治通鑑》、《溫國文正司馬公文集》、《稽古錄》、《涑水記聞》、《潛虛》等。

見山臺，在（宋）司馬光獨樂園內，故址在今河南省洛陽市南郊。《河南通志》卷五十二，古迹下，河南府，「見山臺」條云：「在府城南，宋司馬溫公獨樂園內。」宋神宗熙寧四年（1071）司馬光因反對王安石變法，離開汴京來到洛陽，熙寧六年（1073）在城北尊賢坊北部買了 20 畝地辟為園林，命名曰「獨樂園」。《山堂肆考》卷二十七，「獨樂園」條曰：「獨樂園在河南府城南。司馬溫公，陝人也，判西京留司御史臺，遂家於洛買宅尊賢坊為園其中，命曰『獨樂園』。」

獨樂園內溝渠縱橫，流水貫通，主要建築有「讀書堂」、「弄水軒」、「釣魚庵」、「種竹齋」、「採藥圃」、「澆花亭」及「見山臺」。（宋）李格非撰《洛陽名園記》「獨樂園」條記載曰：「司馬溫公在洛陽，自號『迂叟』，謂其園曰『獨樂園』，卑小不可與他園班。其曰『讀書堂』者，數十椽屋；『澆花亭』者，益小；『弄水』、『種竹』軒者，尤小；曰『見山臺』者，高不過尋丈；曰『釣魚庵』、曰『採藥圃』者，又特結竹杪、落蕃、蔓草為之爾。溫公自為之序，諸亭臺詩頗行於世，所以為人欣慕者不在於園耳。」司馬光作有《獨樂園記》，現輯錄如下，從中可以瞭解司馬光建園原委，也可以窺見司馬光獨樂園的詳細面貌：

　　孟子曰：「獨樂樂，不如與人樂；與少樂樂，不若與眾樂樂」。此王公大人之樂，非貧賤者所及也！孔子曰：「飯蔬食飲水，曲肱而枕之，樂亦在其中矣」；顏子：「一簞食，一瓢飲，不改其樂」，此聖賢之樂，非愚者所及也。若夫鷦鷯巢林，不過一枝；偃鼠飲河，不過滿腹。各盡其份而安之，此乃迂叟之所樂也。

　　熙寧四年迂叟始家洛，六年買田二十畝於尊賢坊北，闢以為園。其中為堂，聚書出五千卷，命之曰：「讀書堂」。堂南有屋一區，引水北流，貫宇下。中央為沼，方深各三尺。疏水為五派，注沼中，狀若虎爪。自沼北伏流出北階，懸注庭下，狀若象鼻。自是分而為二渠，繞庭四隅，會於西北而出。命之曰：「弄水軒」。堂北為沼，中央有島，島上植竹。圓周二丈，狀若玉玦，攬結其杪，如漁人之廬。命之曰：「釣魚庵」。沼北橫屋六楹，厚其墉茨，以禦烈日。開戶東出，南北列軒牖，以延涼颸。前後多植美竹，為清暑之所。命之曰：「種竹齋」。沼東治地為百有二十畦，雜蒔草藥，辨其名物而揭之。畦北植竹，方徑丈狀若棋局。屈其杪，交相掩以為屋。植竹於其前，夾道如步廊，皆以蔓藥覆之。四周植木藥為藩援，命之曰：「採藥圃」。圃南為六欄，芍藥、牡丹、雜花各居其二。每種止植二本，識其名狀而已，不求多也。欄北為亭，命之曰：「澆花亭」。洛城距山不遠，而林薄茂密，常苦不得見。乃於園中築臺，構屋其上，以望萬安、軒轅，至於太室。命之曰：「見山臺」。

　　迂叟平日多處堂中讀書。上師聖人，下友群賢，窺仁義之原，探禮樂之緒。自未始有形之前，暨四達無窮之外，事物之理，舉集目前。所病者，學之未至，夫又何求於人，何待於外哉！志倦體疲，則投竿取魚，執衽採藥，決渠灌花，操斧剖竹，濯熱盥手，臨高縱目，逍遙徜徉，唯意所適。明月時至，清風自來，行無所牽，止無所柅，耳目肺腸，悉為己有，踽踽焉、洋洋焉，不知天壤之間復有何樂可以代此也。因合而命之曰：「獨樂園」。

　　或咎迂叟曰：「吾聞君子之樂必與人共之，今吾子獨取
足於己，不以及人，其可乎？」迂叟謝曰：「叟愚，何得比
君子？自樂恐不足，安能及人，況叟所樂者，薄陋鄙野，
皆世之所棄也，雖推以與人，人且不取，豈得強之乎？必
也有人肯同此樂，則再拜而獻之矣，安敢專之哉！」（司馬
光撰《傳家集》卷七十一，記）

從記文可知，司馬光在園中建見山臺的目的是爲了登高望遠。登臺可
以望見萬安、軒轅、太室諸山，因此命名「見山臺」。司馬光又有《獨
樂園七詠》組詩，共七首，每首各詠獨樂園中一建築，其中第四首詠
「見臺山」云：「吾愛陶淵明，拂衣遂長往。首辭梁主命，犧牛憚金
鞍。愛君心豈忘，居山神可養。輕舉向千齡，高風猶尚想。」（司馬
光撰《傳家集》卷三，古詩二）詩中通過描寫對陶淵明愛慕，展現了
作者甘於隱居山林的心態。

　　趙鼎有《水調歌頭》（甲辰九月十五日夜飲獨樂見山臺坐中作）
詞，寫的也是隱逸之樂：

　　屋下疏流水，屋上列青山。先生跨鶴何處，窈窕白雲
間。採藥當年三徑，只有長松綠竹，霜吹晚蕭然。舉酒高
臺上，彷彿揖群仙。　　　　轉銀漢，飛寶鑒，溢清寒。金
波萬頃不動，人在玉壺寬。我唱君須起舞，要把嫦娥留住，
相送一杯殘。醉矣拂衣去，一笑渺人寰。

第三章　宋詞中的樓考

1、紹興飛翼樓

　　飛翼樓，位於浙江紹興臥龍山山頂。春秋戰國時，范蠡所築，「以壓強吳」。唐以來易名為「望海亭」，後又改曰「五桂」。宋嘉定十五年（1222）汪綱重建為樓，並自作《飛翼樓記》以記之。（宋）張淏撰《會稽續志》卷一記載：「望海亭在臥龍之西，不知始於何時。元微之、李紳嘗賦詩，則自唐已有之矣。昔范蠡作飛翼樓，以壓強吳，此亭即其址也。祥符中高紳植五桂於亭之前，易其名曰『五桂』。歲久，亭既廢，桂亦不存。嘉祐中刁約增廣舊址，再建，復名『望海』，自作記以志。嘉定十五年，汪綱重修。」《明一統志》卷四十五，紹興府，「飛翼樓」條亦記載：「在府治西三里臥龍山頂，越范蠡建以壓吳者，自唐以來改為望海亭，宋守汪綱復建為樓，自為記。」

　　汪綱《飛翼樓記》云：

　　　　越之為都，距今二千年，遺宮故苑漫不可考。獨飛翼樓，范蠡所築，雄據西山之巔。樓雖不存，邦人猶有能指其處者。中間易以為亭，曰『望海』、曰『五桂』，既而亭與桂俱廢，復為望海。寶慶丁亥六月，予帥越至是六年矣。望日，大風雨，屋瓦飛墮，亭幾壓焉，遂撤而新之為樓，三楹於其上，復飛翼之舊；而樓之下則仍望海之名。萬壑千岩，四顧無際，雲濤煙浪，渺渺愁予。使登斯樓者，撫

霸業之餘基，思臥薪之雄築，感憤激烈以毋忘昔人復仇之義。庶幾乎鷗夷子之風尚？有嗣餘響於千百世者。予老矣，無能為役，姑識歲月云。」（明程敏政撰《新安文獻志》卷十三）

此記記敘了飛翼樓的歷史沿革以及重修飛翼樓的原因及意義，因此，該記不僅具有文學方面的意義，也有很大的文獻價值。

吳文英有飛翼樓詞兩首：

思渺西風，悵行蹤、浪逐南飛高雁。怯上翠微，危樓更堪憑晚。蓬萊對起幽雲，澹野色山容愁卷。清淺。瞰滄波、靜銜秋痕一線。　　十載寄吳苑。慣東籬深把，露黃偷剪。移暮影、照越鏡，意銷香斷。秋娥賦得閒情，倚翠尊、小眉初展。深勸。待明朝、醉巾重岸。（《惜秋華》八日飛翼樓登高）

東風未起，花上纖塵無影。峭雲濕，凝酥深塢，乍洗梅青。鈎簾愁絲，冷浮虹氣海空明。　　若耶門閉，扁舟去懶，客思鷗輕。　　幾度問春，倡紅冶翠，空媚陰晴。看真色、千巖一素，天淡無情。醒眼重開，玉鈎簾外曉峰青。相扶輕醉，越王臺上，更最高層。（《醜奴兒慢》黃鐘商麓翁飛翼樓觀雪）

兩詞似作於晚年，流露了歲晚更堪憑的遲暮之感。

2、當陽仲宣樓

仲宣（177～217），名王粲，山陽高平（今山東鄒縣）人。建安七子之一。他出身豪門，少時即有才名，曾受到著名學者蔡邕的賞識，年十七，即詔授黃門侍郎。不久，董卓餘黨李催、郭汜等在長安作亂，王粲南下避難，到荊州投靠劉表。然而，王粲雖才高，卻因貌醜體弱為劉表所棄。流寓荊州十五年，後歸附曹操。王粲頗有文學造詣，尤以詩賦見長。《登樓賦》是其名篇之一，賦云：

登茲樓以四望兮，聊暇日以銷憂。覽斯宇之所處兮，實顯敞而寡仇。挾清漳之通浦兮，倚曲沮之長洲。背墳衍之廣陸兮，臨皋隰之沃流。北彌陶牧，西接昭丘。華實蔽

野，黍稷盈疇。雖信美而非吾土兮，曾何足以少留！

遭紛濁而遷逝兮，漫踰紀以迄今。情眷眷而懷歸兮，孰憂思之可任？憑軒檻以遙望兮，向北風而開襟。平原遠而極目兮，蔽荊山之高岑。路逶迤而修迥兮，川既漾而濟深。悲舊鄉之壅隔兮，涕橫墜而弗禁。昔尼父之在陳兮，有歸歟之歎音。鍾儀幽而楚奏兮，莊舄顯而越吟。人情同於懷土兮，豈窮達而異心？

惟日月之逾邁兮，俟河清其未極。冀王道之一平兮，假高衢而騁力。懼匏瓜之徒懸兮，畏井渫之莫食。步棲遲以徙倚兮，白日忽其將匿。風蕭瑟而並興兮，天慘慘而無色。獸狂顧以求群兮，鳥相鳴而舉翼，原野闃其無人兮，征夫行而未息。心悽愴以感發兮，意忉怛而憯惻。循階除而下降兮，氣交憤於胸臆。夜參半而不寐兮，悵盤桓以反側。

王粲流寓荊州期間，因居客中，時作鄉思，此賦即作於此時，抒發了作者遊子飄零、懷才不遇的困頓之情，後來「王粲登樓」便成為一個具有特定文化內涵的文學意象而屢屢出現在古代詩詞之中。元代雜劇作家鄭光祖還以此編了雜劇《王粲登樓》，流傳甚廣。可見此賦影響之深遠。

仲宣樓，即是王粲登樓作賦之處。其舊址何在，由於年代久遠，歷經滄桑變遷，歷來說法不一，大致有以下四種：

（一）在江陵（今湖北荊州市）。《魏志》：「王粲，山陽高平人。少而聰慧，有大才，仕為侍中。時董卓作亂，仲宣避難荊州，依劉表，遂登江陵城樓，因懷歸而有此作，述其進退危懼之情也。」（引自《方輿勝覽》卷二十七，湖北路，江陵府，「仲宣樓」條）；六臣《文選》劉良注云：「仲宣避難荊州，依劉表，遂登江陵城樓，因懷歸而有此作，述其進退危懼之狀。」

（二）在襄陽（今湖北襄樊市）。明王世貞持此說；1934 年出版譚正璧編的《中國文學家大辭典》亦持此說。

　　（三）當陽縣城（今湖北當陽市）。唐代李善《文選注》引南朝盛弘之《荊州記》：「當陽縣城樓，王仲宣登之而作賦。」；《明一統志》卷六十：「仲宣樓，在荊門州，即當陽縣城樓。漢王粲仲宣登樓作賦，有曰『倚曲沮』、『挾清漳』。今當陽正在沮漳之間。」；《山堂肆考》卷一百七十一：「仲宣樓，即荊州當陽縣城樓。漢王粲避董卓之亂依荊州劉表，因懷歸登樓作賦。云：『登茲樓以四望兮，聊暇日以消憂。』」

　　（四）在當陽麥城（今湖北當陽市）。1989 年版《辭海》：「麥城，古城名。相傳楚昭王所築，故址在今湖北當陽東南，沮、漳兩水間。王粲《登樓賦》：『挾清漳之通浦兮，依曲沮之長洲。』；北京師範大學和東北師範大學的古代文學作品選讀教材，都將王粲所登之樓注為麥城。」

　　考察以上諸說所在地理位置，再結合王粲《登樓賦》中「挾清漳之通浦兮，倚曲沮之長洲。背墳衍之廣陸兮，臨皋隰之沃流」的地理描寫，「在江陵」、「在襄陽」和「在當陽麥城」三種說法均不甚合理。故仲宣樓舊址應在當陽縣城（今湖北當陽市）。

　　《大清一統志》卷二百六十五亦有所考訂：「仲宣樓，在當陽縣東南。《水經注》：『漳水南徑麥城，王仲宣登其東南隅，臨漳水而賦之。』按：仲宣樓，《荊州記》以為當陽城樓，與《水經注》合。（唐）劉良《文選注》以為在江陵；（明）王世貞以為在襄陽。諸說不同，自以在當陽者為定論。」再者，秦尊文先生還專門撰文對仲宣樓舊址進行了詳細的考證，他在肯定「當陽縣城」說的同時，得出更為確切的結論，認為「今荊門市袁集陰界城遺址即仲宣樓舊址」〔註1〕

　　另外，江陵府（今湖北荊州市）的確也有一座仲宣樓，為五代時所建。《方輿勝覽》卷二十七，湖北路，江陵府，「仲宣樓」條云：「在

〔註 1〕秦尊文《撥開仲宣登樓的歷史迷霧——對王粲登樓舊址的考證》，《荊門職業技術學院學報》2002 年第 1 期，87 頁。

府城東南隅，後梁時高秀興建，名以望沙樓。」《明一統志》卷六十興都，「承天府」亦云：「今府城東南隅亦有仲宣樓，乃五代時高秀興所建望沙樓。宋陳堯咨更此名。」

由於王粲登樓作賦之事影響深遠，歷來文人尤其是失意之士喜來此登臨憑弔。宋代相關詞作有：葉夢得《臨江仙》（草草一年真過夢）、毛开《滿庭芳》（五十年來）、高似孫《江神子》（寄德新丈）、李曾伯《水龍吟》（乘雪登仲宣樓）、李曾伯《摸魚兒》（和陳次賈仲宣樓韻）、李曾伯《八聲甘州》（壬子餞帥機沈好問）、陳策《摸魚兒》（仲宣樓賦）。其中陳策《摸魚兒》（仲宣樓賦）一詞堪稱代表：

> 倚危梯、酹春懷古，輕寒才轉花信。江城望極多愁思，前事惱人方寸。湖海興。算合付元龍，舉白澆談吻。憑高試問。問舊日王郎，依劉有地，何事賦幽憤。　　沙頭路，休記家山遠近。賓鴻一去無信。滄波渺渺空歸夢，門外北風淒緊。烏帽整。便做得功名，難綠星星鬢。敲吟未穩。又白鷺飛來，垂楊自舞，誰與寄離恨。

3、岳陽樓

岳陽樓聳立在湖南省岳陽市西門城頭、洞庭湖畔，自古有「洞庭天下水，岳陽天下樓」的美譽，初建人不詳。《方輿勝覽》卷二十九，岳州，「岳陽樓」條云：「在郡治西南，西面洞庭，左顧君山，不知創始為誰。」但據陳壽《三國志》記載，三國時，東吳大將魯肅奉命鎮守巴丘，操練水軍，在洞庭湖接長江的險要地段建築了巴丘古城。東漢建安二十年（215），魯肅在西南臨湖修築了「閱軍樓」，用以訓練和指揮水師，這應該便是岳陽樓的前身。故清代《巴陵縣志》稱：「岳陽樓或曰魯肅閱軍樓。」南朝宋元嘉十六年（439），巴丘改名為巴陵郡，對魯肅閱軍樓也進行了重修，使岳陽樓初具規模，並稱之為「巴陵城樓」。至唐代，巴陵城又改為岳陽城，巴陵城樓也隨之稱為岳陽樓了。宋慶曆四年（1044），滕子京被貶至岳州，時岳陽樓已坍塌，次年滕子京即對之進行了修建。

　　總之，岳陽樓是以三國「魯肅閱軍樓」爲基礎，一代代沿襲發展而來。唐朝以前，其功能主要作用於軍事上。自唐朝始，因其「北通巫峽，南極瀟湘」的特殊地理位置，再加上「銜遠山，吞長江，浩浩湯湯，橫無際涯；朝暉夕陰，氣象萬千」的洞庭湖闊大景象，岳陽樓便成爲騷人墨客遊覽觀光，吟詩作賦的勝地。唐玄宗開元四年（716），堪稱「燕許大手筆」的張說貶官岳陽後，便寄情山水，常與文人遷客登樓賦詩。（宋）范致明撰《岳陽風土記》云：「岳陽樓，城西門樓也。下瞰洞庭，景物寬闊。唐開元四年，中書令張說除守此州，每與才士登樓賦詩，自爾名著。其後太守於樓北百步復創樓，名曰『燕公樓』。」後來，孟浩然、李白、杜甫等大詩人接踵而來，紛紛登樓，酬答唱和，其中孟浩然的「氣蒸雲夢澤，波撼岳陽城。」（《望洞庭湖贈張丞相》），李白的「樓觀岳陽盡，川迥洞庭開。」（《與夏十二登岳陽樓》），杜甫的「吳楚東南坼，乾坤日夜浮。」（《登岳陽樓》）等都是千古之佳句，給岳陽樓蒙上了一層濃厚的文化意蘊。尤其是宋代范仲淹的《岳陽樓記》，全文雖 360 餘字，但字字珠璣，文章情景交融，內容博大，氣勢磅礴，語氣鏗鏘，真可謂匠心獨遠，堪稱絕筆。其中尤以「先天下之憂而憂，後天下之樂而樂」之句，哲理精深，體現了中華民族之偉大精神，爲人們廣爲傳誦。「樓以文傳，文以樓名。」自此，岳陽樓更是聲名遠揚。以後歷代詩人作家在此留下了大量優美的詩詞文賦。

　　滕子京在樓落成之時，憑欄遠眺，不禁詩興大發，即賦《臨江仙》一詞：

　　　　湖水連天天連水，秋來分外澄清。君山自是小蓬瀛。氣蒸雲夢澤，波撼岳陽城。　　　帝子有靈能鼓瑟，淒然依舊傷情。微聞蘭芝動芳馨。曲終人不見，江上數峰青。

全詞寫景抒情，氣勢非凡。

張舜民有《賣花聲》（題岳陽樓）二首：

> 木葉下君山。空水漫漫。十分斟酒斂芳顏。不是渭城
> 西去客，休唱陽關。　　醉袖撫危欄。天淡雲閒。何人
> 此路得生還。回首夕陽紅盡處，應是長安。

又

> 樓上久踟躕。地遠身孤。擬將憔悴弔三閭。自是長安
> 日下影，流落江湖。　　爛醉且消除。不醉何如。又看
> 暝色滿平蕪。試問寒沙新到雁，應有來書。

戴復古《柳梢青》（岳陽樓）：

> 袖劍飛吟。洞庭青草，秋水深深。萬頃波光，岳陽樓
> 上，一快披襟。　　不須攜酒登臨。問有酒、何人共斟。
> 變盡人間，君山一點，自古如今。

以上兩人詞作雖然都作於岳陽樓，卻展現了不同的漂泊心態，一失意
悲傷；一曠放自適。

其它相關詞作：李祁《南歌子》（嫋嫋秋風起）、張元幹《水調歌
頭》（為趙端禮作）、張孝祥《浣溪沙》（去荊州）、張孝祥《水調歌頭·
過岳陽樓作》、劉過《沁園春·送王玉良》、張輯《釣船笛》（寓好事
近）、林正大《括水調歌》（欲狀巴陵勝）、徐君寶妻《滿庭芳》（漢上
繁華）。

4、武昌黃鶴樓

> 昔人已乘黃鶴去，此地空餘黃鶴樓。
> 黃鶴一去不復返，白雲千載空悠悠。
> 晴川歷歷漢陽樹，芳草萋萋鸚鵡洲。
> 日暮鄉關何處是，煙波江上使人愁。

提起黃鶴樓，人們就不得不提起唐代詩人崔顥的這首千古絕唱《黃鶴
樓》。崔顥此詩把黃鶴樓的地理位置、周圍環境、故事傳說以及詩人
的感受都已寫得淋漓盡致，以至於唐代的另一位大詩人李白來到此
地，也想寫詩讚頌黃鶴樓，因看到了崔顥的佳作，不得不發出「眼前
有景道不得，崔顥題詩在上頭」的感歎。

　　黃鶴樓原址在今湖北武漢市武昌黃鶴山（蛇山）上，因山而得名。《輿地紀勝》卷六六，鄂州，「黃鶴樓」條云：「在子城西南隅黃鶴磯上，自南朝已著，因山得名。」黃鶴樓始建成於三國吳黃武二年（公元 223 年）。據唐李吉甫《元和郡縣志》卷二十八，江南道三，「鄂州」記載：「吳黃武二年，（孫權）城江夏，以安屯戍地也。城西臨大江，西南角因磯爲樓，名黃鶴樓。」或許因「黃鶴樓」這一典雅的名字，關於其名稱的由來，後人遂賦予它一些浪漫的故事傳說：一說「僊人子安乘黃鶴過此」（《方輿勝覽》卷二十八引《南齊志》）；又云「昔韋費褘登仙，每乘黃鶴於此樓憩駕，故號爲『黃鶴樓』。」（《太平寰宇記》卷一百十二，江南西道十，鄂州）等等。而且（唐）永泰元年（765）閻伯理作《黃鶴樓記》，文中轉引《圖經》，以爲費褘之事可信。閻伯理《黃鶴樓記》曰：

　　　　州城西南隅，有黃鶴樓者，《圖經》云，『費褘登仙，嘗駕黃鶴返憩於此，遂以名樓。』事列《神仙》之傳，迹存《述異》之志，觀其聳構巍峨，高標巃嵸，上倚河漢，下臨江流；重簷翼館，四闥霞敞；坐窺井邑，俯拍雲煙；亦荊吳形勝之最也。何必賴鄉九柱、東陽八詠，乃可賞觀時物、會集靈仙者哉。

　　　　刺史兼侍御史、淮西租庸使、鄂岳沔等州都團練使，河南穆公名寧，下車而亂繩皆理，發號而庶政其凝。或逶迤退公，或登車送遠，遊必於是。極長川之浩浩，見眾山之累累。王室載懷，思仲宣之能賦；仙蹤可揖，嘉叔偉之芳塵。乃喟然曰：『黃鶴來時，歌城郭之並是；浮雲一去，惜人世之俱非。』有命抽毫，紀茲貞石。

　　　　時皇唐永泰元年，歲次大荒落，月孟夏，日庚寅也。（《湖廣通志》卷一百四）

不論這些傳說可信與否，但至少給優美的黃鶴樓增加了幾分浪漫和傳奇色彩。再加上黃鶴樓瀕臨萬里長江，雄踞蛇山之巔，挺拔獨秀，輝煌瑰麗，很自然就成了名傳四海的遊覽勝地，無疑會吸引著歷代

文人墨客來此登臨吟詠、抒懷，留下了許多名篇佳作，爲黃鶴樓增加人文氣息的同時，也使之更爲聞名遐邇。除了上引崔顥的千古絕唱《黃鶴樓》七律外，李白的《黃鶴樓送孟浩然之廣陵》也一直爲人所稱道：

> 故人西辭黃鶴樓，煙花三月下揚州。
> 孤帆遠影碧空盡，惟見長江天際流。

詩寫送別友人時無限依戀的感情，也寫出祖國河山的壯麗美好。全詩氣勢磅礡，情景交融，古往今來，廣爲傳誦。

著名抗金將領岳飛有《滿江紅》（登黃鶴樓有感）詞：

> 遙望中原，荒煙外，許多城郭。想當年、花遮柳護，鳳樓龍閣。萬歲山前珠翠繞，蓬壺殿裏笙歌作。到而今，鐵騎滿郊畿，風塵惡。　　兵安在，膏鋒鍔。民安在，填溝壑。歎江山如故，千村寥落。何日請纓提銳旅，一鞭直渡清河洛。卻歸來、再續漢陽遊，騎黃鶴。

此詞當作於紹興四年（1134）岳飛收復襄陽六州駐節鄂州（今湖北武昌）時。紹興三年（1133），金兵大舉南侵佔領了襄陽等州郡，岳飛於次年揮戈北伐，迅即收復失地。正當他高歌猛進，敵軍聞風喪膽之時，突然接到宋高宗要他停止前進的令牌。岳飛率部回到鄂州，一日登臨黃鶴樓，北望中原，不禁感從中來，寫下了這首抒懷詞。全詞寫登樓所見所感所思，追憶故國往昔繁華，感歎今日山河破碎、生靈塗炭，抒發北伐中原、收復故地的信心和決心。尤其是詞的末尾，融合黃鶴樓故事傳說，在表現詞人樂觀主義的同時，也使全詞籠罩一股浪漫主義色彩。

其它相關詞作：李彌遜《念奴嬌》（癸卯親老生辰寄武昌）、程珌《滿江紅》（龔撫幹示閏中秋）、岳甫《水調歌頭》（編修樓公易鎮武昌）、葛長庚《沁園春》（題桃源萬壽宮）、吳文英《水龍吟》（過秋壑湖上舊居寄贈）。

5、江州庾樓

　　江州庾樓，在今江西九江，下臨大江，憑高眺遠，爲一郡之勝。建造年代不詳，因晉代庾亮曾領江州刺史而得名。《方輿勝覽》卷二十二，江州，「庾樓」條云：「在州治後。庾亮領江州刺史，故名。」而《明一統志》云此樓乃「晉庾亮刺江州時建」（卷五十二，九江府，「庾樓」條），此說誤。晉時，江州統轄武昌（今湖北鄂州），庾亮曾代陶侃鎮守江州，實駐武昌。《晉書》卷七十三，列傳四十三，「庾亮傳」說得很明白：「陶侃薨，遷亮都督江、荊、豫、益、梁、雍六州諸軍事，進號征西將軍、開府儀同三司、假節。亮固讓開府，乃遷鎮武昌。」（宋）陸游《入蜀記》卷二，亦有詳細的辯證：「庾樓正對廬山之雙劍峰，北臨大江，氣象雄麗。自京口以西，登覽之地多矣，無出庾樓右者。樓不甚高，而覺江山煙雲都在几席間，眞絕景也。庾亮嘗爲江、荊、豫州刺史，其實則治武昌，若武昌南樓名庾樓，猶有理。今江州治所在晉特柴桑縣之湓口關爾，此樓附會甚明。然白樂天詩固已云：『潯陽欲到思無窮，庾亮樓南湓口東。』則承誤亦久矣。張芸叟《南遷錄》云『庾亮鎮潯陽，經始此樓。』其誤尤甚。」唐時，改九江爲潯陽，可見，誤傳或自白居易詩「潯陽欲到思無窮，庾亮樓南湓口東」始。《大清一統志》卷二百四十四，九江府，「庾樓」條亦辯證曰：「相傳晉庾亮鎮江州時所建。按：此因《晉書》『庾亮傳』有秋夜登南樓之事而傅會也。亮時江州自鎮武昌，不在湓城，史傳甚明。李白詩『清景南樓夜，風流在武昌』亦未嘗誤；白居易詩云『潯陽欲到思無窮，庾亮樓南湓口東』，自後遂爾訛。」

　　《晉書》記載有庾亮在武昌南樓秋夜與部屬賞月的史實。「亮在武昌，諸佐吏殷浩之徒，乘秋夜共登南樓，俄不覺亮至，諸人將起避之。亮徐曰：『諸君少住，老子於此處興復不淺。』便據胡床與浩等談詠竟坐。」（《晉書》卷七十三，列傳四十三，「庾亮傳」），故前人在吟詠江州庾樓時，常常把庾亮此事扯在一起，正與蘇東坡稱黃州赤壁爲「人道是，三國周郎赤壁」如出一轍。

秦觀有《憶秦娥》（庾樓月）：

> 碧天如水纖雲滅。可是高人清興發。徒倚危闌有所思，江頭一片庾樓月。庾樓月。水天涵映秋澄徹。秋澄徹。涼風清露，瑤臺銀闕。　　桂花香滿蟾蜍窟。胡床興發霏談雪。霏談雪。誰家鳳管，夜深吹徹。

詞中「高人清興發」「胡床興發」等均是用庾亮秋夜登南樓之事。

侯寘、曹冠亦分別有歌詠江州庾樓詞：

> 今秋仲月逢餘閏。月姊重來風露靜。未勞玉斧整蟾宮，又見冰輪浮桂影。　　尋常經歲瞹佳景。閏月那知還賞詠。庾樓江闊碧天高，遙想飛觴清夜永。（侯寘《玉樓春》次中秋閏月表舅晁仲如韻）

> 碧天如水，湛銀潢清淺，金波澄澈。疑是姮娥將寶鑒，高掛廣寒宮闕。林菓吟秋，簾櫳如晝，月桂香風發。午午今夕，庾樓此興清絕。　　因念重折高枝，壯心猶鬱，已覺生莘髮。好向林泉招隱處，時講清游眞率。乘興歌歡，熙然朝野，何日非佳節。百盃千首，醉吟長對風月。（曹冠《念奴嬌》詠中秋月）

其它相關詞作：李呂《滿庭芳》（光拂星榆）、范端臣《念奴嬌》（尋常三五）、陳三聘《滿江紅》（大豈無情）、洪咨夔《水調歌頭》（中夏望前一夕步月）、張輯《貂裘換酒》（寓賀新郎乙未冬別馮可）。

6、南樓（古武昌南樓、古鄂州南樓）

宋詞中有很多寫有南樓的作品，歷史上的南樓也有多處，但可考的有兩處（均在今湖北省）：一是古武昌南樓，即晉庾亮秋夜所登之武昌南樓（事詳見上文「庾樓」考），位於今湖北鄂州；一是古鄂州南樓，址在今湖北武漢市武昌蛇山黃鶴樓之東。《明一統志》卷五十九，湖廣布政司，武昌府，「南樓」條有詳細記載：「有二：一在府城黃鵠山（蛇山）頂，名『白雲樓』。宋張俞詩『城上新開百尺樓，白雲人伴白雲留。山川半倚三吳勝，江漢常吞七澤流。』；一在武昌縣，今縣城樓是也。晉庾亮鎮武昌時，佐史殷浩輩，乘秋夜共登南樓，俄

而亮至，諸人將避。亮曰：『諸君少住，老子於此興復不淺。』便據胡床與浩等談詠。唐李白詩『清景南樓夜，風流在武昌。庾公愛秋月，乘興坐胡床。』」

（1）古武昌南樓

據《武昌縣志》記載，此樓原為三國時吳王孫權之端門，因其在武昌縣治之南亦有人稱為「南樓」。因晉庾亮鎮武昌時，乘秋夜登次樓之事，此後，人們也將南樓稱為「玩月樓」或「庾公樓」，南樓得以成名。更使南樓聞名於世的是唐代大詩人李白。唐至德二年（757），跟隨永王李鱗東巡，被人誣陷為附逆謀反，被囚於潯陽（今江西九江市）獄中。後來，御史中丞宋若思為之昭雪平反，釋其囚，並讓他跟隨自己參謀軍事，一起赴河南。宋中丞的幕府當時就設在武昌。一夕，李白陪宋中丞在南樓夜飲，聽人談起庾公當年故事，李白感慨大發，遂乘興寫下了著名的《陪宋中丞武昌夜飲懷古》詩，詩曰：

> 清景南樓夜，風流在武昌。庾公愛秋月，乘興坐胡床。
> 龍笛吟寒水，天河落曉霜。我心還不淺，懷古醉餘觴。

李白此詩一經流傳，使南樓流譽更廣。

王質、辛棄疾、李廷忠、龍端是、周伯陽都寫有南樓詞，如下：

> 八字山頭來較晚，彩雲未散南樓。夕陽千丈映簾鉤。君侯如欲老，江水莫教流。　　扇底清歌塵不動，胡床明月清秋。天漿為浪玉為舟。酒闌君便起，歸去立班頭。（王質《臨江仙》南樓席上壽張守）

> 折盡武昌柳，掛席上瀟湘。二年魚鳥江上，笑我往來忙。富貴何時休問，離別中年堪恨，憔悴鬢成霜。絲竹陶寫耳，急羽且飛觴。　　序蘭亭，歌赤壁，繡衣香。使君千騎鼓吹，風采漢侯王。莫把驪駒頻唱，可惜南樓佳處，風月已淒涼。在家貧亦好，此語試平章。（辛棄疾《水調歌頭》淳熙己亥，自湖北漕移湖南，周總領、王漕、趙守置酒南樓，席上留別）

> 撫景幾今古，遺恨此江山。百年形勝，但見幽草雜枯菅。多少名流登覽，賴有神扶壞棟，詩墨尚斑斑。風月要

磨洗，顧我已衰顏。　　　擎天手，攜玉斧，到江干。一新奇觀，領客觴詠有餘閒。煙草半川開霽，城郭兩州相望，都在畫屏間。便擬騎黃鵠，直上扣雲關。(李廷忠《水調歌頭》武昌南樓落成，次王漕韻)

問南樓月色，十載相疏，何似今宵。舊雨菰蒲國，想波光雁影，遠撼沉瀟。擬蘇堤上柳，煙碧爲誰搖。歎庾扇塵深，胡床夢淺，翠滅香銷。　　　迢迢。譚回首，記酌酒江山，曾共金鑣。暮色沈西壘，幾狂朋來往，舟葉招招。浩歌拍手歸去，風月兩長橋。算此會何時，劉郎去後多嫩桃。(龍端是《憶舊遊》題南樓)

浩蕩青冥。正涼露如洗，萬里虛明。鼓角悲健，秋入重城。彷彿石上三生。指蓬萊路，渺何許、月冷風清。倚南樓，一聲長笛，幾點疏星。　　　西風舊年有約，聽候蛩語夜，客里心驚。紅樹山深，翠苔門掩，想見露草疏螢。便乘風歸去，闌干外、河漢西傾。笑淹留，劃然孤嘯，雲白天青。(周伯陽《春從天上來》武昌秋夜)

以上詞作中的南樓，據詞前小序和詞中的用事、用典以及作品內容，當爲古武昌南樓。

（2）古鄂州南樓

初建年代不詳，然從「鄂州南樓」的稱謂可知，此樓之建設不會早於隋代。因爲隋代以前，現在的武漢市尙稱江夏郡，「隋改鄂州，後爲江夏郡，唐復爲鄂州，升武昌軍節度。皇朝因之。」(《方輿勝覽》卷二十八，「鄂州」建置沿革)，另外，李白曾遊過當時之鄂州，有《望黃鶴山》詩，詩曰：

東望黃鶴山，雄雄半空出。四面生白雲，中峰倚紅日。
巖巒行穹跨，峰嶂亦冥密。頗聞列仙人，於此學飛術。
一朝向蓬海，千載空石室。金竈生煙埃，玉潭秘清謐。
地古遺草木，庭寒老芝朮。寒余羨攀躋，因欲保閒逸。
觀奇遍諸岳，茲嶺不可匹。結心寄青松，永悟客情畢。

(李白著，王琦注《李太白全集》卷二十一)

詩中並未提到過南樓，可見當時南樓並未建成。前人遺下吟詠古鄂州南樓的詩作，最早要推北宋的黃庭堅，其有《題鄂州南樓》詩，又有《鄂州南樓書事四首》。其後，南宋的范成大、戴復古等均有《鄂州南樓》詩作傳世。據此可以推斷，鄂州南樓大致初建於唐末宋初年間。宋哲宗元祐間（1086～1093）太守方澤重建，《輿地紀勝》卷六十六，荊湖北路，鄂州，「南樓」條云：「在郡治南黃鶴山頂，上有登覽之勝。舊基不知其處，中間改為『白雲閣』。元祐間守方澤重建，復舊名。」另據（宋）洪邁撰《容齋四筆》卷十「慶元元年，鄂州修南樓」可知，宋寧宗慶元元年（1195），古鄂州南樓再次被重修。

另外，如江州庾樓那樣，有人認為古鄂州南樓也即是晉時庾亮吟詠玩月之南昌南樓。其實，這也是一種誤解。《輿地紀勝》卷六十六，荊湖北路，鄂州，「南樓」條辨別得很清楚：「或以為庾亮所登故基，非也。亮所登乃武昌安樂宮端門也。李巽岩燾作《鄂州南樓記》云：『吳孫氏更名漢鄂曰武昌，今州東百八十里武昌縣是也。今鄂州乃漢沙羨。當晉咸康時，沙羨未始有鄂及武昌之名，庾亮安復至此。」或許因為這種誤解；亦或是出於同蘇東坡稱黃州赤壁為「人道是，三國周郎赤壁」的相同道理，許多吟詠鄂州南樓的詩文亦往往會運用庾亮的事典。如「庾公風流冷似鐵，誰其繼之方公悅。」（黃庭堅《題鄂州南樓》)、「武昌參佐幕中畫，我亦來追六月涼。老子平生殊不淺，諸君少住對胡床。」（黃庭堅《鄂州南樓書事四首》其四）、「西風吹盡庾公塵，秋影涵空動碧雲」（戴復古《鄂州南樓》）等等。

魏了翁有《卜算子》（李季允約登鄂州南樓，即席次韻）詞：

> 攜月上南樓，月已穿雲去。莫照峨眉最上峰，同在峰前住。　　東望極青齊，西顧窮商許。酒到憂邊總未知，猶認胡床處。

7、徐州燕子樓

燕子樓是徐州的一處著名古迹，在徐州城西北隅。唐貞元年間，尚書張建封（或謂張建封之子張愔）為愛妾關盼盼所築。盼盼乃「徐

之名倡」（宋朱勝非《紺珠集》卷十一），「善歌舞，雅多風態」（白居易《燕子樓三首》序），張氏死後，盼盼念舊愛而不嫁，居是樓十餘年。《明一統志》卷十八，明李賢等撰，徐州，「燕子樓」條云：「在州城西北隅。唐貞元中，尚書張建封鎮徐州，有妾曰『盼盼』，爲築此樓以居之。建封既卒，盼盼樓居十餘年，不嫁。」（宋）葉廷珪撰《海錄碎事》卷四下，「燕子樓」條亦曰：「張建封鎮武寧，盼盼乃徐府奇色，公納之，爲創燕子樓以安盼盼。公薨，不食而卒。」

　　白居易有《燕子樓》詩三首並序，也記述了張尚書和關盼盼之事，其序曰：「徐州故張尚書有愛妓曰盼盼，善歌舞，雅多風態。予爲校書郎時，遊徐、泗間。張尚書宴予，酒酣，出盼盼以佐歡，歡甚。予因贈詩云：『醉嬌勝不得，風嫋牡丹花。』一歡而去，邇後絕不相聞，迨茲僅一紀矣。昨日，司勳員外郎張仲素續之訪予，因吟新詩，有《燕子樓》三首，詞甚婉麗。詰其由，爲盼盼作也。續之從事武寧軍累年，頗知盼盼始末，云：『尚書既歿，歸葬東洛。而彭城有張氏舊第，第中有小樓，名燕子，盼盼念舊愛而不嫁，居是樓十餘年，幽獨塊然，于今尚在。』予愛續之新詠，感彭城舊遊，因同其題，作三絕句。」詩云：

（其一）
　　滿窗明月滿簾霜，被冷燈殘拂臥床。
　　燕子樓中霜月夜，秋來只爲一人長。

（其二）
　　鈿暈羅衫色似煙，幾迴欲著即潸然。
　　自從不舞霓裳曲，疊在空箱十一年。

（其三）
　　今春有客洛陽迴，曾到尚書墓上來。
　　見說白楊堪作柱，爭教紅粉不成灰。

歷代文人有感於此，也爲燕子樓留下了不少詩詞名篇。蘇軾有《永遇樂》（夜宿燕子樓，夢盼盼，因作此詞。一云：徐州夢覺此登燕子樓作）一詞，堪稱佳作，詞云：

> 明月如霜，好風如水，清景無限。曲港跳魚，圓荷瀉
> 露，寂寞無人見。紞如三鼓，鏗然一葉，黯黯夢雲驚斷。
> 夜茫茫；重尋無處，覺來小園行遍。　　天涯倦客，山
> 中歸路，望斷故園心眼。燕子樓空，佳人何在，空鎖樓中
> 燕。古今如夢，何曾夢覺，但有舊歡新怨。異時對，黃樓
> 夜景，爲餘浩歎。

蘇軾此詞雖有感於燕子樓而寫，但並未拘泥於紅粉豔情，而是由燕子樓生發出對宇宙人生的深沉思考和感慨。尤其是詞中「燕子樓空，佳人何在，空鎖樓中燕」三句，千古傳誦，深得後人讚賞。

其它相關詞作：周邦彥《解連環》（怨懷無託）、蔡伸《滿庭芳》（煙鎖長堤）、呂渭老《木蘭花慢》（石榴花謝了）、張良臣《採桑子》（佳人滿勸金蕉葉）、劉褒《滿庭芳》（留別）、洪咨夔《浣溪沙》（用吳叔永韻）、李演《南鄉子》（夜宴燕子樓）、柴望《念奴嬌》（山河）、陳允平《塞翁吟》（睡起鶯釵韝）、文天祥《滿江紅》（和王夫人滿江紅韻，以庶幾後山妾薄命之意）、詹無咎《賀新郎》（端午）。

8、杭州望湖樓

杭州「望湖樓」，又名「看經樓」、「先得樓」。在杭州錢塘門外西湖邊昭慶寺前，乾德五年（967）忠懿王錢俶建。

（宋）周淙撰《乾道臨安志》卷二：「望湖樓，一名『看經樓』。乾德五年忠懿王錢氏建，去錢塘門一里。蘇軾有望湖樓詩。」

（宋）周密撰《武林舊事》卷五：「先得樓，即古望湖樓。」

（明）田汝成撰《西湖遊覽志》卷八：「望湖樓在昭慶寺前，錢王所作。一名『先得樓』。」

登望湖樓眺望，一湖勝景盡收眼底。宋代王安石、蘇軾等人，都曾有詩詠望湖樓，或抒發登樓觀景的感受，其中蘇軾的《望湖樓醉書》最有名，詩云：

> 黑雲翻墨未遮山，白雨跳珠亂入船。
> 卷地風來忽吹散，望湖樓下水如天。

詩中描寫了西湖乍雨還晴、風雲變幻的迷人景象。這首小詩膾炙人口，望湖樓也因而名聞天下。

蘇軾於宋哲宗元祐五年（1090）知杭州時作有《臨江仙》（疾愈登望湖樓贈項長官）詞：

> 多病休文都瘦損，不堪金帶垂腰。望湖樓上暗香飄。和風春弄袖，明月夜聞簫。　　酒醒夢回清漏永，隱床無限更潮。佳人不見董嬌饒。徘徊花上月，空度可憐宵。

南宋詞人胡銓和吳文英也分別寫有望湖樓詞各一首：

> 千岩競秀。西湖好是春時候。誰知梅雪飄零久。藏白收香，空袖和羹手。　　天涯萬里情難逗。眉峰豈為傷春皺。片愁未信花能繡。若說相思，只恐天應瘦。（胡銓《減字木蘭花》和答陳景衛望湖樓見憶）

> 屋下半流水，屋上幾青山。當心十頃明鏡，入座土光寒。雲起南峰未雨，雲斂北峰初霽，健筆寫青大。俯瞰古城堞，不礙小闌干。　　繡鞍馬，軟紅路，乍回班。層梯影轉亭午，信手展緗編。燒照遊船收盡，新月畫簾才卷，人在翠壺間。天際笛聲起，塵世夜漫漫。（吳文英《水調歌頭》賦魏方泉望湖樓）

9、潤州多景樓

潤州多景樓，在江蘇鎮江北固山甘露寺內。《輿地紀勝》卷七，兩浙西路，鎮江府，「多景樓」條：「在甘露寺。」甘露寺乃「唐李德裕建，時甘露降此山（北固山），因名。」（《輿地紀勝》卷七）多景樓初建具體時間不詳，當為唐李德裕建甘露寺之後至北宋初年期間，然而有文獻記載說（宋）陳天麟所建。《輿地紀勝》卷七，云：「中興以來郡守陳天麟作多景樓於其（甘露寺）上。」（《大清一統志》卷六十二以及《江南通志》卷三十二均採用此說法）。考陳天麟乃南宋初人，乾道年間守鎮江。而在此之前，仲殊和蘇軾都已分別寫有多景樓詞，說明在陳天麟之前，多景樓已經存在，故陳天麟建造之說不可信，實應為陳天麟所重建，並作有《多景樓記》。據周必大《乾道庚寅奏

事錄》言，多景樓爲「太守陳天麟侍郎別卜地起，樓甚雄壯」進一步
證實陳天麟確實重建了多景樓，而且還改了舊址。又據周密《浩然齋
雅談》卷下記載：「淳祐間，丹陽太守重修多景樓。高宴落成，一時
席上皆湖海名流。酒餘，主人命妓持紅箋徵諸客詞。」由此看來，在
陳天麟重建之後，多景樓蓋又遭毀損，曾再一次得以重修。

其實，在陳天麟重建之前，多景樓也經歷過兩次興廢。對此，
鐵愛花先生在《風雨多景樓》一文中考證曰：「北宋時期，多景樓
極爲壯觀富麗。至哲宗元符（1098～1100）末年，多景樓被火所焚。
米芾記潤州甘露寺云：『元符末一旦爲火所焚，六朝遺物掃地……
李衛公祠手植檜皆焚蕩，寺後重重金碧參差多景樓，面山背海，爲
天下甲觀，五城十二六不過也，所存惟衛公鐵塔、米老庵二間。』
（米芾《畫史》上海商務印書館 1936 年版）據米芾所記，元符間
的大火中，除李衛公鐵塔與米老庵之外，多景樓、甘露寺及李衛公
所植檜樹皆遭焚毀。多景樓焚於元符之火後當有所修繕，然建炎間
又毀於兵火。張邦基云：『自經兵火，（多景）樓今廢，近雖稍復營
繕，而樓基半已侵削，殊可惜也。』（（宋）張邦基撰《墨莊漫錄》
卷四）張邦基生活於兩宋之際，按其生活時代與經歷，鎮江多景樓
所遭之兵火當因宋室南渡後建炎年間金兵之南侵所致。」〔註2〕兵
火後的修建即當爲鎮江太守陳天麟所爲。

多景樓爲甘露寺風景最佳處，取名於唐李德裕《題臨江亭》中「多
景懸窗牖」詩句，又稱天下江山第一樓。其地三面臨江，「東瞰海門，
西望浮玉，江流縈帶，海潮騰迅，而維揚（揚州）城堞浮圖陳於几席
之外，斷山零落出沒於煙雲杳靄之間。」（陳天麟《多景樓記》）；（宋）
張邦基撰《墨莊漫錄》卷四亦云：「鎮江府甘露寺在北固山上。江山
之勝，煙雲顯晦，萃於日前。舊有多景樓，尤爲登覽之最。蓋取李贊
皇《題臨江亭》詩有『多景懸窗牖『之句，以是命名。樓即臨江故基
也。」如此形勝，加上鎮江豐富的歷史文化內容，因此，北宋以來此

處的題詠很多。又陳天麟《多景樓記》中有云：「至天清日明，一目萬里，神州赤縣　，未歸輿地，使人慨然有恢復意。」因此，對於身處半壁江山的南宋文人來說，就更愛登樓感懷。

著名詞人蘇軾、陸游、陳亮、吳潛、李曾伯等均有多景樓詞作。陸游《水調歌頭》（多景樓）曰：

> 江左占形勝，最數占徐州。連山如畫，佳處縹渺著危樓。鼓角臨風悲壯，烽火連空明滅，往事憶孫劉。千里曜戈甲，萬竈宿貔貅。　　露沾草，風落木，歲方秋。使君宏放，談笑洗盡古今愁。不見襄陽登覽，磨滅遊人無數，遺恨黯難收。叔子獨千載，名與漢江流。

詞上片追憶歷史人物，下片寫今日登臨所感，全詞發出了對古今的感慨之情，詞境沉鬱凝重，蒼涼悲慨。另一位豪放詞人陳亮也曾以《念奴嬌》（登多景樓）賦多景樓：

> 危樓還望，歎此意、今古幾人曾會。鬼設神施，渾認作、天限南疆北界。一水橫陳，連崗三面，做出爭雄勢。六朝何事，只成門戶私計。　　因笑王謝諸人，登高懷遠，也學英雄涕。憑卻長江管不到，河洛腥膻無際。正好長驅，不須反顧，尋取中流誓。小兒破賊，勢成寧問疆場。

陳亮此詞純然議論形勢，陳述政見。詞人著眼大江，毫無顧忌地提出此江不應視為南北疆界天限，應當長驅北伐，收復中原。比之陸游詞的感慨抑鬱，陳亮此詞風格更為肆意痛快。

其它相關詞作：蘇軾《採桑子》（潤州多景樓與孫巨源相遇）、仲殊《定風波》（獨登多景樓）、仲殊《南徐好》（多景樓）、毛开《水調歌頭》（次韻陸務觀陪太守方務德登多景樓）、楊炎正《水調歌頭》（登多景樓）、程珌《水調歌頭》（登甘露寺多景樓望淮有感）、劉學箕《糖多令》（登多景樓）、程公許《沁園春》（用履齋多景樓韻）、岳珂《祝英臺近》（登多景樓）、張輯《月上瓜洲》（寓烏夜啼南徐多景樓作）、夏元鼎《沁園春》（天下江山）、吳潛《沁園春》（多景樓）、李曾伯《沁園春》（丙午登多景樓和吳履齋韻）、李曾伯《滿庭芳》（丙午登多景樓

和王總侍韻）、方岳《水調歌頭》（九日多景樓用吳侍郎韻）、孫吳會《摸魚兒》（題甘露寺多景樓）、李演《賀新涼》（多景樓落成）、王奕《南鄉子》（和辛稼軒多景樓）、王奕《水調歌頭》（和陸放翁多景樓）

10、煙雨樓（嘉興煙雨樓、處州煙雨樓）

宋詞中涉及到的煙雨樓有兩處：一為嘉興煙雨樓；一為處州煙雨樓。

（1）嘉興煙雨樓

此樓原址在今浙江嘉興市東南隅南湖湖濱，五代時吳越王錢元璙初建。南宋建炎四年（1130），金兵侵犯嘉興，煙雨樓遭毀壞，嘉定年間，吏部尚書五希呂在舊址重建。

（宋）張堯同撰《嘉禾百詠》「煙雨樓」條，「附考」曰：「樓舊在郡城東南滮湖之濱。五代時，吳越王錢元璙建，宋嘉定中，王希呂重修。」（按：「滮湖」亦名「南湖」，見《嘉禾百詠》「滮湖」條「附考」）

吳潛有《水調歌頭》（題煙雨樓）詞：

> 有客抱幽獨，高立萬人頭。東湖千頃煙雨，占斷幾春秋。自有茂林修竹，不用買花沽酒，此樂若為酬。秋到天空闊，浩氣與雲浮。　　歎吾曹，緣五斗，尚遲留。練江亭下，長憶閒了釣魚舟。矧更飄搖身世，又更奔騰歲月，辛苦復何求。咫尺桃源隔，他日擬重遊。

（元）徐碩撰《至元嘉禾志》卷三十一，載有此詞。紹定二年（1229）吳潛曾和著名詞人姜夔在嘉興會見。他在《暗香疏影》詞序中說：「猶記己卯庚辰之間，初識堯章於維揚，至己丑嘉興再會，自此契闊。」這首題煙雨樓詞，應是這年在嘉興所作。詞中描寫了煙雨樓的優美景色，抒發了詞人欲放棄功名而歸隱江湖的願望。

（2）處州煙雨樓

此樓原址在今浙江麗水縣萬象山之巔。北宋崇寧間楊嘉言建。《明一統志》卷四十四，處州府，「煙雨樓」條云：「在府治。宋崇寧間楊

嘉言建，范成大書額。」《括蒼彙紀》亦曰：「郡守楊嘉言建。」（引
《浙江通志》卷五十一，古蹟十三，處州府），樓建成以後，此處的
晨煙暮雨與飛雲霧靄，堪稱府城佳境。喻良能《舊州治記》載有登煙
雨樓所望之景觀：「由好溪堂層級，三休至煙雨樓，憑欄四顧，目與
天遠，如登雙溪樓，如涉蓬萊閣，氣象絕似，而爽過之。萬山峨峨，
橫在一目，下睹千井提封，隆樓傑閣，綠窗朱牖，掩映於晴霏夕靄。
丹青水墨所不能盡，令人目眩心懌，徘徊不忍去。」（清雍正《處州
府志》卷二十七《藝文志》），因此，騷人墨客，往來如織，對它吟哦
題詩不絕。北宋政和末，處州太守錢竽作《煙雨樓》詩云：

> 人在神仙碧玉壺，樓高壯麗壁城隅。
>
> 風雲出沒有時有，煙雨空濛無日無。

後來煙雨樓遭毀壞，南宋乾道四、五年（1168、1169），范成大任處州
知州〔註3〕時重修，並爲煙雨樓書榜（題顏）。姜夔有描寫煙雨樓的《虞
美人》詞，詞前小序說的很明白：「括蒼煙雨樓，石湖居士所造也。
風景似越之蓬萊閣，而山勢環繞，峰嶺高秀過之，觀居士題顏，且歌
其所作《虞美人》。夔亦作一解。」（按：「括蒼」即「處州」），序中
所言「石湖居士所造」，其實應是其所修。而且觀姜夔此序，當時范
成大也曾填有《虞美人》詞來描寫與讚頌處州煙雨樓，只惜范成大詞
作後來散佚了，但姜夔的和詞卻流傳下來。詞曰：

> 闌干表立蒼龍背。三面巉天翠。東遊才上小蓬萊。不
> 見此樓煙雨、未應回。　　而今指點來時路。卻是冥濛
> 處。老仙鶴馭幾時歸。未必山川城郭、是耶非。

全詞既有對煙雨樓的描寫與讚美，也有對故友的深切悼念和人世滄桑
的感慨。

李處全也有煙雨樓詞三首，詞如下：

> 樓觀數南國，煙雨壓東州。溪山雄勝，天開圖畫肖瀛
> 洲。我破瀛洲客夢，來剖仙都符竹，樂歲又云秋。聊作幻

〔註3〕參見於北山著《范成大年譜》，上海古籍出版社 1987 年，106～114
頁。

師戲，肯遺後人愁。　　趁佳時，招我輩，共凝眸。君
侯胸次邱壑，意匠付冥搜，刻日落成華棟，對月難並清景，
千丈素光流。老子興何極，小子趁觥籌。（《水調歌頭》處州煙
雨樓落成，欲就中秋，後值雨）

　　煙雨溟溟趁落成。只應天欲稱佳名。萬絲明滅青山映，
匹素濃纖淥水縈。　　民亦樂，美能並。酒杯莫惜十分
傾。要知社下平生志，觸政聊須為主盟。（《鷓鴣天》社日落成
煙雨樓二首，其一）

　　縹緲危樓百尺雄。淡煙疏雨暗簾櫳。偶妨清賞中秋夕，
為憶名言玉局翁。　　賢達意，古今同。涼天佳月曾相
逢。老蟾一躍三千丈，卻喚姮娥駕閬風。（《鷓鴣天》社日落成
煙雨樓二首，其二）

李處全是南宋詞人，從其詞前小序所言「處州煙雨樓落成」以及「社
日落成煙雨樓二首」，也可說明當時煙雨樓曾毀壞。

11、平江齊雲樓

平江齊雲樓，舊在今江蘇蘇州子城上，唐代曹恭王所建，宋紹
興十四年（1144），郡守王喚重建。《方輿勝覽》卷二，平江府，「齊
雲樓」條云：「在郡圍子城上，宏敞壯麗。」《吳郡志》卷六曰：「齊
雲樓，在郡治後子城上。紹興十四年，郡守王喚重建。」又（唐）
陸廣微撰《吳地記》附錄一「吳地記佚文」，居處，「齊雲樓」條記
載曰：「曹恭王所建。白公有詩，改名齊雲樓。」說明齊雲樓並非始
建之名，相傳即古月華樓。對於齊雲樓的歷史沿革，《姑蘇志》卷二
十二有詳細記載：「齊雲樓，在郡治後子城上。相傳即古月華樓也。
《吳地記》云唐曹恭王所造，白公有詩，亦云改號齊雲樓。蓋取『西
北有高樓，上與浮雲齊』之義。據此，則自樂天始也。故其詩云：『欲
辭南國去，重上北城觀。』治平中裴煜建為飛雲閣，政和五年重作
齊雲樓成，紹興十四年王喚重建。」此樓「輪奐雄特，不惟甲於二
浙；雖蜀之西樓，鄂之南樓、岳陽樓、庾樓，皆在下風。父老謂兵

火之後，官寺草創，惟此樓勝承平時。樓前同時建文、武二亭。淳熙十二年，郡守丘崇又於文、武亭前建二井亭。」（《吳郡志》卷六），樓之勝景可見一斑。

相關詞作有：張鎡《念奴嬌》（登平江齊雲樓，夜飲雙瑞堂，呈雷吏部）、吳潛《漢宮春》（吳中齊雲樓）、吳文英《齊天樂》（齊雲樓）。以下面張鎡這首《念奴嬌》（登平江齊雲樓，夜飲雙瑞堂，呈雷吏部）為代表以觀平江齊雲樓概貌：

> 東吳名勝，有高樓直在，浮雲齊處。十二闌干邀遠望，歷歷斜陽煙樹。香徑人稀，屧廊山繞，往事今何許。一天和氣，為誰吹散疏雨。　　知是蘭省星郎，朱輪森戟，與風光為主。暇日登攜多雅致，容我追隨臨賦。小宴重開，晚寒初勁，還下危梯去。燭花紅墜，瑞堂猶按歌舞。

12、黃州棲霞樓

棲霞樓在黃州儀門（今湖北黃岡市）外西南隅。《方輿勝覽》卷五十，黃州「棲霞樓」條云：「在儀門外之西南，軒豁爽塏，為一郡奇景。」北宋初年，閭丘孝終守黃州時就慶瑞堂舊址興建。（宋）陸游撰《入蜀記》卷三曰：「棲霞樓，本太守閭丘孝終公顯所作。蘇公樂府云：『小舟橫截春江，臥看翠壁紅樓起。』正謂此樓也。下臨大江，煙樹微茫，遠山數點，小佳處也。樓頗華潔，先是郡有慶瑞堂，謂一故相所生之地，後毀以新此樓。」閭丘孝終，字公顯，蘇州人，曾任黃州太守，與蘇軾交遊甚密。致仕後歸故里蘇州。《吳郡志》卷二十六，人物，「閭丘孝終」條曰：「字公顯，郡人。嘗守黃州，蘇文忠公在東坡時，與交從甚密。」慶瑞堂「在府城南清源門外，王禹稱建。」（《明一統志》卷六十一，德安府）

蘇軾在黃州時最喜遊覽棲霞樓，贊為「郡中勝絕」，並寫有《水龍吟》一詞，詞前有小序云：「閭丘大夫孝直公顯嘗守黃州，作棲霞樓，為郡中勝絕。元豐五年，余謫居於黃。正月十七日，夢扁舟渡江，中流回望，樓中歌樂雜作。舟中人言：公顯方會客也。覺而異之，乃

作此詞。公顯時已致仕在蘇州」根據小序，該詞爲蘇軾記夢遊樓霞樓而作，詞曰：

> 小舟橫截春江，臥看翠壁紅樓起。雲間笑語，使君高會，佳人半醉。危柱哀弦，豔歌餘響，繞雲縈水。念故人老大，風流未減，獨回首、煙波裏。　　推枕惘然不見，但空江、月明千里。五湖聞道，扁舟歸去，仍攜西子。雲夢南州，武昌南岸，昔遊應記。料多情夢裏，端來見我，也參差是。

此詞乃元豐五年（1082），蘇軾謫居黃州期間所作。詞中通過夢境與現實的對比，展現出詞人對自由和友情的熱烈嚮往。全詞於風流瀟灑中又有沉鬱之致，正是蘇軾當時心境抑鬱，而又努力以曠達之意來作自我排遣的眞實反映。

13、臨安豐樂樓

臨安豐樂樓，在今杭州湧金門外，北宋初年楊靖建。初名眾樂亭，又名聳翠樓，政和中易名豐樂樓。宋理宗淳祐九年（1249）臨安府尹趙與𥲖重建。

《方輿勝覽》卷一，臨安府，「豐樂樓」條：「在湧金門外，瞰湖。楊靖建。」

《輿地紀勝》卷二，臨安府，「聳翠樓」條：「在湧金門外。楊靖建。今名豐樂樓。」

《武林舊事》卷五：「豐樂樓，舊爲眾樂亭，又改聳翠樓，政和中改今名。淳祐間趙京尹與𥲖重建，宏麗爲湖山冠。」

關於臨安豐樂樓勝概，據《咸淳臨安志》卷三十二記載，此樓「據西湖之會，千峰連環，一碧萬頃，柳汀花塢，歷歷檻欄間，而遊橈畫艦，棹歌堤唱，往往會合於樓下，爲遊覽最。顧以官酤喧雜，樓亦卑小，弗與景稱。淳祐九年，趙安撫與𥲖（節齋）始撤新之。瑰麗宏特，高切雲漢，遂爲西湖之壯。其旁花徑曲折，亭榭參差，與茲樓映帶，縉紳多聚拜於此。」正是如此勝地，故文人士紳喜登臨賞吟。

　　南宋著名詞人吳文英寫有《醉桃源》（會飲豐樂樓）、《鶯啼序》（豐樂樓節齋新建）以及《高陽臺》（豐樂樓分韻得如字）三首豐樂樓詞。其中，《鶯啼序》（豐樂樓節齋新建）是吳文英早年登樓之作，詞云：

　　　　天吳駕雲閬海，凝春空燦綺。倒銀海、蘸影西城，四
　　碧天鏡無際。綵翼曳、扶搖宛轉，霄龍降尾交新霽。近玉虛
　　高處，天風笑語吹墜。　　　清濯緇塵，快展曠眼，傍危欄
　　醉倚。面屏障、一一鶯花。薜蘿浮動金翠。慣朝昏、晴光雨
　　色，燕泥動、紅香流水。步新梯，貌視年華，頓非塵世。
　　　　　麟翁袞舄，領客登臨，座有誦魚美。翁笑起、離席而
　　語，敢詫京兆，以後為功，落成奇事。明良慶會，廣歌熙載，
　　隆都觀國多閒暇，遣丹青、雅飾繁華地。平瞻太極，天街潤
　　納璇題，露床夜沉秋緯。　　　清風觀闋，麗日杲恩，正午
　　長漏渥。為洗膏、脂痕茸唾，淨捲麴塵，永晝低垂，繡簾十
　　二。高軒駟馬，峨冠鳴珮，班回花底修禊飲，御爐香、分朝
　　衣袂。碧桃數點飛花，湧出宮溝，遡春萬里。

詞中極力渲染了豐樂樓與其周圍之勝境以及人們的遊賞之樂，堪稱佳作，故一時為人所傳誦。另一首《高陽臺》（豐樂樓分韻得如字）則是詞人晚年重登豐樂樓之作：

　　　　修竹凝妝，垂楊駐馬，憑闌淺畫成圖。山色誰題，樓
　　前有雁斜書。東風緊送斜陽下，弄舊寒、晚酒醒餘。自銷凝，
　　能幾花前，頓老相如。　　　傷春不在高樓上，在燈前攲枕，
　　雨外薰爐。怕艤遊船，臨流可奈清癯。飛紅若到西湖底，攪
　　翠瀾、總是愁魚。莫愁來，吹盡香綿，淚滿平蕪。

詞人晚年故地重遊，將身世之歎、國運之憂融進如詩如畫的景色描寫中，可謂厚實沉重。

　　其它相關詞作：韓瓘《浪淘沙》（豐樂樓）、楊澤民《風流子》（詠錢塘）、姚勉《柳梢青》（憶西湖）、王□□《漢宮春》（九日登豐樂樓）、彭元遜《六醜》（楊花）、仇遠《塞翁吟》（短綠抽堤草）、白君瑞《念奴嬌》（寄臨安友）、無名氏《鷓鴣天》（上元詞）、俞良《鵲橋仙》（來時秋暮）。

14、嘉興月波樓

嘉興月波樓，在嘉興府（今浙江省嘉興市）西北城上，下瞰金魚池。宋仁宗皇祐六年（至和元年）甲午（1054），知州令狐挺建；宋徽宗政和四年甲午（1114）知州毛滂重修，並作《月波樓記》以記之。

《輿地紀勝》卷三，兩浙西路，嘉興府，「月波樓」記載曰：「在州之西北城上，下瞰金魚池。元祐甲午，知州令狐挺立。又一甲午，知州毛滂修。」

（元）徐碩《至元嘉禾志》卷九：亦云：「月波樓，在郡治西北二里城上，下瞰金魚池。」又考證曰「宋元祐甲午，知州令狐挺立。又一甲午，知州毛滂修。樓成，置酒其上，乃爲之記。」

值得注意的是，以上兩條資料中均稱知州令狐挺建樓的時間是「元祐甲午」。其實，「元祐」乃「皇祐」之訛。對此，鍾振振先生曾進行了較有說服力的辯證：「據《雍正浙江通志》卷一一五《職官》五，令狐挺知秀州是在宋仁宗朝。仁宗皇祐六年（1504），歲次甲午，月波樓當即建於此時。而宋哲宗元祐年間，卻沒有甲午歲，且令狐挺亦不在秀州作地方長官。」鍾先生又進一步考證曰「毛滂《月波樓記》中載『此樓建於至和之甲午』。『至和之甲午』就是皇祐六年甲午，這一年的三月改號至和元年。」〔註4〕另外，鍾先生還從南京圖書館藏抄至元二十五年本（元）徐碩《至元嘉禾志》卷十七「碑碣」門裏，發現了四庫全書輯本《東堂集》所失收的毛滂一篇佚文──《月波樓記》。茲不妨將其抄錄如下，以觀其詳：

> 甲午秋九月，秀州修月波樓成，假守毛滂置酒其上，因語坐上客曰：望而見月，其大不過盤盂，然無有遠近，容光必照；而秀，澤國也，水濱之人，起居飲食與水波接──此二者，秀人咸得而有之。昔令狐君挺爲此樓，以名「月波」，意將攬取二者於斯樓之上，或者登樓四顧，使能

〔註4〕鍾振振《毛滂「月波樓」詞、文探微》，《浙江師範學院學報》1984年第4期，79～80頁。

明目洗心，有如月與波，則其治民猶越人之治病，豈不盡
見五臟之癥結也！令狐君之名樓，豈有意於此耶？今樓之
下池水才尋丈間，亦聊足浴鷗鷺爾。極目野田，無三數里
遠，鄭毅夫題詩其上，乃云「野色更無山隔斷，天光直與
水相通」，毅夫之喜誇也如此。故老爲余言：此樓建於至和
之甲午，規模甚陋，亦幾圮。今又當甲午，一變而壯麗若
此。獨恨登覽者有時而老，而此樓固突兀百尺，與光景蟬
連俱在也。滂聞而歎曰：樓雖壯且麗，顧可恃哉！壯當有
時而傾撓，麗當有時而漫滅，只使後人來發悲慨爾。今邦
人相與出遊而喜甚，徒以有此樓故也。至其人散酒罷，水
波月出，余獨擁鼻微吟，捫鬚遐想，蓋意已超然遺塵埃、
出雲氣，將不月而明，不波而清，不樓居而高也。吾於此
時蕭得住處，且將以遺來者。異時有登臨而及余所後者，
余雖不及見，意其若見余也。

政和四年十一月會會日記。

　　毛滂此記詳細記述了此樓的建造始末，描寫了樓周圍景色所組成的優
美意境，抒發了登樓後產生的如王羲之《蘭亭集序》「俊之視今，亦
猶今之視昔」的感慨，並表達了自己「超然遺塵埃」的精神追求。

　　毛滂除了《月波樓記》外，還寫有月波樓詞二首，其中《七娘子》
（和賀方回登月波樓）云：

月光波影寒相向。借圓圓、與做長壕樣。此老南樓，風
流可想。殷勤冰彩隨人上。　　　欲同次道傾家釀。有兵廚、
玉盞金波漲。雲外歸鴻，煙中飛槳。五湖秋興心先往。

詞中用「晉庾亮秋夜乘興登武昌南樓吟詠」事，以月波樓比武昌南樓，
並以庾亮自況，表現了詞人追求精神獨立自由的願望。

　　其它相關詞作：賀鑄《七娘子》（□波飛□□□向）殘篇、毛滂
《點絳唇》（月波樓中秋作）、毛滂《點絳唇》（月波樓重九作）、趙彥
端《新荷葉》（秀州作）、辛棄疾《水調歌頭》（和馬叔度遊月波樓）、
吳潛《滿江紅》（禾興月波樓和友人韻）。

15、廣州斗南樓

廣州斗南樓，原址在廣州府治後城上，宋徽宗建中靖國年間（（1101）知州朱師復所建。登臨此樓可以觀海山之景，別具情致。

《大明一統志》卷七十九，廣東布政司：「在府治子城上，扶青浴日之景列其前，海山肘其後。」

《大清一統志》卷三百四十，廣州府：「斗南樓，在南海子城上界，宋建中靖國中經使朱師復建。」

《廣東通志》卷五十三：「斗南樓，在郡治後城上，東瞰扶胥，西望靈洲，南瞻珠海，北倚越臺。宋建中靖國中經略朱師復建。」

朱師復（一作服），海州（今江蘇連雲港）人，哲宗紹聖中為中書舍人（《建炎以來繫年要錄》卷六七）。元符二年（一〇九九）知廣州（《廣東通志》卷二六）。入元祐黨籍，貶海州團練副使。（按：朱師復元符二年（一〇九九）知廣州，那麼於宋徽宗建中靖國年間（（1101）建造斗南樓是符合實際的。）

南宋詞人李昴英寫有兩首關於斗南樓的詞，其中一首《水調歌頭》（題斗南樓和劉朔齋韻）詞云：

> 萬頃黃灣口，千仞白雲頭。一亭收拾，便覺炎海豁清秋。潮候朝昏來去，山色雨晴濃淡，天末送雙眸。絕域遠煙外，高浪舞連艘。　　　風景別，勝勝閣，壓黃樓。胡床老子，醉揮珠玉落南州。穩駕大鵬八極，叱起仙羊五石，飛珮過丹邱。一笑人間世，機動早驚鷗。

這是一首描寫斗南樓景色的和詞，它想像瑰奇，充滿著浪漫主義的精神。詞中運用大量典故，描寫景色氣魄宏大，表現了詞人曠遠的胸襟和豪邁的氣概，堪稱佳作。

另外，李昴英《城頭月》（和廣帥馬方山韻贈斗南樓道士青霞梁彌仙）是贈送斗南樓道士之作；洪適《朝中措》（帥生日）則是一首於斗南樓祝壽之詞。

16、漳州玉峰樓

玉峰樓，在福建漳州。宋高宗紹興四年（1134），張濤任福建提舉時所作。《福建通志》卷六十三，古迹二，漳州府，「玉峰樓」條記載曰：「在宋提舉司後城壕之北。舊有多美樓、悠然堂，皆提舉王秬所作。紹興四年，提舉張濤（張晉英）合而一之，作玉峰樓。樓下有室，提舉周頡扁其前曰『思賢』；吳挺扁其後曰『歲寒』。又臨濠有醒心亭，倚樓有綠靜亭。

辛棄疾有《水調歌頭》（題張晉英提舉玉峰樓）詞：

> 木末翠樓出，詩眼巧安排。天公一夜削出，四面玉崔嵬。疇昔此山安在，應爲先生見挽，萬馬一時來。白鳥飛不盡，卻帶夕陽回。　　勸公飲，左手蟹，右手杯。人間萬事變滅，今古幾池臺。君看莊生達者，猶對山林皋壤，哀樂未忘懷。我老尚能賦，風月試追陪。

辛棄疾於宋光宗紹熙四年（1193）至紹熙五年（1194）秋，任福建安撫使，後罷歸。「張濤（晉英）曾任福建提舉。此詞語氣似作於張已罷提舉之後，或爲作者罷閩帥後歸途唔張時之作。」〔註5〕

17、上饒翠微樓

辛棄疾有《木蘭花慢》（題上饒郡圃翠微樓）詞：

> 舊時樓上客，愛把酒、向南山。笑白髮如今，天教放浪，來往其間。登樓更誰念我，卻回頭西北望層欄。雲雨珠簾畫棟，笙歌霧鬢風鬟。　　近來堪入畫圖看。父老願公歡。甚拄笏悠然，朝來爽氣，正爾相關。難忘使君後日，便一花一草報平安。與客攜壺且醉，雁飛秋影江寒。

此詞乃辛棄疾閒居瓢泉，登翠微樓作。翠微樓，位於信州上饒郡（今江西上饒縣），南宋慶元年間（1195～1200），趙伯瓛知信州時所建。

《輿地紀勝》卷二十一，江南東路，信州，「翠微樓」條記載：「在郡治後。」

〔註5〕蔡義江，蔡國黃編著《辛棄疾年譜》，齊魯書社1987年，215頁。

《明一統志》卷五十一，廣信府，「翠微樓」條云：「在府治內。宋慶元間知州趙伯瑱建。」

18、維揚摘星樓

《方輿勝覽》卷四十四，淮東路，揚州，「摘星樓」條：「在城西角。江淮南北，一目可盡。」

《明一統志》卷十二，揚州府，「摘星樓」條：「在府城西角，宋時建。江淮南北，一目可盡。」

《大清一統志》卷六十七，揚州府二，「摘星樓」：「在府城西北隅。舊志：賈似道築寶祐觀，建樓於上，扁曰：『三城勝處』。摘星樓即其處也。」

王奕有《八聲甘州》（題維揚摘星樓）詞：

> 問蒼天、蒼天闃無言，浩歌摘星樓。這茫茫禹蹤，南來第一，是古揚州。當日雙龍未渡，風月一家秋。中分胡越後，橫斷江流。　　□百年間春夢，笑槐柯蟻穴。多少王侯。謾平山堂裏，棋局幾邊籌。是誰教、海乾仙去，天地付浮漚。書生老，對瓊花一笑，白髮蒼洲。

第四章　宋詞中的閣考

1、姑蘇涵空閣

涵空閣，「在靈巖寺，吳時建。」（《明一統志》卷八，蘇州府）靈巖寺在江蘇蘇州城西三十里靈巖山上，乃吳王所建館娃宮舊址，「孫覿《殿記》：（梁）天監中以吳館娃宮故地爲靈巖寺」（《方輿勝覽》卷二，平江府，「靈巖寺」條），涵空閣當爲館娃宮故迹之一。《吳郡志》卷八記載曰：「館娃宮，《吳越春秋》、《吳地記》皆云：閶闔（闔閭）城西有山，號硯石山。山在吳縣西三十里，上有館娃宮。又《方言》曰：「吳有館娃宮。今靈巖寺即其地也。山有琴臺、西施洞、硯池、玩花池，山前有採香徑，皆宮之故迹。」

吳潛有《滿江紅》（姑蘇靈巖寺涵空閣）詞：

　　客子愁來，閒信馬、到涵空閣。誰爲我、斂雲收霧，青天爲幕。八萬頃湖如鏡靜，波神護斷東南角。望孤帆、杳杳度微茫，山邀卻。　　　三塞外，紛狐貉。三徑裏，悲猿鶴。笑鴟夷老子，占他頭著。正使百年能幾許，看來萬事難描摸。問吳王、池館復何如，霜楓落。

此詞當是嘉熙元年（1237）吳潛任平江（今江蘇蘇州）知府時所作。詞人登臨涵空閣，放眼一望無際的湖面，思緒難收。從眼下動亂的現實，遙想到春秋時吳國歷史，抒發了人生無常，世事難料的感慨。

2、南昌滕王閣

滕王閣，坐落在江西南昌西北，贛江東岸，與湖南嶽陽樓、湖北黃鶴樓並稱江南三大名樓。始建於唐永徽四年（653），為唐高祖李淵之子李元嬰任洪州（今江西南昌）都督時所建。李元嬰出生於帝王之家，受到宮廷生活薰陶，「工書畫，妙音律，喜蝴蝶，選芳渚遊，乘青雀舸，極亭榭歌舞之盛。」（明陳文燭《重修滕王閣記》）其所建滕王閣，實乃為歌舞飲宴之地。因李元嬰在唐貞觀年間被封為滕王，故閣以「滕王」一名冠之。唐高宗時，洪州都督閻伯嶼重修。《方輿勝覽》卷十九，江西路，隆興府，「滕王閣」條與：「在郡城西，唐高祖之子滕王元嬰所建。夾以二亭，南曰『壓江』，北曰『挹秀』。」《山堂肆考》卷一百七十二，亦記載曰：「滕王閣在江西南昌府城西，贛江門城外，西臨大江。唐高祖子元嬰都督洪州，暇日，自選芳渚，因為此閣。閣成，封為『滕王』，因以名閣。其閣夾以二亭，一曰『壓江』，二曰『挹秀』。後都督閻伯嶼重修。」

滕王閣本為一歌舞飲宴之地，其成名實得因於王勃所作《滕王閣序》。洪州都督閻伯嶼重修滕王閣後，於重陽節在此大宴賓客，王勃前往交趾探視其父，路過洪州，參加了這次宴會，寫了《滕王閣詩》及「序」。《新唐書》卷二百一，列傳一百二十六，「王勃傳」有載：「九月九日，都督大宴滕王閣，宿命其婿作序以誇客。因出紙筆，遍請客，莫敢當。至勃，沆然不辭，都督怒，起，更衣。遣吏伺其文，輒報，一再報，語益奇。乃矍然曰：『天才也。』請，遂成文。」又《明一統志》卷四十九，江西布政司，「滕王閣「條亦有所記載：「後都督閻伯嶼重修（滕王閣）。因九日宴僚屬於閣，欲誇其婿吳子章能文，令宿構之。時王勃省父，次馬當去南昌七百餘里，水神告其故，且助風，天明而至。與宴，果請諸賓為序，皆辭之至，勃不辭，閣不樂，密令吏得句即報，至『落霞與孤鶩齊飛，秋水共長天一色』，矍然曰：『此天才也』。其婿慚而退。」王勃在序文中描寫了滕王閣壯美的景色，鋪敘了宴會的盛況，抒發了自己的羈旅之情，寄寓了懷才不遇的感

慨。文章層次分明，情文並茂，詞采華麗，對仗工整，句式錯落而不鬆散，音節鏗鏘而不單調，用典貼切而無晦澀蕪雜之嫌，自然流暢而無堆徹矯揉之病，是王勃駢體文的代表作，深受大家讚賞，而滕王閣也得以名傳千古。

　　當然，滕王閣能夠盛名流傳，其自身的建築風格以及周圍優美景觀也起著重要的作用。唐代文學家韓愈曾讚美曰：「江南多臨觀之美，而滕王閣獨爲第一，有瑰偉絕特之稱。」（韓愈《新修滕王閣記》），故「自唐至今，名士留題甚富」（《方輿勝覽》卷十九），王勃作《滕王閣序》後，「又有王緒爲賦、王仲舒及韓愈皆爲記。」（《明一統志》卷四十九）

　　宋詞中賦詠滕王閣的作品也不少，下面以袁去華和吳潛分別所作《滿江紅》詞爲代表，觀其概貌：

　　　　畫棟珠簾，臨無地、滄波萬頃。雲盡斂、西山橫翠，半江沉影。斜日明邊回白鳥，晚烟深處迷漁艇。聽棹歌、遊女採蓮歸，聲相應。　　愁似織，人誰省。情縱在，歡難更。滿身香猶是，舊時荀令。宦海歸來塵撲帽，酒徒散盡霜侵鬢。最愁處、獨立詠蒼茫，西風勁。（袁去華《滿江紅》滕王閣）

　　　　萬里西風，吹我上、滕王高閣。正檻外、楚山雲漲，楚江濤作。何處征帆木末去，有時野鳥沙邊落。近簾鈎、暮雨掩空來，今猶昨。　　秋漸緊，添離索。天正遠，傷飄泊。歎十年心事，休休莫莫。歲月無多人易老，乾坤雖大愁難著。向黃昏、斷送客魂消，城頭角。（吳潛《滿江紅》豫章滕王閣）

其它相關詞作：趙長卿《鷓鴣天》（送春）、趙師俠《浣溪沙》（滕王閣席上贈段雲輕）、楊炎正《水調歌頭》（呈辛隆興）、龍紫蓬《齊天樂》（題滕王閣）。

3、福州橫山閣

李彌遜《蝶戀花》（福州橫山閣）：

> 百疊青山江一縷。十里人家，路繞南臺去。榕葉滿川
> 飛白鷺。疏簾半卷黃昏雨。　　樓閣崢嶸天尺五。荷芰
> 風清，習習消袢暑。老子人間無著處。一尊來作橫山主。

詞中描寫了福州橫山閣夏日的秀麗風光。橫山閣，位於福州城內西南隅，「在烏石山南仁王寺內，後晉天福二年（937），閩連重遇建。」（《福建通志》卷六十二，古迹，福州府，「橫山閣」條），又（宋）梁克家撰《淳熙三山志》卷三十三，記載曰：「仁王寺，州西南。天福三年（938），閩連重遇所造。國朝僧歸贊始修葺之。」

另外，李彌遜還有《水調歌頭》（橫山閣對月）和《菩薩蠻》（富季申見約觀月，以病不能往。夜分獨臥橫山閣，作此寄之），張元幹有《八聲甘州》（陪筠翁小酌橫山閣）。

4、會稽蓬萊閣

會稽蓬萊閣，舊址在今浙江省紹興市臥龍山下。五代時吳越王錢鏐始建。《方輿勝覽》卷六，浙東路，紹興府，「蓬萊閣」條：「在設廳後臥龍山上，吳越錢鏐所建。」北宋元祐二年（1087年），會稽郡守章楶重修蓬萊閣；南宋淳熙元年（1174年），錢鏐八世孫錢端禮重建；又四十八年（1223年），知府汪綱復修。關於「蓬萊閣」的命名，有兩種可能：一種可能是如《方輿勝覽》卷六所云：「名以『蓬萊』者，《舊志》云蓬萊山正偶會稽。」；另一種可能則是因元稹詩「謫居猶得住蓬萊」句而得名。唐代元稹曾於長慶三年（823）出任浙東觀察使兼越州刺史，他見此處景色秀美，形勢險要，遂建州宅，並作《以州宅誇於樂天》詩：「州城迴繞拂雲堆，鏡水稽山滿眼來。四面常時對屏障，一家終日在樓臺。星河似向簷前落，鼓角驚從地底回。我是玉皇香案吏，謫居猶得住蓬萊。」錢鏐即以末句而取名「蓬萊閣」。（宋）張淏撰《會稽續志》卷一記載曰：「蓬萊閣在設廳之後，臥龍之下。章楶作蓬萊閣詩，序云：『不知誰氏創始。』按：閣乃吳越錢鏐所建，

窳偶不知爾。淳熙元年，其八世孫端禮重修，乃特揭於梁間云：定亂按過功臣、振動鎮海兩軍節度使、檢校太師、侍中兼中書令、食邑一萬戶、實封六百戶。越王鏐建，其名以『蓬萊』者，蓋《舊志》云『蓬萊山正偶會稽』。《舊志》今已不傳，沈少卿紳《和孔司封登蓬萊閣》詩云『三山對峙海中央』，自注於下云『《舊志》蓬萊山正偶會稽』；元微之詩云『謫居猶得住蓬萊』，錢公輔記云『後人慷慨慕前修，高閣雄名由此起』，故云。自元祐戊辰，章楶修之；又八十七年，錢端禮再修之；又四十八年，汪綱復修。」

　　蓬萊閣是江南名勝之一，宋王十朋曾言「越中自古號佳山水，而蓬萊閣實為之冠」(《蓬萊閣賦》序)，故文人雅士喜來此登臨，並寄情抒懷。宋代著名詞人秦觀曾寓屺於此，與一個歌妓發生了戀情，其名作《滿庭芳》(山抹微雲)中所賦「多少蓬萊舊事，空回首、煙靄紛紛」即指此事。(宋)胡仔《苕溪漁隱叢話》卷三三引《藝苑雌黃》曰：「程公闢守會稽，少游客焉，館之蓬萊閣。一日，席上有所悅，自爾眷眷不能忘情，因賦長短句，所謂『多少蓬萊舊事，空回首、煙靄紛紛』是也。」

　　辛棄疾於寧宗嘉泰三年（1203）冬仟紹興知府兼浙江東路安撫使，曾登臨蓬萊閣，並作有《漢宮春》(會稽蓬萊閣觀雨)一詞：

　　　　秦望山頭，看亂雲急雨，倒立江湖。不知雲者為雨，雨者雲乎。長空萬里，被西風、變滅須臾。回首聽，月明天籟，人間萬竅號呼。　　　　誰向若耶溪上，倩美人西去，麋鹿姑蘇。至今故國人望，一舸歸歟。歲云暮矣，問何不、鼓瑟吹竽。君不見，王亭謝館，冷煙寒樹啼烏。

詞寫登閣所見萬端景色，追懷越國古代英雄業迹，實乃借景抒情，說古以道今，借古人之酒杯澆自己胸中之塊壘。

　　宋亡之後，周密、張炎等常到此登臨遊覽，皆有詞作：

　　　　步深幽。正雲黃天淡，雪意未全休。鑑曲寒沙，茂林煙草，俛仰今古悠悠。歲華晚、漂零漸遠，誰念我、同載五湖舟。磴古松斜，崖陰苔老，一片清愁。　　　　回

首天涯歸夢，幾魂飛西浦，淚灑東州。故國山川，故園心眼，還似王粲登樓。最負他、秦鬟妝鏡，好江山、何事此時遊。爲喚狂吟老監，共賦銷憂。（周密《一萼紅》登蓬萊閣有感）

問蓬萊何處，風月依然，萬里江清。休説神仙事，便神仙縱有，即是閒人。笑我幾番醒醉，石磴掃松陰。任狂客難招，采芳難贈，且自微吟。　　俯仰成陳迹，嘆百年誰在，闌檻孤憑。海日生殘夜，看臥龍和夢，飛入秋冥。還聽水聲東去，山冷不生雲。正目極空寒，蕭蕭漢柏愁茂陵。（張炎《憶舊遊》登蓬萊閣別本登下有越州二字）

兩詞皆抒發了詞人沉重的亡國之痛。

其它相關詞作：姜夔《漢宮春》（次韻稼軒蓬萊閣）、吳文英《瑞龍吟》（黃鐘商，俗名大石調，犯正平調蓬萊閣）、吳文英《絳都春》（題蓬萊閣燈屏，履翁帥越）、吳文英《西江月》（登蓬萊閣看桂）、奚㠐《醉蓬萊》（會稽蓬萊閣懷古）。

5、吳松浮天閣

吳松浮天閣，在江蘇吳江王份（字文孺）朣庵園，地處松江之濱，爲朣庵園之最。（宋）龔明之《中吳紀聞》卷五，「朣庵」條記載：「吳江王份文孺，自號朣庵，嘗築圃於松江之側。方經始時，文孺下榻待余延留數月，見買封作址，計三百萬錢。圃成，極東南之勝。」又《吳郡志》卷十四曰：「朣庵，在松江之濱。邑人王份有超俗趣，營此以居。圍江湖以入圃，故多柳塘花嶼。景物秀野，名聞四方。一時名勝喜遊之，皆爲題詩圃中。有與閒、平遠、種德、及山堂四堂。煙雨觀、橫秋閣、凌風臺、鬱峨城、釣雪灘、琉璃沼、朣翁澗、竹廳、龜巢、雲關、繡林、楓林等處，而浮天閣爲第一。總謂之朣庵。份字文孺，以特恩補官。嘗爲大冶令，歸休老焉。」

王銍有歌詠浮天閣的詩歌三首：

其一

臞庵主人天與閒，回欄飛閣臨滄灣。
暗波渺渺雁行落，坐見萬頃穿雲還。
百年有底付鳥翼，未暇著腳鴛鷺間。
徑須呼酒澆塊磊，莫遣暝色霾煙鬟。

其二

玉蟾飛入水晶宮，萬頃琉璃碎晚風。
詩就雲歸不知處，斷山零落有無中。

其三

秋落空江動碧虛，荻蘆洲渚雁飛初。
我來欲訪鷗夷子，爲掛西風十幅蒲。
（宋鄭虎臣編《吳都文粹》卷四）

在描寫浮大閣優美景色的同時表達了作者的閒適隱逸之趣。

蔡伸有《小重山》（吳松浮天閣送別）詞：

樓外江山展翠屏。沉沉虹影畔，彩舟橫。一尊別酒爲
君傾。留不住，風色太無情。　　斜月半山明。畫欄重
倚處，獨銷凝。片帆回首在青冥。人不見，千里暮雲平。

6、建寧丹青閣

丹青閣在建寧府甌寧縣（今福建省建甌市）開元寺旁，北宋元豐
年間（1078～1085），郡守石禹勤所建。

《輿地紀勝》卷一百二十九，福建路，建寧府，「丹青閣」條：「在
開元寺，爲郡勝築。」

《方輿勝覽》卷十一，建寧府，「丹青閣」條：「在開元寺側，元
豐初太守石禹勤建。宣和中，趙季西命名，且賦詩。」

《福建通志》卷六十三，建寧府，甌寧縣，「丹青閣」條：「在開
元寺左，宋郡守石禹勤建。趙季西詩：『跨壑飛簷屋數楹，上橫山色
下溪聲。等聞題作丹青閣，未必丹青畫得成。』又有一覽亭，俱開元
寺八奇中景也。」

　　游次公有《滿江紅》（丹青閣）詞：
　　　　一舸歸來，何太晚、鬢絲如織。謾歎息、淒涼往事，
　　盡成陳迹。山迫暮煙浮紫翠，溪搖寒浪翻金碧。看長虹、
　　渴飲下青冥，危欄濕。　　　誰可住，煙蘿側。俗士駕，
　　當回勒。伴岩扄，須是碧雲仙客。風月已供無盡藏，溪山
　　更衍清涼國。恨謫仙、蘇二不曾來，無人説。

詞人登臨丹青閣，歎息自己沒有及早脫離塵俗，抒發了恨無知己的苦
悶，表現了詞人超凡脫俗的思想境界。

7、泰和快閣

　　快閣，在今江西省泰和縣東澄江邊，是登覽勝地。初建年代不詳，
宋初太常博士沈遵任泰和縣令其間，命其名曰「快閣」。《明一統志》
卷五十六，吉安府，「快閣」條曰：「在泰和縣治東，澄江之上，以江
山廣遠，景物清華，故名。」（元）程文海《太和州重修快閣記》曰：
「廬陵有閣，最一郡之勝，在太和東南城上。邑令太常博士沈遵名曰
『快閣』。」又云：「州曰太和，至治之稱也；閣曰快，自得之謂也。」
　　快閣名聞天下，始於宋代大詩人黃庭堅的名詩《登快閣》。黃庭
堅（1045～1105），字魯直，別號山谷道人，洪州分寧（今江西修水
縣）人，江西詩派首領，在北宋詩壇上，與歐陽修、王安石、蘇軾齊
名，世稱「蘇黃」。黃庭堅曾在吉州太和縣（今江西泰和）知縣任，公
事之餘，詩人常到快閣覽勝，並於宋神宗元豐五年（1082）賦詩一首：
　　　　癡兒了卻公家事，快閣東西倚晚晴。
　　　　落木千山天遠大，澄江一道月分明。
　　　　朱弦已爲佳人絕，青眼聊因美酒橫。
　　　　萬里歸船弄長笛，此心吾與白鷗盟。

這就是膾炙人口的《登快閣》詩，寫登臨時的所見所感。它集中體現
了詩人的審美趣味和藝術主張，因而，常被評論家們作爲代表舉。此
後，閣名遂大著，據載：「迨黃太史庭堅繼至，賦詩其上，而名聞天
下。」（（元）程文海《太和州重修快閣記》）

　　快閣因有黃庭堅的題詩，吸引了許多達官名流和飽學之士前來登臨遊覽，題詩賦詠。

　　劉仙倫有《滿江紅》（題快閣和徐宰韻）詞：

> 快閣東西，鷗邊問、晚晴可喜。鷗解語、既盟之後，
> 兩翁曾倚。笛弄慣聽黃魯直，履聲深識徐淵子。添我來、
> 相對兩忘機，眞相似。　　也不種，閒桃李。也不玩，
> 佳山水。有新詩字字，愛民而已。一片心閒秋水外，三年
> 人在春風裏。漲一篙、江水送歸鴻，明朝是。

詞中表達了詞人遠離塵囂，在物我相忘的大自然中盡情釋放自己眞性情的閒適和愜意。

　　徐鹿卿和嚴仁也分別寫有快閣詞：

> 廊廟補天手，夷夏想成名。上前張膽明目，傾倒漢公
> 卿。二百年來草貢，前趙俊蕭柏□，今占兩豪英。四海望
> 霖雨，可但總祥刑。　　自兒時，文字裏，已心傾。魁
> 壘邈在霄漢，薄宦偶趨承。山見崆峒秀麗，水見玉虹清絕，
> 猶願見先生。寄語二三子，洙泗在江城。（徐鹿卿《水調歌頭》
> 快閣上繳使蕭大著）

> 傑閣青紅天半倚。萬里歸舟，更近闌干艤。木落山寒
> 鳧雁起。一聲漁笛滄洲尾。　　千古文章黃太史。捫虱
> 高風，長照冰壺裏。何以薦君秋菊蕊。腹瓢爲酌西江水。（嚴
> 仁《蝶戀花》快閣）

8、南昌臨湖閣

　　臨湖閣，在江西南昌東湖旁，宋乾道五年（1169），向巨源所建，洪邁爲之作記。（清）陳宏緒撰《江城名迹》卷二記載曰：「臨湖閣，在東湖傍，宋向巨源建。乾道中，巨源構此閣，以書求記於洪景盧邁，景盧爲作記，甚奇。」而東湖，「在南昌城中，周袤十餘里。眾水所彙，下通於江。每春夏之交，天宇澄霽，鏡光無塵，一碧千頃。而或清漣細浪，含風而浴日，乃有禽魚下上，倒景交映。浮萍蕩漾，植荷駢列，景象百出，雜然而前陳，探之而不可窮。」（明李東陽《東湖

書屋記》，引自（明）李東陽撰《懷麓堂集》卷六十八）東湖如此美景，無疑登臨臨湖閣可一覽無餘。

臨湖閣實因洪邁所作《臨湖閣記》而名著，正如（明）李東陽在《東湖書屋記》中所云：「向巨源構臨湖閣，非洪景盧為之記，世鮮知之。」洪邁（1123 年～1202 年），字景盧，號容齋；江西鄱陽人，南宋名臣，官至翰林學士、龍圖閣學士、端明殿學士。以筆記《容齋隨筆》、《夷堅志》聞名於世。茲不妨將其所作《臨湖閣記》輯錄如下：

> 爥於遠者遺於近，塵市之居，江與山，燕越如也，豈地勢則然，天實嗇之。予家番城，面滄津，三湖有勝矣。而山不副，買小圃，撰樓以為高，平林四出，山意如騖；而澄江之境，政墮滅沒蔽虧中，非霜清木落不見也。二者不得兼，其難如此。

> 吾友向巨源獨以書來曰：自吾卜居南昌，擅東湖之陽。人行湖邊，俯大明鏡，荷華十里，照影徹目，晨霏夕霱，開闔而摩蕩，屬玉交青，浮游而後先。西山橫陳，蜿蟺旁薄，空翠長煙，舒慘異狀，常若洪崖、浮丘翁，把袂拍肩其間。凡湖山，賦我以佳賞，撩我以環觀，謂不能俯而有也。今吾臨之以桀閣，崇而為丈者四，去一以為從，益一以為橫，既成而日登焉。湖之所以為湖，山之所以為山，次且自失不能嘉遯，相與收精會神俎豆於吾軒楹之間。東則十畝之圃，池臺竹花，輸幽呈茂，有草堂在湖堤北，其北與西折旋皆山，淡然如修眉橫遠，可玩而不可狎，物色位置大略似輞川臨湖亭，故即而名之。吾夷猶其上，非更衣就枕不釋也。吾困阨與世不諧，偶一旦獨得此，吾心樂焉。願子為我記。

> 予發書疑不信者深日，私自策曰：巨源詩人也，其詞誇是，其子子來南，僅得邊一障，財為郎而去之，酸寒卻掃，於是四年矣，未聞有杇貫腐粟可以汰。予從土木之事久，頗解商工費。斯閣也，度不滿百萬不可止，巨源安有是哉。彼特文其滑稽，餉我一笑耳。巨源詩人也，其詞誇，

記未可作。會有客從南昌來，爲予笑曰：巨源再爲人諛墓，
鄭重答謝，通得百萬錢，妻子睥睨咨曉，規作求田計。巨
源左遮右給，如護頭目，舉以付工師，不留一錢，故其就
斯閣也，勇之甚。書生定可笑，君無庸疑，予曰：誠然。
又有說於此，有閣如是，將不得以瓦器飲，以一豆飴客，
以老無齒婢佐酒。巨源其鑄黃金之柸，行白玉之梜，喚儔
命侶，巽風介月，哀絲豪竹，光妓侍繞，熊蹯豹胎，飫及
童騎，傾駭山川之神，日夜鼓舞之，於是爲至，敢問策安
出？客憮然，予曰：爲我謝巨源，筆尚在足矣。乾道五年
月日記。（宋祝穆撰《古今事文類聚》前集，卷十七，地理部）

　　王義山有《念奴嬌》（題臨湖閣）詞，詞前小序云：「閣在東陽，
向巨源所創，洪容齋作記，舊贅漕幕居其下。」詞曰：

　　　　南昌奇觀，最東湖　妍景重重疊疊。誰瞰湖光新佳閣，
　　橫挹翠峰巀嶭。十里芙蓉，海神捧出，一鏡何明徹。鳶魚
　　飛躍，活機觸處潑潑。　　　容齋巨筆如椽，迎來一記，
　　贏得芳名獨。猛憶泛蓮前日事，詩社杯盤頻設。倚看斜陽，
　　簷頭燕子，如把興亡說。誰迎誰送，一川無限風月。

詞中描寫了臨湖閣周圍美麗的湖光山色，記述了臨湖閣名顯的原因，
抒發了詞人登臨的感慨。

附錄 《全宋詞》中涉及 的其它亭臺樓閣

　　除了以上六十餘個有較爲詳細的文獻資料可供考證的亭臺樓閣外，《全宋詞》中還有其它一些亭臺樓閣雖然也有具體名字（多指景觀類亭臺樓閣），但或不知其地理位置，或不明建造主人，或不詳其建造年代，在此也一併錄出，並列出相關詞作的作者和題名，藉以說明宋詞與亭臺樓閣的確有著非常密切的關係。另外，《全宋詞》中還有大量泛指的，沒有具體名字的的亭臺樓閣，諸如「長亭」、「亭臺」、「樓臺」、「危亭」、「危樓」、「高樓」、「小樓」、「西樓」、「紅閣」、「繡閣」等等，這裏即不一一錄出。

丈亭

　　劉叔溫：《長相思》（題丈亭館）

　　陳著：《減字木蘭花》（丁未泊丈亭）

上林後亭

　　歐陽修：《玉樓春》（題上林後亭 一名木蘭花令）

流杯亭

　　蘇軾：《滿江紅》（東武會流杯亭）

　　黃機：《水調歌頭》（次下洞流杯亭作）

秋香亭

蘇軾：《定風波》（十月九日，孟亨之置酒秋香亭，有拒霜獨向君猷而開。坐客喜笑，以爲非使君莫可當此花，故作是詞）

表海亭

黃裳：《喜遷鶯》（表海亭多日開宴）

妙峰亭

毛滂：《點絳唇》（武都靜林寺妙峰亭席上作。假山前引水，激起數尺）

湖光亭

葉夢得：《水調歌頭》（湖光亭落成）

葉夢得：《菩薩蠻》（湖光亭晚集）

陳祖安：《如夢令》（湖光亭）

知止亭

葉夢得：《水調歌頭》（甲辰承詔堂知止亭初畢工，劉無言相過）

極目亭

葉夢得：《滿庭芳》（三月十七日雨後極目亭寄示張敏叔、程致道）

葉夢得：《定風波》（大雪與客登極目亭）

葉夢得：《浣溪沙》（重陽後一日極目亭）

葉夢得：《虞美人》（極目亭望西山）

韓元吉：《念奴嬌》（中秋攜兒輩步月至極目亭，寄懷子雲兄）

意在亭

葉夢得：《浣溪沙》（意在亭）

右春亭

葉夢得：《臨江仙》（西園右春亭新成）

詔芳亭

葉夢得：《臨江仙》（詔芳亭贈坐客）

鳳凰亭

葉夢得：《卜算子》（五月八日夜，鳳凰亭納涼）

石亭

陳克：《好事近》（石亭探梅）

朝元亭

朱敦儒：《憶秦娥》（若無置酒朝元亭，師厚同飲作）

惠力寺江月亭

向子諲：《卜算子》（中秋欲雨還晴，惠力寺江月亭用東坡先生韻示諸禪老，寄徐師川樞密）

望韻亭

向子諲：《減字木蘭花》（登望韻亭）

陳公立後亭

李彌遜：《蝶戀花》（遊南山過陳公立後亭作）

秋漢亭

王以寧：《虞美人》（宿龜山夜登秋漢亭）

溪光亭

張元幹：《點絳唇》（丙寅秋社前一日溪光亭大雨作）

道山亭

張元幹《謁金門》（道山亭餞張椿老赴行在）

張文伯遠亭

王之道：《朝中措》（和張文伯遠亭）

睡紅亭

毛开：《燕山亭》（勔侄求睡紅亭爲賦）

石龍亭

韓元吉：《朝中措》（辛丑重陽日，劉守招飲石龍亭，追錄）

生秋、衝霄二亭

曹冠：《夏初臨》（淳熙戊戌四月既望，遊涵碧，登生秋、衝霄二亭，觴詠竟日。是日也，初夏恢臺，園林茂密。瀑泉鏜鎝，松韻笙簫。巒翠波光，上下相映。佳山句在，我思古人，對景興懷，視今猶昔，何異乎蘭亭之感慨也。賦夏初臨一闋，以紀時日）

丹陽浮玉亭

陸游：《浪淘沙》（丹陽浮玉亭席上作）

張孝祥：《菩薩蠻》（登浮玉亭）

高興亭

陸游：《秋波媚》（七月十六日晚登高興亭望長安南山）

石㟮亭

李洪：《西江月》（送客石㟮亭）

煙水亭

張孝祥：《浣溪沙》（煙水亭蔡定夫置酒）

百花亭

張孝祥：《西江月》（飲百花亭，爲武夷樞密先生作。亭望廬山雙劍峰，爲惡竹所蔽，是夕盡伐去）

句景亭

張孝祥：《夜遊宮》（句景亭）

清婉亭

趙長卿：《虞美人》（清婉亭賞酴醾）

長新亭

　　趙長卿：《畫堂春》（長新亭小飲）

雲海亭

　　楊冠卿：《水調歌頭》（次吳斗南登雲海亭）

小山亭

　　辛棄疾：《摸魚兒》（淳熙己亥，自湖北漕移湖南，同官王正之置
酒小山亭，為賦）

葛溪亭

　　辛棄疾；《定風波》（大醉歸自葛溪亭歸，窗間有題字令戒飲者，
醉中戲作）

小魯亭

　　辛棄疾：《賀新郎》（題趙兼善東山園小魯亭）

京口塵表亭

　　辛棄疾：《生查子》（題京口郡治塵表亭）

嵐光亭

　　趙善括：《念奴嬌》（重陽前二日，風雨中，攜兒曹訪菊，賦酹
江月。後再攜妻子，待月於嵐光亭。思恭蔣丈寵和寄示，醉中操筆，
對月再用前韻）

春野亭

　　趙師俠：《水調歌頭》（春野亭送別）

黃師尹跳珠亭

　　趙師俠：《促拍滿路花》（信豐黃師尹跳珠亭）

瑞蔭亭

　　趙師俠：《促拍滿路花》（瑞蔭亭贈錦屏苗道人）

富陽江亭

　　趙師俠：《柳梢青》（富陽江亭）

永州故人亭

　　趙師俠：《菩薩蠻》（永州故人亭和聖徒季行韻）

春陵迎陽亭

　　趙師俠：《菩薩蠻》（春陵迎陽亭）

宜春記賓亭

　　趙師俠：《生查子》（宜春記賓亭別王希白庚）

蒲圻景星亭

　　盧炳：《水調歌頭》（題蒲圻景星亭上慕容宰）

富覽亭

　　姜夔：《水調歌頭》（富覽亭永嘉作）

澗亭

　　韓淲：《浣溪沙》（小集澗亭）

荷淨亭

　　汪晫：《水調歌頭》（次韻荷淨亭小集）

釣雪亭

　　盧祖皋：《賀新郎》（彭傳師於吳江三高堂之前作釣雪亭，蓋擅漁人之窟宅，以供詩境也。趙子野約余賦之。）

香風亭

　　黃機：《喜遷鶯》（香風亭上）

吞海亭

　　黃機：《霜天曉角》（金山吞海亭）

連州翼然亭

嚴仁：《水龍吟》（題連州翼然亭呈歐守）

雙溪亭

嚴仁：《菩薩蠻》（雙溪亭）

於風亭

劉克莊：《一翦梅》（余赴廣東，實之夜餞於風亭）

贛州巢龜亭

趙以夫：《青玉案》（荷花，贛州巢龜亭為曾提管賦）

浣木香亭

吳潛：《點絳唇》（己未三月末浣木香亭賦）

明秀亭

吳文英：《念奴嬌》（賦德清縣圃明秀亭）

蕪湖雄觀亭

魏庭玉：《水調歌頭》（飲蕪湖雄觀亭）

遺蛻亭

黃昇：《賀新郎》（乙巳正月十日，雙溪攬酒遺蛻亭，桃花方開，
主人浩歌酌客，歡甚，即席作此）

生香亭

周密：《鳳棲梧》（賦生香亭）

橫玉亭

周密：《清平樂》（橫玉亭秋倚）

無心處茅亭

周密：《吳山青》（賦無心處茅亭）

雪香亭

周密：《獻仙音》（弔雪香亭梅）

淨涼亭

劉塤：《戀繡衾》（城南淨涼亭賦）

聚景亭

王沂孫：《法曲獻仙音》（聚景亭梅次草窗韻）

拱日亭

陳德武：《望海潮》（拱日亭）

洞簫亭

陳德武：《西江月》（題洞簫亭）

會仙亭

張炎：《風入松》（與王彥常遊會仙亭）

陸義齋燕喜亭

張炎：《南歌子》（陸義齋燕喜亭）

清遐臺

張舜民：《朝中措》（清遐臺餞別）

浯臺

夏倪：《減字木蘭花》（宣和庚子登浯臺作）

小吳臺

葉夢得：《江城子》（登小吳臺小飲）

邵武熙春臺

葉夢得：《臨江仙》（熙春臺與王取道、賀方回、曾公袞會別）

趙師俠：《柳梢青》（邵武熙春臺席上呈修可叔）

王邁：《念奴嬌》（熙春臺宴同官）

瓊臺

　　李光：《南歌子》（重九日宴瓊臺）

　　李光：《漢宮春》（瓊臺元夕次太守韻）

妙高臺

　　工灼：《水調歌頭》（長江二友令狐公才、桑仲文相繼徂逝。七月壬午，予送客登妙高臺絕頂，望明月山二十里許，有懷美人，歸作此詞。山附縣郭，仲文居其下，公才居亦近之。賈浪仙詩云：「長江飛鳥外，主簿跨驢歸。」又云：「長江頻雨後，明月眾星中。」予故取其語）

長樂臺

　　曾覿：《木蘭花慢》（長樂臺晚望偶成）

嶽麓法華臺

　　侯寘：《水調歌頭》（題嶽麓法華臺）

雨華臺

　　王千秋：《訴衷情》（登雨華臺）

金石臺

　　管鑒：《念奴嬌》（癸巳重九，同陳漢卿、張叔信、王任道登金石臺作）

重臺

　　趙長卿：《訴衷情》（重臺梅）

吟臺

　　周密：《瑞鶴仙》（寄閒結吟臺出花柳半空間，遠迎雙塔，下瞰六橋，標之曰，湖山繪幅，霞翁領客落成之。初筵，翁俾余賦詞，主賓皆賞音。酒方行，寄閒出家姬侑尊，所歌則余所賦也。調閒婉而辭甚習，若素能之者。坐客驚託敏妙，為之盡醉。越日過之，則己大書刻之危棟間矣）

劉伶臺

　　王奕：《沁園春》（客山陽偕諸公遊杜康莊劉伶臺醉吟）

增江鳳臺

　　陳紀：《滿江紅》（重九登增江鳳臺望崔清獻故居）

釣鼇臺

　　陳紀：《念奴嬌》（釣鼇臺用東坡赤壁韻。臺在亭頭海濱）

宜春臺

　　李琳：《平韻滿江紅》（題宜春臺）

淮山樓

　　蘇軾：《如夢令》（題淮山樓）

涵輝樓

　　蘇軾：《南鄉子》（重九涵輝樓呈徐君猷）

海岱樓

　　米芾：《阮郎歸》（海岱樓與客酌別作）

遐觀樓

　　晁補之：《木蘭花》（遐觀樓）

黃鐘樓

　　周邦彥：《少年遊》（黃鐘樓月）

香山石樓

　　朱敦儒：《減字木蘭花》（秋日飲酒香山石樓醉中作）

安陸浮雲樓

　　廖世美：《燭影搖紅》（題安陸浮雲樓）

霞樓

　　王以寧：《滿庭芳》（重午登霞樓）

碧雲樓

　　張元幹：《望海潮》（癸卯冬爲建守趙季西賦碧雲樓）

醉高樓

　　韓元吉：《減字木蘭花》（雪中集醉高樓）

雙溪樓

　　韓元吉：《鷓鴣天》（九日雙溪樓）

　　辛棄疾：《水龍吟》（過南劍雙溪樓）

　　辛棄疾：《瑞鶴仙》（南劍雙溪樓）

　　嚴仁：《歸朝歡》（南劍雙溪樓）

巢經樓

　　~~辛棄疾~~：《歸朝歡寄題三山鄭元單經樓。樓之側有尙友齋，欲借書者，就齋中取讀，書不借出》

　　辛棄疾：《玉樓春》（寄題文山鄭元英巢經樓）

太平樓

　　黃中輔：《滿庭芳》（題太平樓）

藤州江月樓

　　向滈：《武陵春》（藤州江月樓）

弋陽樓

　　向滈：《如夢令》（書弋陽樓）

明遠樓

　　曹冠：《臨江仙》（明遠樓）

鎭遠樓

　　吳儆：《浣溪沙》（登鎭遠樓）

青城山玉華樓

　　陸游：《木蘭花慢》（夜登青城山玉華樓）

博見樓

呂勝已：《瑞鶴仙》（嘲博見樓）

呂勝已：《滿江紅》（題博見樓）

呂勝已：《滿庭芳》（乙巳八月十日登博見樓作）

呂勝已：《瑞鷓鴣》（登博見樓作）

青雲樓

趙長卿：《點絳唇》（夜飲青雲樓，聞更漏近，如在腳底，因思向事，追念故作）

大慈寺樓

京鏜：《好事近》（同茶漕二使者登大慈寺樓，次前韻）

駙馬樓

京鏜：《水調歌頭》（伏蒙都運都大判院以某新建駙馬樓落成有日，寵賜佳詞，爲郡邑之光。輒勉繼嚴韻，以謝萬分）

雪樓

辛棄疾：《念奴嬌》（和南澗載酒見過雪樓觀雪）

辛棄疾：《謁金門》（和廊之五月雪樓小集韻）

辛棄疾：《菩薩蠻雪樓賞牡丹席上用楊民瞻韻》

南楚樓

趙師俠：《西江月》（同蔡受之、趙中甫巡城，飲於南楚樓）

安遠樓

劉過：《糖多令》（安遠樓小集，侑觴歌板之姬黃其姓者，乞詞於龍洲道人，爲賦此糖多令，同柳阜之、劉去非、石民瞻、周嘉仲、陳孟參、孟容，時八月五日也。）

姜夔：《翠樓吟》（雙調淳熙丙午冬，武昌安遠樓成，與劉去非諸友落之，度曲見志。予去武昌十年，故人有泊舟鸚鵡洲者，聞小姬歌此詞，問之頗能道其事，還吳爲予言之。興懷昔遊，且傷今之離索也）

江淮偉觀樓

戴復古：《賀新郎》（豐眞州建江淮偉觀樓）

鄂州吞雲樓

戴復古：《水調歌頭》（題李季允侍郎鄂州吞雲樓）

西宗雲山樓

劉鎭：《沁園春》（題西宗雲山樓）

蘇小樓

卓田：《眼兒媚》（題蘇小樓）

懷仙樓

葛長庚：《賀新郎》（懷仙樓）

風月樓

馮取洽：《賀新郎》（黃玉林爲風月樓作，次韻以謝）

四明鄞江樓

趙以夫：《桂枝香》（四明鄞江樓九日）

經濟樓

李曾伯：《八聲甘州》（登經濟樓）

冶城樓

方岳：《滿江紅》（九日冶城樓）

先月樓

方岳：《醉江月》（八月十四，小集鄭子重帥參先月樓。是夕無月和朱希眞插天翠柳詞韻）

雙清樓

吳文英：《醜奴兒慢》（雙清樓在錢塘門外）

鍾山樓

松洲：《念奴嬌》（題鍾山樓）

甘樓

胡翼龍：《長相思》（題甘樓）

澤國樓

陳允平：《齊天樂》（澤國樓偶賦）

濯纓樓

劉辰翁：《水調歌頭》（丙申中秋，兩道人出示四十年前濯纓樓賞月水調。矓仙和，意已盡，明日又續之）

雲束樓

劉辰翁：《摸魚兒》（賦雲束樓）

新州醉白樓

王奕：《沁園春》（題新州醉白樓）

淮安倚天樓

王奕：《糖多令》（登淮安倚天樓）

浙江樓

汪元量：《好事近》（浙江樓聞笛）

劉氏小樓

黎延瑞：《醉江月》（題永平監前劉氏小樓）

王氏樓

仇遠：《巫山一段雲》（王氏樓）

朱氏樓

蔣捷：《一翦梅》（宿龍遊朱氏樓）

無盡上人山樓

　　張炎：《玉漏遲》（登無盡上人山樓）

靜傳董高士樓

　　張炎：《春從天上來》（己亥春，復回西湖，飲靜傳董高士樓，作此解以寫我憂）

橫空樓

　　張炎：《江城子》（爲滿春澤賦橫空樓）

冷氏小樓

　　無名氏：《朝中措》（冷氏小樓春望）

極目樓

　　無名氏：《虞美人》（極目樓觀芙蓉）

孤山竹閣

　　蘇軾：《江神子》（孤山竹閣送述古）

延平閣

　　黃裳：《桂枝香》（延平閣閒望）

懷民小閣

　　蘇軾：《南歌子》（黃州臘八日飲懷民小閣）

金山寺化城閣

　　仲殊：《南徐好》（金山寺化城閣）

錦薰閣

　　葛勝仲：《臨江仙》（二月二十二日錦薰閣賞花詞）

崑山月華閣

　　蔡伸：《浣溪沙》（崑山月華閣）

雙溪閣

張元幹：《風流子》（政和間過延平，雙溪閣落成，席上賦）

曹冠：《風入松》（雙溪閣觀水）

鄭氏閣

朱松：《蝶戀花》（醉宿鄭氏閣）

周師從小閣

楊無咎：《朝天子》（周師從小閣）

三峰閣

韓元吉：《水龍吟》（題三峰閣詠英華女子）

謝氏小閣

張掄：《浣溪沙》（和曾純甫題謝氏小閣）

秋香閣

曹冠：《鳳棲梧》（會於秋香閣，適令丞有違言，賦此詞勸之）

曹冠：《西江月》（秋香閣）

綺霞閣

曹冠：《喜朝天》（綺霞閣即踏莎行）

舟青閣

管鑒：《水調歌頭》（同子儀、韋之登舟青閣，用韋之韻）

管鑒：《蝶戀花》（辛卯重九，余在試闈，聞張子儀、文元益諸公登舟青閣分韻作詞。既出院，方見所賦，以「玉山高並兩峰寒」爲韻，尚餘並字，因爲足之）

橫溪閣

陸游：《沁園春》（三榮橫溪閣小宴）

清心閣

張孝祥：《菩薩蠻》（夜坐清心閣）

西堂竹閣

　　丘崈：《蝶戀花。（西堂竹閣，日氣溫然，戲作）

清暉閣

　　呂勝已：《醉桃源》（題清暉閣）

悠然閣

　　辛棄疾：《賀新郎》（題傳岩叟悠然閣）

　　辛棄疾：《新荷葉》（再題悠然閣）

　　辛棄疾：《西江月》（和晉臣登悠然閣）

莆陽壺山閣

　　趙師俠：《柳梢青》（壬子·莆陽壺山閣）

信豐揖翠閣

　　趙師俠：《武陵春》（信豐揖翠閣）

劍閣

　　崔與之：《水調歌頭》（題劍閣）

　　善珍：《浪淘沙》（寄劍閣）

梅溪橘閣

　　韓淲：《生查子》（梅溪橘閣詞）

靈山閣

　　韓淲：《虞美人》（趙倅酌別靈山閣）

愛閣

　　葛長庚：《南鄉子》（愛閣賦別二首）

　　葛長庚：《蝶戀花》（題愛閣）

龍湖閣

　　方岳：《水調歌頭》（別廬山題龍湖閣）

萬象閣

    趙孟堅：《風流子》（清涵萬象閣）

李氏晚妝閣

    吳文英：《永遇樂》（林鍾商過李氏晚妝閣，見壁間舊所題詞，遂再賦）

吳山見滄閣

    翁元龍：《水龍吟》（雪霽登吳山見滄閣，聞城中簫鼓聲）

龜溪乾元寺閣

    曹邍：《蘭陵王》（雨中登龜溪乾元寺閣賦）

曹氏胭脂閣

    劉辰翁：《憶秦娥》（爲曹氏胭脂閣歎）

茶閣

    周密：《西江月》（茶閣春賦）

下篇　論析篇──論亭臺樓閣對宋詞
　　藝術風貌和主題生成的作用

第五章　亭臺樓閣對宋詞藝術風貌的影響

　　由於諸種原因，中國文學自古便與亭臺樓閣結下了不解之緣，而且到了宋詞，正如本文緒論中所述，因爲二者皆屬於休閒享樂文化的範疇以及「登臨生悲」的傳統抒情模式又與宋詞的感傷色彩相契合，從而使宋詞創作更有得於亭臺樓閣之助，因而亭臺樓閣在宋詞中大量出現，並產生了許多優秀的詞作。這些詞作或以亭臺樓閣爲歌詠描摹對象；或以亭臺樓閣爲觀察據點，而側重對周圍景物的描寫；或以亭臺樓閣爲抒情的契機來抒懷言志，等等。總之，由於亭臺樓閣具有一種特殊的審美價值，它們在文學作品的長期運用中已逐漸變成了蘊蓄著特定情感意緒的意象符號而積澱在中國文人的審美心理結構之中。美學家朱光潛先生說得好：「吾人時時在情趣裏過活，卻很少能將情趣化爲詩，情趣是可比喻而不可直接描繪的實感，如果不附麗到具體的意象上去，就根本沒有可見的形象。」〔註1〕因而可以說，「中國詩歌藝術的發展，從一個側面看來就是自然景物不斷意象化的過程。」〔註2〕「從《詩經》、《楚辭》，漢魏古詩，以至到唐代蔚爲大觀的古近體詩歌，大量的意象被詩人們擷取運用，甚至有些成爲在特定

〔註 1〕　朱光潛《詩論》，三聯書店出版社 1984 年，50 頁。
〔註 2〕　袁行霈《中國詩歌藝術研究》（增訂本），北京大學出版社 1996 年，
　　　　2 頁。

的生活場景中反覆出現並因此引發出某種固定情緒和習慣性聯想的程序化意象，爲人們耳熟能詳，運用頻率極高。如楊柳依依，寄寓離別的傷感；芳草離離，象徵愁緒的深遠；明月皎皎，觸動離人的愁思；流水淙淙，徒增人生匆匆、年華不再的悵恨。……」〔註3〕亭臺樓閣也即成爲頻繁出現在宋詞中的意象。「據初步統計，《全宋詞》收詞19900 餘首（不包括殘篇、附篇），以「樓」入詞者達 1150 餘首，其中「樓」意象出現次數最多的爲晏幾道的詞作，260 首詞中，涉及「樓」意象的詞達 79 首。即使是被尊稱爲豪放派之祖的蘇軾，350 首詞中，以「樓」入詞者亦達 39 首，另收辛棄疾詞作 626 首，以「樓」入詞者 71 首。《宋詞三百首》（實 285 首）中涉及「樓」意象的詞作更是高達 75 首」；〔註4〕而宋詞中的「亭」意象也約有 1000 處以上，這些意象的運用，不僅能使詞作傳達出更爲深厚的韻味和情感，而且有助於詞境的營構，從而增加作品的藝術美感。本章即從意象的角度分別探討宋詞中「亭」、「臺」、「樓（閣）」意象（主要側重於泛指的，無特定實名的亭臺樓閣）的審美內涵以及藝術營構，以此來看亭臺樓閣對宋詞藝術風貌的作用和影響。

第一節　宋詞中的「亭」意象及其藝術營構

「亭」在唐五代詩詞中已經是一個常常出現的意象：「何處是歸程，長亭更短亭」（李白《菩薩蠻》）、「天下傷心處，勞勞送客亭」（李白《勞勞亭》）、「江南憶，最憶是杭州。山寺月中尋桂子，郡亭枕上看潮頭。何日更重遊。（白居易《憶江南》）、「不用憑欄苦回首，故鄉七十五長亭」（杜牧《題齊安城樓》）、「嫩草如煙。石榴花發海南天。日暮江亭春影淥。鴛鴦浴。水遠山長看不足」（歐陽炯《南鄉

〔註3〕張彩霞《遮面「琵琶」玉欄杆──唐宋詞中的欄杆意象》，《徐州師範大學學報》（哲學社會科學版）2000 年第 2 期，67 頁。

〔註4〕郤華芬《宋詞中「樓」意象及其美學內涵探析》，《西南民族大學學報》（人文社科版）2005 年第 9 期，156 頁。

子》）、「花滿驛亭香露細，杜鵑聲斷玉蟾低。含情無語倚樓西」（張泌《浣溪沙》）、「輕輕製舞衣，小小裁歌扇。三月柳濃時，又向津亭見。（牛希濟《生查子》）、「暖傍離亭靜拂橋。入流穿檻綠搖搖。不知落日誰相送，魂斷千條與萬條」（孫魴《楊柳枝》）……「亭」意象在宋詞中更是頻頻出現，除了有具體名字的亭以外，還有諸如「長亭」、「短亭」、「離亭」、「旗亭」、「津亭」、「郵亭」、「驛亭」、「風亭」、「危亭」、「江亭」、「小亭」、「虛亭」、「水亭」、「池亭」、「石亭」、「野亭」、「溪亭」、「閒亭」、「幽亭」、「涼亭」、「茅亭」、「梅亭」、「山亭」、「園亭」、「竹亭」、「林亭」、「草亭」等等，宋代詞人爲何這麼垂青「亭」意象呢？簡言之，亭是中國古代建築中具有獨特風格與功能的建築形式，它凝縮了我國古代園林建築中形式美的精華，集實用價值與觀賞性能於一體，因而與文學有著密切的關係，在長期的文學實踐中，亭逐漸變成一種具有獨特文化內涵與象徵意義的意象，它不僅點綴著真實世界的人文景觀，也映襯了文學的優美境界，真可謂賞心悅目、怡情怡性。

　　具體說來，亭是最能代表中國建築特徵的一種建築形式，也是中國人最爲喜聞樂見的一種建築形式。而且，「在所有的園林建築中，亭最平民化、最具親和性。十里長亭，不管貧賤富貴都可以在那裏惜別；山道路亭，無論樵夫騷客都可以在其中賞景。亭既可以尊貴地躋身於皇家園林中，又可以嫻雅地佇立於文人園裏，更可以樸素地散佈於山野村郭。」〔註5〕（明）計成《園冶·亭》中說：「亭者，停也。所以停憩、遊行也。」說明亭是供人歇息遊覽的地方。實際上，這種現代意義上作爲遊覽和觀賞的亭，大致是魏晉南北朝才出現的，在此之前，亭的基本形制尚未成熟。據覃力先生《亭史綜述》〔註6〕一文介紹，亭最早作爲國防軍事建築，始建於春秋戰國時期，皆設於邊疆要塞，作用有監視敵情、傳遞烽火。秦漢時代，亭發展成

〔註5〕張勁農《談「亭」》，《廣東園林》2005年第6期，14頁。
〔註6〕覃力《亭史綜述》，《中國園林》1992年第4期，24～25頁。

一種多用途、實用性很強的建築形象的統稱。按其功能可分為四類：
一、城市中的亭：如街亭、市亭、都亭、旗亭等。這種亭非常近於城觀，與後來的市樓、譙樓、金井樓等，亦有許多相似之處。二、基層行政單位的亭：按秦制十里一亭，十亭一鄉，亭由負責維護法律和秩序的亭長管理。《漢書·百官公卿表》注曰：「亭有兩卒，一為亭父，掌開閉掃除，一為求盜，掌逐捕盜賊。」《史記》就記載劉邦「及壯，試為吏，為泗水亭長」。三、邊防報警的亭：是在邊防城牆、要塞處設置的亭侯、亭障、亭燧等。除了以上三種功能的亭以外，對文學來說，更重要的是第四種功能的亭，即「驛亭」，或稱「郵亭」：它們設於交通要道，兼有郵遞、驛站和旅社等作用，所以又稱作「亭傳」。漢代以後，隨著私營的逆旅出現，亭傳逐漸廢棄，但民間仍有在交通要道和村口、路旁築亭的習俗，以作為旅途歇息之用和迎賓送客的禮儀場所。後來就逐漸演變成了一種和離人、鄉思、旅愁相聯繫的富有感傷色彩的象徵性的建築。而離情別緒，羈旅閒愁以及思鄉懷人等內容又是宋詞中重要的抒情主題，故而詞人們便常常不約而同地選擇「亭」這一意象來抒情達意。

　　魏晉以後，隨著園林建築的發展，亭的性質也發生了變化，其功用性減弱，逐漸出現了供人遊覽和觀賞的亭。三國孫吳定都建業修建的勞勞亭，亦名新亭，已是一座帶有遊覽性質的亭。《世說新語》記載曰：「過江諸人，每至美日，輒相邀新亭，藉卉宴飲。」而晉時會稽山陰的蘭亭就完全是供人遊覽和觀賞的亭了。據（魏）酈道元撰《水經注》卷四十，「漸江水」中記載：「浙江又東與蘭溪合，湖南有天柱山，湖口有亭，號曰『蘭亭』，亦曰『蘭上里』。太守王羲之、謝安兄弟數往造焉。吳郡太守謝勖，封蘭亭侯，蓋取此亭以為封號也。太守王廙之移亭在水中；晉司空何無忌之臨郡也，起亭於山椒，極高盡眺矣。」由此看來，蘭亭最初不過是一座建於湖口處「蘭上里」村頭的路亭，只是為了更好地觀賞湖光山色，才由太守王廙之移至水中，起築山巔，由「功用性的亭」轉變為「觀賞性的亭」。而王羲之等人於

永和九年（公元 353 年）在蘭亭舉行的一次規模巨大的文朋詩友盛會，已傳爲文壇佳話。這次文人聚會，共成詩 37 首，編爲《蘭亭集》。蘭亭詩的內容，或抒寫山水遊賞之樂；或直接抒發玄理，表現了文人們寄情山水、崇尚自然的審美情趣，「蘭亭」也成了宴飲聚會的代名詞。而在宋代享樂之風盛行的大背景下，詞人也多數具有追求宴飲之樂的文化心理，因而，「蘭亭」便成爲一個具有特定文化內涵的意象頻頻出現在宋詞中。隋唐之後，亭就作爲一種景觀建築常常出現於園林或風景名勝處。而且，「建築藝術是空間藝術，亭的妙處就在於『虛』，在於『空』。它四面空靈，卻將其虛空的內部與周圍的空間環境緊密相連，納周圍如畫景物入亭中，使人來到亭內，彷彿置身於畫廊一般，因而從有限的空間進入了無限的空間。虛空納萬境。」〔註 7〕（明）計成在《園治》中說：「軒楹高爽，窗戶虛鄰，納千頃之汪洋，收四時之爛漫」，清人許承祖在《詠曲院風荷》一詩中亦說：「綠蓋紅妝錦繡鄉，虛亭面面納湖光。」都形象地描繪了亭的空靈意境。無怪乎張宣在他的《溪亭山色圖》詩中寫到：「石滑岩前雨，泉香樹杪風，江山無限景，都聚一亭中。」蘇軾也有「唯有此亭無一物，坐觀萬象得天全」（《涵虛亭》）的感歎。正是因爲亭這種虛空、靈逸的特徵，可以說是閒適、淡泊、超脫境界的象徵，這正迎合了宋代部分詞人追求淡泊隱逸以求自適的心理，因而宋代詞人便愛在詞中運用「亭」意象來言志抒懷。

　　正如上文所述，亭是一種集實用價值與觀賞性能於一體的建築，故宋詞中的「亭」意象按其性質也可分爲「功用性亭」意象和「觀賞性亭」意象兩種。前者一般用於抒發離愁別恨、羈旅閒愁和思鄉懷人之情緒；後者則主要服務於宴飲唱和、詠物寫景，閒適隱逸之內容。下面就來探討宋詞中這兩種「亭」意象及其藝術營構。

〔註 7〕萟秀何珊《古今亭話》，《長江建設》1996 年第 3 期，44 頁。

（一）「過盡長亭人更遠，特地魂銷」──「功用性亭」 意象以及藝術營構

宋詞中「功用性亭」意象包括「長亭」、「短亭」、「離亭」、「旗亭」、「津亭」、「郵亭」、「驛亭」等，現實中的這類亭一般用於旅途歇息或者作為迎賓送客的場所，故詞中這類亭往往和行人、倦客、離人、遊子、思婦等聯繫在一起傳達出種種「特地魂銷」的愁苦之情。詞人借助這類「亭」意象，或寫離別之痛：

寒蟬淒切。對長亭晚，驟雨初歇。都門帳飲無緒，留戀處、蘭舟催發。（柳永《雨霖鈴》）

祖席離歌，長亭別宴。香塵已隔猶迴面。居人匹馬映林嘶，行人去棹依波轉。（晏殊《踏莎行》）

長亭回首短亭遙。過盡長亭人更遠，特地魂銷。（梅堯臣《浪淘沙》）

離亭欲去歌聲咽。瀟瀟細雨涼吹頰。淚珠不用羅巾裛。彈在羅衣，圖得見時說。（蘇軾《醉落魄》憶別）

歌闋陽關，腸斷短亭，惟有離別。（胡松年《石州詞》）

執手長亭無一語。淚眼汪汪，滴下陽關句。（鄧肅《蝶戀花》代送李狀元）

津亭送客驚相囑。舉杯欲唱眉先蹙。眉先蹙。背人掩面，不能終曲。（楊無咎《憶秦娥》）

柳絲挽得秋光住。腸斷驛亭離別處。斜陽一片水邊樓，紅葉滿天江上路。（陳允平《玉樓春》）

或訴相思之苦：

王孫此際，山重水遠，何處賦西征。金閨魂夢枉叮嚀。尋盡短長亭。（晏幾道《少年遊》）

郵亭今夜長，明月香幃悄。縱使夢相逢，何處尋蓬島。（蔡伸《生查子》）

桃花萼。雨肥紅綻東風惡。東風惡。長亭無寐，短書難托。（張元幹《憶秦娥》）

別情苦。馬蹄踏遍長亭，歸期又成誤。（辛棄疾《祝英臺近》）

夢斷簫臺無據，十年往事休追。忽然拈起舊來書。依舊長亭雙淚。（西江月《何夢桂》）

長亭望斷來時路。樓臺杳靄迷花霧。山雨隔窗聲。思君魂夢驚。（劉塤《菩薩蠻》題山館）

或抒羈旅思鄉之愁：

碧草綠楊岐路。況是長亭暮。少年行客情難訴。泣對東風無語。目斷兩三煙樹。翠隔江淹浦。（梅堯臣《桃源憶故人》）

亂山疊疊水泠泠。南北短長亭。客路如天杳杳，歸心能地寧寧。（陳三聘《朝中措》）

明朝提玉勒。又作江南客。芳草遍長亭。東風吹恨生。（劉翰《菩薩蠻》）

白苧搬春春已透。長驛短亭芳草畫。家山腸斷欲歸人，風宿留。船津候。一夜朱顏煩惱瘦。（吳潛《天仙子》舟行阻風）

燈火雨中船。客思綿綿。離亭春草又秋煙。似與輕鷗盟未了，來去年年。（吳文英《浪淘沙》）

行客暮泊郵亭，孤枕難禁，一窗風箭。念松荒三徑，門低五柳，故山猶遠。（楊澤民《選官子》）

問何時、樊川歸去，歎故鄉、七十五長亭。君知否，洞雲溪竹，笑我飄零。（羅椅《八聲甘州》孤山寒食）

或發行人不歸之怨：

接長亭，迷遠道。堪怨王孫，不記歸期早。（梅堯臣《蘇幕遮》）

花陰月，柳梢鶯。近清明。長恨去年今夜雨，灑離亭。枕上懷遠詩成。紅箋紙、小研吳綾。寄與征人教念遠，莫無情。（晏幾道《愁倚闌令》）

以上優美動人的詞句都以這些「功用性亭」意象爲背景來展開詞意，從而使離愁別恨、羈旅閒愁和思鄉懷人之詞產生了令人黯然銷魂的藝術魅力。

我們知道，好的詩詞作品之所以具有動人的藝術魅力，除了作品本身所蘊含的情感特質以外，意象的選擇和組合乃是一個至關重要的因素。「作家通過若干意象的精心選擇和巧妙組合，建立起各具特色的意象體系，進而由意象體系的綜合效應產生了『象外之象』、『味外之旨』——意境。」〔註 8〕因而宋代詞人除了運用「功用性亭」意象爲背景和布景來展開詞意外，還巧妙地組合其它意象，如「柳」、「草」、「酒」、「舟」、「淚」、「月」、「蟬」、「雨」等，來構築出種種淒美婉約的詞境，給人以藝術美感。下面來看幾種意象組合。

1、亭與柳的組合

「柳」與「留」諧音，其長條依依的體形又是天生一副款款惜別的姿態，正如美國心理學家魯道夫・阿恩海姆所言：「一棵垂柳之所以看上去是悲哀的，並不是因爲它看上去像是一個悲哀的人，而是因爲垂柳枝條的形狀、方向和柔軟性本身就傳遞了一種被動下垂的表現性。」〔註9〕因而古人在送行時往往要折柳贈別，久之便成爲一種習俗。這種習俗始於漢代，據《三輔黃圖・柳》記載：「霸橋在長安東，跨水作橋，漢人送客至此橋，折柳贈別。」到了唐宋，折柳贈別的風尚大爲流行，唐釋慕幽《柳》詩云：「今古憑君一贈行，幾回折盡復重生。」宋晁端禮《朝中措》詞亦云：「短亭楊柳接長亭。攀折贈君行。」正因爲古人有這種折柳送別的傳統習俗，因此文人們就很自然地把柳和離愁結合起來，並成爲渲染離情別恨的最佳意象之一。那麼，柳與作爲具有送別等功能的亭相結合，便構成了更具豐富內涵的

〔註 8〕何春環《傷別詞的意象藝術》，《四川師範學院學報》（哲學社會科學版）1997 年第 2 期，120 頁。

〔註 9〕（美）魯道夫・阿恩海姆《藝術與視知覺》，滕守堯等譯，中國社會科學出版社 1984 年，624 頁。

抒情意象，不僅使離情之苦傳達得更為淋漓盡致，詞境也構築得更為
淒美纏綿。如「柳陰直。煙裏絲絲弄碧。隋堤上、曾見幾番，拂水飄
綿送行色。登臨望故國。誰識。京華倦客。長亭路，年去歲來，應折
柔條過千尺。」（周邦彥《蘭陵王》）詞一上來便寫柳陰、寫柳絲、寫
柳絮、寫柳條，先將離愁別緒借著柳樹渲染了一番，然後是虛寫，詞
人設想，長亭路上的柔條年復一年地被人攀折，實是在感歎人間離別
的頻繁。詞人組合亭、柳意象，採用虛實結合的手法，寫得情深意摯，
耐人尋味。又如「綠槐煙柳長亭路，恨取次、分離去。日永如年愁難
度。高城回首，暮雲遮盡，目斷人何處？」（惠洪《青玉案》）在槐柳
成蔭，如煙霧籠罩的長亭驛道上，遠行之人即將別去，一片離愁別恨，
在長亭和煙柳的襯托下，更顯情思婉約，淒切感人。另如「輕輕製舞
衣，小小裁歌扇。二月柳濃時，又向津亭見。」（晏幾道《生查子》）、
「柳絲挽得秋光住。腸斷驛亭離別處。斜陽一片水邊樓，紅葉滿天江
上路。」（陳允平《玉樓春》）、「莫折長亭柳。折盡愁依舊。只有醉如
狂。人生空斷腸。」（舒亶《菩薩蠻》）等等，皆通過亭與柳的組合，
營構出淒美纏綿的詞境。

2、亭與草的組合

芳草萋萋，彌漫無邊，芳草亦常與離情別緒連在一起。自從屈
原在《楚辭‧招隱士》中寫下「王孫遊兮不歸，春草生兮萋萋」這
一借草抒寫離情的名句後，在詩人筆下，就常常以芳草的萋萋綠色，
寫照離人的別恨悠悠；以芳草的連綿不斷，象徵離愁的無窮無盡。「遠
芳侵古道，晴翠接荒城。又送王孫去，萋萋滿別情」（白居易《賦得
古原草送別》）、「離恨恰如春草，更行更遠還生」（李煜《清平樂》）、
「恨如芳草，萋萋劃盡還生」（秦觀《八六子》），總之，草已被普遍
用作傷離惜別的意象，它一經與「亭」意象組合，詞人的生命空間
也染上了淒婉柔美的感傷基調。宋詞中這樣的例子很多：如「又是
離歌，一闋長亭暮。王孫去，萋萋無數，南北東西路」（林逋《點絳

唇》）、「綠楊芳草恨綿綿。長亭路，何處認征鞍」（蔡伸《小重山》）、「碧草綠楊岐路。況是長亭暮」（梅堯臣《桃源憶故人》）、「芳草遍長亭。東風吹恨生」（劉翰《菩薩蠻》）、「燈火雨中船。客思綿綿。離亭春草又秋煙」（吳文英《浪淘沙》）……

3、亭與雨的組合

雨，是一種永恆的自然現象，和人類生活關係十分密切。然而「雨」這種自然現象，常會給不同的人以不同的感受，細雨如溫柔的傾訴；暴雨像痛快的渲泄；煙雨濛濛，使人彷彿置身夢中，雨前壓抑、雨時舒心、雨後明淨。進入古典詩詞中的雨，已不是簡單的純自然的客觀物象，它已成為詩人某些情感信息的載體。」〔註10〕因而，雨一旦進入人們的審美視野，便表現出或喜或悲的不同的審美內涵。正如康德所說：「審美意象是一種想像力所形成的形象顯現，它從屬於某一種概念，但由於想像力的自由運用，它又豐富多樣，很難找出它所表現的是某一確定的概念。」〔註11〕但是雨意象多數情況下還是代表著無盡的離愁和纏綿的情思，這和「功能性亭」意象在古典詩詞中的意蘊是相通的，因而亭和雨組合，離別之愁、相思之苦自然倍增，非單個意象可比。「宴闌。散津亭鼓吹扁舟發。離魂黯、隱隱陽關徹。更風愁雨細添淒切。」（朱敦儒《踏歌》）津亭處，扁舟催發，已經令人黯然銷魂，此時更兼瀟瀟風雨，其境自是淒苦異常。另有「飲散短亭人欲去。留不住。黃昏更下蕭蕭雨」（晏殊《漁家傲》）、「離亭欲去歌聲咽。瀟瀟細雨涼吹頰。淚珠不用羅巾裛。彈在羅衣，圖得見時說。」（蘇軾《醉落魄》憶別）、「風蕭蕭。雨蕭蕭。相送津亭折柳條。春愁不自聊。」（劉克莊《長相思》餞別）、「燈火雨中船。客思綿綿。離亭春草又秋煙。似與輕鷗盟未了，來去年年。」（吳文英《浪淘沙》）等等，皆意境淒迷，基調傷婉。

〔註10〕 袁盾，楊恬《四季風煙中的雨意情——試論中國古代詩詞中的雨意象》，《雲南教育學院學報》1998 年第 4 期，63 頁。
〔註11〕 康德著，宗白華譯《判斷力批判》，商務印書館 1964 年，16 頁。

　　值得注意的是，詞人們還往往將這類「亭」意象和上述眾多意象自由靈活地組合在同一首詞裏，柳永的《雨霖鈴》堪稱這方面成功的典例：

　　　　寒蟬淒切。對長亭晚，驟雨初歇。都門帳飲無緒，留戀處、蘭舟催發。執手相看淚眼，竟無語凝噎。念去去、千里煙波，暮靄沉沉楚天闊。　　　　多情自古傷離別。更那堪、冷落清秋節。今宵酒醒何處，楊柳岸、曉風殘月。此去經年，應是良辰、好景虛設。便縱有、千種風情，更與何人說。

此詞爲抒寫離情別緒的名篇，也是柳永婉約詞的傑出代表。尤其是詞的上片寫分別時的情景，通過「長亭」與「蟬」、「雨」、「舟」、「淚」以及「煙波」、「暮雲」等一系列意象精巧有序地組接在一起，將詞人離開汴京與戀人惜別時的眞情實感表達得纏綿悱惻，淒婉動人，極富藝術感染力。又如晏殊的《採桑子》詞云：

　　　　時光只解催人老，不信多情。長恨離亭。淚滴春衫酒易醒。　　　　梧桐昨夜西風急，淡月朧明。好夢頻驚，何處高樓雁一聲。

詞的上片以「長恨離亭」、「淚滴春衫」、「酒醉易醒」等感傷春日離愁；下片以梧桐西風、淡月孤雁等烘託秋日別恨，意境優美淒切，讀來哀婉動人。

　　概而述之，宋代詞人頻繁地以這類「功能性亭」意象入詞，並以之爲核心載體，巧妙靈活地組合諸多傳統意象，或寫離別之痛；或訴相思之苦；或抒羈旅思鄉之愁；或道行人不歸之怨，營構出了種種淒婉動人的詞境，展示出了豐富的悲劇美學內涵，從而使宋詞更具感人的藝術魅力。

（二）「散發步閒亭」——「觀賞性亭」意象的審美內涵以及藝術表現

　　如上文所述，「觀賞性亭」建築追求的是一種整體環境的空間美，具有「點景」和「觀景」的雙重作用：既從亭內外望，有景可觀，而

且從外望亭，又能夠起到點綴和渲染環境的作用。而其空虛、靈逸的
特徵，又成爲文人雅士追求閒適隱逸心境的載體，因此從其審美內涵
方面來說，「觀賞性亭」意象在宋詞中的作用大致如下：

1、作爲布景和背景，構成寫景狀物的重要因素

　　亭是我國古典建築藝術中極具代表性的一種建築形式，尤其是「觀
賞性亭」，其造型之優美精巧，構思之奇特，每每令人爲之驚歎。而且，
這些造型各異、風格迥然的亭，遍佈於大江南北，它們「立山巔、枕
清流、臨澗壑、傍岩壁、處田野、藏幽林。或躋身於建築群之中，或
婷立於大自然的懷抱，總是與周圍的環境和諧地組織在一起，構成一
幅幅生動的畫面，令空間環境嫵媚，爲自然山川增色。遠觀，那美麗
多姿的輪廓將人們的生活情趣引入自然，使湖光山色生輝；入內，則
是四周景物盡收其中，增強了藝術感染力。正如唐代著名詩人白居易
所說：『高不倍尋，廣不累丈，而撮奇得要，地搜勝概，物無遁形。』
（《冷泉亭》）」〔註12〕總之，亭本身就是一道亮麗的風景，裝扮著中華
大地，成了錦繡山河中富有生機的「點睛」之筆。因而這類「亭」意
象在宋詞中便成爲寫景狀物的重要因素之一，如周邦彥的《浣溪沙》：

　　　　翠葆參差竹徑成。新荷跳雨淚珠傾。曲闌斜轉小池亭。

　　　　　風約簾衣歸燕急，水搖扇影戲魚驚。柳梢殘日弄微晴。

此詞是一首寫景小詞，描寫的是夏日乍雨還晴的景色，體物工巧。詞
人用白描的手法勾勒了一幅清疏明快的風景畫：翠竹成蔭，參差茂
盛，小徑通幽，雨打新荷，如淚珠輕跳，描寫頗見新穎別致；至亭之
曲闌斜轉，與小池相映成輝，風約簾衣，燕子歸急，水搖扇影，池魚
驚竄，殘日斜照柳梢，則人、景渾然一體，意趣橫生，清新秀麗，委
婉多姿。不難看出，詞中的「亭」意象不僅具有「點景」的作用，也
是人景之間連結的紐帶，因而通篇看似皆寫景，卻景中有人，頗具閒
適之趣。

〔註12〕覃力著《說亭》，山東畫報出版社 2004 年，5 頁。

2、作為遊賞享樂之地，抒寫宴飲唱和之樂

觀賞性亭一般建在園林或者風景絕佳之處，因而在亭中不僅可以觀賞四時之美景，夏天還可以在此乘涼消暑，正如劉學箕《滿江紅》（避暑）詞中所云：「午轉槐陰，正炎暑、侵肌似醉。問何處、披襟散髮，解衣揚袂。傍沼茅亭楊柳綠，倚崖草閣梧桐翠。喚玉人、纖手掬清泉，生涼意。」另外，中國古代有曲水流觴的習俗，「是古人舉行的一種飲酒賦詩的娛樂活動，源於『祓禊』習俗。『祓禊』或『修禊』，本是古時候人們在每年三月上巳日（三月三日）臨水沐浴、招魂續魄、除災求福的活動。隨著歷史的演進，這種『祓除不祥』的活動，漸漸地和春遊聯繫起來，以至於後來發展成為臨流賦詩、飲酒賞景、盡遊宴之樂的風雅之舉。」〔註13〕西晉王羲之等人的蘭亭集會即是這樣的一次文人盛會，對後世文人雅集影響很大。後來「亭」便成了王公貴族以及文人雅士最佳的宴飲唱和場所，甚至於還出現了一種專門為這種活動而建的特殊形式的亭——流杯亭。唐代文學中一些應製作品的活動背景已多為亭，皇帝等皇室貴族喜歡在亭中宴請大臣，如唐中宗《九月九日幸臨渭亭登高得秋字》、德宗皇帝《重陽日賜宴曲江亭賦六韻詩用清字》、宋之問《奉和九日幸臨渭亭登高應制得歡字》等；唐代文士也常常以亭為聚會場所飲酒作詩，如初唐陳子昂、崔知賢、周彥昭、高球、高瑾、王茂時、徐皓等人就曾宴飲山亭並分別作有《晦日宴高氏林亭》、《三月三日宴王明府山亭》等詩。宋代隨著亭建築的進一步發展，以及享樂之風盛行的社會背景下，亭更是宋詞中表達宴飲之樂的活動背景。歐陽修的《漁家傲》可稱代表，詞云：「一派潺湲流碧漲。新亭四面山相向。翠竹嶺頭明月上。迷俯仰。月輪正在泉中漾。　　更待高秋天氣爽。菊花香裏開新釀。酒美賓嘉真勝賞。紅粉唱。山深分外歌聲響。」其它如晏殊的《蝶戀花》（一霎秋風驚畫扇）、曹勳《憶秦娥》（賞雪席上）、曾協《醉江月》（宴葉叔範新第）、韓元吉《西江月》（閨重陽）、管鑒《水調歌頭》（舉俗愛

重九)、陸游《浣沙溪》（南鄭席上）、張鎡《柳梢青》（適和軒）等也
是這方面的作品。

3、作為抒情平臺，抒發閒適隱逸之情

亭不僅「具有『臨觀之美』，作爲人與自然之間的中介空間，爲
人們提供了觀賞自然、體察萬象的場所」，還「可使人神與物同遊，
進入『頓開塵外想，擬入畫中行』的藝術境界。」〔註 14〕因而歷代
文人對亭特別喜愛，唐代裴虯在其《怡亭銘》一文中寫到：「勢壓西
塞，氣涵東溟。風雲自生，日月所經。眾木成幄，群山作屏。顧余
逃世，於此忘形！」文中作者對亭的喜愛之情不言而喻，尤其是「顧
余逃世，於此忘形」一句，充分表達出文人雅士渴望隱逸閒居的心
境，而亭正是表達這種心境的載體。當正直的封建文人的理想抱負
被無情的現實粉碎、破滅時，他們往往會忘情山水，寄情小亭，過
著淡泊、恬靜的生活。在他們心中，這「壺中天地」的小小一亭，
足以暫時滿足避世遠禍、淡忘現實苦惱的欲求。「清趙雲道：『抱膝
望湘江，江雲自舒卷。願將雲作衣，湘君爲予剪。』(《翠微亭》) 詩
人靜坐於亭中，看江雲一色，想像水神湘君翩躚而至，爲他挹雲作
衣。那悠然舒展的雲朵，實是詩人心境的寫照，或者作者就是閒適
的江雲，生命自由地飛揚，漫遊天際。何者爲人，何者爲物，已經
達到冥合，濃縮爲高度簡化的情緒記憶。」〔註 15〕因而宋代尤其是
南宋詞人在朝廷一味妥協退讓，中原恢復無望的時代背景下，便往
往借助於這類「亭」意象來消解痛楚，抒發閒適隱逸之情。試讀以
下兩首詞：

> 柳外山光，林間塔影，一溪橫瀉清流。四圍洲渚，綠
> 葉潑如油。荷蓋亭亭照水，紅蓼岸、蘆荻蕭颼。乘閒興，
> 溪雲亭畔，終日看蓮遊。　　　　修篁栽欲遍，青松相映，

〔註 14〕覃力著《說亭》，山東畫報出版社 2004 年，5～8 頁。
〔註 15〕王波《中國古今文學作品中的亭文化探討》，《湖北社會科學》2005
　　　　年第 8 期，110 頁。

兩徑成丘。種桃杏，隨時亦弄春柔。此是先生活計，高臥處、無喜無憂。門前事，人來問我，回首但搖頭。(沈瀛《滿庭芳》)

朝天門外路，路坦坦、走瑤京。悔年少狂圖，爭名遠宦，為米孤征。星星。半凋鬢髮，事千端、回首只堪驚。居上新來悟也，渭川小隱初成。　　臨清。巧創幽亭。真富貴、享安榮。有猿鳥清謳，松篁森衛，檜柏雙旌。蛙鳴。自然鼓吹，桑林華、前後錦圍屏。須信早朝雞唱，未如夜枕灘聲。(呂勝己《木蘭花慢》)

以上兩詞均描述了亭周圍優美清幽的景色，藉以抒發詞人忘情山水，不問世事，以求隱居山林的心態。其它如朱敦儒、李祁、倪偁、張掄、韋能謙、管鑒、吳儆、丘崈、辛棄疾、趙長卿、趙善括、陳三聘等詞人也有這方面的詞作。

4、作為感情觸媒，引發富貴閒愁

小亭閒適優美的景色，也會觸發多愁善感的宋代詞人以淡淡的富貴閒愁來。如「深院花鈿地。淡淡陰天氣。小榭風亭朱明景，又別是、愁情味。　　有情奈無計。漫惹成憔悴。欲把羅巾暗傳寄。細認取、斑點淚。」(杜安世《卜算子》)風亭水榭明媚的春光，卻觸發了詞人淡淡的離情別緒。「誰將春信到長安。江南臘向殘。玉妃何事在人間。冰肌瑩素顏。　　新月上，怯輕寒。香心破紫檀。數枝斜傍小亭閒。黃昏人倚闌。」(曹勳《阮郎歸》)乍暖還寒時節，新月初上時分，詞人靜倚閒亭，一股莫名的愁緒惹上心頭。「疏雨過，芳節到戎葵。纏臂細交紋線縷，稱身初試碧綃衣。閒步小亭池。

花下意，脈脈有誰知。試把花梢和恨數，因看蝴蝶著雙飛。凝扇立多時。」(盧祖皋《望江南》)初春時節，疏雨剛過，一派清新氣象，使人倍感愉悅，因而詞中主人公也禁不住換上春裝，閒步小亭，去感受春光的美好，然而當看到花叢中的蝴蝶雙飛，相思之苦油然而生。

　　由此可見，「觀賞性亭」意象所蘊涵的的思想內核和情感意緒就是「閒」：閒適之景、閒適之趣、閒適之情。更重要的是，通過這類具有「閒適」審美意韻的「亭」意象在宋詞中的巧妙運用，便構築出了種種閒雅、靜謐的詞境，從而大大增強了宋詞的藝術魅力，其藝術表現大致如下：

　　首先，詞人常在「觀賞性亭」意象前附加一些修飾詞，諸如「閒亭」、「風亭」、「江亭」、「小亭」、「虛亭」、「水亭」、「池亭」、「野亭」、「溪亭」、「幽亭」、「涼亭」、「茅亭」、「山亭」、「竹亭」、「林亭」、「草亭」等等，這些具有輕巧、閒雅意味的形容詞和「亭」意象結合在一起，便呈現出優美閒適之境。如「散發步閒亭」（蔡伸《水調歌頭》時居莆田），「風亭月榭閒相倚」（柳永《木蘭花》杏花），「小亭初報一枝梅」（晏幾道《胡搗練》），「修水濃青，新條淡綠，翠光交映虛亭」（黃庭堅《滿庭芳》），「曲闌斜轉小池亭」（周邦彥《浣沙溪》），「小亭露壓風枝動」（舒亶《菩薩蠻》），「山川林木野亭空」（張繼先《望江南》），「遙想溪亭瀟灑，稱晚涼新浴」（趙長卿《好事近》雨過對景），「獨坐溪亭數落花」（陳三聘《減字木蘭花》），「瀟灑水亭無暑」（張輯《廣寒秋》寓鵲橋仙），「水邊行過幽亭，修竹淨堪數」（吳潛《祝英臺近》），「異芳止合在林亭」（楊澤民《浣溪沙》蘭），「山青青。水泠泠。養得風煙數畝成。乾坤一草亭」（周密《吳山青》賦無心處茅亭），詞人們在這些閒適、清幽的景色中，盡情地宣泄自己的情感。

　　其次，通過「觀賞性亭」意象和其它意象疊加的手法來營構詞境。宋代詞人通常用來和「觀賞性亭」意象疊加的意象主要有山、水、竹、梅、松、菊、蓮、蘭、雨、雲等，這些能引發讀者傳統聯想的意象和「觀賞性亭」意象有機結合在一起，便構成了優美閒雅而又清幽靜謐的詞境。

　　實際上，亭與山、水以及竹、梅、松、菊、蓮、蘭等花木意象的的組合多有其建築學上的原因。我們知道，亭的建造不僅講究空間

美，也追求意境美，正如覃力先生所言「亭不僅與周圍的自然環境融為一體，相映生輝，而且講究建亭的『意境』，創造了許多高於自然的『理想美』。」〔註16〕古人云：「智者樂水，仁者樂山。」（《論語·雍也》）臨山傍水一直是人們所嚮往的一種居住聖境，因而也是「觀賞性亭」建造的最佳場所，因為「山上建亭，宜於眺望，尤其是山巔山脊，視野開闊曠達，同時還可以構成優美的天際線。在自然風景區中，山高峰奇，雲興霞蔚，若借高山幻景，納四時爛漫，如日出、日落、雲海、霞光等，便會構成它處所絕少見到的奇幻景觀，是設亭觀景的最佳處所。」〔註17〕而「臨水建亭大都借助水的特性創造環境氣氛，水中可見浮光倒影，可觀魚蕩舟，可濯足品茗。水亦潺潺湍流，或淙淙如說似訴，或丁冬如音似樂。水畔之亭即是充分結合這些特點，利用波光水影和水色水聲去創造意境。」（覃力著《說亭》，山東畫報出版社 2004 年，86 頁），而且，亭不論置於何處，尤其是在園林或是自然風景區內建亭，都必須翼以花木而不使之孤立。花木的「姿」、「色」、「香」、「品」，不但使亭更添風韻，有時還作為建亭構景的主題，借花木而間接地抒發某種情感和意趣。因此，在花木的選擇上，多注重枝葉扶疏、體態瀟灑、色香清雅的品種，那麼，松、竹、梅、蘭、菊、蓮等便是亭旁最好的花樹配置。松，挺拔、堅韌，孔子曰：「歲寒，然後知松柏之後凋也。」（《論語·子罕》）因而，松象徵著仁人志士頑強的毅力、堅韌不拔的意志以及高超的人格；竹，外形美觀，其質堅韌不拔，氣勢衝霄，深具堅貞高潔的象徵意味，因而《紅樓夢》中林黛玉在大觀園住瀟湘館，四周皆種竹，一年四季龍吟細細，鳳尾森森，清幽絕塵。晉代王徽之居處，也是但有空隙，即令種竹，《世說新語·任誕》篇記載曰：「王子猷（按：王徽之，字子猷）嘗暫寄人空宅住，便令種竹。或問：『暫住何煩爾？』王嘯詠良久，直指竹曰：『何可一日無此君？』」蘇軾甚至讚歎道：「可使食無肉，不

〔註16〕覃力著《說亭》，山東畫報出版社 2004 年，134 頁。
〔註17〕覃力著《說亭》，山東畫報出版社 2004 年，83 頁。

可居無竹。無肉令人瘦，無竹令人俗」（《於潛僧綠筠軒》）；「玉琢青枝蕊綴金，仙肌不怕苦寒侵」（蘇軾《憶黃州梅花五絕》）的梅，更是心性高潔，孤傲清逸的象徵，讓人有脫俗之念，生妻梅之心；「蘭生幽谷，無人自芳」，其孤芳自賞的風喻，應是賢人逸士的高標自況；而傲霜的菊以及「出污泥而不染」的蓮則被周敦頤直言不諱地贊爲「花之隱逸者」和「花之君子者」。總之，以上花木千百年來以其幽芳逸致，風骨清高，不做媚世之態；滌人之穢腸而澄瀅其神骨，致人胸襟風度品格趣味於高尚之品性，深博世人的鍾愛，成爲一種人格品性的文化象徵，因而也成爲中國古典建築尤其是亭建築的最好裝飾，爲亭創造出一種清新閒雅的環境氣氛和淡泊閒適的幽雅意趣。正如王羲之所描述的「此地有崇山峻嶺，茂林修竹；又有清流激湍，映帶左右……仰觀宇宙之大，俯察品類之盛，所以遊目騁懷，足以極視聽之娛，信可樂也。」（《蘭亭集序》）生動地點出了蘭亭的景和境。因此，宋代詞人往往將「觀賞性亭」意象和山、水以及竹、梅、松、菊、蓮、蘭等花木意象組合在一起來寫景抒情，同時構築種種優美動人的詞境。如周邦彥的《隔浦蓮》（大石）詞云：

> 新篁搖動翠葆。曲徑通深窈。夏果收新脆，金丸落、驚飛鳥。濃靄迷岸草。蛙聲鬧。驟雨鳴池沼。　　　水亭小。浮萍破處，簾花簷影顚倒。綸巾羽扇，困臥北窗清曉。屏裏吳山夢自到。驚覺。依然身在江表

此詞作於詞人任溧水縣縣令期間。全詞「以樂景襯哀情」的手法，寫初夏的一個清晨，詞人信步園亭所見景色，藉以抒發詞人的鄉思之情和身世之慨。本詞寫景極其細膩生動，如一幅綠色油畫，而結構尤妙。上片全是旁景，換頭才點明主景「水亭」，且作者用「浮萍破處，簾花簷影顚倒」來點出小亭的位置所在，既寫了水，又寫了亭，水、亭相映，美不勝收。而詞的主旨卻在抒寫水亭中困臥北窗的詩人之感慨。「卒章顯其志」，如層層剝筍，越剝越深。此詞最爲生動之處在於全詞以「水亭」爲核心載體，組合「新篁」（竹）、「曲徑」、「夏果」、

「飛鳥」、「岸草」、「蛙聲」、「驟雨」、「池沼」、「浮萍」等意象勾勒了一幅生機盎然，清新幽美的初夏風景畫，讀來優美動人。

再如歐陽修的《漁家傲》：

　　　　一派潺湲流碧漲。新亭四面山相向。翠竹嶺頭明月上。迷俯仰。月輪正在泉中漾。　　　　更待高秋天氣爽。菊花香裏開新釀。酒美賓嘉眞勝賞。紅粉唱。山深分外歌聲響。

詞中以「新亭」疊加「流水」、「群山」、「翠竹」、「秋菊」等意象，營構出幽雅閒適之境，以抒寫詞人宴飲之樂。其它如「想蘭菊凋疏，松筠茂密，亭館清幽。四望遙山萬疊，疊疊翠光浮。」（呂勝已《八聲甘州》懷渭川作）、「荷蓋亭亭照水，紅蓼岸、蘆荻蕭颼。乘閒興，溪雲亭畔，終日看蓮遊。修篁栽欲遍，青松相映，兩徑成丘。」（沈瀛《滿庭芳》）等等，皆通過「亭」意象或組合「蘭」、「菊」、「松」、「竹」、「遙山」意象；或組合「蓮荷」、「修篁」、「青松」等意象構築清幽閒雅的詞境，從而增強了詞作的藝術感染力。

再看「觀賞性亭」意象和「雨」、「雲」的疊加。雨和雲都是永恒的自然現象，也都是古典詩詞中較爲常見的意象。首先，「雨」是一個意蘊豐富的意象，除了多用來抒寫離愁別恨、引發哀思憂愁外，它還可以給人營造新的大地，尤其是雨後景物一番新。故而宋詞中常用「亭」和「雨」的組合來摹景狀物。在這組意象的營構中，張元幹的《春光好》較爲典型：「疏雨洗，細風吹。淡黃時。不分小亭芳草綠，映簷低。」詞境清新自然，頗含閒適之趣。而「雲」飄浮空中、隨風卷舒，看上去舒緩悠閒，同時又給人一種超塵而高潔的感覺，這些特點極易讓人聯想到隱者閒適脫俗的品格風範。錢鍾書說：「『雲無心而出岫，鳥倦飛而知還』；舉凡雲意，雖有多種，多明無心。」〔註18〕「無心」亦即說明「雲」乃隱者無意功名利祿以及他們閒適自由心境的象徵。那麼，雲和具有「虛」、「空」特點的「觀賞性亭」組合，隱逸色彩將更加濃烈。宋詞中這組意象的疊加，當以周密的《吳山青》（賦無心處茅亭）

〔註18〕錢鍾書《管錐編》（第一冊），中華書局1986年，112頁。

爲代表：「山青青。水泠泠。養得風煙數畝成。乾坤一草亭。　　雲無心。竹無心。我亦無心似竹雲。歲寒同此盟。」詞境清幽靜謐，一派山林野趣，將詞人的閒適之情、隱逸之志表白的淋漓盡致。

　　總之，宋詞在這類「觀賞性亭」意象的點綴下更具藝術魅力，不僅增加了宋詞的富貴典雅氣息，也使宋詞更富畫面美、情趣美和意境美。另外，值得一提的是，「蘭亭」本來是一個有具體實名的景觀亭，但由於王羲之等人那次著名的的「蘭亭」聚會，「蘭亭」便具有了特定的文化內涵，因而，在宋詞中，它並非全然寫實，多數情況下是出於虛擬用典，成了一個具有特定象徵意義的意象，藉以抒寫宴飲之樂。如「風過漣漪紋縠細。十指香檀，驚破交禽睡。野蕨溪毛真易致。風流未減蘭亭會」（葛勝仲《蝶戀花》和王廉訪）、「蘭亭曲水擅風流。移宴向清秋。」（曾覿《訴衷情》史丞相宴曲水席上作）、「流觴高會，不減蘭亭，感懷書事，聊寄吟哦。升沉變化，任它造物如何。躡磴攀蘿。上衝霄、滿飲高歌。醉還醒，重宴畫樓，賞玩金波。」（曹冠《夏初臨》翠入煙嵐）、「序蘭亭，歌赤壁，繡衣香。使君千騎鼓吹，風采漢侯王。」（辛棄疾《水調歌頭》淳熙己亥，自湖北漕移湖南，總領王、趙守置酒南樓，席上留別）等等。但不論是寫實還是用典，都是出於情感表達和詞境營構的需要，在藝術上並無優劣之分，正如王國維在《人間詞話》中所云：「有造景，有寫景，此『理想』與『寫實』二派之所由分。然二者頗難分別，因大詩人所造之境必合乎自然，所寫之境亦必鄰於理想故也。」

第二節　宋詞中的「臺」意象及其藝術表現

　　「臺」也是宋詞中出現頻率較高的意象，諸如「高臺」、「荒臺」、「古臺」、「破臺」、「空臺」、「層臺」、「池臺」、「春臺」、「瑤臺」、「碧臺」、「瓊臺「、「陽臺」、「雲臺」、「鳳臺」等等，根據它們在詞中的不同運用，可將「臺」意象分爲「實寫之臺」和「虛擬之臺」兩大類，下面就對宋詞中的這兩類「臺」意象分別給予探討。

（一）境由象生——「實寫之臺」意象的審美內涵及詞境營構

　　宋詞中的「實寫之臺」意象是指臺作為一種建築實體而存在，在詞作中這類臺意象的運用一般表現為臺是詞作者的立足點、觀察點，是詞人創作的思維原點。詞人以這類「臺」意象為媒介，在語言的當下環境裏，借助其特有的審美內涵來寫景狀物、言志抒懷，並常常結合其它諸意象，發揮其當下營造詞境的作用。

　　其實，「實寫之臺」意象自古就出現在了古代文學作品之中，且多用於抒發悲愁之情，諸如「高臺多悲風，朝日照北林」（曹植《雜詩》）、「高臺不可望，望遠使人愁」（沈約《臨高臺》）、「憶歸休上越王臺，愁思臨高不易裁」（曹松《南海旅次》）、「萬里悲秋常作客，百年多病獨登臺」（杜甫《登高》）等等。我們知道，「中國古典文學，素有『以悲為美』的傳統。從《詩》中的『變風』、『變雅』起，歷經『蓋自怨生』的《離騷》、『慷慨有餘哀』的漢魏六朝詩歌，直到憂思宛轉的晚唐詩，所貫穿著的基本感情脈絡之一，便是一股對於個人身世，國家前途，無常人生的『憂患』情緒」。〔註19〕正是這種「普遍而深廣的憂患情緒」使中國古典文學呈現出感人的悲劇美學風貌。而臺正是表現「悲美」的審美意象之一，從而成為文人寄託悲愁的審美載體，其原因大致如下：

　　首先，臺建築體現了強烈的宇宙時空意識。當代建築美學學者王振復說：「在古人看來，人與建築文化的關係，實際上就是人與天地宇宙的關係，也就是說，是一個人在天地宇宙之間的地位、力量與形象到底怎樣的問題。」〔註20〕因而，在中國的古代建築思想中，彌漫著一種強烈的宇宙時空感。而臺這種建築的特點就是高大莊嚴，《爾雅》云：「四方而高者曰臺。」明代鍾惺在《梅花墅記》中

〔註19〕楊海明《論唐宋詞中的「憂患意識」》，見楊海明著《唐宋詞論稿》，浙江古籍出版社1988年，20頁。
〔註20〕王振復著《大地上的「宇宙」》，復旦大學出版社2001年。

云：「高者爲臺，深者爲室，虛者爲亭，曲者爲廊。」他用四個字概括了四種個體建築類型的四種不同的審美特徵，其中臺的主要特點就是「高」。李允鉌先生更認爲，「建造臺的目的有一種希望達到往高空伸展的意圖」。〔註21〕可見，臺正是以高聳入雲的實體充分體現了這種強烈的宇宙時空感，因而登臨其上使人深感自身的渺小、人生的短暫而感傷。故陳子昂登臨幽州臺發出了「前不見古人，後不見來者。念天地之悠悠，獨愴然而涕下」的千古悲愴之歎。其次，臺承載著歷史歲月的文化內涵而易讓人產生「繁華落盡臺何在」的滄桑之感。正如本文前面所述，由於亭臺樓閣自身的建築特點，它們自古就成爲帝王們顯示權威、人們炫耀自己經濟實力及富有程度的工具，而臺尤其如此。因爲臺莊嚴雄渾的氣勢使其成爲崇高、尊嚴以及權利的象徵，因而歷代帝王或出於宗教崇拜，或出於政治、軍事統治，或出於生活享樂的需要，莫不熱中於高臺的建築。早在先秦時期，《易・歸藏》中就有「昔有夏后啓筮享神於晉之墟，作璿臺於水之陽」的記載，表明啓曾造高臺祭祀神靈。劉向《新序・刺奢》亦記載有「紂爲鹿臺，七年而成，其大三里，高千尺，臨望雲雨」。後來，楚靈王建有章華臺；吳王夫差（一說闔閭）造有姑蘇臺。據記載，楚王在章華臺舉行盛宴，賓主要休息三次才能到達臺頂，故而又叫「三休臺」；而吳王築姑蘇臺，五年乃成，高二百丈，其規模之大，工程之巨，令人咋舌。另外，燕昭王爲招納賢才，懸賞千金而造「黃金臺」；越王句踐臥薪嘗膽，終於復國，爲打敗不可一世的吳王夫差而修建「越王臺」等等，莫不名噪一時。秦漢以來，由於神仙學說的流行，刺激了帝王們祈求昇天以期長生不老的願望，他們更是不惜花費鉅資建造高臺以通神明。《拾遺記》（卷四）載：「始皇起雲明臺（又作遊雲臺），窮四方之珍木，搜天下之巧工。」漢武帝也曾於建章宮中造漸臺、神明臺、井幹臺等。後來曹操於漢建安十五年（公元 210 年）在鄴城（今河北臨漳縣）起銅雀、冰井、金

〔註21〕李允鉌著《華夏意匠》，天津大學出版社 2005 年，69 頁。

鳳三臺，其中「銅雀臺高十丈，有屋百餘間，臺成，命諸子登之，並使爲賦」。（《水經注‧漳水》）銅雀臺便成了曹操雄霸天下的象徵。杜牧的「東風不與周郎便，銅雀春深鎖二喬」（《赤壁》）詩句，更使銅雀臺增添了香豔色彩。以上情況表明，臺一開始是和帝王聯繫在一起的，那麼這些沾染著帝氣王風的臺便有了歷史滄桑的文化內涵，從而給人以悲涼之感。最後，臺還是人們傳統上的思親望歸場所。當親人分離兩地，人們往往會築高臺相望，以表思念之情。如《水經注》卷二十二，「洧水」條記載曰：「水南有鄭莊公望母臺。莊姜惡公寤生，與段京居。段不弟，姜氏無訓。莊公居夫人於城潁。誓曰：『不及黃泉，無相見也。』故成臺以望母，用伸在心之思」；又漢代景帝之子，定王劉發，以其「母微無寵，故王卑濕貧國」（《漢書‧景十三王傳》），被封於長沙，因思念他卑微受苦的母親，便築臺以望母，後人稱爲「定王臺」；王昭君離家入宮後，鄉人也築臺而望，後人稱爲「昭君臺」，以至於後來還出現了遠離家鄉的征人所築的各種「望鄉臺」以及丈夫出征在外，妻子築臺以望夫的「望夫臺」，等等。可見，臺的這一功用無疑又爲臺注入了一層離情別緒的感傷色彩。

　　正是以上原因使臺在長期的文學實踐中成爲一個具有「悲美」美學內涵的文學意象而頻頻出現在文學作品之中，而這正和宋詞的感傷基調相吻合，因此臺也便成爲宋詞中出現頻率較高的意象之一，許多詞作都以「臺」爲背景展開詞意，藉以抒發各種悲愁之情：如「夜夜姑蘇城外，當時月，但空照荒臺」（柳永《西施》）、「廢榭蒼苔，破臺荒草，西楚霸圖冥漠」（賀鑄《玉京秋》）抒發的是歷史興亡之歎；「千古此時，清歡多少。鐵馬臺空但荒草。旅愁如海，須把金尊銷了」（李綱《感皇恩》）、「難求繫日長繩。況倦客飄零少舊朋。但江郊雁起，漁村笛怨，寒釭委燼，孤硯生冰。水繞孤圍，煙昏雲慘，縱有高臺常怯登。消魂處，是魚箋不到，蘭夢無憑」（陸游《沁園春》）、「喚起一襟涼思，未成晚雨，先做秋陰。楚客悲殘，誰解此意登臨。古臺荒、斷霞斜照，新夢黯、微月疏砧。總難禁。盡將幽恨，分付孤斟」（高

觀國《玉蝴蝶》）、「正自羈懷多感，怕荒臺高處，更不勝情」（姚雲文《紫萸香慢》）、「荒臺只今在否。登臨休望遠，都是愁處」（張炎《臺城路》送周方山遊吳）抒寫的則是羈旅之愁；「吟斷望鄉臺。萬里歸心獨上來。景物登臨閒始見，徘徊。一寸相思一寸灰」（蘇軾《南鄉子》）是寫離別相思之苦；「追往事，惜花殘。殘花往事總相關。風光臺上傷心處，此意人休作等閒」（趙長卿《鷓鴣天》春殘）、「此何夕。天水空明一碧。商量賦、如此江山，幾個斜陽了今昔。荒臺步晚色。沙鳥依稀曾識。啼鴂外，人遠未歸，江闊晴虹臥千尺」（劉之才《蘭陵王》賦胡伯雨別業）、「淒涼誰弔荒臺古。記醉躡南屏，彩扇咽、寒蟬倦夢，不知鸞素」（吳文英《霜葉飛》黃鐘商重九）抒發了感時傷今的無限愁緒；「被明月，佩寶璐，冠崔嵬。可憐幼好奇服，年老在塵埃。天地與吾同性，日月與吾同命，何事有餘哀。故國空喬木，野鹿上高臺」（汪莘《水調歌頭》）、「想故國、高臺月明。輦下風光，山中歲月，海上心情」（劉辰翁《柳梢青》春感）寫的是國土喪失之痛，等等。這些詞句都是通過具有「悲美」美學內涵的「實寫之臺」意象將詞人的千愁萬恨渲染得淋漓盡致。

當然，任何文學意象的內涵都不是單一的，而是意蘊豐富，具有不確定性，「實寫之臺」意象也是如此。隨著中國建築的發展，臺建築的觀賞性功能漸漸增強，像亭建築一樣，臺也成為人們生活中重要的人文景觀，作為登高覽勝之地，它可以擴大視野，供人披襟快意，獲得最充分的美感享受。正如清初文學家尤侗在其《亦園十景竹技詞》中所寫：「八尺高臺四面空，解衣盤礴快哉風。」晉塵亦云：「登臨恣望，縱目披襟，臺不可少。依山倚，竹頂木末，方快千里之目。」〔註22〕乃至於宋熙寧八年（1075），蘇軾知密州（今山東諸城）時，曾對州治西側之臺進行修葺，其弟蘇轍即為臺命名曰「超然臺」，由此可見，臺既能「給人帶來難以言表的悲涼蒼茫之感」，也「可讓人

〔註22〕韋明鏵《說臺》引清人李斗《揚州畫舫錄》卷十七，山東畫報出版社 2005 年，104 頁。

得到極目遠眺的愉悅之情」〔註23〕。因此這類「臺」意象除了具有「悲美」的美學內涵外，還是人們暢神、超然的情繫物，故而宋詞中也不少作品借助這類「臺」意象或描寫遊賞之樂，或抒發詞人登臺的愉悅、超然以及曠放之情。諸如「元宵似是歡遊好。何況公庭民訟少。萬家遊賞上春臺，十里神仙迷海島」（蘇軾《木蘭花令》）、「碧連天。晚雲閒。城上高臺，真個是超然」（蘇軾《江城子》）、「攜酒上高臺。與君開壯懷」（毛滂《菩薩蠻》）、「層臺勝日頻高眺。清輝爽氣自娛人，何妨稱意開顏笑」（徐俯《踏莎行》）、「閒上高臺，溪光山色，一洗襟塵俗」（沈瀛《念奴嬌》）等等。另外，臺作為景觀建築，除了具有「觀景」的作用外，也有「點景」、「組景」的作用，正如宗白華先生所云：「眺臺是供人登覽眺望之用，或擱高地、或插池邊，或與亭榭廳廊結合組景。」〔註24〕尤其是隨著園林建築的發展，臺也成為園林中不可缺少的建築小品之一而靈活地應用於園林建築之中，其中有專為眺望用的高臺，也有的臺是與建築組合在一起作為園景的中心，或成為園中不可缺少的襯景。」〔註25〕故而宋詞中的「寫實之臺」也成為寫景狀物的重要意象之一，許多寫景詠物小詞在這類「臺」意象的點綴下，更富詩情畫意。如「小徑紅稀，芳郊綠遍。高臺樹色陰陰見。春風不解禁楊花，濛濛亂撲行人面」（晏殊《踏莎行》）、「月樹花臺，珠簾畫檻，幾處堆金縷。不勝風韻，陌頭又過朝雨」（秦觀《憶秦娥》詠柳）、「數枝凌雪乘冰，嫩英半吐瓊酥點。南州故苑，何郎遺詠，風臺月觀。疏影橫斜，暗香浮動，水寒雲晚。」（孔榘《鼓笛慢》）、「柳絮池臺淡淡風。碧波花岫小橋通。雲連麗宇倚晴空。芳草綠楊人去住，短牆幽徑燕西東。夢條弄蕊得從容」（曹組《浣溪沙》）、「臘雪方凝，春曦俄漏，畫堂小秩芳筵。玉臺仙蕊，簾外冪瑤煙」（葛立方《滿庭芳》賞梅）等等。

〔註23〕韋明鏵著《說臺》，山東畫報出版社 2005 年，132 頁。
〔註24〕宗白華等著《中國園林藝術概觀》，江蘇人民出版社 1987 年，206 頁。
〔註25〕白麗娟《淺述中國傳統建築中的「臺」》，《故宮博物院院刊》1995 年第 3 期，43 頁。

　　由上所述，「實寫之臺」是一個兼具「悲美」和「暢神」雙重審美內涵的意象，詞人借助這類「臺」意象可以盡情地抒發他們或悲或喜的各種情志，從而使宋詞的意蘊更爲豐富多彩；同時，詞人還藝術性地運用其當下營造意境的作用，營構了種種動人的詞境，其詞境營構藝術如下：

　　首先，爲了充分地表達情感，詞人常在這類「臺」意象前附加不同的修飾詞來營造不同的詞境。如詞人爲了表達各種悲愁之情，就往往給臺附加一些「荒」、「古」、「破」、「空」等悲涼的修飾語來營構種種悲涼的詞境；而運用「高臺」、「層臺」、「池臺」、「風臺」、「月臺」、「花臺」、「玉臺」、「春臺」等意象則來營造或曠放、或閒雅的詞境，從而豐富了詞作的意境創造，也增強了詞作的藝術美感。

　　其次，組合其它諸意象。我們知道，「境由象生」，意象組合更有助於創造意境，那麼詞人將具有雙重審美內涵的「實寫之臺」意象靈活地組合其它不同內涵的意象，便會營構出種種不同的詞境。下面先來看一首高觀國的《玉蝴蝶》：

　　　　喚起一襟涼思，未成晚雨，先做秋陰。楚客悲殘，誰解
　　此意登臨。古臺荒、斷霞斜照，新夢黯、微月疏砧。總難禁。
　　盡將幽恨，分付孤斟。　　　從今。倦看青鏡，既遲勳業，
　　可負煙林。斷梗無憑，歲華搖落又驚心。想蓴汀、水雲愁凝，
　　閒蕙帳、猿鶴悲吟。信沉沉。故園歸計，休更侵尋。

這是一首悲秋感懷之詞，寫秋陰降臨而興起的羈旅情懷，進而表現了詞人強烈的思歸情緒。此詞藝術上最大的特點是「寓情於景」，一切情懷均用寫景來表現。詞人寫景以所登之「既古且荒」的「臺」爲核心意象，組合「秋陰」、「楚客」、「斷霞」、「斜照」以及天邊「微月」和耳中「疏砧」這幾個極易引起悲感的秋之意象，便營造了一個悲涼肅殺的詞境，讀之令人頓覺秋涼浸心。所謂「一切景語皆情語」（王國維《人間詞話》），外在的景觀是心境的外現，因而詞人的悲秋之情正是在這些意象的巧妙組合中得以盡情地宣泄。再看沈瀛的《念奴嬌》和晏殊的《踏莎行》：

　　萬般照破，無一點閒愁，縈繫心目。種柳栽花園數畝，
不覺吾廬幽獨。閒上高臺，溪光山色，一洗襟塵俗。小庵
深處，蕭然無限修竹。　　　　盡日閉卻柴門，故人相問，
扣戶來車轂。相對圍棋看勝負，更聽彈琴一曲。爾汝忘形，
高談劇論，莫遣人來促。村歌社舞，為予倒盡千斛。（沈瀛
的《念奴嬌》）

　　小徑紅稀，芳郊綠遍。高臺樹色陰陰見。春風不解禁
楊花，濛濛亂撲行人面。　　　　翠葉藏鶯，朱簾隔燕。爐
香靜逐遊絲轉。一場愁夢酒醒時，斜陽卻照深深院。（晏殊
的《踏莎行》）

前一首寫隱居生活的無限樂趣以及悠閒心態。上片是對隱居者住處的
景物描寫：詞人用「高臺」配以「溪光」、「山色」、「修竹」諸意象營
造了一個清幽閒雅的詞境，我們從中可以感受到那顆超塵脫俗的的詞
心。而晏殊的《踏莎行》描繪的是暮春時節特有的景色，上片寫郊外
景，下片寫院內景，最後以「斜陽卻照深深院」作結，流露出由暮春
而觸起的淡淡哀愁和人生遲暮之感，極為含蓄傳神。尤其是上片，用
「小徑」、「紅花」、「芳郊」、「綠草」、「高臺」、「樹蔭」、「春風」、「楊
花」、「行人」諸意象描繪了一幅具有典型特徵的芳郊春暮圖，意境清
新流麗，極富生趣。

　　總之，宋詞中的「實寫之臺」意象在語言的當下環境裏，使詞人
借助其所具有的「悲美」和「暢神」雙重的審美內涵抒發各種情志，
並發揮其當下營造意境的作用，營構了種種動人的詞境，不僅豐厚了
詞作的情感意蘊，也擴展了詞境的營構，從而大大增強了宋詞的藝術
表現力。

（二）境生象外——「虛擬之臺」意象的藝術性運用

　　宋詞中的「臺」意象除了上述實寫的之外，還有不少是出於虛擬，
是一種象徵，是詞人的藝術虛構，筆者在此稱之為「虛擬之臺」意象。
這類「臺」意象或者有歷史典故，或者有故事傳說，詞人一般是將其

作為「有意味的形式」，即作為典故來運用，它們在詞中突破了語言的當下環境，借其所積澱的意蘊，抒發某種情感，營造特別的氛圍和意境，並使意象有一種歷史的縱深感，不僅可以增強詞的思想內涵和歷史文化衝擊力，給人以悠遠、回味無窮的韻味，從而較好地傳達詞人的內心世界，而且使意境的營造有一種文化的厚重底蘊，讓詞作真正產生「境生象外」的作用。頻繁出現於宋詞中的「虛擬之臺」意象主要有「陽臺」、「瑤臺」、「雲臺」、「鳳臺」等，下面我們就分別來探討一下它們在詞中的藝術性運用。

1、陽臺

「陽臺」意象在宋詞中出現 70 餘次，是一個出現頻率較高的典故意象，出自宋玉的《高唐賦》序：

> 昔者楚襄王與宋玉遊於雲夢之臺，望高唐之觀，其上獨有雲氣，崒兮直上，忽兮改容，須臾之間，變化無窮。王問玉曰：「此何氣也？」玉對曰：「所謂朝云者也。」王曰：「何謂朝雲？」玉曰：「昔者先王嘗遊高唐，怠而晝寢，夢見一婦人曰：『妾巫山之女也，為高唐之客。聞君遊高唐，願薦枕席。』王因幸之。去而辭曰：『妾在巫山之陽，高丘之岨，旦為朝雲，暮為行雨。朝朝暮暮，陽臺之下。』旦朝視之，如言，故為立廟，號曰『朝雲』。」（南朝蕭統編《文選》卷十九）

可見，宋玉在文中虛構了楚懷王與巫山神女夢中歡會的故事，且神女自稱行雲行雨於陽臺之下，故「陽臺」便成為後世文學中描寫女性美和男女情愛的重要意象之一，而對於女性和男女情愛的描寫又是宋詞中常見的題材，因此「陽臺」意象自然會在詞中頻頻出現，甚至還出現了《陽臺路》、《陽臺夢》、《陽臺怨》、《高陽臺》等與之相關的詞牌。我們先來看方千里的《六么令》：

> 照人明豔，肌雪消繁燠。嬌雲慢垂柔領，紺佩濃於沐。微暈紅潮一線，拂拂桃腮熟。群芳難逐。天香國豔，試比春蘭共秋菊。　　當時相見恨晚，彼此縈心目。別後空憶

　　仙姿，路隔吹簫玉。何處欄干十二，縹緲陽臺曲。佳期重卜。
都將離恨，拚與尊前細留囑。

詞寫對意中人的相思懷念之情。上片歌詠意中人的美貌，下片寫別
後相思，作者懷念分別後的心上人，但不知她現在何處，詞中以「陽
臺」意象來借指心上人所居之處，也是暗將心上人和神秘的巫山神
女相比擬，從而使詞意含蓄，蘊味緜邈。再如劉仙倫的《永遇樂》
（春暮有懷）：「陽臺雲去，文園人病，寂寞翠尊雕俎。」這裏是用
「陽臺雲」喻指作者所懷戀的女子，用詞典雅，意蘊深厚。其它如
「陽臺一夢如雲雨。爲問今何處。離情別恨多少，條條結向垂楊縷」
（歐陽修《梁州令》）、「曾笑陽臺夢短，無計憐香玉」（晏幾道《六
么令》）、「至今狂客到陽臺。也有癡心，望妾入、夢中來」（解昉《陽
臺夢》）、「玉立佳人，韻不減、吳蘇小。賦深情、華年韻妙。疊鼓新
歌，最能作、江南調。縹緲。似陽臺。嬌雲弄曉」（賀鑄《惜奴嬌》）、
「背立向人羞，顏破因誰倩。不比陽臺夢裏逢，親向尊前見」（陳師
道《卜算子》）、「小窗驚夢，攜手似平生，陽臺路。行雲去。目斷山
無數」（曹組《驀山溪》）、「陽臺路遠，魚沉尺素，人在天涯」（周紫
芝《朝中措》）、「莫問吳霜點鬢，細與蠻箋封恨，相見轉綢繆。雲雨
陽臺夢，河漢鵲橋秋」（張元幹《水調歌頭》過後柳故居）、「陽臺雲
歸後，到如今、重見無期」（袁去華《長相思》）、「歸去十分準擬，
今宵夢裏陽臺」（袁去華《清平樂》）、「行雲斷、夢魂不到，空賦陽
臺」（張孝祥《多麗》）、「落葉西風時候。人共青山都瘦。說道夢陽
臺。幾曾來」（辛棄疾《昭君怨》）、「恰好良辰花共酒，斗尊前、見
在陽臺女。朝共暮，定何許」（陳亮《賀新郎》又有實告以九月二十
七日者，因和葉少蘊縷字韻並寄）、「目斷陽臺幽夢阻，孤負朝朝暮
暮」（周端臣《賀新郎》代寄）、「休題五朵，莫夢陽臺，不贈相思」
（張炎《塞翁吟》友雲）、「憶著前時歡遇。惹起今番愁緒。怎得西
風吹淚去。陽臺爲暮雨」（無名氏《謁金門》）等等，皆用「陽臺」
以及相關的「陽臺雲」、「陽臺女」、「陽臺行雨」、「陽臺雲雨」、「陽

臺雨」、「陽臺夢」、「夢陽臺」等意象，或代指男女相約歡會之所，或借詠歌妓以及被思戀的女子，或表現男女的歡會之情，充分體現了歷史典故的多義性，從而收到一典數用，語意翻新、疊出的藝術效果，並通過這些意象營造了種種含蓄雋永、纏綿悱惻的詞境，大大增強了詞作的藝術魅力。

2、瑤臺

「瑤臺」意象在宋詞中有「實寫之臺」和「虛擬之臺」兩種類型。作爲「實寫之臺」時，「瑤」乃一修飾詞而已，《淮南子·本經訓》記載曰：「晚世之時，帝有桀紂，爲璿室、瑤臺、象廊、玉床。」據漢代高誘注：「璿、瑤，石之似玉，以飾室臺也。」可見，瑤臺爲玉石構築之臺，因而在詞中作爲「實寫之臺」意象時，僅用作對臺的美稱。如「須信幽蘭歌斷，彤雲收盡，別有瑤臺瓊樹。放一輪明月，交光清夜」（柳永《望遠行》）、「瑤臺冷，欄干憑暖，欲下遲遲」（晁端禮《綠頭鴨》詠月）、「算惟有、瑤臺明月，照人如昔」（京鏜《滿江紅》中秋前同二使者賞月）等。但多數情況下，「瑤臺」在宋詞中還是作爲「虛擬之臺」意象來用。

古代神話傳說中的崑崙山上有十二瑤臺，乃神仙居住之所。（晉）王嘉《拾遺記》卷十，諸名山，「崑崙山」條云：

> 崑崙山有昆陵之地，其高出日月之上。山有九層，每層相去萬里。有雲色，從下望之，如城闕之象。四面有風，群仙常駕龍乘鶴，遊戲其間。四面風者，言東南西北一時俱起也。又有祛塵之風，若衣服塵污者，風至吹之，衣則淨如浣濯。甘露濛濛似霧，著草木則滴瀝如珠。亦有朱露，望之色如丹，著木石赭然，如朱雪灑焉。以瑤器承之，如飴。崑崙山者，西方曰須彌山，對七星之下，出碧海之中。上有九層，第六層有五色玉樹，陰翳五百里，夜至水上，其光如燭。第三層有禾穟，一株滿車。有瓜如桂，有奈冬生如碧色，以玉井水洗食之，骨輕柔能騰虛也。第五層有神龜，長一尺九寸，有四翼，萬歲則升木而居，亦能言。第九層山形漸小狹，下

　　有芝田蕙圃，皆數百頃，群仙種耨焉。傍有瑤臺十二，各廣
　　千步，皆五色玉為臺基。

可見，瑤臺為神話中僊人所居之處，又因在崑崙山上，亦稱「昆臺」，
在長期的文化積澱中，「瑤臺」成了超塵脫凡的仙境的象徵，故「瑤
臺」作為「虛擬之臺」意象出現在宋詞中時，便常用來歌詠仙境，並
多借「瑤臺」意象的超凡脫俗，化出種種美麗、高潔的詞境。如朱敦
儒的《念奴嬌》云：

　　插天翠柳，被何人，推上一輪明月。照我藤床涼似水，
　　飛入瑤臺瓊闕。霧冷笙簫，風輕環佩，玉鎖無人挈。閒雲
　　收盡，海光天影相接。　　誰信有藥長生，素娥新煉就、
　　飛霜凝雪。打碎珊瑚，爭似看、仙桂扶疏橫絕。洗盡凡心，
　　滿身清露，冷浸蕭蕭髮。明朝塵世，記取休向人說。

這是一首詠月詞，寫詞人藤床上神遊月宮之趣，詞中的「瑤臺」即代
指月宮仙境。其間詞人用清空的筆墨，以「月」為主導意象，組合「瑤
臺」、「冷霧」、「輕風」、「笙簫」、「環佩」、「閒雲」、「海光」、「天影」
諸意象勾畫出一個清冷澄澈、高遠脫俗的境界。這裏「瑤臺」雖僅是
作為眾多意象中一個小小的組合單位，但它的超凡脫俗為詞倍添幾分
清氣，使詞顯得清新不俗，再加上其所擁有的美麗的神話原型，更可
以激發人們諸多美妙的的想像，使詞產生回味無窮的美感。另外還有
「碧海無波，瑤臺有路。思量便合雙飛去」（晏殊《踏莎行》）、「狂情
錯向紅塵住。忘了瑤臺路。碧桃花蕊已應開，欲伴彩雲飛去。回思十
載，朱顏青鬢，枉被浮名誤」（晏幾道《御街行》）、「別夢已隨流水，
淚巾猶裛香泉。相如依舊是月瞿仙。人在瑤臺閬苑。」（蘇軾《西江
月》）、「簾外誰來推繡戶，枉教人、夢斷瑤臺曲。又卻是，風敲竹」
（蘇軾《賀新郎》夏景）、「點點輕黃減白，垂垂重露生鮮。肌香骨秀
月中仙。雪滿瑤臺曳練。」（陳師道《西江月》詠酴醾菊）、「清露濕
幽香。想瑤臺、無語淒涼。飄然欲去，依然如夢，雲度銀潢」（朱敦
儒《促拍醜奴兒》水仙）、「攜手西園宴罷，下瑤臺、醉魂初醒。吹簫
仙子，驂鸞歸路，一襟清興」（曾覿《水龍吟》）、「萬里蓬萊歸路。一

醉瑤颺風露。因酒得天全。笑指雲階夢，今夕是何年」（韓元吉《水調歌頭》席上次韻王德和）、「萬里瑤臺，乘風歸去，不知何夕。對冰輪孤負，欠千鍾酒，與三弄笛」（李曾伯《水龍吟》和韻）、「落暮雲深，瑤臺月下逢太白。素衣初染天香，對東風傾國。惆悵東闌，炯然玉樹獨立。」（張炎《華胥引》錢舜舉幅紙畫牡丹、梨花。牡丹名洗妝紅，爲賦一曲，並題二花），等等，這些優美的詞句在「瑤臺」意象的點綴下，更富清雅、高遠之氣。

3、鳳臺

「鳳臺」又稱「鳳凰臺」、「蕭臺」等，出自古代神話傳說蕭史弄玉的故事。漢劉向《列仙傳·蕭史》云：「蕭史者，秦穆公時人也。善吹簫，能致孔雀白鶴於庭。穆公有女字弄玉，好之，公遂以女妻焉，日教弄玉作鳳鳴。居數年，吹似鳳聲，鳳凰來止其屋。公爲作鳳臺，夫婦止其上不下數年。一旦，皆隨鳳凰飛去。故秦人爲作鳳女祠於雍宮中，時有簫聲而已。」後來「鳳臺」便成爲一個歌詠美好愛情的典故意象而被廣泛運用，詞牌《鳳凰臺上憶吹簫》也是從此典故而得。在宋詞中「鳳臺」意象被靈活地加以運用，有時正用此典來歌詠夫婦和美，如「仙翁笑酌金杯，慶兒女、團圓喜悅。嫁與蕭郎，鳳凰臺上，長生風月」（朱敦儒《柳梢青》季女生日）、「宴罷瑤池，御風跨皓鶴。鳳凰臺上，有蕭郎共約」（袁綯《傳言玉女》）、「鳳凰臺上聽吹簫。銀燭萬紅搖」（趙必王象《朝中措》賀益齊仿嗣娶婦）等；有時反用此典表達情人的離散相思之苦，如「鳳臺人散，漫回首。沉消息」（李甲《望雲涯引》）、「鳳臺癡望雙雙羽，高唐愁著夢回時」（毛滂《最高樓》春恨）、「雁字秋高，鳳臺人遠，明月自吹笙」（陳允平《少年遊》）、「吹簫臺冷秦雲暮。玉勒嘶風弄嬌步」（李呂《青玉案》春夜懷故人）、「夢斷簫臺無據，十年往事休追。忽然拈起舊來書。依舊長亭雙淚」（何夢桂《西江月》）、「簫臺應是怨別，曉寒梳洗懶，依舊眉嫵」（周密《齊天樂》），等等。總之，「鳳臺」意象在詞中的靈活運用，使詞風更添嫵媚柔婉之氣。

4、雲臺

（東漢）范曄《後漢書》卷二二《朱祐等傳論》記載曰：「永平中，顯宗追感前世功臣，乃圖畫二十八將於南宮雲臺，其外又有王常、李通、竇融、卓茂，合三十二人。」又，同書卷三二《陰識傳》附《陰興傳》云：「後以興領侍中，受顧命於雲臺廣室。」唐李賢注：「洛陽南宮有雲臺廣德殿。」可見，雲臺本是一實臺，爲漢代洛陽南宮中之高臺，因東漢明帝劉莊曾圖畫中興功臣三十二人於此，雲臺便被賦予了特定的文化內涵而成爲成功的象徵，並在長期的文學實踐中變成了一個常用來歌詠功臣顯宦的典故意象。我們知道，南宋因特殊的時代氛圍、文化心態，壽詞創作特別興盛，而讚頌志同道合的友人的功業德行正是壽詞的重要內容之一，那麼「雲臺」便成爲南宋壽詞中經常出現的意象，如「相門出相，和氣濃春釀。傳家冠佩雲臺上。龐眉扶壽杖」（張元幹《千秋歲》壽）、「本是紫庭梁棟，暫借雲臺耳月，驛傳小遊遨」（侯寘《水調歌頭》爲鄭子禮提刑壽）、「論法主長生，仍須極貴，雲臺絳闕，都許尙羊」（程珌《沁園春》壽王運使）、「要識雲臺高絕，更有鳳池深處。從今數。看千秋萬歲，永承明主」（程珌《喜遷鶯》壽薛樞密）、「事業方來，乾坤無盡，千古英雄不偶生。從茲去，看雲臺翼軫，麟閣丹青」（何夢桂《沁園春》）等等。另外，有些詞人也借助「雲臺」意象表達自己建功立業的雄心和願望，如曹冠的兩首詞中云：「吾儕勳業，要使列雲臺，擒頡利，斬樓蘭，混一車書道。」（《驀山溪》乾道戊子秋遊涵碧）、「丈夫志業，當使列雲臺，擒頡利，斬樓蘭，雪恥殲狂虜。」（《驀山溪》渡江詠潮）；但也有詞人借助「雲臺」意象來抒發功業難成的苦悶，如陸游的《醉落魄》：「空花昨夢休尋覓。雲臺麟閣俱陳迹。元來只有閒難得。青史功名，天卻無心惜。」總之，「雲臺」意象在詞中的藝術性運用不僅可以較好的表達詞意，也使詞更添豪邁之風。

綜上所述，宋詞中的「虛擬之臺」意象基本都是作爲典故來運用的，而典故對於詩詞創作的的作用，正如葛兆光先生所表述的「作爲

藝術符號的典故，乃是一個個具有哲理或美感內涵的故事的凝聚形態，它被人們反覆使用、加工、轉述，而在這種使用、加工、轉述過程中，它又融攝與積澱了新的意蘊，因此它是一些很有藝術感染力的符號。它用在詩歌裏，能使詩歌在簡練的形式中包容豐富的、多層次的內涵，而且使詩歌顯得精緻、富贍而含蓄。」〔註 26〕那麼，「虛擬之臺」意象對宋詞的藝術性作用亦是如此。

第三節　宋詞中的「樓(閣)」〔註27〕意象及其藝術表現

　　翻開《全宋詞》，詞作中的「樓」意象可謂琳琅滿目，蔚爲大觀，諸如青樓、妝樓、秦樓、翠樓、玉樓、碧樓、迷樓、繡樓、畫樓、風樓、瓊樓、層樓、重樓、高樓、城樓、江樓等等，形形色色，美不勝收，無疑給宋詞增加了一道亮麗的風景線。可見，相對於「亭」、「臺」意象而言，「樓」意象更加受到宋代詞人的青睞和垂青。因爲作爲中國古代建築的典型代表，樓與人們的關係更爲密切，它「不僅是一般人棲身、生活的建築空間，更是詩人們留連忘返的詩意處所。」〔註28〕

〔註 26〕葛兆光《論典故——中國古典詩歌中一種特殊意象的分析》，《文學評論》1989 年第 5 期，20 頁。

〔註 27〕儘管最初樓和閣實爲兩種不同的建築：樓是屋上建屋，而閣是在高架的木構架平臺之上建屋；樓的上下層都是使用空間，而閣只有上層才是使用空間；樓與軍事用途有關，一般是爲了便於眺望敵情和堅強防禦，而閣下層架空，上層一般乃爲儲藏實物之用，「束之高閣」一詞即由此而來。「但是，隨著使用功能的變化，以及建造技術的發展，樓與閣在兩千多年的發展歷程中，已經逐漸地相互靠近，到後來，更是形制上基本趨同，樓閣並稱了……唐宋以降，樓與閣更加趨於融合，它們從結構構造方式、空間特徵到外觀造型，都已經沒有什麼本質上的區別了。取名爲『樓』抑或是『閣』，全憑個人喜好，惟求古雅，並不會去深究樓閣二字涵義上的差別……這就說明，隨著時代的變遷，已使得源頭不同的兩種建築概念——樓與閣，最終合二爲一了。」（參見覃力著《說樓》，山東畫報出版社 2004 年，8～10 頁。）故本文在此將「樓」、「閣」意象合在一起通稱爲「樓」意象來論述。

〔註 28〕吳秀紅《樓與宋詞》，《尋根》2006 年第 5 期，94 頁。

正如韓璽吾先生所表述的：「樓作爲一種建築實體，與人的聯繫自是十分密切。一方面，樓爲人們提供了棲身之所，而對於婦女來說，則更是甚然。在大多數情況下，『樓』也就成了她們活動的僅存空間。由此出發，『樓』既是其棲身之所，實則是其生命的桎梏，同時又是其賴以與外界溝通的重要場所。所以，唐宋詞中頻繁地出現『畫樓』、『玉樓』、『鳳樓』、『碧樓』、『紅樓』、『青樓』……等意象；另一方面，樓因其高出平蕪，上與天接，既可供人們憑欄觀賞，又無形之中起到了溝通天、地、人的作用，故而非常自然地將人導入天人合一的境界，引人哲理的沉思。所謂『登茲樓以四望兮，聊暇日以銷憂』；『登斯樓也，則有去國懷鄉，憂讒畏譏，滿目蕭然，感極而悲者矣。……登斯樓也，則有心曠神怡，寵辱皆忘，把酒臨風，其喜洋洋者矣』，正好指出了這一點。故而唐宋詞中出現了眾多的倚樓意象。」〔註29〕再加上宋代城市繁華，促進了樓的建築更爲繁盛，這在宋代各類史料筆記中均有記載，此不贅述。那麼「高樓林立，自然爲宋代各類人物提供了典型的活動環境。對於男性來說，樓是他們經常流連徘徊的場所。因時代悲劇使然，宋人既沒有馳騁疆場建功立業的機會，也沒有『功名祇向馬卜取，眞是英雄一丈夫』（岑參《送李副使赴磧石官軍》）的豪邁氣慨，他們往往流連於歌樓酒肆，徘徊於落日樓頭，低吟淺唱，無語凝望。而對於女性來說，樓則不僅是她們幾乎全部的生命空間，更是她們通向外界的唯一橋梁。閨樓幽深而足不能出戶，佇立樓頭，思人懷遠，往往憂怨成詞。」〔註30〕正是在這種社會環境下，宋詞中才出現了眾多的登樓之作，形形色色的「樓」意象也會頻頻出現。根據樓的性質以及與人們的關係，可將宋詞中的「樓」意象分爲「女性所居之樓」和「男性抒懷之樓」兩大類。

〔註29〕韓璽吾《唐宋詞中的樓意象及其營構藝術》（《河南師範大學學報》（哲學社會科學版）1998 年第 6 期，74～75 頁。
〔註30〕鄔華芬《宋詞中「樓」意象及其美學內涵探析》，《西南民族大學學報》（人文社科版），2005 年第 9 期，156 頁。

（一）「玉樓深處，有個人相憶」——女性所居之樓

女性所居之樓主要是指少女少婦所居的閨樓和歌妓舞女所處的青樓、歌舞樓等。這類樓在宋詞中主要以紅樓、青樓、秦樓、碧樓、翠樓、玉樓、迷樓、畫樓、畫閣、繡樓、繡閣、妝樓、鳳樓、朱樓、朱閣、珠樓、瓊樓、錦樓、梳洗樓、鴛鴦樓、水晶樓等出現，它們在宋詞中的藝術性作用主要表現在以下兩方面：

1、有助於增添宋詞的陰柔香豔色彩

詞本產生於歌樓酒肆，是娛賓遣興聊以佐歡的工具，因此詞自誕生之日起就形成了用綺麗香豔的措辭和婉媚細膩的筆致來描摹女性的容貌體態以及男女戀情等香豔內容的傳統，正所謂「綺筵公子，繡幌佳人，遞葉葉之花箋，文抽麗錦；舉纖纖之玉指，拍按香檀。不無清絕之辭，用助嬌嬈之態」。（趙崇祚《花間集・序》）這種「詞為豔科」的創作傳統在宋代婉約詞人那裏得以接受，並在詞中得到進一步的表現，而「女性所居之樓」意象正是有助於表現宋詞香豔之美的最好載體之一。

首先，「女性所居之樓」意象因為和女性聯繫在一起，便具有了「香豔」的審美內涵，故而在詞中常常為表現豔情的題材、內容服務。我們知道，在封建社會中，女性更多地被禁錮在樓閣庭院之中，樓既是她們重要的生存空間，也是她們賴以與外界溝通的重要場所。因此，這裏不僅是各類佳人的薈萃之地（既有深居閨中春愁閨怨的少女思婦，也有在歌樓酒肆祐酒佐歡、娛賓遣興的歌妓舞女）：

歸去來，玉樓深處，有個人相憶。（柳永《歸朝歡》）

十月小春梅蕊綻。紅爐畫閣新裝遍。錦帳美人貪睡暖。
（歐陽修《漁家傲》）

玉人應在，明月樓中畫眉懶。（晏幾道《撲蝴蝶》）

斜日高樓明錦幕。樓上佳人，癡倚闌干角。（秦觀《蝶
戀花》）

　　輕衫如霧，玉肌似削，人在畫樓深處。（周紫芝《永遇樂》
五日）

　　落日水熔金，天淡暮煙凝碧。樓上誰家紅袖，靠闌干
無力。（廖世美《好事近》夕景）

　　樓上念遠佳人。心隨沈水，學蘭炷俱焚。（曹勳《念奴嬌》）

　　小樓深靜。睡起殘妝猶未整。（康與之《減字木蘭花》）

　　春風樓上柳腰肢。初試花前金縷衣。嫋嫋娉娉不自持。
晚妝遲。畫得蛾眉勝舊時。（陸游《豆葉黃》）

　　穿針人在合歡樓，正月露、玉盤高瀉。（嚴蕊《鵲橋仙》）

　　東南自古繁華地，歌吹揚州。十二青樓。最數秦娘第
一流。（賀鑄《羅敷歌》）

　　青樓春晚。畫寂寂、梳勻又懶。（呂渭老《薄幸》）

　　韻高全似玉樓人。幾時勸酒不深斟。（劉過《浣溪沙》）

　　樓上佳人楚楚，天邊皓月徐徐。（劉過《西江月》武昌妓
徐楚楚號問月索題）

　　那日青樓曾見、似花人。（姜夔《虞美人》）

又是風流才子依紅偎翠、尋歡作樂的冶遊之鄉：

　　小樓深巷狂遊遍，羅綺成叢。就中堪人屬意，最是蟲
蟲。（柳永《集賢賓》）

　　青樓宴，靚女薦瑤杯。（張先《望江南》與龍靚）

　　追想少年，何處青樓貪歡樂。（歐陽修《看花回》）

　　紅樓昨夜相將飲。月近珠簾花近枕。銀缸照客酒方酣，
玉漏催人街已禁。（歐陽修《玉樓春》）

　　記得山翁往少年。青樓一笑萬金錢。（毛滂浣溪沙》）

　　換酒春壺碧，脫帽醉青樓。（朱敦儒《水調歌頭》）

　　舞低楊柳樓心月，歌盡桃花扇底風。（晏幾道《鷓鴣天》）

　　十千斗酒，相與買春閒，吳姬唱，秦娥舞。拚醉青樓
暮。（易祓《驀山溪》春情）

更是無數溫馨愛情故事的上演之所：

> 知幾度、密約秦樓盡醉。仍攜手，眷戀香衾繡被。(柳永《長壽樂》)

> 樓下雪飛樓上宴。歌咽笙簧聲韻顫。尊前有個好人人，十二闌干同倚遍。(張先《木蘭花》)

> 鬥草階前初見，穿針樓上曾逢。羅裙香露玉釵風。靚妝眉沁綠，羞臉粉生紅。(晏幾道《臨江仙》)

> 西樓月下當時見，淚粉偷勻。歌罷還顰。恨隔爐煙看未真。(晏幾道《採桑子》)

> 金鞭美少年，去躍青驄馬。牽繫玉樓人，繡被春寒夜。(晏幾道《生查子》)

> 良宵記得，醉中攜手，畫樓月皎風清。(晁端禮《雨中花》)

> 每每秦樓相見，見了無限憐惜。(秦觀《品令》)

> 長記去年時。雪滿征衣。佳人攜手畫樓西。(吳潛《浪淘沙》)

由此看來，這種沾染著濃厚脂粉氣的「女性所居之樓」意象便成為宋詞中描寫女性美以及男女風月戀情的的重要道具之一，從而增加了宋詞的香豔色彩。

其次，樓與不同的詞語組合則呈現出不同的詞境，而詞中常與「女性所居之樓」相配的修飾辭都是些精巧富麗，眩人眼目的詞彙，因而意象本身即呈現出香豔綺靡之境，而且又常常組合其它具有香豔色彩的意象群，諸如「佳人」、「玉人」、「美人」、「繡簾」、「綺窗」、「香衾」、「繡被」等等，從而構築出種種綺麗香豔的詞境。如周邦彥的《花心動》(雙調)：

> 簾卷青樓，東風暖，楊花亂飄晴晝。蘭袂褪香，羅帳褭紅，繡枕旋移相就。海棠花謝春融暖，偎人恁、嬌波頻溜。象床穩，鴛衾謾展，浪翻紅縐。　　一夜情濃似酒。香汗漬鮫綃，幾番微透。鶯困鳳慵，婭奼雙眉，畫也畫應難就。問伊可煞□人厚。梅萼露、胭脂檀口。從此後、纖腰為郎管瘦。

此詞是對風流才子和青樓女子歡愛的描寫，詞中用「青樓」組合「羅帳」、「繡枕」、「象床」、「鴛衾」、「香汗」、「鮫綃」、「胭脂」、「檀口」、「纖腰」等香軟意象營造了一個男歡女愛的溫柔鄉，風格香豔綺靡，進一步增添了宋詞的綺麗香豔之美。其它如朱敦儒的《滿庭芳》和無名氏的《更漏子》等也是這方面的代表：

> 花滿金盆，香凝碧帳，小樓曉日飛光。有人相伴，開鏡點新妝。臉嫩瓊肌省粉，眉峰秀、波眼宜長。雲鬟就，玉纖溉水，輕笑換明璫。　　檀郎。猶恣意，高歌鳳枕，慵下銀床。問今日何處，鬥草尋芳。不管餘酲未解，扶頭酒、親捧瑤觴。催人起，雕鞍翠幰，乘露看姚黃。（朱敦儒《滿庭芳》）

> 畫樓深，春晝永。簾幕東風微冷。鶯囀罷，燕歸來。佳人午夢回。　　鬢釵橫，眉黛淺。一搦楚腰纖軟。推繡戶，倚雕闌。無言看牡丹。（無名氏的《更漏子》）

2、有助於構築深邃幽靜的詞境

況周頤《蕙風詞話》說：「詞境以深靜為至。境至靜矣，而詞中有人，如隔蓬山；思之思之，遂由淺而見深。」王國維《人間詞話》論詩詞之別云：「詞之為體，要眇宜修，能言詩之不能言，而不能盡言詩之所能言。詩之景闊，詞之言長。」故詞境求靜，至靜方能深，才能達到「要眇宜修」的詞體之美。而深靜詞境的的營造必須借助於一定的意象，「女性所居之樓」正是有助於構築深靜意境的文學意象之一。「文震亨《長物志・室廬》寫道：『亭臺具曠士之懷，齋閣有幽人之致。』這是用擬人化的對比手法，概括了兩類個體建築迥然有異的性格特徵，一種是以亭、臺為代表的敞曠性格，它具有曠士般的襟懷；一種是以齋、閣為代表的幽閉性格，它具有幽人般的情致。」〔註31〕文震亨在《長物志・室廬》中又云：「樓閣，作房闥者，須迴環窈窕；供登眺者，須軒敞宏麗；藏書畫者，須爽塏高深……」

〔註31〕金學智著《中國園林美學》，江蘇文藝出版社 1990 年，162～163 頁。

可見，樓閣尤其是居樓具有一種深邃、幽閉的個性美特徵，那麼「女性所居之樓」意象在詞中的巧妙運用便會營造出深邃幽靜的詞境。秦觀的《浣溪沙》堪稱代表，詞云：

> 漠漠輕寒上小樓。曉陰無賴似窮秋。淡煙流水畫屏幽。
> 自在飛花輕似夢，無邊絲雨細如愁。寶簾閒掛小銀鈎。

此詞最大的特點就在於詞人用高超的藝術手法營建了一個無比美妙的藝術世界。詞人巧妙選用精巧幽靜的「小樓」來組合因有分割功能而具「深幽」審美內涵的「畫屏」和「寶簾」意象，再配以樓內畫屏之上淡淡的炊煙和流水，樓外自在的飛花和無邊的絲雨，一個清幽深靜的境界便如在目前，我們從中可以感覺到女主人公那無言的寂寞和淡淡的憂傷。正如繆鉞先生所分析：「吾人讀秦觀此作，似置身於另一清超幽迥之境界，而有淒迷悵惘難以為懷之感。雖李商隱詩，意味亦無此靈雋。此則詞之特殊功能。蓋詞取資微物，造成一種特殊之境，藉以表達情思，言近旨遠，以小喻大，使讀者驟遇之如在耳目之前，久誦之而得雋永之趣也。」〔註32〕另如「小閣陰陰人寂後。翠幕褰風，燭影搖疏牖。夜半霜寒初索酒。金刀正在柔荑手」（周邦彥《蝶戀花》）、「楊花飄盡。雲厭綠陰風乍定。簾幕閒垂。弄語千般燕子飛。小樓深靜。睡起殘妝猶未整。夢不成歸。淚滴斑斑金縷衣」（康與之《減字木蘭花》）等等，皆通過「女性所居之樓」意象的靈活運用，構築了種種深邃幽靜的詞境，體現了宋詞之美。

另外，詞中「女性所居之樓」意象有時還與「獨倚」、「空倚」等體態語相組合。「倚樓」遠眺本來是才子佳人用來排遣愁苦之情的慣常動作，這種意象在詞中也經常出現。而再配以「獨」、「空」等修飾語，便構成了沉鬱而幽深的詞境。如「日高花榭懶梳頭。無語倚妝樓」（柳永《少年遊》）、「獨倚青樓吟賞，目前無限輕盈」（杜安世《河滿子》）、「獨自倚妝樓。一川煙草浪，襯雲浮」（吳淑姬《小重山》春愁）

〔註32〕繆鉞著《繆鉞說詞》上海古籍出版社 1999 年，6 頁。

「明月斜侵獨倚樓。十二珠簾不上鉤」（李重元《憶王孫》秋詞）、「思悠悠。悵望王孫空倚樓。」（仲並《憶王孫》秋閨）等等。

總之，「女性所居之樓」意象在宋詞中的運用，不僅顯示了其自身的文學藝術魅力，也增強了宋詞的藝術美感，是一個頗值得關注的文學意象。

（二）「登茲樓以四望，聊暇日以銷憂」——男性抒懷之樓

登樓也是中國文人士大夫喜愛的登臨行為之一，自從漢末建安七子之一的王粲寫了著名的《登樓賦》，登樓抒懷作品便大量產生，因而「男性抒懷之樓」便成為一個具有特殊審美價值的文學意象常常出現在文學作品之中。宋詞中的「樓」意象絕大多數為這種類型，所謂「層樓」、「重樓」、「高樓」、「危樓」、「戍樓」、「江樓」、「城樓」等即多屬此類，其在宋詞中的靈活運用自然也對詞作產生了重要的藝術性影響。

1、進一步增強了宋詞的感傷美

和「女性所居之樓」所具有的幽閉特徵不同，「男性抒懷之樓」多高遠寬敞，即如前引文震亨《長物志·室廬》中所云：「樓閣……供登眺者，須軒敞宏麗」是也。這類樓多建在山水形勝處，它們或臨水，或懸高，本可令人心曠神怡，但因「登臨生悲」的傳統抒情模式，這類樓意象便成為一個寄寓愁情的載體，因而在文學作品中多用它來抒發各種愁苦之情，宋詞自然也不例外。

宋詞中的「男性抒懷之樓」簡直成了各種愁思的彙集點，詞人借助這類「樓」意象或抒憂國憂民之憤，或述胸中不平之事，或發相思離別之情，或歎人生之艱辛，或道羈旅行役之酸楚，或歎國破家亡之淒苦，形形色色，不一而足。如「明月樓高休獨倚。酒入愁腸，化作相思淚」（范仲淹《蘇幕遮》懷舊）寫羈旅思鄉之苦，「高樓把酒愁獨

語，借問春歸何處所」（歐陽修《玉樓春》）言生命空逝之悲，「六朝遺恨連江表。都分付、倚樓吟嘯」（仲殊《金蕉葉》）感歷史興亡之悲，「萬里中原烽火北，一尊濁灑戍樓東，灑闌揮淚向悲風」（張孝祥《浣溪沙》）訴故國難再之恨，「獨上高樓臨暮靄。憑暖朱闌，這意無人會」（杜安世《蘇幕遮》）、「天遠難窮休久望，樓高欲下還重倚。拚一襟、寂寞淚彈秋，無人會」（辛棄疾《滿江紅》）則歎壯志難酬，知音難覓之痛，等等。

　　值得注意的是，宋代文人不僅借助這類樓意象來抒發各種愁思之情，更有甚者，有些詞人還在詞中或明或暗地表達他們懼怕登樓的內心感受。試讀以下詞句：

　　寶釵分，桃葉渡。煙柳暗南浦。怕上層樓，十日九風雨。（辛棄疾《祝英臺令》）

　　小樓柳色未春深。湘月牽情入苦吟。翠袖風前冷不禁。怕登臨。幾曲闌干萬里心。（張輯《闌干萬里心》）

　　都道晚涼天氣好，有明月、怕登樓。（吳文英《唐多令》）

　　怕上高樓，歸思遠、斜陽暮鴉。（吳《長相思慢》）

　　只為相思怕上樓。離鸞一操恨悠悠。（趙必𤩰象《浣溪沙》）

　　空懷感，有斜陽處，卻怕登樓。（張炎《甘州》）

　　獨憐水樓賦筆，有斜陽、還怕登臨。（張炎《聲聲慢》）

　　水悠悠。長江望數據無歸舟。無歸舟。欲攜斗酒，怕上高樓。（汪元量《憶秦娥》）

　　風花將盡持杯送。往事只成清夜夢。莫更登樓。坐想行思已是愁。（張先《偷聲木蘭花》）

　　莫上危樓。樓迥空低雁更愁。（王千秋《減字木蘭花》）

　　勸君莫上玉樓梯，風力勁。山色暝。忍看去時樓下徑。（周紫芝《天仙子》）

　　明日相思莫上樓，樓上多風雨。（游次公《卜算子》）

　　莫上小樓高處望，樓前詰曲來時路。（黃機《滿江紅》）

樓高莫上，魂消正在，搖落江籬。（吳文英《採桑子慢》）

明月樓高休獨倚。酒入愁腸，化作相思淚。（范仲淹《蘇幕遮》）

樓底輕陰。春信斷，怯登臨。（章楶《聲聲令》）

不難看出，以上詞句中均直截了當地在「樓」意象前加上「怕」、「怯」、「莫」、「休」等字，直接表達出詞人懼怕登樓的心理。此外，有些詞人還用「危樓」意象來含蓄地流露這一內心情感。如「危樓欲上危腸怯」（《賀鑄《木蘭花》》，「莫上危樓。樓迴空低雁更愁」（王千秋《減字木蘭花》），休去倚危樓，斜陽正在，煙柳斷腸處（辛棄疾《摸魚兒》），「怕傷心，休上危樓高處」（何夢桂《喜遷鶯》）「不知供得幾多愁。更斜日、憑危樓」（石延年《燕歸梁》），「黃昏也，獨自倚危樓」（趙鼎《小重山》》），「怯上翠微，危樓更堪憑晚」（吳文英《惜秋華》）等等。粗略檢索《全宋詞》，「危樓」意象出現竟達 80 餘處，而和其意象接近的「危欄（闌）」意象也在詞中出現 70 餘次，這是一個值得坑味的現象。從意象內涵角度看，宋詞中「危樓」的含義既非等同於現代意義上的「危房」，意謂「樓破欲坍塌」；也並非指一般意義上的「高樓」，如李白詩中所描寫的「危樓高百尺，手可摘星辰。不敢高聲語，恐驚天上人」（《夜宿山寺》），詩中以極盡誇張的手法描寫了樓之高，然而非但沒有「高處不勝寒」的感慨，反給人曠闊感，以星夜的美麗引起人們對高聳入雲的「危樓」的嚮往。許慎《說文解字》卷九下云：「危，在高而懼也。」細細玩味詞中之意，宋詞中的「危樓」意象其實寫的是人的心理感受，是詞人懼怕登樓心理的一種委婉含蓄的流露。

宋代文人之所以會產生這種懼怕登樓的心理，除了本文緒論中所論述的「登臨易生悲」的客觀原因外，更重要的是宋人本身是憂鬱的。因為登樓易生愁，即使無愁者登臨也會生愁，正如王昌齡在《閨怨》詩中所云：「閨中少婦不知愁，春日凝妝上翠樓。忽見陌頭楊柳色，悔教夫婿覓封侯。」詩中的「少婦」本「不知愁」，但是一上翠樓賞

春，便觸景生愁，悔之莫及。那麼，心中本已有憂愁者登臨時自然會愁上加愁了。如王粲滯留荊州時，因久客他鄉，才能又不得施展，心中充滿了懷鄉思歸之情和懷才不遇之憂，這時他登上當陽城樓，本是想「聊暇日以銷憂」，其結果卻是「心悽愴以感發兮，意忉怛而慘惻」（《登樓賦》）。而宋代詞人正是一個憂鬱的群體，他們比以往任何時代的文人有著更為強烈的憂患意識，宋代社會矛盾日益激化，國家積弱，志士仁人有志難酬，生命短促的感傷和社會價值難以實現的悲哀交織在一起，形成他們多愁善感且陰柔化的個性，所以他們往往「過早地感受到了將使萬物衰敗的『秋氣』」，而「出現憂患人生的遲暮之感」。 那麼，他們登樓就更易產生「去國懷鄉，憂讒畏譏，滿目蕭然，感極而悲」的憂愁情狀，也只會像王粲那樣消愁不得反更生憂。更何況登樓的背景又多是斜陽正在、落日摟頭之時，詞人獨倚危樓，憑高目斷。 宋人厭倦了外在事功，而「轉向內心，在個人的情感生活中品位人生存在的價值和意義」，〔註33〕對自身深層的孤獨心理亦有了深刻的認識，所以他們往往選擇在日暮黃昏之時獨自登樓以內省。「一眉山色為誰愁。黃昏也，獨自倚危樓」（趙鼎《小重山》）、「不知供得幾多愁。更斜日、憑危樓」（石延年《燕歸梁》）。我們知道，由夕陽暮藹為中心所構成的黃昏景象，灰濛一片，缺乏明麗的色彩，再加上又值倦鳥歸巢，漁人舟回這萬物歸憩的時刻，本身就極易引發文人們悲怨孤苦的內心情感，那麼，多愁善感的詞人此時獨自登樓，面對此時此景，情何以堪？怎會不萌生「懼怕登樓」的心理呢？這從另一方面也展示了宋代文人的愁情之深重。

總之，「男性抒懷之樓」意象在宋詞中的靈活運用使詞人的愁思得以淋漓盡致地表達，從而使我們從一個側面進一步窺探到宋代詞人那多愁善感的「詞心」，同時也增強了宋詞的感傷意味，使宋詞產生攝人心魄的藝術感染力。

〔註33〕張毅著《宋代文學思想史》，中華書局 1995 年，526 頁。

2、詞人借助這類「樓」意象，營構了種種淒婉動人的詞境

「男性抒懷之樓」作爲一個文學意象，它不僅是一種寄寓感情的載體，同時也是構築詞境的一個重要詞彙。而且這類「樓」意象又主要是愁情的情感載體，因而它在詞中也往往組合一些具有悲情特徵的意象，諸如「明月」、「流水」、「夕陽」、「黃昏」、「風雨」、「芳草」、「楊柳」、「鴻雁」、「雙燕」、「棲鴉」、「笛聲」、「蕭鼓」等，來營造種種淒婉動人詞境，從中傳達出豐富的悲劇美學內涵，也可進一步增強宋詞「以悲爲美」的藝術表現力。下面就以宋詞中這類「樓」意象較爲常見的幾種組合模式爲代表來略加探討。

（1）殘照當樓

「殘照」及其同義異名的如「夕陽」、「斜陽」、「殘陽」、「夕照」、「落日」、「斜日」等自古就是詩人筆下常用的意象。太陽西沉，時光流逝，面對夕陽殘照，人們難免生發出傷時遲暮之感，甚至是懷才不遇，壯志難酬之痛。因而「夕陽殘照」往往被詩人們寄寓時光易逝、人生苦短、時不我待的深沉意蘊，其心態是時光不在、人生易老的時間悲情。而且夕陽西下意味著一天的結束，有一種一切歸於黯淡、淒涼、沉寂，一切將盡的悲涼氛圍。所謂日落黃昏，宿鳥歸飛，因而夕陽西下對於遠離故鄉、漂泊在外的天涯遊子來說是極易觸發心底的鄉思鄉愁的。馬致遠的「夕陽西下，斷腸人在天涯」（《天淨沙·秋思》）可謂道出了多少漂泊在外的遊子的痛苦心聲。總之，「殘照」意象所體現出來的情感內蘊多是悲愁、傷感和孤寂的，因而在宋詞中常與「樓」意象組合，構成沉鬱淒涼的詞境，以表達各種淒苦悲愁之情。在這組意象的建構中，最具代表性的當數柳永的《八聲甘州》：「漸霜風淒慘，關河冷落，殘照當樓」，道盡其羈旅漂泊之苦，詞境闊大蒼涼，無怪乎被蘇軾贊爲「不減唐人高處」（趙令時《侯鯖錄》）。其它如「城上層樓天邊路。殘照裏、平蕪綠樹。傷遠更惜春暮。有人還在高高處」（張先《惜雙雙》溪橋寄意）、「獨倚夕陽樓。雙帆何處舟」

（陳允平《菩薩蠻》）、「又送行人歸去，誰憐倦客淹留。畫船旗鼓江南岸，人倚夕陽樓」（趙文《烏夜啼》秋興）、「落日登樓，誰管領、倦遊狂客」（劉克莊《滿江紅》）、「落日樓頭，斷鴻聲裏，江南遊子。把吳鈎看了，欄杆拍遍，無人會，登臨意」（辛棄疾《水龍吟》）等等，皆通過「夕陽殘照」與「樓」意象的巧妙組合，營構出種種悲涼沉鬱的詞境。

（2）風雨襲樓

風和雨都是永恒的自然現象，在生活中都會給人們帶來喜憂參半的效應，作為文學意象自然也給人以或喜或悲的審美感受，但風和雨一旦組合在一起，便不再具有了「吹面不寒楊柳風」的輕柔和「潤物細無聲」的美感，而是變成了凄風苦雨。而且風雨中花草的毀滅往往讓人產生一種強烈的幻滅感，也預示著美好的事物在外界勢力面前一種無奈的消失。因而「風雨」意象在詩人的筆下，既指自然界的風雨，有時也象徵社會的風雨、人生的風雨，那麼一些經歷人生坎坷、世事滄桑的詞人更能體會「風雨」之況味。「明日相思莫上樓，樓上多風雨」（游次公《卜算子》）、「怕上層樓，十日九風雨」（辛棄疾《祝英臺近》），風雨樓頭，自然為詞人的生命悲涼提供了更為廣闊的抒情空間，其境自是凄苦異常。因此可以說「風雨襲樓」其實是在襲心，無論是家國恨，還是私人怨；壯志愁，還是離別苦，設置在這樣獨特的場景中，讓我們在更為悠長的時間裏，更為廣闊的空間裏，體會到詞人綿綿不盡而又無可奈何的人生之悲，生命之苦。宋詞中「風雨襲樓」這種凄苦意境的設置不在少數，諸如「老人無復少年歡。嫌酒倦吹彈。黃昏又是風雨，樓外角聲殘。」（朱敦儒《訴衷情》）、「水繞孤村客路賒。一樓風雨角巾斜。舉觴無復問煎茶」（韓淲《浣溪沙》次韻伊一）、「涼雲歸去。再約著，晚來西樓風雨。」（高觀國《喜遷鶯》）「風蕭蕭。雨騷騷。風雨蕭騷梧葉飄。瀟湘江畔樓。」（陳允平《長相思》）……

（3）流水繞樓

自從孔子發出「逝者如斯夫，不捨晝夜」（《論語‧子罕》）的慨歎，將時間之流比作永逝之流水，「流水」意象便逐漸具有了象徵年華易逝、青春難再以及生命飄零的美學內涵。因爲「作爲客觀實體的水，其流動性、流逝性、延綿不斷性，中國古人往往聯想表現爲時間、生命、青春年華、機緣功業等的不可復返，使人在懷古悼今、懷舊自傷的不盡感慨中生發出對生命、愛情、事業等價值追求及其不如意的無限感喟。」〔註34〕故而，「古代文人常常在水流和人生的對比中產生出低沉的詠歎，他們抒發個人身世、生命的悲涼，總喜歡拿流水作比喻。讓流水成爲充溢人生悲劇色彩和深沉歷史感的載體。」〔註35〕再加上建築學上的原因，人們往往臨水建樓，那麼詞人佇立樓頭，上仰茫茫天宇，下俯滾滾流水，更易產生一種悲愴的時空感。因而詞人常借流水和樓的組合來表達心中的無奈和悲苦，如賀鑄的《束吳樂》尉遲杯云：「念懷縣、青鬢今無幾。枉分將、鏡裏華年，付與樓前流水。」歎年華空逝，境界淒涼沉鬱。另如「繞水恣行遊。上盡層城更上樓。往事悠悠君莫問，回頭。檻外長江空自流」（王安石《南鄉子》）、「煙雨滿江風細。江上危樓獨倚。歌罷楚雲空，樓下依前流水。迢遞。迢遞。目送孤鴻千里」（呂本中《如夢令》建康作）、「樓前流水悠悠。駐行舟。滿目寒雲衰草、使人愁」（蔡伸《西樓子》）等等，皆通過「流水」和「樓」的組合構成淒婉沉鬱的詞境。

（4）笛聲縈樓

在宋詞中，「男性抒懷之樓」和「笛聲」意象也經常搭配在一起。試讀一下詞句：

> 閒夢遠，南國正清秋。千里江山寒色遠，蘆花深處泊
> 孤舟。笛在月明樓。（晏殊《望江梅》）

〔註34〕冉永輝《流水意象與中國古人的情感世界》，《甘肅教育學院學報》（社會科學版）2002年專輯第1期，26頁。

〔註35〕冉永輝《流水意象與中國古人的情感世界》，《甘肅教育學院學報》（社會科學版）2002年專輯第1期，26頁。

折向樽前君細看。便是江南，寄我人還遠。手把此枝多少怨。小樓橫笛吹腸斷。(舒亶《蝶戀花》)

諸將說封侯，短笛長歌獨倚樓。(黃庭堅《南鄉子》)

映落照，簾幕千家，聽數聲何處倚樓笛」。(周邦彥《南鄉子》)

腸斷小樓吹笛，醉裏看朱成碧。愁滿眼前遮不得。可憐雙鬢白。(陳克《謁金門》)

卻憎吹笛高樓。一夜裏、教人鬢秋。不道明朝，半隨風遠，半逐波浮。(楊無咎《柳梢青》)

疏影婆娑，怳然身世，我是尊前客。一聲淒怨，倚樓誰弄長笛。(陳三聘《念奴嬌》)

「更何人、橫笛危樓。天地不知興廢事，三十萬、八千秋。」(劉辰翁《唐多令》)

以上詞句內容或思鄉、或懷遠、或感事傷時，均通過「樓」與「笛聲」意象的結合，營構出或哀婉、或深沉、或淒清、或悠長的詞境。詞人們之所以常常將這兩種意象搭配在一起，或許是因為「笛聲之清遠悠揚，最易引發鄉思，故往往能代表詞人飄泊無依的人生體驗」。〔註36〕正如唐代劉孝孫《詠笛》詩所言：「涼秋夜笛鳴，流風韻九成。調高時慷慨，曲變或淒清。征客懷離緒，鄰人思舊情。幸以知音顧，千載有奇聲。」而且「笛宜遠聽，隨著空間的幽遠、清曠，笛聲變得愈來愈悠揚清徹，由遠及近，若有若無，構成天高地遠、聲色深融、音韻悠揚的審美意境。」〔註37〕那麼，這正和「樓」高遠的建築特徵以及寄寓愁思的審美內涵相契合，二者組合在一起，不僅可以更好地表達詞意，還可以豐富詞的意境，增強詞的美感，取得「言有盡而意無窮」的表達效果。

〔註36〕鄔華芬《宋詞中「樓」意象及其美學內涵探析》，《西南民族大學學報》(人文社科版) 2005 年第 9 期，158 頁。

〔註37〕汪超《論唐詩中的笛聲意象》，《安徽教育學院學報》2007 年第 5 期，78 頁。

　　應該指出的是，宋詞中「男性抒懷之樓」意象與其它意象的組合是無窮的，也是靈活的。不只是單獨和某一個意象相組合，更多的是以「樓」爲核心載體，綜合疊加多種意象以渲染詞境。這方面的例子很多，茲不再舉例說明。

小　結

　　「亭」、「臺」、「樓（閣）」諸意象在宋詞中的運用不僅豐富了宋詞的意象系統，而且憑藉它們各具特色的審美內涵和靈活多樣的詞境營構藝術，大大增強了宋詞之美。如此以來，既向我們昭示了其文學藝術的魅力，又在清詞麗句的背後，向我們展示了獨具特色的中國古代建築之美。「與其說它是人爲的，倒不如說是天地的造化。這是橫亙於中國大地的永恒的人間妙構。」〔註38〕

〔註38〕韓璽吾《唐宋詞中的樓意象及其營構藝術》，《河南師範大學學報》（哲學社會科學版）1998 年第 6 期，78 頁。

第六章　亭臺樓閣對宋詞主題生成的作用

　　「文學作品的主題是指通過作品中描繪的社會生活、塑造的藝術形象所顯示出來的貫穿全篇的中心思想或主導情感，也是一部作品的題材所蘊含的主要的思想情感。」〔註1〕可見，主題是文學作品內容的重要因素。受幾千年中國傳統文化的影響，「中國的文學作品具有驚人的連續性，歷代文學作品又集中地體現了中國文人心態的超穩定性、文學藝術表現的傳承性」，〔註2〕因而古代文學創作在各個時代往往表現出共同的主題。王立先生在其《中國古代文學十大主題——原型與流變》一書中就以抒情文學爲材料，針對文人階層自我的特點，圍繞創作主題與對象間的物我主客關係，歸納出最能反映中國古代文人對自然、社會、他人與自我這四種基本關係的惜時、相思、出處（仕隱）、懷古、悲秋、春恨、遊仙、思鄉、黍離、生死這十大主題。王先生認爲，「十大主題具有超越歷史時空的普遍性、延展性，集注了中國文人、中國文學對人的價值、人生意義的關注和思考。」〔註3〕

〔註 1〕童慶炳主編《文學概論》（修訂本），武漢大學出版社 1995 年，128 頁。
〔註 2〕王立著《中國古代文學十大主題——原型與流變》，遼寧教育出版社 1990 年，1 頁。
〔註 3〕王立著《中國古代文學十大主題——原型與流變》，遼寧教育出版社 1990 年，1 頁。

當然，王先生所列以上十種並不能完全括盡中國古代文學創作的主題，另外還有諸如「愛國」、「別離」、「士不遇」等主題，正如董乃斌先生在《中國古代文學十大主題——原型與流變·序》中所言：「書中所列『十大主題』，即使對於古典文學來說，恐怕也只有舉例的性質，而且它們的概括和劃分，也不免有交叉、模糊、不盡準確之處。」更顯重要的是，每一種主題都有其各自的發展流變軌迹，同一種主題也會在不同時代衍生出不盡相同的情感和內容。譬如相思主題，因為「人與人之間的、特別是兩性之間的以感情為基礎的關係，是自有人類以來就存在的」，（恩格斯《費爾巴哈與德國古典哲學的終結》）因此，自有文學以來，男女間的愛情問題，就以當時能有的形式在文學中反映出來了，那麼，以描寫男女愛情為重要組成部分的相思主題也幾乎與文學起源同時。相思主題早在《詩經》中已表現得相當生動、深刻，如「君子于役，如之何勿思」（《王風·君子於》）；「瞻彼日月，悠悠我思」（邶風·雄雉》）；「一日不見，如三秋兮」（《王風·采葛》）；「未見君子，憂心忡忡」（《小雅·出車》）等等，經漢魏六朝以後，相思主題的作品更是不絕如縷，佳作輩出，且表現內容不斷豐富，表現手法亦日益成熟。「如果說漢魏六朝多遊子思婦之歎，五代前多閨婦思邊之苦；那麼，北宋則多懷妓憶內，南宋多遭亂，懷人相思之作由《詩經》中的比興託物、漢魏時的率真直言到六朝的繪情寫心而漸趨成熟臻美，於唐五代達到了物我渾融、形神兼勝的境界。五代北宋後『男子而作閨音』，『男子多作閨人語』的時尚，說明創作主體已更為自覺地運用相思內容手段傾訴思鄉、懷古、出處等百緒千端的人生情思。宋元以後相思主題隨著市民階層審美需求變得更為繁富多彩。」〔註4〕

宋詞作為「一代之文學」的主要文學樣式，又是典型的抒情型文學，必定也會延承中國古代文學中的某些傳統主題，而且這些傳

〔註4〕王立著《中國古代文學十大主題——原型與流變》，遼寧教育出版社1990年，51頁。

統主題因時代以及文體特徵等原因在宋詞中也會有所流變。而與宋
詞創作密切有關的亭臺樓閣則對宋詞主題的生成必定會產生一定的
作用和影響。一方面，亭臺樓閣所處自然環境不同，四時景物各異，
有的還融會不同的歷史文化、逸聞故事以及神話傳說，詞人登臨時
的心態也因社會狀況與個人遭際而千差萬別，這就促使了宋詞主題
內容的生成更爲豐富多樣，正如本文緒論中所略述的諸如風月戀
情、離愁別恨、閨怨愁思、思鄉懷遠、傷春悲秋、閒適隱逸、言志
抒懷、懷古傷今、哲理的感悟等主題內容的生成都曾受到了亭臺樓
閣的作用和影響；另一方面，一些著名的亭臺樓閣，諸如賞心亭、
垂虹亭、北固亭、姑蘇臺、嚴陵釣臺、金陵鳳凰臺、多景樓、岳陽
樓、仲宣樓、徐州燕子樓、滕王閣等等，因其皆具有獨特的文化內
涵，經文人們的一再題詠，往往會指向特定的主題。比如徐州燕子
樓，乃唐貞元年間，尚書張建封爲愛妾關盼盼所築。盼盼「善歌舞，
雅多風態」，與尚書情密意切，尚書死後，盼盼「念舊愛而不嫁」，「幽
獨塊然」，居此樓十餘年。盼盼有詩三首，其二云：「北邙松柏鎖愁
煙，燕子樓中思悄然。自埋劍履歌塵散，紅袖香銷已十年。」白居
易和詩三首，其一云：「滿窗明月滿簾霜，被冷燈殘拂臥床。燕子樓
中霜月夜，秋來只爲一人長。」故而燕子樓後世遂常被用來歌詠愛
情的堅貞以及男女的離別相思之情，如周邦彥有「燕子樓空，暗塵
鎖、一床絃索」（《解連環》）、劉褒「隔離歌一闋，琵琶聲斷，燕子
樓空」（滿庭芳）、詹無咎「燕子樓空塵又鎖，望天涯、不寄紅絲縷」
（《賀新郎》）等等。本章即選擇宋詞中涉及的若干著名類亭臺樓閣
及其所表現的特定主題之間的關係進行個案研究，以此證明亭臺樓
閣對宋詞主題生成的作用與影響。

第一節　亭臺樓閣與宋詞中的懷古主題——以賞心亭、多景樓、北固亭、姑蘇臺爲例

懷古是中國文學中一個永恒的主題,「歷史上,羊祜登峴山而垂淚,孟浩然臨『墮淚碑』而賦詩,陳子昂登幽州臺而長嘯,李白臨牛渚而憶謝玄暉,大抵『後之視今,亦由今之視昔』,『使後人復哀後人』(杜牧《阿房宮賦》)乃宇宙間顛滅不破的眞理,因而『每覽昔人興感之由,若合一契』(王羲之《蘭亭集序》)的『懷古』,才成爲中國文學主題交響的黃鐘大呂,蒼涼、古勁、感興勃發。它穿越時空,悠悠迴蕩在廣袤的中華大地上,喚醒一代又一代人的族類記憶,溫暖一代又一代人的靈魂。」〔註5〕宋代是前此以來中國封建社會中最軟弱的一個王朝,國家內憂外患,蒿目時艱,尤其是在南宋面臨國家危亡之際,激發了文人更強烈的憂患意識,詞人們常常撫今追昔、懷古傷今,寫下了許多千古傳誦的懷古詞章。所謂「懷古者,見古迹,思古人,其事無他,興亡賢愚而已」,〔註6〕道出了「古迹」乃是懷古之作的重要情感觸媒,因此那些建在歷史名勝之地或者本身即見證了歷史興衰,有著厚重歷史文化積澱的亭臺樓閣自然成爲詞人感發懷古之幽情的重要場所之一。這裏擬就賞心亭、多景樓、北固亭、姑蘇臺以及相關詞作爲例來探討宋詞中懷古主題的生成。

(一)賞心亭上卻傷心——宋代賞心亭詞中的懷古主題

從北宋中後期一直到南宋末期,以賞心亭入詞的作品不時出現。筆者據《全宋詞》粗略檢索,發現其作品數量不下 10 首,涉及的詞人有張舜民、蘇軾、趙彥端、王千秋、丘崈、辛棄疾、王奕等,且這些詞人的作品表現的幾乎都是懷古主題。據文獻記載(具體記載見本文實證篇),賞心亭在今江蘇省南京城西水門城上,乃北宋晉國公丁

〔註 5〕宋先梅,金桂華《民族精神的返鄉——「懷古」文學主題的結構生成方式及文化成因分析》,《天府新論》2005 年第 1 期,129 頁。

〔註 6〕方回著,李慶甲集校《瀛奎律髓彙評》,上海古籍出版社 1986 年,78 頁。

謂於宋眞宗天禧年間鎮守金陵時所建，下臨秦淮河，與白鷺洲隔江相望，盡觀覽之勝。由此看來，賞心亭在當時並非什麼古迹，只是一個供觀覽的亭子而已。緣此詞人們登上賞心亭這樣一個遊覽勝地，本應該是舒心悅目的感受，卻爲什麼往往產生懷古的各種感傷情懷呢？關鍵即在於此亭位於因經歷過一段悲恨相續的歷史而給後人留下太多傷感和反思的南京。

我們知道，今日的南京，在歷史上又稱金陵、建康、石頭城等，是我國最著名的古都之一。戰國時代楚置金陵邑，秦時改名秣陵，漢代沿用。三國時東吳定都於此，改稱建業，也作建鄴。晉時因避諱更名爲建康，唐初復稱金陵。南京地勢險要、虎踞龍盤，一直被認爲有帝王之氣。（晉）張勃《吳錄》：「劉備曾使諸葛亮至京，因睹秣陵山阜，乃歎曰：『鍾山龍盤，石頭虎踞，帝王之宅。』」（《太平御覽》卷一五六）南朝謝朓《入朝曲》稱頌曰：「江南佳麗地，金陵帝王州。逶迤帶綠水，迢遞起朱樓。飛甍夾馳道，垂楊蔭御溝。凝笳翼高蓋，疊鼓送華輈。獻納雲臺表，功名良可收。」唐代李白亦言：「龍盤虎踞帝王州，帝子金陵訪古丘。春風試暖昭陽殿，明月還過鳷鵲樓。」（《永王東巡歌》之四）所以，三國的吳、東晉、南朝的宋、齊、梁、陳均以南京爲都。而這六個王朝除了吳主孫權開一代偉業，三分天下以外，其它朝代在政治上幾無建樹，且更叠頻繁，悲恨相續。從三世紀初到六世紀末的三百多年間竟然換了六個王朝，更叠相當急劇，而且昔日繁盛的六朝古都，在隋文帝滅陳之後，全部夷爲平地，只留下一座石頭城作爲蔣州的州城。「望先帝之舊墟，慨長思而懷古」（張衡《東京賦》），這江山之勝與江山之變之間的強烈對比便會引起無數詞客騷人的感歎，自唐代以來，以金陵爲題，詩人們寫下了許多詠史懷古的作品，其中較著名的有中唐劉禹錫的《金陵五題》，晚唐杜牧的《泊秦淮》、《臺城曲》等。宋詞中同樣也有眾多的金陵懷古詞，其中王安石的《桂枝香》（金陵懷古）和周邦彥的《西河》（大石金陵）即是金陵懷古詞中的雙璧。楊湜《古今詞話》說：「金陵懷古，諸公寄

調《桂枝香》者三十餘家，獨介甫爲絕唱」；而周邦彥的《西河》（大石金陵）又使「介甫《桂枝香》獨步不得」（沈際飛《草堂詩餘正集》）。王安石的《桂枝香》（金陵懷古）上片寫景，景中有情，畫面開闊，氣勢恢宏；下片追古思今，感慨繫之，筆力雄健。作爲一個偉大的改革家、思想家，他站得高看得遠，詞中通過對六朝歷史興衰的認識，表達了詞人對北宋社會現實的不滿與譴責，透露出居安思危的憂患意識。歷代詞話評論周邦彥詞的特點是善於融化前人詩句入詞而渾然天成，其懷古詞亦能「採唐詩融化如自己者」（張炎《詞源》卷下），這首《西河》（大石金陵）在這方面最爲典型。全詞渾然融化了謝朓的《入朝曲》和《之宣城出新林浦向板橋》、古樂府《莫愁樂》、劉禹錫的《石頭城》和《烏衣巷》這五首詩中的詩句，寫法可謂高妙，通篇寫景，不著一絲議論，從頭至尾，把一切情語完全融入景語之中，儘管寫得含蓄深沉，但也不難從中體會到作者濃重的滄桑感。總之，南京是一個頗令後人登臨憑弔、懷古詠歎的地方，登臨其中任何一處名勝古迹，都會惹起詞人們感歎六朝的懷古意緒，而賞心亭作爲南京一重要名勝，詞人們登臨此地，自然也會生發思古之幽情。

宋代賞心亭詞雖然幾乎都是懷古主題，但因時期和詞人的遭際不同，因而呈現出不盡相同的情感內涵和風格特徵。

宋代賞心亭詞的最早作家是北宋中後期的張舜民。張舜民是北宋詩文革新運動的重要作家之一，他儘管存詞不多，但詞風頗似蘇軾，所以有的作品被人誤爲蘇詞，宋人周紫芝《書張舜民集後》說：「世所歌東坡南遷詞，『回首夕陽紅盡處，應是長安』二語，乃舜民過岳陽樓作。」因而可以說張舜民也同蘇軾一樣是推動宋代詞風轉變的重要詞人。元豐六年（1083），張舜民從京師貶官，遠赴郴州（今湖南郴縣），途經金陵時登賞心亭寫下了《江神子》（癸亥陳和叔會於賞心亭），詞曰：

> 七朝文物舊江山。水如天。莫憑欄。千古斜陽，無處問長安。更隔秦淮聞舊曲，秋已半，夜將闌。　　　　爭教

　　潘鬢不生斑。斂芳顏。抹麼弦。須記琵琶，子細說因緣。

　　待得鶯膠腸已斷，重別日，是何年。

上片寫詞人登臨賞心亭極目所見，抒發國家興亡之慨。一句「七朝文物舊江山」包含了詞人多少千古幽情，「七朝」，指吳、東晉、宋、齊、梁、陳和南唐，詞人身處「七朝」古都，懷古之情油然而生。由六朝興亡詞人聯想到了唐宋王朝的輪番更替，也想到了故都長安的盛衰變遷。其實，張舜民作為一個很有政治責任感的文人，在其內心深處，更有對當今國都汴京局勢的關心、擔憂和依戀之情。詞的下片則抒發了一個貶謫詞人的失意和感傷情懷。「潘鬢」一句出自南唐後主李煜的《破陣子》：「一旦歸為臣虜，沉腰潘鬢消磨。」「爭教潘鬢不生斑」蘊涵了失意詞人的牢騷和不平之氣。總之，詞中多處運用歷史典故，借懷古抒發了詞人的政治憂憤和貶謫失意之情，詞風蒼勁悲涼。張舜民尚氣節，為人剛直敢言，《宋史》本傳載：張舜民「為人忠厚質直，慷慨喜論事。」南宋學者葉夢得《岩下放言》稱其「尚氣節而不為名，北宋人物中殆難多數。」他在政治上屬於舊黨，與以王安石為核心的變法派政見截然不同，宋神宗熙寧二年（1069），王安石開始變法，張舜民就「上書言新政不便」（黃金來《邠州志譯注》），後來，改革派和保守派兩大陣營壁壘逐漸分明，再加上外族不時地入侵，國家政局很不穩定，此時詞人又無辜被貶而離開京城，所以，詞人登臨六朝古都賞心亭，就將自己的政治憂憤和個人的遭際一併打入了這首懷古之曲中。

　　1126年，「靖康之變」後，北宋滅亡，南宋王朝建立，在這之後的二十多年中，中原大地抗金鬥爭如火如荼。然而自從南宋和金先後成立了「紹興和議」和「隆興和議」後，雙方長期處於對峙狀態。這時投降派掌握政權，一味屈膝求和，竭力摧殘抗金力量，國勢日漸衰弱。在這種時代背景下，這時期的詞人登臨賞心亭，目擊六朝繁華之地的歷史陳迹，多數引起興廢悠悠的概歎，抒發對國家前途命運的擔憂和自己無力救國的悲憤。這方面的作品除了愛國詞人辛棄疾比較著

名的《水龍吟》（登建康賞心亭）、《念奴嬌》（登建康賞心亭呈史致道留守）和《菩薩蠻》（賞心亭爲葉丞相賦）三首外，還有丘崈的《水調歌頭》（登賞心亭懷古）和《菩薩蠻》（再登賞心用林子長韻）。丘崈（1135～1208）是南宋將領。字宗卿，江陰（今屬江蘇）人。隆興元年（1163）進士。爲建安府推官，除國子博士，出知華亭縣。戶部郎中、提點浙東刑獄，知平江府，移帥紹興，改兩浙轉運副使，進戶部侍郎，川安撫制置使。官至同知樞密院事。嘉定二年（1209）卒，諡「文定」。《宋史》卷三九八有傳。有《文定公詞》一卷。據《宋史·丘崈傳》載：「崈儀狀魁傑，機神英悟，嘗慷慨謂人曰：『生無以報國，死願爲猛將以滅敵。』其忠義性也。」可見丘崈是一個有抱負的愛國者，在國家面臨危亡之際，其家國之恨，身世之感不可能不併入筆端，尤其是在懷古主題的作品中。其《水調歌頭》（登賞心亭懷古）詞曰：

> 一雁破空碧，秋滿荻花洲。淮山淡掃，欲顰眉黛喚人愁。落日歸雲天外，目斷清江無際，浩蕩沒輕鷗。有恨寄流水，無淚學羈囚。　　望石城，思東府，話西州。平蕪千里，古來佳處幾回秋。歌舞當年何在，羅綺一時同盡，夢幻兩悠悠。杯到莫停手，唯酒可忘憂。

詞的上片雖全是寫景，但景中有情，詞人登臨賞心亭，遙望遠處，秋色滿目，那一望無際的江水承載著詞人滿腔的家國之恨；詞的下片懷古抒情，眼望六朝歷史遺迹石頭城，想起過去的六朝繁華，然而這一切到頭來也不過是「夢幻兩悠悠」，勾起了詞人悲痛的的歷史興亡之感。詞人借古傷今，表達了對國難當頭現實局面的無限擔憂。其另一首《菩薩蠻》（再登賞心用林子長韻）也表達了相同的主題，寄託了同樣的情感，雖是一首小令詞，但卻感慨遙深。

　　南宋滅亡之後，遺民詞人王奕寫有《酹江月》（和辛稼軒金陵賞心亭）一詞，這也是一首表現懷古主題的賞心亭詞，詞曰：

> 英雄老矣，對江山、莫遣淚珠成斛。一箸西風休掩面，白浪黃塵迷目。鳳去臺空，鷺飛洲冷，幾度斜陽木。欲書往事，南山應恨無竹。　　寧是商女當年，後來腔調，

　　　　拍手銅鞮曲。僵寒老松雖拗□，猶□一杆殘局。烏巷垂楊，
　　　　雀橋野草，今爲誰家綠。賞心何處，浩歌歸臥梅屋。

毫無疑問，南宋滅亡是比「靖康之變」更爲慘痛的歷史悲劇。「雨翻
雲變，寒濤東卷，萬事付空煙。」（孔尙任《桃花扇》）詞人經歷了這
番滄桑變故，國破家亡之感可謂寒徹心骨，詞中即借詠六朝興亡之
事，表達了詞人這種山河破碎，難挽狂瀾的悲苦和無奈，風格更爲悲
涼。

　　總之，建康賞心亭在當時雖然僅僅是一供觀賞的遊覽勝地，但因
所處六朝古都這樣一個經歷過歷史興亡的傷感之地，因而有關詞作不
僅在主題內容上呈現出明顯的懷古傾向，且情感基調沉鬱感傷。又因
時期和詞人的遭際不同而使其懷古主題表現出不盡相同的情感內
涵，詞人有的借古抒懷，或在歷史的悲恨相繼中寄託自己的仕途坎
坷，懷才不遇的苦悶，或在歷史興亡的詠歎中，抒發報國無門，壯志
難酬的悲憤；有的借古傷今，寄寓沉重的歷史興亡之感，具有濃重的
傷悼情調，從而使宋詞中的懷古主題更具深刻的歷史感和厚重的情感
意蘊。

（二）多景樓頭憶孫劉　北固亭前還北顧──宋代多景樓、北固亭詞中的懷古主題

　　多景樓，在今鎮江甘露寺內，約建於北宋初年。此樓畫梁飛簷，
雄踞長江南岸，與江北瓜洲渡口遙遙相對，登樓遠望，金山、焦山盡
收眼底，氣勢雄偉，因而又有「天下江山第一樓」之稱。宋代書法家
米芾曾手書「天下第一樓」匾額於其上。（宋）張邦基撰《墨莊漫錄》
卷四亦云：「鎮江府甘露寺在北固山上。江山之勝，煙雲顯晦，萃於
日前。舊有多景樓，尤爲登覽之最。蓋取李贊皇《題臨江亭》詩有『多
景懸窗牖『之句，以是命名。」北固亭，即北固樓，與多景樓相臨，
（晉）蔡謨所築。且二者都在北固山上，而北固山位於鎮江市東北的
長江之濱，橫枕大江，三面濱水，山勢險固，有「京口第一山」之稱，

是鎮江最著名的形勝之地，因此多景樓和北固亭便成爲文人登臨題詠的最佳去處。

宋詞中有關多景樓和北固亭的詞作共 30 餘首，其中雖不乏詞人流連光景、遊賞娛樂之作，如仲殊的《南徐好》（多景樓）：「南徐好，多景在樓前。京口萬家寒食日，淮南千里夕陽天。天際幾重山。 鶯啼處，人倚畫闌干。西寨煙深晴後色，東風春減夜來寒。花滿過江船。」但更多的是懷古之作，因爲多景樓和北固亭所在的北固山不僅以「眞山眞水」見長，而且名勝古迹眾多，很多古迹都流傳著動人的民間歷史傳說，如劉備甘露寺招親，孫尙香祭奠劉備的祭江亭，吳國太相婿的多鏡樓等，給北固山平添了濃厚的歷史文化色彩。再者，其所處之地鎮江更是一個歷史文化名城。鎮江位於江蘇省西南部，長江下游南岸，地處長江三角洲的頂端。它西鄰南京，東南連接常州，北濱長江，與揚州隔江相望。早在 3000 多年前，鎮江就是商代土著居民荊蠻族的聚集之地。西周時是宜侯的封地，故名「宜」。鎮江既是吳文化的發祥地，也是吳國早期政治、經濟中心。戰國時屬楚，名「谷陽」。秦統一中國後，取名爲丹徒。東漢末年，群雄紛起，天下大亂。南方的孫堅、孫策父子崛起於江東。苦心經營多年後，傳至孫權時，已擁有了當時包括鎮江在內的江南大片領土，號稱「東吳」。爲了與曹操抗衡，從戰略考慮，孫權的慧眼相中了長江之濱的鎮江。這裏即是防敵的前沿城鎮，又是護衛東吳腹地的屏障。同時還是長河與運河交匯處，重要的水路樞紐。公元 208 年，孫權將東吳的統治中心移到了鎮江。並在鎮江東側的北固山與鼓樓崗一帶築京城，又稱「子城」、「鐵甕城」，後又叫京口、南徐、延陵、潤洲等名。《至順鎮江志》記載曰：「子城，吳大帝所築，周回六百三十步，內外固以磚，號『鐵甕城』。」又《輿地志》云：「（鐵甕城）吳大帝孫權所築，周回六百三十步，開南、西二門，內外皆固以磚甓。」據此說明鐵甕城基本屬軍事性質的城堡。但由於它位於北固山前峰上，居高臨下，「因山爲壘，望海臨江，緣江爲境，似河內郡，內鎮優重。」（《南齊書》卷一四《州郡志》

「南徐州」條）形勢十分險要，因此東吳以後，東晉、南朝及至唐、宋時期均在這裏作爲州、郡、府的治所，並不斷加以修繕。總之，多景樓和北固亭所在之地鎮江在幾千年的歷史發展長河中留下了許多值得人們追憶的東西，因而詞人，尤其是南宋一些愛國詞人，面對國家和民族的苦難，他們奔走呼號，始終不忘國破家亡的恥辱和仇恨，堅守著他們恢復中原的理想和信念，那麼他們登臨多景樓和北固亭，就不只是「欲收嘉景此樓中」（曾鞏《甘露寺多景樓》），而往往是「千古興亡，百年悲笑，一時登覽」（《水龍吟》過南劍雙溪樓）了。

　　值得注意的是，有關多景樓和北固亭的懷古詞作基本都出於南宋愛國詞人之手，諸如辛棄疾、陸游、陳亮、楊炎正、程珌、劉學箕、程公許、趙善括、岳珂、張輯、吳潛、李曾伯、方岳、孫吳會等等，而且懷古模式不同於金陵賞心亭懷古詞多是對六朝歷史興亡的感歎，而是側重於對鎮江歷史英雄及其不凡事迹的追憶，試讀以下詞句：

　　　　千古江山，英雄無覓，孫仲謀處。舞榭歌臺，風流總被，雨打風吹去。斜陽草樹，尋常巷陌，人道寄奴曾住。想當年，金戈鐵馬，氣吞萬里如虎。（辛棄疾《永遇樂》京口北固亭懷古）

　　　　坐斷東南戰未休。天下英雄誰敵手。曹劉。生子當如孫仲謀。（辛棄疾《南鄉子》登京口北固亭有懷）

　　　　江左占形勝，最數占徐州。連山如畫，佳處縹渺著危樓。鼓角臨風悲壯，烽火連空明滅，往事憶孫劉。（陸游《水調歌頭》多景樓）

　　　　英風追想孫劉。似黑白兩奩棋未收。（程公許《沁園春》用履齋多景樓韻）

　　　　千古恨，紛紛離合，晉宋曹劉。望長安何處，落照西頭。往事蒼苔陳迹，夷吾在、吾屬何愁。（李曾伯《滿庭芳》丙午登多景樓和王總侍韻）

　　　　英雄恨，贏得名存北府。寄奴今寄何所。（孫吳會《摸魚兒》題甘露寺多景樓）

不難看出，以上多景樓和北固亭詞都表現出明顯的懷古主題，其表現手法都是通過緬懷與鎮江有關的英雄人物來詠志抒懷，且詞中所追憶的人物主要是三國時的孫權、劉備以及南朝宋時的劉裕。

我們知道，和金陵一樣，六朝在鎮江歷史上也是一個很重要的時期，但與金陵在六朝時期所經歷的悲恨相續的朝代頻繁更替不同，六朝時期的鎮江卻是一個文物炳耀、人才輩出的地區。

首先，三國時代是鎮江歷史上有重要影響的朝代。三國爲我國封建社會由秦漢大一統轉入長期分裂割據與民族融合的重要階段，三國鼎立，群雄角逐，英雄輩出。而鎮江是孫吳的發家和建都之地，因而同本地相關的三國人物以及英雄業績在民間廣爲流傳，其中孫權和劉備是影響較大的兩個著名英雄人物。

孫權，字仲謀，其兄孫策，字伯堅，原籍富春（浙江富陽），祖父孫鍾遷居曲阿（丹陽），父孫堅東漢末齡任長沙太守，置家於淮南壽春。孫權十八歲即繼位，《吳志》注引《江表傳》云：「堅爲下邳丞時生權，方額大口，目有精光……性度弘朗，仁而多斷，……每參同計謀，策甚奇之，自以爲不及也。」陳壽著，裴松之注《三國志・吳志・吳主傳》記載曰：「十八年正月，曹公攻濡須，權與相拒月餘。曹公望權軍，歎其齊肅，乃退。」裴注：《吳歷》曰：「……權行五六里，回還作鼓吹。公見舟船器仗軍伍整肅，謂然歎曰：『生子當如孫仲謀，劉景升兒子若豚犬耳。』」統事後在文臣張昭、武將周瑜等輔佐下，鎮壓山越，攻滅黃祖，進一步鞏固了江東政權。建安十三年（208），曹軍大舉南下，孫權將軍府由吳（今蘇州）遷到京口，在這裏孫權聯劉抗曹，與劉備、諸葛亮等共商抗曹大計，並於赤壁大戰中擊敗曹軍。孫權以區區江東之地，抗衡曹魏，開疆拓土，造成了三國鼎峙的局面，儘管斗轉星移，滄桑屢變，歌臺舞榭，遺迹淪湮，然而他的英雄業績則是和千古江山相輝映的，同時也爲鎮江歷史書寫下非常輝煌的一頁。

劉備，蜀漢的開國皇帝，漢景帝之子中山靖王劉勝的後代。劉備少年孤貧，以販鞋織草席爲生。黃巾起義時，劉備與關羽、張飛桃園

結義，成爲異姓兄弟，一同剿除黃巾，有功，任安喜縣尉，不久辭官；董卓亂政之際，劉備隨公孫瓚討伐董卓，三人在虎牢關戰敗呂布。後諸侯割據，劉備勢力弱小，經常寄人籬下，先後投靠過公孫瓚、曹操、袁紹、劉表等人，幾經波折，卻仍無自己的地盤。赤壁之戰前夕，劉備在荊州三顧茅廬，請諸葛亮出山輔助，在赤壁之戰中，聯合孫權打敗曹操，奠定了三分天下的基礎。赤壁大戰後領荊州牧，佔據了荊州在長江以南的四郡（武陵、長沙、桂陽、零陵），駐於湖北公安。建安十四年（209），「劉備詣京口見權」（《建康實錄》卷一），求借位於江北岸的荊州重鎮江陵。對此，東吳集團內部意見不一。孫權出於抗衡北方的需要，不僅答應了劉備的請求，還將其妹孫尚香嫁給他。這就是民間一直流傳的「劉備招親甘露寺」（《三國演義》第五十四回「吳國太佛寺看新郎，劉皇叔洞房續佳偶」）故事的由來。據考，甘露寺乃建於唐代，劉備招親處或應在北固山前峰鐵甕城孫權府第內。據記載，劉備在京城時，還曾與孫權議論東吳的定都問題。《獻帝春秋》云：「劉備至京謂孫權曰：『吳此去數百里，即有驚急，赴救爲難，將軍無意屯京乎？』權曰：『秣陵有小江百餘里，可以安大船，吾方理水軍當移據』。」總之，劉備也是鎮江歷史上一個值得追慕的英雄人物。

其次，晉永嘉南渡之後，鎮江成爲大量中原人才的聚集地。正如譚其驤先生在其《晉永嘉喪亂後之民族遷徙》一文中所述：

> 南徐州所接受之移民最雜，最多，而其後南朝傑出人才，亦多產於是區，則品質又最精。劉裕家在京口（鎮江），蕭道成蕭衍家在武進之南蘭陵（武進），皆屬南徐州。故蕭子顯稱南徐州曰：「宋氏以來，桑梓帝宅，江左流寓，多出膏腴。」南徐州之人才又多聚於京口。

其中劉裕尤爲著名。劉裕是南朝宋王朝建立者，字德輿，小名寄奴，原籍彭城（今江蘇徐州）。在位三年。曾祖劉混東晉時渡江僑居京口，父劉翹曾爲郡功曹，早亡。劉裕少貧困，以樵漁及販履爲生，「斜陽草樹，尋常巷陌，人道寄奴曾住」（辛棄疾《永遇樂》京口北固亭懷

古），那斜陽照射的草樹之間，那平常的巷陌之內，傳說就是劉裕當年生活過的地方。後來，劉裕在貧寒、勢單力薄的情況下逐漸壯大起來，並以京口爲基地，削平了內亂，取代了東晉政權。當年他兩次從京口起兵，率領大軍北伐，金戈鐵馬，馳騁中原，收復長安、洛陽，消滅南燕、後秦，何等輝煌，正如辛棄疾詞中所描繪的「想當年，金戈鐵馬，氣吞萬里如虎」（辛棄疾《永遇樂》京口北固亭懷古）這些振奮人心的歷史事實永遠記錄在歷史的長河中，千百年來一直引起人們的瞻慕和追懷。

　　正是上述英雄人物及其事迹，逐漸沉積爲鎮江文化的精神底蘊，使鎮江文化蘊涵著英雄人物的因子。再加上南宋在國土淪喪後偏安江南，和金朝形成長期對峙的局面，而鎮江當時正處於江防前線，北固山也因其山勢險固、易守難攻而成爲抵禦外族入侵的戰略要地，在這種時代背景下，南宋愛國詞人佇立多景樓頭，駐足北固亭畔，北望中原，心中怎會不產生對歷史英雄的緬懷和呼喚？因而他們在詞中往往借追憶孫、劉等英雄人物及其英雄事迹，要麼抒發堅決北伐、恢復中原、矢志報國的雄心，要麼傾訴其壯志難酬的悲憤，要麼揭露和諷刺南宋統治集團的昏庸和腐敗，作品內容豐富，思想深刻，表現了詞人們濃厚的愛國情思，且情感基調多昂揚悲壯。

　　如程珌的《水調歌頭》（登甘露寺多景樓望淮有感）：

　　　　天地本無際，南北竟誰分。樓前多景，中原一恨杳難論。卻似長江萬里，忽有孤山兩點，點破水晶盆。爲借鞭霆力，驅去附崑崙。　　　望淮陰，兵冶處，儼然存。看來天意，止欠士稚與劉琨。三拊當時頑石，喚醒隆中一老，細與酌芳罇。孟夏正須雨，一洗北塵昏。

　　程珌（1164～1242）字懷古，休寧（今屬安徽）人，先世居洺水，因自號洺水遺民。紹熙四年（1193）進士。程珌是辛棄疾的好友，曾有《六州歌頭》一首，題爲「送辛棄疾」，說明兩人的友誼，他的詞風也與辛詞相近，《四庫總目提要》云：「珌文宗歐、蘇，其所作詞，

亦出入於蘇、辛兩家之間。」以上所引這首詞也可足資證明。此詞上片寫景，下片抒懷，詞人通過登臨多景樓所見、所感，表達對敵人鐵騎蹂躪、佔領中原的極度憤恨以及收復失地的決心。尤其是下片，詞人遠望古代「兵治處」之陳迹，追慕起晉朝的愛國志士祖逖和劉琨，以及三國時足智多謀、誓師北伐的諸葛亮，呈現了詞人對北伐的決心和信心。全詞筆力雄健，格調激昂、豪放。類似風格的作品還有王質《水調歌頭》（京口）、陸游《水調歌頭》（多景樓）辛棄疾《永遇樂》（京口北固亭懷古）和《南鄉子》（登京口北固亭有懷）以及程公許《沁園春》（用履齋多景樓韻）。特別是宋孝宗隆興二年（1164）秋天，陸游任鎮江通判，應知府方滋之邀登覽多景樓時所賦的《水調歌頭》（多景樓）以及宋寧宗開禧元年（1205），辛棄疾任鎮江知府登臨北固亭時所寫的《永遇樂》（京口北固亭懷古）和《南鄉子》（登京口北固亭有懷）二詞，更是唱出了一曲曲飽含報國激情的壯歌。他們登臨多景樓和北固亭，都不陶醉於眼前的山水風光，而是更多地情繫家國的興亡成敗。詞中或憶孫劉舊事，或歎羊祜遺恨，都是針對現實而發，表達詞人忠心報國的熱情和雄心。這種風格昂揚豪放的愛國壯歌即為多景樓和北固亭增輝，也令讀者讀之感奮，千百年來一直深受大家喜愛而廣為傳誦。

當然，多景樓和北固亭詞的懷古主題中也並非全是昂揚豪放一格，由於南宋統治集團一味的投降妥協，恢復中原的理想變得越來越渺茫，人們抵禦強敵的的情緒有時也會變得低沉起來。

且看岳珂的這首《祝英臺近》（北固亭）：

　　　澹煙橫，層霧斂。勝概分雄占。月下鳴榔，風急怒濤颭。關河無限清愁，不堪臨鑒。正霜鬢、秋風塵染。　　漫登覽。極目萬里沙場，事業頻看劍。古往今來，南北限天塹。倚樓誰弄新聲，重城正掩。歷歷數、西州更點。

岳珂（1183～1240）南宋文學家。字肅之，號亦齋，又號倦翁。相州湯陰（今屬河南）人。寓居嘉興（今屬浙江）。岳飛之孫，岳霖

之子。曾知嘉興府，為戶部侍郎、淮東總領兼制置使等。岳珂著有《桯史》、《愧郯錄》、《金陀粹編》等。《桯史》以辨明「公是公非」為目的，通過對南宋朝野各階層人物的言行的記載，表現了他對主戰派和投降派人物的鮮明愛憎。他在《桯史》中提到他在鎮江時曾為辛棄疾座上客，並說：「稼軒有詞名，每宴必命侍姬歌其所作……既而又作一《永遇樂》，序北府事。」岳珂亦有《祝英臺近》兩首記鎮江事，其一是「登多景樓」，寫登樓北望的感慨：「斷腸煙樹揚州，興亡休論。」另一即本詞。詞人登臨北固亭看到秋天江上美麗夜景，想到這裏曾是歷史上的英雄豪傑分占之地：孫權曾在此建都定國；劉裕也曾在此起兵北伐，而如今的情形卻是「月下鳴榔，風急怒濤颱」，表達了作者年華易逝而功業未成的悲憤之情。接下來的「古往今來，南北限天塹。」既是對千古興亡事的概歎，更是對眼前南北分裂的批判。全詞抒發了一位愛國志士對國勢一蹶不振的悲歎和自己空有沙場殺敵的雄心壯志，但苦無用武之地的苦悶。此詞雖然「感慨忠憤，與辛幼安『千古江山』一詞相伯仲。」（楊愼《詞品》）但情緒到底還是低沉了些，風格有些沉鬱悲涼，這是時代性決定的。

（三）「百尺層臺重上，萬事紅塵一夢」——宋代姑蘇臺詞中的懷古主題

　　姑蘇臺是蘇州一著名古迹，乃春秋時吳王闔閭、夫差共同所造（具體考證見本文實證篇：宋詞中的亭臺樓閣考，「姑蘇臺」條）。臺上建有吳王離宮別館，是吳王嬉遊之地。（漢）郭憲《洞冥記》云：

> 　臺上別立春宵宮，為長夜之飲。造千石酒鍾，又作天池。池中造青龍舟，舟中盛致妓樂，日與西施為嬉。又於宮中作海靈館、館娃閣、銅溝玉檻。宮之楹榱，皆珠玉飾之。

由此可見姑蘇臺建築之豪華，規模之宏麗，可謂吳國全盛時期的象徵，但就是這樣一座華麗建築，最終卻為越國焚毀。因此，姑蘇臺本

身就是見證了吳國歷史興亡的古代遺迹，因而相對於上述賞心亭、多景樓、北固亭而言就更易引發人們的懷古意緒。歷代不少詩人曾來此弔古抒懷，如李白有《蘇臺覽古》：「舊苑荒臺楊柳新，菱歌清唱不勝春。只今惟有西江月，曾照吳王宮裏人。」陳羽《姑蘇臺懷古》：「憶昔吳王爭霸日，歌謠滿耳上蘇臺。三千宮女看花處，人靜臺空花自開。」曹鄴《姑蘇臺》：「南宮酒未銷，又宴姑蘇臺。美人和淚去，半夜閶門開。相對正歌舞，笑中聞鼓鼙。星散九重門，血流十二街。一去成萬古，臺盡人不回。時聞野田中，拾得黃金釵！」等等，詩人們登臨姑蘇臺遺迹，看到昔日鶯歌燕舞的繁盛之地，今日卻是「人靜臺空」，唯剩「舊苑荒臺」而已，都禁不住發出深沉的興亡之歎。在宋詞中，自然也不乏這種感歎：

> 三吳風景，姑蘇臺榭，牢落暮靄初收。夫差舊國，香徑沒、徒有荒丘。繁華處，悄無睹，惟聞麋鹿呦呦。(柳永《雙聲子》)

> 試覓姑蘇臺榭，尚想吳王宮闕，陸海跨鼇頭。西子竟何許，水殿漫涼秋。(袁去華《水調歌頭》次黃舜舉登姑蘇臺韻)

> 崇臺目斷清無極。引枝節、瓊瑤步軟，印登臨屐。娃館娉婷知何在，淚粉愁濃恨積。故化作、飛花狼籍。(盧祖皋《賀新郎》姑蘇臺觀雪)

> 別是青紅闌檻，對女牆山色，碧澹宮眉。問當時遊鹿，應笑古臺非。(吳文英《八聲甘州》姑蘇臺和施芸隱韻)

> 姑蘇臺下煙波遠，西子近來何許。(王沂孫《摸魚兒》)

而且，宋代詞人面對姑蘇臺遺跡，一方面因感念吳國舊事而生發歷史興亡之感，另一方面，也會由時世的遷移，王朝的興廢，而聯想到人世的翻覆滄桑，產生一種「萬事紅塵一夢」(張鎡《水調歌頭》姑蘇臺)的人生之慨。因而，宋代姑蘇臺懷古詞中的佳作，不僅具有深邃的歷史感，同時，也抒寫了如夢如幻的人生之悲苦，有了更深一層的內蘊。

我們來看柳永的《雙聲子》：

> 晚天蕭索，斷蓬蹤迹，乘興蘭棹東遊。三吳風景，姑蘇臺榭，牢落暮靄初收。夫差舊國，香徑沒、徒有荒丘。繁華處，悄無睹，惟聞麋鹿呦呦。　想當年、空運籌決戰，圖王取霸無休。江山如畫，雲濤煙浪，翻輸范蠡扁舟。驗前經舊史，嗟漫載、當日風流。斜陽暮草茫茫，盡成萬古遺愁。

這是詞人登臨姑蘇臺時所寫的一首懷古名篇，也是宋詞中較早的一首懷古詞，對後世懷古詞產生很大的影響。詞人登臨姑蘇臺，遊覽春秋吳國舊址，弔古撫今，感慨萬千，寫下了這首具有濃烈興亡意識的懷古之作。詞人首先將歷史的興亡之感置於秋意蕭瑟、無限蒼茫的景物描寫之中，構成一種蒼涼渾厚的意境，產生獨特的藝術效果。又通過對比的手法，將姑蘇臺遺址往昔的繁華與今日的荒涼、如畫的江山與香徑埋沒的荒丘、「圖王取霸」與「翻輸范蠡扁舟」映襯在一起，形成強烈的對比，從而將詞人的興亡之感表達得極為深刻充分。而且在這種興亡意識中，又融入了詞人的人生感慨，「斷蓬蹤迹」與「范蠡扁舟」前後呼應，蘊含著詞人對人生坎坷遭際的深刻體驗，這也正是此詞的深層底蘊所在。最後詞人在歷史興亡和世事滄桑的感歎中，升騰起綿綿的愁苦之情，「斜陽暮草茫茫」即表現了這種揮之不去的「萬古遺愁」……

宋代姑蘇臺懷古詞中的懷古主題除了通過今昔對比的景物描寫來表達詞人的興亡之感、人生之慨外，「西施」和「遊鹿」也是常常運用的兩個典故意象。

我們知道，越國被吳國打敗後，越王句踐不忍其辱，力雪國恥，便用大夫文種之計，一步步使吳國走向滅亡之路。據《吳越春秋・句踐陰謀外傳第九》記載，越國大夫文種深知「吳王好起宮室，用工不輟」，便建議越王「選名山神材，奉而獻之」。吳王果然「大悅」。但遭到伍子胥的反對，子胥曾諫吳王曰：「王勿受也。昔者，桀起靈

臺，紂起鹿臺，陰陽不和，寒暑不時，五穀不熟，天與其災，民虛國變，遂取滅亡。大王受之，必爲越王所戮。」然而吳王不聽勸諫，「遂受而起姑蘇之臺。三年聚材，五年乃成，高見二百里．行路之人，道死巷哭，不絕嗟嘻之聲：民疲士苦，人不聊生」。後來，越王又用文種之計，請求吳王贈送越國稻米財物，伍子胥看出其中的陰謀，堅決反對，再次力諫吳工曰：「臣聞：『狼子有野心，仇讎之人不可親。』夫虎不可餒以食，蝮蛇不恣其意。今大王捐國家之福，以饒無益之讎，棄忠臣之言，而順敵人之欲，臣必見越之破吳，豺鹿遊於姑胥之臺，荊榛蔓於宮闕。願王覽武王伐紂之事也。」這裏伍子胥用「豺鹿遊於姑胥之臺」來勸諫吳王，言下之意是謂吳國即將滅亡，由此可見當時伍子胥對吳王的忠憤和無奈。後來果不出伍子胥所料，吳國最終被越國所滅。因此，伍子胥用「豺鹿遊於姑胥之臺」來勸諫吳王之事可謂吳國興衰史上一件重要的事情，宋代詞人登臨姑蘇臺憑弔吳國興亡時，怎會不感念這段歷史呢？於是「遊鹿」便成爲姑蘇臺懷古詞中常常用來表達詞人興亡之感的典故意象，如「休說當時雕輦，不見後來遊鹿，斜照水空明」（張鎡《水調歌頭》姑蘇臺）、「問當時遊鹿，應笑古臺非」（吳文英《八聲甘州》姑蘇臺和施芸隱韻）等等。

　　至於「西施」，一般認爲也是導致吳國滅亡的罪魁禍首之一。自姑蘇臺建成後，吳王便「日與西施爲嬉」，致使吳王荒廢朝政，最終將國家恭送他手。故而，「西施」也成爲姑蘇臺懷古詞中經常使用的意象，如「西子竟何許，水殿漫涼秋」（袁去華《水調歌頭》次黃舜舉登姑蘇臺韻）、「娃館娉婷知何在，淚粉愁濃恨積。故化作、飛花狼籍」（盧祖皋《賀新郎》姑蘇臺觀雪）、「姑蘇臺下煙波遠，西子近來何許」（王沂孫《摸魚兒》）等等。

　　另外，輔佐越王句踐滅吳，後「乃乘扁舟，出三江，入五湖」（《吳越春秋·句踐伐吳外傳》）的范蠡也是春秋吳越爭霸史上一重要人物。其功成身退、高蹈出世的高潔人格是歷代文人追求的理想典範，因而

「范蠡泛舟五湖」的典故在宋代姑蘇臺懷古詞中也時有出現。如范成大的《三登樂》：

> 方帽衝寒，重檢校、舊時農圃。荒三徑、不知何許。
> 但姑蘇臺下，有蒼然平楚。人笑此翁，又來訪古。　　　況
> 五湖、元自有，扁舟祖武。記滄洲、白鷗伴侶。歎年來、
> 孤負了，一蓑煙雨。寂寞潮暮，喚回棹去。

詞中寫詞人「又來訪古」，說明詞人曾不止一次來姑蘇臺弔古，其原因便是「況五湖、元自有，扁舟祖武」，顯然這裏用的是「范蠡泛舟五湖」之事，表達了詞人對歸隱江湖，以求心靈自由生活的推崇和嚮往。

　　總之，亭臺樓閣，尤其是那些建在歷史名勝之地，或者本身即見證了歷史興衰有著厚重歷史文化積澱的亭臺樓閣對宋詞懷古主題的生成具有重要的作用和影響。它們不僅催生了眾多的懷古之詞，從而給「豔科」的詞增添了幾分嚴肅和莊重，而且由於各自所蘊涵的不同的歷史文化因子，諸如賞心亭與六朝興亡，多景樓、北固亭與鎮江歷史英雄，姑蘇臺與蘇州吳越春秋，還使這些懷古詞呈現出不盡相同的表現內容和情感內涵。這也說明傳統的懷古主題在宋詞中仍然得到了充分的展現，因此黃拔荊先生所說的「『懷古』作為一種題材，在詞裏加以表現，這是一種新事物。蘇東坡只是開了一個頭，繼作的人不多」〔註7〕似乎應值得商榷。

第二節　亭臺樓閣與宋詞中的「士不遇」主題——以岳陽樓、仲宣樓、滕王閣為例

　　中國社會的封建性以及古代文人一向追求「入世」與「獨立」的基本品格決定了「不遇」是古代文士的必然命運，正如白居易在《序洛詩》中所云「世所謂文士多數奇，詩人尤命薄」，生動地概括了中國古代封建社會中「士不遇」這一普遍的社會現象。因此，「在中國

〔註 7〕黃拔荊著《詞史》上卷，福建人民出版社 1989 年，166 頁。

封建社會上千年的歷史中，有多少才華橫溢的學子受挫於仕途，有多少忠心報國的志士不容於當朝，一次次失望，一次次打擊，將他們原有的一腔熱血和滿腔豪情，化為『大道如青天，我獨不得出』的憤慨與不平，化為了『舉世無相知』的孤獨與苦悶，化為了『我本不棄世，世人皆棄我』的悲哀與痛苦，凡此種種情感，鬱積於心，他們借文學創作來抒發這種悲憤情緒，使痛苦的心情得以昇華，便形成了『士不遇』文學的主題。」〔註8〕且這一文學主題在幾千年的中國古代文學史中，一直伴隨著文學創作。早在先秦時期，第一個偉大詩人屈原就曾將自己不容於時的孤憤和寂寞，以及理想不得實現的怨艾和憂傷在《離騷》中反覆詠歎：「曾歔欷余鬱邑兮，哀朕時之不當」，「懷朕情而不發兮，余焉能忍此終古」。漢魏六朝，不僅有王粲、曹植、嵇康、阮籍、劉伶、左思、鮑照等人慨歎身世遭遇、抒寫「欲而不得」感受的詩歌，更有董仲舒的《士不遇賦》，司馬遷的《悲士不遇賦》，陶淵明的《感士不遇賦》這樣同以「士不遇」為題的幾篇賦作。時至唐代，「伴隨著科舉考試、黨派鬥爭以及晚唐以後國運衰微等種種新的社會現象，反映士不遇主題的作品則又注入了如科場落第、遷謫流貶、時代衰落等新的內容。」〔註9〕如王績的「才高位下……天子不知」(《自撰墓誌銘》)、孟浩然的「不才明主棄，多病故人疏」(《歲暮歸南山》)、李白的 「大道如青天，我獨不得出，……昭王白骨縈蔓草，何人更掃黃金臺」(《行路難》)、崔珏的「虛負凌雲萬丈才，一生襟抱未曾開」(《哭李商隱》) 等等，都是志士失路，懷才不遇的深沉悲歎。

而且文人這種「感士不遇」的情緒往往在登臨既能讓人怡情悅性，又能供人自我勵志和自我聊慰的亭臺樓閣時更易被催發。如王粲登臨荊州當陽城樓，其因才能不得施展而產生的懷才不遇之憂便噴湧而出：「惟日月之逾邁兮，俟河清其未極。冀王道之一平兮，假高衢

〔註8〕趙國幹《中國文學「士不遇」主題的文化審美闡釋》，《雲南社會科學》，2004 年第 3 期，117 頁。

〔註9〕何新文《文士的不遇與文學中的士不遇主題》，《湖北大學學報》哲學社會科學版，1988 年第 4 期，33 頁。

而騁力。懼匏瓜之徒懸兮，畏井渫之莫食。步棲遲以徙倚兮，白日忽其將匿。」；陳子昂登上幽州臺，面對著巨大而永恒的時空，自感今生的短促，志抱難伸，頓感沉重的孤獨和悲憤；命運多舛，懷才不遇的王勃登臨滕王閣也禁不住發出了「關山難越，誰悲失路之人」，以及「時運不齊，命途多舛。馮唐易老，李廣難封。屈賈誼於長沙，非無聖主；竄梁鴻於海曲，豈乏明時」的悲歎！而宋代詞人，尤其是南渡以後的詞人，在特殊的社會、政治環境中，「感士不遇」的情緒有所膨脹，他們也往往在登臨亭臺樓閣時觸景生情，並將其「感士不遇」的情緒進一步轉化為潛氣回轉、沉鬱頓挫的「英雄失路」的悲慨而在詞中流露出來。比如以下詞句：

　　子非我，安知我，意真同。鵬飛鯤化何有，滄海漫沖融。堪笑磻溪遺老，白首直鈎溪畔，歲晚忽衰翁。功業竟安在，徒自兆非熊。（葉夢得《水調歌頭》濠州觀魚臺作）

　　登臨處，喬木老，大江流。書生報國無地，空白九分頭。一夜寒生關塞，萬里雲埋陵闕，耿耿恨難休。徒倚霜風裏，落日伴人愁。（袁去華《水調歌頭》定王臺）

　　落日樓頭，斷鴻聲裏，江南遊子。把吳鈎看了，欄干拍遍，無人會、登臨意。（辛棄疾《水龍吟》登建康賞心亭）

　　提短劍，腰長鋏。昔壯志，今華髮。有江湖徵棹，水雲深闊。要斬鼉鼊埋九地，可憐烏兔馳雙轍。羨渠儂、健筆掃磨崖，文章別。（吳潛《滿江紅》禾興月波樓和友人韻）

　　當時豈料如今。漫一事無成霜鬢侵。看故人強半，沙堤黃合，魚懸帶玉，貂映蟬金。許國雖堅，朝天無路，萬里淒涼誰寄音。（陸游《沁園春》三榮橫溪閣小宴）

　　對青燈，搔白髮，漏聲殘。老來勳業未就，妨卻一身閒。（崔與之《水調歌頭》題劍閣）

　　君門萬里，六師不發。閫外何人回首處，鐵騎千群都滅。拜將臺欹，懷賢閣杳，空指衝冠髮。闌干拍遍，獨對中天明月。（胡世將《酹江月》）

尤其是一些含有「士不遇」文化因子的著名亭臺樓閣，就更易催發宋代詞人在國難當頭的社會背景下，徒有報國壯志、恢復雄心，卻有志難酬、無路請纓的悲憤之情，從而使「士不遇」主題在宋詞中得到更深刻的表現。本章即以岳陽樓、仲宣樓、滕王閣及其相關詞作為例，來探討亭臺樓閣對宋詞中「士不遇」主題的生成作用。

（一）岳陽樓上楚客心——宋代岳陽樓詞中的「士不遇」主題

　　岳陽樓位於歷史名城湖南省岳陽市，是一古樸雄健的古典建築。岳陽樓之美不僅在於其建築本身，更得於周圍環境之助。正如何林福先生在《岳陽樓史話》中所云：「中國古代的建築大都不是孤立地表現單座建築本身的完善，而是憑藉周圍的自然環境，以群體組成一個和諧的空間。在組合中，建築的排列，講究主客層次的虛實對比，追求內心深層的理想。」〔註10〕而岳陽樓正是「囚地構築，借景而生」，與周圍自然景色完美融合在一起的典範。它背靠岳陽城，俯瞰洞庭湖，遙對君山島，北依長江，南涌湘江，湖光山色，妙景天然，蔚為奇觀，因而贏得了「洞庭天下水，岳陽天下樓」的美譽，也因此成為歷代騷人墨客遊覽觀光，吟詩作賦的勝地。諸如南朝宋時顏延之的「清氛霽岳陽，層暉薄灛澳」（《始安郡還都與張湘州等巴陵城樓作》），唐代張說的「危樓瀉洞湖，積水照城隅」（《與趙冬曦尹懋子均登南樓》），孟浩然的「氣蒸雲夢澤，波撼岳陽城」（《望洞庭湖贈張丞相》），李白的「樓觀岳陽盡，川迴洞庭開」（《與夏十二登岳陽樓》），杜甫的「吳楚東南坼，乾坤日夜浮」（《登岳陽樓》），白居易的「春岸綠時連夢澤，夕波紅處近長安」（《題岳陽樓》）劉長卿的「行盡清溪日已蹉，雲容山影兩嵯峨」（《岳陽樓》），元稹的「岳陽樓上日銜窗，影到深潭赤玉幢」（《岳陽樓》），等等都是千古傳誦的佳句，可謂描繪盡了岳陽樓之美。

〔註10〕何林福著《岳陽樓史話》，廣州出版社 2000 年，2 頁。

　　宋詞中也有歌詠岳陽樓的作品，但一般都是借景抒情，且多抒發詞人或仕途失意、被貶謫、被棄置不用的惆悵，或壯志難伸、報國無門的憤懣。因而羈旅漂泊、懷才不遇的楚客之歎便成為宋代岳陽樓詞的主題。

　　先看滕子京的《臨江仙》，詞云：

　　　　湖水連天天連水，秋來分外澄清。君山自是小蓬瀛。氣蒸雲夢澤，波撼岳陽城。帝子有靈能鼓瑟，淒然依舊傷情。微聞蘭芝動芳馨。曲終人不見，江上數峰青。

　　滕子京（991～1047），名宗諒，宋河南府（今河南洛陽）人。他與范仲淹同於大中祥符八年（1015 年）中進士。入仕後甚得范仲淹賞識，累遷官職。北宋慶曆二年（1042），滕子京因「涇州過用公款案」遭人誣陷彈劾，一貶再貶，於慶曆四年（1044）貶知岳州。第二年（1045），滕子京重修岳陽樓，此詞即為岳陽樓修好後所作。詞的上片寫景，描寫了岳陽樓秋水連天的美妙景色；下片抒情，詞中借湘靈鼓瑟的神話故事和錢起《湘靈鼓瑟》的詩意，真切地表現了詞人含冤謫居的淒苦心情。滕子京少負才名，《宋書·滕宗諒傳》載：「宗諒尚氣，倜儻自任，好施與。及卒，家無餘財。」范仲淹的玄孫范公偁在《過庭錄》中也記載曰：「滕子京負大才，為眾所嫉。自慶帥謫巴陵，憤鬱頗見辭色。」〔註11〕這樣一位「入為名諫議，出為名將帥」（袁中道《遊岳陽樓記》）的正直廉潔之士在蒙冤受貶後，心裏有許多怨恨和不滿也是可以理解的。

　　張舜民於元豐五年（1082）被貶官郴州，南行途中登臨岳陽樓而作有《賣花聲》（題岳陽樓）兩首，均表達了濃鬱的貶謫失意之感。尤其是第二首，開頭便借憑弔「忠而被謗」的三閭大夫屈原，來表達詞人無辜受謫的怨憤之情，詞云：

─────────────

〔註11〕范公偁《過庭錄》，見《筆記小說大觀》第六冊，江蘇廣陵古籍刻印社 1983 年。

　　　　樓上久踟躕。地遠身孤。擬將憔悴弔三閭。自是長安
日下影，流落江湖。　　　爛醉且消除。不醉何如。又看
暝色滿平蕪。試問寒沙新到雁，應有來書。

　　南宋愛國詞人張孝祥其人品胸襟與才學識見都可直追蘇軾。據韓
酉山《張孝祥年譜》考證，他於乾道四年（1168）七月，復敷文閣待
制，徙知荊南，荊湖北路安撫使。第二年（1169）三月，獲准辭官，
進顯謨閣直學士致仕，三月下旬，自荊州啓程東歸，四月初，過岳陽
樓，寫下《水調歌頭》（過岳陽樓作）詞：

　　　　湖海倦遊客，江漢有歸舟。西風千里，送我今夜岳陽
樓。日落君山雲氣，春到沅湘草木，遠思渺難收。徙倚欄
杆久，缺月掛簾鉤。　　　雄三楚，吞七澤，隘九州島。
人間好處，何處更似此樓頭。欲弔沉累無所，但有漁兒樵
子，哀此寫離憂。回首叫虞舜，杜若滿芳洲。

詞的開頭便言「湖海倦遊客」，是詞人心緒的真切自然流露。張孝祥
一生力主抗金，因此曾遭到「主和派」代表人物秦檜的陷害而幾度宦
海浮沉，此時詞人已到晚年，因而對宦遊已深感疲倦。下片的「雄三
楚，吞七澤，隘九州島。人間好處，何處更似此樓頭。欲弔沉累無所，
但有漁兒樵子，哀此寫離憂。」更透出詞人熱愛祖國而又無力迴天的
沉雄悲壯之氣度。張孝祥於乾道五年（1169）六月卒於蕪湖，此詞即
是他臨終前數月而寫，可見他憂心國事，力主抗金的忠憤愛國之激烈
情懷，貫穿其一生，誠如他的門生謝堯仁在宋寧宗嘉泰元年（1201）
寫的《張于湖先生集序》中所說：「先生之雄略遠志，其欲掃開河、
洛之氛，蕩洙、泗之膻腥者，未嘗一日而忘胸中。」〔註12〕詞的最後，
作者思緒萬千，不禁仰天呼喚上古聖君「虞舜」，相傳虞舜南巡時死
於蒼梧之野，葬在九嶷山下（在今湖南寧遠縣）。其實作者在這裏是
在感歎南宋小朝廷的日益衰敗，故而借對盛世明君的呼喚來表達詞人
對君臣相得的興盛時代的熱切期盼，而其中所蘊涵的「感士不遇」的
悲憤情緒也不言而喻。

〔註12〕徐鵬《於湖居士文集》，上海古籍出版社 1980 年，2 頁。

　　宋代詞人登臨岳陽樓，之所以會常常感發這種「士不遇」情緒，主要是因為此處在宋代之前就已經數度成為知名官員的貶謫之地，失意落魄文人的漂泊之所，正所謂「遷客騷人，多會於此」（范仲淹《岳陽樓記》），從而使岳陽樓凝結了豐厚的「士不遇」文化因子。

　　屈原是第一個對岳陽樓「士不遇」文化產生重要影響的人物。屈原名平，字原，戰國時楚人。他一生經歷了楚威王、楚懷王、楚頃襄王三個時期，而主要活動於楚懷王時期。屈原因出身貴族，又明於治亂，嫺於辭令，故而早年深受楚懷王的寵信，先後做過三閭大夫、左徒、掌夢，學識淵博，主張彰明法度，舉賢授能，聯齊抗秦。但是由於在內政外交上屈原與楚國腐朽貴族集團發生了尖銳的矛盾，由於上官大夫等人的嫉妒，屈原後來遭到群小的誣陷和楚懷王的疏遠。懷王死後，頃襄王繼位，屈原更是遭讒去職並被放逐，流浪於沅、湘之間。最後見楚國大勢已去，振興無望，留下了千古絕唱《離騷》，「懷石遂自沉汨羅江以死」，（司馬遷《史記》卷二十四，屈原賈生列傳）以身殉國。屈原可謂是中國政治史上眾多遷謫者中最具典型性的代表，並被譽為「逐臣文學的開山之祖」。〔註13〕屈原雖然與岳陽樓沒有直接聯繫，但是他被楚王放逐而流浪的沅、湘之間，也就是洞庭湖一帶，尤其是他懷石自沉的汨羅江，與岳陽樓僅隔百里之遙，歷史上又是岳陽郡瞎之地，是洞庭湖將兩地緊緊聯繫在一起。因此屈原的遷謫遭遇以及他在遷謫的逆境中不屈的抗爭精神，對岳陽樓地區的人文環境具有深刻的影響，成為岳陽樓「士不遇」文化的源頭。

　　張說是又一個對岳陽樓「士不遇」文化產生重要影響的人物。張說，字道濟，又字說之，河東人。一生歷仕武后、中宗、睿宗、玄宗四朝，曾「前後三秉大政」（（後晉）劉昫《舊唐書·張說傳》列傳第四七），是睿宗特別是玄宗開元前期政治中樞的主要成員之一。然而在唐開元三年（715），張說因與姚崇有隙，坐事罷相而被貶為岳州刺

〔註13〕陶濤《論發端於屈原的逐臣文學》，《南京大學學報》（哲社版）1999年第 2 期，106 頁。

史。從位極人臣到蠻荒棄臣，由廟堂之高到江湖之遠，生活的巨大反差引發了張說的苦澀情懷和悲涼心緒，曾一度沉溺在貶謫的寂寞和流遷的怨傷裏。因此在謫居岳州期間，常於同時被貶的趙冬曦、梁知微、王琚等詩人登樓唱和。據《太平寰宇記》卷一一三《岳州‧巴陵縣》記載：「岳陽樓，唐開元四年，張說自中書令為岳州刺史，常於才士登此樓，有詩百餘篇列於樓壁。」他常常借如夢幻般淒迷的岳州山水，來抒發他孤寂憂憤的情懷，如「然諾心猶在，榮華歲不同。孤城臨楚塞，遠樹入秦宮。誰念三千里，江潭一老翁。(《岳州宴別王熊二首》)，「巴陵一望洞庭秋，日見孤峰水上浮。聞道神仙不可接，心隨湖水共悠悠。」(《送梁六自洞庭山》) 等。然政治上失意卻助成了他文學上的成功，使他的詩文創作更趨淒婉沉鬱，因而《新唐書‧張說傳》稱他「既謫岳州，而詩益淒婉，人謂得江山之助」。(歐陽修《新唐書》卷一二五張說) 從而也進一步充實了岳陽樓「士不遇」文化因子。

張說之後，又有「唐代浪漫主義詩人李白，『天子呼來不上船，自稱臣是酒中仙』，曾是何等瀟灑，但晚年因永王之事被流放夜郎，來往在洞庭湖間，唱下了許多哀怨的歌，唐代現實主義詩聖杜甫，安史之亂後做了一年左拾遺，乾元元年（758）被貶華州司功參軍，次年秋，他乾脆放棄官職，開始了『漂泊西南天地間』流浪生活，最後病死在洞庭湖湘江的船上。」〔註14〕後來的韓愈、柳宗元、劉長卿、劉禹錫、李商隱等失意落魄文人也曾來到這裏，並寫下了許多詩歌，抒發他們失意後的苦悶和牢騷。

正是岳陽樓上曾留下了上述屈原、張說、李白、杜甫等諸多遷客騷人歷史足迹，從而使岳陽樓凝結了濃厚的「士不遇」文化，因此宋代詞人登臨此地便常常會產生創作上的心理定勢，尤其是那些也是以遭貶放逐或者失意落魄之身來到此地，就更容易聯想到自己的處境和遭遇，而生發沉痛的楚客之歎。

〔註14〕梁頌成《岳陽樓「先憂後樂」人文精神的形成極其影響》，《零陵學院學報》2003 年第 1 期，42 頁。

（二）「千古書生，那得盡封侯」——宋代仲宣樓詞中的「士不遇」主題

仲宣樓，即荊州當陽縣城樓，王粲登臨作賦之處，在今湖北當陽市（具體考證見本文實證篇「仲宣樓」條）。

王粲，字仲宣，山陽高平人，建安文學的重要代表人物之一，與同時代的孔融、陳琳、徐幹、阮王禹、應瑒、劉楨共稱「建安七子」。漢獻帝初平四年（193），因避董卓之亂而南下荊州投靠劉表，至建安十三年（208）依附曹操。王粲在荊州依附劉表十五年，未被重用，據《三國志・王粲傳》載：「（王粲）乃之荊州依劉表，表以粲貌寢而體弱通脫，不甚重也。」因此他鬱鬱不得志，登當陽城樓將自己一腔憤懣化爲《登樓賦》這一千古絕唱。後人爲了紀念王粲，便將昔日「當陽城樓」稱作「仲宣樓」。

王粲登樓所作《登樓賦》是文學史上廣爲傳誦的名篇。首先，它是中國文學中較早以登樓爲題的作品。人們自古就有登高之習，並往往將登高與文學相聯繫，如孔子游於景山之上時，對子路、顏淵說：「君子登高必賦。」到了漢代，登高能賦成爲士大夫的一個人格要求，《詩經・墉風・定之方中》：「終然允臧。」毛亨傳：「升高能賦……可以爲大夫。」正是在這種社會集體無意識的心理影響下，登高賦詩便成爲古代文人士子的一種風尚，從而登高之作遂成爲中國文學中一道亮麗的風景。而王粲的《登樓賦》不僅內涵豐富，感情眞摯，具有強烈的藝術感染力，且將去國懷鄉、個人壯志難酬的苦悶融入登高之舉中，可謂登高文學的奠基之作。其次，此賦「通篇寫愁，滿紙悲情，思鄉懷歸之愁、懷才不遇之憂、河清未至之慮、亂離傷時之感交織一起，可謂迴腸九轉，憂心百結。」〔註15〕因而不僅奠定了中國抒情文學「登臨生悲」的抒情模式，而且基本包融了歷代文人士子久客他鄉、懷才不遇的典型情緒，特別是賦中所抒

〔註15〕王銳《登高之作的里程碑——談王粲《登樓賦》的文學地位及影響》，《濟南大學學報》2007 年第 3 期，45 頁。

發的「冀王道之一平兮，假高衢而騁力」，可以說是王粲政治思想的集中概括，表達了作者渴望昇平時代以便施展自己才幹的願望，也深刻反映了作者懷才不遇的苦悶之情，因而引起後世不同時代人們的強烈共鳴。從王粲登樓作賦之後，不僅樓閣已不再只是一個簡單的建築物，而成為蘊蓄了特殊內涵的文人抒懷遣情的情繫物，而且「王粲登樓」也不再僅僅是王粲個體的行為，而是「已成為一個蘊蓄著特定的情感意緒的象徵符號，積澱在中國詩人的審美心理結構之中」。〔註16〕後世文人士子在遠離故土、貶官他鄉，或仕途困頓、懷才不遇時，往往就會借助「王粲登樓」這個審美原型來抒發他們的失意情懷。如「自守陳蕃榻，嘗登王粲樓」（張九齡《候使登石頭驛樓作》）、「戎馬相逢更何日，春風回首仲宣樓」（杜甫《將赴荊南寄別李劍州》）、「耿耿雲陽臺，迢迢王粲樓」（賈至《巴陵早秋，寄荊州崔司馬、吏部閻功曹舍人》）、「登樓王粲望，落帽孟嘉情。」（元稹《答姨兄胡靈之見寄五十韻》）、「一句黃河千載事，麥城王粲謾登樓」（羅隱《春日投錢塘元帥尚父》）、「雪余自閉袁安戶，月皎時登王粲樓」（鄧肅《次韻王信州三首》其一）、「同年肯過盧仝屋，九日共登王粲樓」（方岳《九日與同年沈貫卿飲月墅》）、「長安道，且身如王粲，時復登樓」（陳人傑《沁園春》次韻林南金賦愁）、「只問寒沙過雁，幾番王粲登樓」（高似孫《木蘭花慢》）、「遠水長天，淡煙衰草，還是當時王粲樓」（李曾伯《沁園春》）、「故園山川，故園心眼，還似王粲登樓」（周密《一萼紅》登蓬萊閣有感）、「夜月馮驩鋏，西風王粲樓」（文天祥《早起偶成》），等等。

　　既然「王粲登樓」已經作為一個表達各種「失意」情緒的審美意象在古代詩詞中反覆使用，那麼宋代詞人一旦將仲宣樓作為實實在在的對象來賦詠時，便更易與當年的王粲悠然神會，他們在內憂外患的社會現實中，因黑暗勢力當道，滿懷報國之志卻無法實現的「懷才不

〔註16〕趙松元《「王粲登樓」與登樓懷鄉的傳統》，《中國韻文學刊》1996 年第 1 期，82 頁。

遇」之感在賦詠仲宣樓的詞中就更會不自覺地宣泄出來。如高似孫的《江神子》（寄德新丈）：

> 草堂瀟灑浙江頭。傍林丘。買扁舟。隔岸紅塵，無路近沙鷗。枕上看書樽有酒，身外事，竟何求。　　暮雲歸鳥仲宣樓。弊貂裘。爲誰留。千古書生，那得盡封侯。好在半山亭下路，聞未老，去來休。

此詞上片寫詞人於扁舟之上、碧水之間，看書飲酒的自適心態，彷彿詞人已陶醉於山林之間，置身於紅塵之外，忘卻了塵事間的一切煩惱，以求隨遇而安、隨緣自適。其實這不過是表面現象，下片用「暮雲」和「歸鳥」這種傷感的意象來賦詠仲宣樓，詞人內心的不平靜已昭然若揭。然後借用戰國時蘇秦游說諸侯，懷才不遇，黃金盡、貂裘敝的典故，來進一步抒發作者的自憐、自傷之情。接下來的「千古書生，那得盡封侯」一句，更是在聊以自慰的自嘲中飽含著詞人懷才不遇的悲憤和無奈，既是對千百年來如王粲那樣有著懷才不遇經歷書生的傷悼，也是在自傷。

再如陳策的《摸魚兒》（仲宣樓賦）：

> 倚危梯、酹春懷古，輕寒才轉花信。江城望極多愁思，前事惱人方寸。湖海興。算合付元龍，舉白澆談吻。憑高試問。問舊日王郎，依劉有地，何事賦幽憤。　　沙頭路，休記家山遠近。賓鴻一去無信。滄波渺渺空歸夢，門外北風淒緊。烏帽整。便做得功名，難綠星星鬢。敲吟未穩。又白鷺飛來，垂楊自舞，誰與寄離恨。

初春時節，詞人登臨仲宣樓極目遠望，不由想起「惱人」的「前事」而頓生諸多愁思，究竟何事何愁？詞人這裏暫沒有明說。接下來的「湖海興。算合付元龍」句，是用東漢末年豪氣之士陳登之典，《三國志》卷七《魏書·呂布傳》附《陳登傳》載：「陳登者，字符龍，在廣陵有威名。又掎角呂布有功，加伏波將軍，年三十九卒。後許汜與劉備並在荊州牧劉表坐，表與備共論天下人，汜曰：『陳元龍湖海之士，豪氣不除。』」故「後世詩詞常用『元龍豪氣』稱美氣概豪邁或有愛

國抱負的人士」。〔註 17〕顯然詞人在這裏是以陳登自況，表明自己也曾滿懷報國之志。然後詞人又仰天長嘯，對昔日王粲之事發出質問：過去的王粲本已依附劉表而有了棲身之地，爲何還要登樓作賦以瀉憂憤呢？很明顯，詞人此質問既是對昔日王粲懷才不遇遭遇的深切同情，也是在傷悼自己空有陳登那樣忠心報國的豪邁之氣，到頭來也不免同王粲一樣落個不爲世所用的悲慘結局。至此我們也就明白了這種因登仲宣樓而惹起的懷才不遇之愁，正是詞人前面所言的「前事」之「愁思」。此詞用典貼切，構思新穎別致，稱得上是宋代仲宣樓詞中表現「士不遇」主題的優秀之作。

（三）滕王高閣傷漂泊——宋代滕王閣詞中的「士不遇」主題

　　滕王閣始建於唐永徽四年（653），爲唐高祖李淵之子李元嬰任洪州（今江西南昌）都督時所建。故址在今江西省南昌市城西，下臨贛江，正所謂「滕王高閣臨江渚」（王勃《滕王閣詩》），此閣「層巒聳翠，上出重霄；飛閣流丹，下臨無地」（王勃《滕王閣序》），不僅享有「西江第一樓」之譽，且被列爲「江南三大名樓」之首。唐代著名文學家韓愈在其《新修滕王閣記》中就曾讚美曰：「愈少時，則聞江南多臨觀之美，而滕王閣獨爲第一，有瑰偉絕特之稱。」又云：「及得『三王』所爲序、賦、記等，壯其文辭。」（筆者案：王勃作有《滕王閣序》，之後王緒、王仲舒分別又作《滕王閣賦》、《滕王閣記》，文學史上並稱「三王」文章）可見，滕王閣之所以能在江南諸多「臨觀之美」中獨爲第一，且盛名流貫古今，除了其本身宏偉壯觀的建築風格以及周圍優美的自然景觀外，另一主要原因便是有文辭壯其名。確切地說，正是初唐四傑之一王勃用生花妙筆寫就的那篇《滕王閣序》，才使這座帝子閣一鳴而爲天下知。誠

〔註17〕范之麟主編《全宋詞典故詞典》上冊，湖北辭書出版社 2001 年 5 月修訂版，307 頁。

如清人尙熔所云：「山水與樓臺，又須文字留，……倘非子安序，此閣成荒陬。」(《憶滕王閣》)

　　王勃《滕王閣序》，原題《秋日登洪府滕王閣餞別序》，亦名《滕王閣詩序》，是他往交趾省親路過洪州（今江西南昌），應洪州都督閻伯嶼之邀參加宴會時所寫，是一篇用駢體寫就的文質彬彬的優秀詩序。詩人登臨滕王閣，展現在面前的是「襟三江而帶五湖」的闊大景象，於是詩人首先用大量的篇幅，濃墨重彩地描繪了洪府「物華天寶」、「人傑地靈」的人文之美，以及滕王閣周圍「落霞與孤鶩齊飛，秋水共長天一色」的自然之美。面對如此良辰美景，通常人也往往會樂極生悲，更何況失路、失意之人！王勃出生於書香門第，祖父是著名學者王通。他自幼聰穎過人，七歲能文，十四歲科試及第，然後曾兩次授官，兩次遭貶。而他此時也正是因殺官奴獲罪而被罷免之身，因而在「天高地迴，覺宇宙之無窮」的廣闊背景之下，更是「興盡悲來」，引出如下感慨：

　　　　關山難越，誰悲失路之人？萍水相逢，盡是他鄉之客。懷帝閽而不見，奉宣室以何年？嗟乎！時運不齊，命途多舛；馮唐易老，李廣難封。屈賈誼於長沙，非無聖主；竄梁鴻於海曲，豈乏明時？所賴君子見機，達人知命。老當益壯，寧移白首之心？窮且益堅，不墜青雲之志。酌貪泉而覺爽，處涸轍以猶歡。北海雖賒，扶搖可接；東隅已逝，桑榆非晚。孟嘗高潔，空懷報國之心；阮籍猖狂，豈效窮途之哭！

一句「關山難越，誰悲失路之人」，振聾發聵，可謂喊出了詩人鬱積心中已久的苦悶和無奈，接下來帶出一段感歎史時，傷古懷今的激揚文字。詩人在這裏歷舉了古代一些賢臣、名士，諸如馮唐、李廣、賈誼、曹植、孟嘗、阮籍等遭厄境，不得志的事例，既是為說明「時運不齊，命途多舛」乃是古今有識之士的共同命運，也是在借古人典故抒發自己懷才不遇、有志難伸的苦悶，可以說是為古往今來的所有鬱鬱不得志者作了不平則鳴，這正是文章的靈魂和精髓所在。

　　正是上述王勃《滕王閣序》中所表達的思想精髓，而使其成為一篇情文並茂的美文而一直為後人傳誦，也助滕王閣盛名流傳的同時賦予了其「士不遇」的文化內涵，因此宋代詞人登臨滕王閣，賦詠填詞，在其文化張力的影響下，他們因懷才不遇而產生的人生悲慨自然也會被感發出來。其中南宋後期詞人吳潛所作《滿江紅》（豫章滕王閣）堪稱代表，詞云：

　　　　萬里西風，吹我上、滕王高閣。正檻外、楚山雲漲，楚江濤作。何處征帆木末去，有時野鳥沙邊落。近簾鈎、暮雨掩空來，今猶昨。　　　秋漸緊，添離索。天正遠，傷飄泊。歎十年心事，休休莫莫。歲月無多人易老，乾坤雖大愁難著。向黃昏、斷送客魂消，城頭角。

　　吳潛（1195～1262）字毅夫，號履齋，宣州寧國（今屬安徽）人。出身於官宦家庭，曾兩次為相，為官期間曾多次上書進言，切論國事，針砭時弊，具有政治家的卓越才幹。但因他「為人豪邁，不肯附權要」（陳霆《渚山堂詞話》卷一），因而在仕途上也曾多次受到打擊。其詞多抒發濟時憂國的抱負與報國無門的悲憤，格調沉鬱，感慨特深。此詞乃淳祐七年（1247）吳潛遭受臺臣攻擊被罷免朝中要職改任福建安撫使，途經南昌，登覽滕王閣所作。〔註18〕詞開頭云「萬里西風，吹我上、滕王高閣」，這裏既暗用了王勃的故事，也寫出了詞人登臨時的興致。傳說王勃往南昌途中，水神助以神風，使他一夕行四百里，民諺謂「時來風送滕王閣」。接下來寫臨觀所見美景，也是處處映照王勃《滕王閣序》，面對猶如當年王勃所見同樣之景色，詞人也禁不住「興盡悲來」了，於是下片轉寫對景難排的愁情。伴隨著漸漸凄厲的秋風，詞人的失意、漂泊之苦也愈加強烈。詞人想到十年來不堪回首的風風雨雨，而如今自己又年時已老，歲月無多，其報國無門、有志難伸的悲憤之情更是難以言表。此詞沉

─────────────────

〔註18〕參見唐圭璋等撰《唐宋詞鑒賞辭典》南宋・遼・金卷，上海辭書出版社 1988 年，1953 頁。

鬱動人，哀思綿綿，之所以「留存至今，仍堪諷詠，除了其寫景的精要、生動、清暢外，就在它眞實地抒寫了一個失意政治家的人生悲感和撫事感時的憂憤。」〔註19〕

另外，南宋遺民詞人龍紫蓬登臨滕王閣，也曾塡有《齊天樂》（題滕王閣）一詞：

> 雨簾雲棟重尋處，青紅半空飛去。檻影侵鷗，簷光送雁，搖蕩秋容千里。歌珠舞翠。怎禁得無情，一江流水。可是西山，半眉新綠向人覷。　　千年留下勝賞，盡登臨無限，須付才思。壞堞閒愁，危檣往恨，欲拍闌干無路。新碑舊記。更今古匆匆，一番興廢。立盡斜陽，共誰評半語。

這裏詞人是將自己登臨滕王閣所感發的懷才不遇的閒愁舊恨打併入國破家亡的遺恨之中，令人蕩氣迴腸！

綜上所述，由於亭臺樓閣所具有的抒情遣懷功能，特別是一些著名的亭臺樓閣，如岳陽樓、仲宣樓、滕王閣等，因其擁有濃厚的「士不遇」文化內涵，因而使得中國古代文學傳統的「士不遇」主題也在宋詞中得以充分展現。詞人登臨其上，或表達仕途失意、被貶謫、被棄置不用的牢騷和不平，或抒發壯志難酬、英雄失路、報國無門的悲憤，不僅充實了宋詞中「士不遇」主題的思想內涵，也進一步增強了其思想深度，從而對宋詞主題的豐厚和拓展具有重要的作用。

第三節　亭臺樓閣與宋詞中的隱逸主題──以嚴子陵釣臺、垂虹亭爲例

《周易·繫辭上》云：「子曰：『君子之道，或出或處，或默或語。』」道出了「出仕」和「隱逸」自古就是中國文人兩種不同的處世方式，是他們不同的政治態度、哲學觀念、審美取向以及行爲方式的集中體現。所謂「隱逸」，即遁世隱居，超逸塵外，尋求精神慰藉，聊以自

〔註19〕參見唐圭璋等撰《唐宋詞鑑賞辭典》南宋·遼·金卷，上海辭書出版社1988年，1954頁。

我解脫。具體來說,「在思想上以獨善其身、高蹈出世為目標,在行為上則表現為與現實不合作的疏離行徑。人們一直對隱逸懷有尊崇、敬佩的情懷。上古許由、巢父不受爵位、隱居終身的高逸情操,開啓中國隱逸文化之先河。自此以後,對隱逸生活的吟哦,對隱逸之士的高歌不絕如縷」,〔註20〕從而隱逸成為中國古代社會一種特有的深含歷史積澱的文化現象。這種文化現象不僅深深影響了我們的民族性格,更成為文學創作的一個永恒主題。「早在先秦時代,就有了這類作品的出現。《詩·小雅·白駒》云:『皎皎白駒,在彼空谷。』任何一個時代,總會有一些士人被排除在統治階層之外,如『皎皎白駒』一般地寂寞而孤傲,他們用作品抒發著自己高潔的情懷。而一部分『居廟堂之高』的士人,有時也喜歡吟嘯山水,一洗塵俗之氣。」〔註21〕到了宋代,由於「宋代的隱逸文化具有集大成的特點,前此歷代的各種隱逸文化類型至此而趨於完備,並蔚為大觀。」〔註22〕折射到文學領域,更是出現了大量反映隱逸生活、抒寫隱逸情志的隱逸作品,宋詞中自然也不例外。

　　另外,由於不同時代,政統與道統矛盾鬥爭並不相同,因而不同時代隱逸的方式和動機也不盡相同。通觀隱逸文化發展的歷史進程,基本經歷了一個從「小隱」(隱於山林)、「中隱」(隱於州郡)、「大隱」(隱於朝市),最後到隱逸方式的最高境界──「心隱」(追求心靈上的隱逸)的嬗變。但是無論何種隱逸方式,都是企求在優美的自然山水中尋求清靜,進而尋求內心的寧靜,最終達到外在環境與心靈世界的物我合一。而且宋代文人在享樂文化的影響下,那些建在山水形勝地的所謂「可行、可望、可遊、可居」(郭熙《林泉高致》)的亭臺樓

〔註20〕李連霞,王加鑫《解讀隱逸》,《河北理工大學學報》(社會科學版)2007 年第 4 期,74 頁。

〔註21〕郭倩《試論元散曲中的隱逸主題》,《集美大學學報》(哲學社會科學版),2002 年第 4 期,105 頁。

〔註22〕張玉璞《「吏隱」與宋代士大夫文人的隱逸文化精神》,《文史哲》2005年第 3 期,48 頁。

閣更是他們所嚮往的隱逸之所，於是詞人們徜徉於其間，盡情地抒發他們的閒適隱逸之情，留下了大量的隱逸詞作，從而對宋詞隱逸主題的生成產生了重要的影響。

（一）嚴子陵釣臺高風垂千古──宋代嚴子陵釣臺詞中的隱逸主題

嚴子陵釣臺位於今浙江桐廬市西富春江之北岸的富春山上，因東漢高士嚴子陵拒絕光武帝劉秀之召，拒封「諫議大夫」之官位，來此地隱居垂釣而聞名古今。《後漢書・卷八十三・逸民列傳・嚴光傳》記載曰：

> 嚴光字子陵，一名遵，會稽餘姚人也。少有高名，與光武同遊學。及光武即位，乃變名姓，隱身不見。帝思其賢，乃令以物色訪之。後齊國上言：「有一男子，披羊裘釣澤中。」帝疑其光，乃備安車玄纁，遣使聘之。三反而後至。舍於北軍，給床褥，太官朝夕進膳。……車駕即日幸其館。光臥不起，帝即其臥所，撫光腹曰：「咄咄子陵，不可相助爲理邪？」光又眠不應，良久，乃張目熟視，曰：「昔唐堯著德，巢父洗耳。士故有志，何至相迫乎！」帝曰：「子陵，我竟不能下汝邪」於是升輿歎息而去。復引光入，論道舊故，相對累日。帝從容問光曰：「朕何如昔時？」對曰：「陛下差增於往。」因共偃臥，光以足加帝腹上。明日，太史奏客星犯御座甚急。帝笑曰：「朕故人嚴子陵共臥耳。」除爲諫議大夫，不屈，乃耕於富春山，後人名其釣處爲嚴陵瀨焉。建武十七年，復特徵，不至。年八十，終於家。

由以上記載可知，嚴子陵身上有兩點最值得後人追慕和敬仰。其一，是他「不事王侯，高尚其事」（《易經・蠱卦》）的高潔人格。因而宋人范仲淹曾於景祐元年，出守睦州時，「建嚴先生祠堂，復其子孫四家而奉祠焉。」〔註23〕並作有《桐廬郡嚴先生祠堂記》一文高度稱讚

〔註23〕樓鑰編，范之柔補，刁忠民校點《范文正公年譜》，《宋人年譜叢刊》，四川大學出版社 2002 年，613 頁。

嚴子陵曰：「先生漢光武之故人也，相尙以道，及帝握赤符，乘六龍，
得聖人之時，臣妾億兆，天下孰加焉，惟先生以節高之。既而動星象，
歸江湖，得聖人之清，泥塗軒冕，天下孰加焉，惟光武以禮下之。在
蠱之上九，眾方有為，而獨不事王侯，高尙其事，先生以之；在屯之
初九，陽德方亨，而能以貴下賤，大得民也，光武以之。蓋先生之心，
出乎日月之上，光武之器，包乎天地之外，微先生，不能成光武之大，
微光武，豈能遂先生之高哉。而使貪夫廉，懦夫立，是有大功於名教
也。某來守是邦，始構堂而奠焉，乃復其為後者四家以奉祠事，又從
而歌曰：雲山蒼蒼，江水泱泱，先生之風，山高水長。」（《范文正集》
卷七）可見，對嚴光的讚譽之高可謂無以復加了。其二，是他不含任
何功利目的只求眞正獲得心靈自由的隱逸風範：他既不同於歷史上那
些或圖全身遠禍、或為逃避紛爭，或因厭惡官場等迫不得已而隱逸，
也非為了沽名釣譽、故做姿態以待時機而走終南捷徑而隱居，而是捨
棄了任何功利目的，眞正順著自身本性的自然的隱逸者。正如明朝義
士羅玘在其《西溪漁樂說》一文中所稱：「天下有傭樵，有傭牧，有
傭耕，而獨無傭漁。惟其無傭於人，則可以自有其身。」又曰：「故
夫擇業莫若漁，漁誠足樂也。而前世淡薄之士託而逃焉者，亦往往於
漁：舜於雷澤，尙父於渭濱。然皆為世而起，從其大也，而樂不終，
至於終其身樂之不厭，且以殉者，古今一人而已，嚴陵是也。」（羅
玘著《翰林羅圭峰先生文集》卷十三）

正是上述嚴子陵所具有的高風亮節和包含著自由內核的隱逸精
神，而使其垂釣之地成為中國歷史上十幾處釣臺中最著名的一個，
千百年來贏得眾多文人墨客的吟詠和憑弔。據筆者粗略統計，宋代
之前，僅《全唐詩》中吟詠嚴子陵釣臺的就有二十餘首，試讀如下
幾首：

張繼《題嚴陵釣臺》

舊隱人如在，清風亦似秋。客星沉夜壑，釣石俯春流。

鳥向喬枝聚，魚依淺瀨遊。古來芳餌下，誰是不吞鉤？

顧況《嚴公釣臺作》

> 靈芝產遐方，威鳳家重霄。嚴生何耿潔，託志肩夷巢。
> 漢后雖則貴，子陵不知高。糠粃當世道，長揖變龍朝。
> 掃門彼何人，升降不同朝。捨舟遂長往，山谷多清飆。

權德輿《嚴陵釣臺下作》

> 絕頂聳蒼翠，清湍石磷磷。先生晦其中，天子不得臣。
> 心靈棲顥氣，纓冕猶緇塵。不樂禁中臥，卻歸江上春。
> 潛驅東漢風，日使薄者醇。焉用佐天子，特此報故人。
> 人知大賢心，不獨私其身。弛張有深致，耕釣陶天真。
> 奈何清風后，擾擾論屈伸。交情同市道，利欲相紛綸。
> 我行訪遺臺，仰古懷逸民。矰繳鴻鵠遠，雪霜松桂新。
> 江流去不窮，山色凌秋旻。人世自今古，清輝照無垠。

王貞白《題嚴陵釣臺》

> 山色四時碧，溪聲七里清。嚴陵愛此景，下視漢公卿。
> 垂釣月初上，放歌風正輕。應憐渭濱叟，匡國正論兵。

羅隱《嚴陵灘》

> 中都九鼎勤英髦，漁釣牛蓑且遁逃。
> 世祖昇遐夫子死，原陵不及釣臺高。

不難看出，上述詩歌或稱讚嚴光不屈權貴的高潔人格，或歌頌其不為名利，遁世離俗以求人格獨立、心靈自適的隱逸情懷，都是客觀冷靜地對嚴光加以評價，並沒有表露自己的情感取向。這或許是因為在唐代積極進取的時代風氣下，隱逸之士的終南捷徑在當時才是一個值得仿傚和學習的榜樣，而嚴子陵不屈權貴的高潔人格以及他以自由為原則的隱逸精神縱然可貴而在現實中並不可取吧。

然而，到了宋代，伴隨著「宋代文人向內收斂的心態促使其關注視野與生活情趣的轉變，他們常欲生命與自然融為一體，在審美觀照中獲得精神的超越和解脫。」〔註24〕，促使其隱逸文化日益興盛。而且在儒、釋、道「三教合一」的哲學思想背景下，宋代的隱逸文化更

〔註24〕李蕊芹《論北宋文人的隱逸思想》，《求索》2007 年第 6 期，181 頁。

爲豐富多彩，各種隱逸文化類型至此而趨於完備：既有寄居林泉岩
壑、遠離塵囂的「小隱」，如魏野、林逋者；也有隱於朝市的「大隱」
（朝隱），如王禹偁、寇準、歐陽修者　；更多的是以蘇軾、辛棄疾爲
代表的「中隱」（吏隱），他們「既與現實政治保持著密切的聯繫，又
努力擺脫『政統』的羈縻、控制，游離於現實政治之外；既不放棄世
俗的享樂，又能在物欲橫流的世俗社會人生中努力守護、經營自己的
精神家園，不爲外物所役，求取個體人格的獨立與自由，成就自己的
閒適生活和詩意人生。」〔註25〕但是無論何種隱逸方式，在宋人「靜
弱」、「內斂」、「深微」的文化心理影響下，其隱逸心態都是以唯美、
自由傾向爲旨歸，這正與嚴子陵的隱逸精神相契合，可以說嚴子陵是
宋人心目中理想的隱士典範。故而當詞人們置身於其隱居垂釣之地
時，對嚴子陵的高風就不只是爲讚美而讚美了，自然會深受感觸，於
追慕和懷想中抒發他們的隱逸惜懷。

　　先看王白中的《念奴嬌》（題釣臺）：

　　　　扁舟夜泛，向子陵臺下，偃帆收櫓。水闊風搖舟不定，
　　倚釣月華新吐。細酌清泉，痛澆塵臆，喚起先生語。當年
　　綸釣，爲誰高臥煙渚。　　　還念古往今來，功名可共，
　　能幾人光武。一旦星文驚四海，從此故人何許。到底軒裳，
　　不如蓑笠，久矣心相與。天低雲淡，浩然吾欲高舉。

詞人乘舟夜泛嚴子陵釣臺，徜徉在清風明月裏，心中的世俗之痛已被
消解，詞人頓時感念起當年嚴子陵的高臥之舉，而後又在對古往今
來，功名難與人共的的感歎中，抒發詞人決心歸隱的浩然之志。

　　薛師石的《漁父詞》更是直接表達了詞人爲逃脫世俗名利而「獨
棹扁舟」的隱逸之情：

　　　　春融水暖百花開。獨棹扁舟過釣臺。鷗與鷺，莫相猜。
　　不是逃名不肯來。

────────────
〔註25〕張玉璞《「吏隱」與宋代士大夫文人的隱逸文化精神‧摘要》，《文史
　　哲》2005 年第 3 期，48 頁。

袁去華曾於宋高宗紹興十四年（1144）赴試南宮時登臨嚴子陵釣臺，三十三年後，復登此臺，而今詞人已皓然白首，又逢風雲變換的亂世，因而深感放懷煙波以自適的可貴，於是作《柳梢青》（釣臺。紹興甲子赴試南宮登此，今三十三年矣）一詞以抒懷：

> 一水縈回。參天古木，夾岸蒼崖。三十三年，客星堂
> 上，幾度曾來。　　　眼看變化雲雷。分白首、煙波放懷。
> 細細平章，釣臺畢竟，高似雲臺。

方有開來到嚴子陵釣臺作有《點絳唇》（釣臺），詞中則用自嘲的方式來表達其為所世俗累的苦悶以抒發對隱逸生活的羨慕和嚮往，詞云：

> 七里灘邊，江光漠漠山如戟。漁舟一葉。徑入寒煙碧。
> 　　笑我塵勞，羞對雙臺石。身如織。年年行役。魚鳥
> 渾相識。

　　總之，宋詞中有關嚴子陵釣臺的詞作有近二十首，基本都是借憑弔高士嚴光來表達詞人「披蓑垂釣」的隱逸情懷。宋代嚴子陵釣臺詞作之所以表現出如此一致的隱逸主題，縱然與宋代文人的時代文化心理不無關係，而蘊涵有隱逸文化底蘊的釣臺本身對其產生的影響又豈能忽視？

（二）垂虹亭上慕「三高」──宋代垂虹亭詞中的隱逸主題

　　垂虹亭，在今江蘇吳江縣長橋上，北宋慶曆年間縣令李問所建。此亭所在之長橋不僅「橫截松陵，湖光海氣，蕩漾一色，乃三吳之絕景」（宋朱常文《吳郡圖經續志》），又地處松江和江南運河的交匯點，瀕臨太湖，是古代文人南來北往水路交通的必經之所，所以一直吸引著眾多的詞人墨客來此登臨觴詠。因此這裏不僅留下了蘇軾、張先等著名詞人於宋神宗熙寧七年（1074）在此置酒吟詠的一段詞壇佳話，（以上具體考述內容見本文實證篇，「吳江垂虹亭」條）而且宋詞中以垂虹亭入詞的作品也是屢見不鮮，涉及的作者既有隱遁江湖之人，如毛滂、朱敦儒等，也有忠心報國之士，如張元幹、張孝祥等。然而

研讀他們的垂虹亭詞作，發現其主題指向也如嚴子陵釣臺詞一樣表現出驚人的一致性：即抒發隱逸情懷、吟詠隱逸意趣。

因垂虹亭周圍優美的自然風光，人們置身其中，不由會生「洗盡凡心，相忘塵世」（朱敦儒《念奴嬌》垂虹亭）之感，因而有些詞作主要是通過對垂虹美景的描寫來表現詞人超然的情懷，較有代表性的有以下幾首：

> 放船縱棹，趁吳江風露，平分秋色。帆卷垂虹波面冷，初落蕭蕭楓葉。萬頃琉璃，一輪金鑒，與我成三客。碧空寥廓，瑞星銀漢爭白。　　深夜悄悄魚龍，靈旗收暮靄，天光相接。瑩澈乾坤，全放出、疊玉層冰宮闕。洗盡凡心，相忘塵世，夢想都銷歇。胸中雲海，浩然猶浸明月。（朱敦儒《念奴嬌》垂虹亭）

> 倚棹太湖畔，踏月上垂虹。銀濤萬頃無際，渺渺欲浮空。爲問瀛洲何在，我欲騎鯨歸去，揮手謝塵籠。木得此緣了，佳處且從容。　　飲湖光，披曉月，抹春風。平生豪氣安用，江海興無窮。身在冰壺千里，獨倚朱欄一嘯，驚起睡中龍。此樂豈多得，歸去莫匆匆。（崔敦禮《水調歌頭》垂虹橋亭）

> 三載役京口，十度過松江。垂虹亭下煙水，長是映篷窗。釣得錦鱗成膾，快把雙螯浩飲，豪氣未能降。醉舞影零亂，心逐浪春撞。　　景蒼茫，歌欸乃，石空硿。蒹葭深處，適意魚鳥自雙雙。便擬輕舟短棹，明月清風長共，與世絕紛厖。嘉遁有眞隱，不羨鹿門龐。（劉學箕《水調歌頭》飲垂虹）

以上作品，詞人們沐浴在「明月清風」、「天光相接」的自然美景之中，盡情地抒發他們恬淡自適的隱逸之趣。不過更多的詞作還是在對吳江歷史上「三高」的吟詠中表露詞人的隱逸情志。

「三高」指吳江歷史上三位高人，即越范蠡、晉張翰以及晚唐陸龜蒙，三人最終都走上了隱逸之路，（有關「三高」的具體考述見本

文實證篇，「吳江垂虹亭」條）他們高潔的志行不斷引起後人的懷想和追憶，因而與「三高」故事相關的地理環境也逐漸沉積下了深厚的隱逸文化底蘊。到了宋代，由於對隱逸文化的推崇，「三高」更受到宋人的尊崇。不僅蘇軾寫有《吳江三賢畫像》詩三首，更有朧庵主人王文孺獻其地雪灘，於宋孝宗乾道三年（1168）建「三高祠」，又名「三高亭」，（建祠時間據范成大《三高祠記》）。祠在長橋之北，正與垂虹亭相望。後來范成大又作《三高祠記》來紀念這三位隱逸之士，文章開頭盛讚了三人的高風亮節，云：「乾道三年二月，吳江縣新作三高祠成。三高者：越上將軍姓范氏，是為鴟夷子皮；晉大司馬東曹掾姓張氏，是為江東步兵；唐贈右補闕姓陸氏，是為甫里先生。三君者不並世，而鴟夷子皮又嘗一用人之國，名大功顯而去之。季鷹、魯望蕭然癯儒，使有為於當年，其所成就，固不可渝度。要皆得道見微，脫屣天刑，清風峻節，相望於松江、太湖之上，故天下同高之。」〔註26〕故而宋代詞人登上垂虹亭，其情感的寄託者就往往會是范蠡泛舟五湖、張翰鱸魚蒓膾以及陸龜蒙放浪湖山之屬。我們看以下詞作：

> 寒滿一衾誰共。夜沉沉、醉魂朦鬆。雨呼煙喚付淒涼，又不成、那些好夢。　　明日煙江□暝曚。扁舟繫、一行蠐蝀。季鷹生事水彌漫，過鱸船、再三目送。(毛滂《夜行船》雨夜泊吳江，明日過垂虹亭)

> 拄策松江上，舉酒酹三高。此生飄蕩，往來身世兩徒勞。長羨五湖煙艇，好是秋風鱸鱠，笠澤久蓬蒿。想像英靈在，千古傲雲濤。(張元幹《水調歌頭》丁丑春與鍾離少翁、張元鑒登垂虹)

> 天下最奇處，綠水照朱樓。三高仙去，白頭千古想風流。跨海晴虹垂飲，極目滄波無際，落日去漁舟。蘋末西風起，橘柚洞庭秋。(袁去華《水調歌頭》)

〔註26〕周密撰，朱菊如等校注《齊東野語校注》卷十六，華東師範大學出版社 1987 年，311 頁。

　　艤棹太湖岸，天與水相連。垂虹亭上，五年不到故依
然。洗我征塵三斗，快捲商飆千里，鷗鷺亦翩翩。身在水
晶闕，眞作馭風仙。　　　　望中秋，無五日，月還圓。倚
欄清嘯孤發，驚起蟄龍眠。欲酹鴟夷西子，未辦當年功業，
空繫五湖船。不用知餘事，尊罍正芳鮮。（張孝祥《水調歌頭》
垂虹亭）

　　紅玉階前，問何事、翩然引去。湖海上、一汀鷗鷺，
半帆煙雨。報國無門空自怨，濟時有策從誰吐。過垂虹亭
下繫扁舟，鱸堪煮。（吳潛《滿江紅》送李御帶祺）

　　酹清杯問水，慣曾見、幾逢迎。自越棹輕飛，秋尊歸
後，杞菊荒荊。孤鳴。舞鷗慣下，又漁歌、忽斷晚煙生。
雪浪閒消釣石，冷楓頻落江汀。　　　　長亭。春恨何窮，
目易盡、酒微醒。恨斷魂西子，凌波去杳，環佩無聲。陰
晴。最無定處，被浮雲、多鬩鏡華明。向曉東風霽色，綠
楊樓外山青。（吳文英《木蘭花慢》重泊垂虹）

　　一自三高非舊，把詩囊酒具，千古淒涼。近日煙波，
樂事盡逐漁忙。山橫洞庭夜月，似瀟湘、不似瀟湘。歸未
得，數清遊、多在水鄉。（張炎《聲聲慢》重過垂虹）

以上作品，由於詞人的秉性、經歷以及所處時代環境的差別，儘管所
表現的情感基調和風格特徵不盡相同，比如有的沉浸在「滄波無際」
「落日漁舟」的逸興之中，風格淡泊超然；有的感歎功業未成而發出
「空繫五湖船」的悲憤和無奈，風格悲壯；有的抒發江山難保的千古
遺恨，風格淒涼，但都是在對「三高」舊事的追念中表現了詞人對「泛
舟五湖」的企羨和嚮往。

　　從以上描述中，我們發現，宋代垂虹亭詞不管是對自然景物的描
寫還是對「三高」故事的吟詠，都表現出一致性的隱逸主題，這實得
助於垂虹亭所處之地優美的自然風光、「三高」歷史故事積澱下來的
深厚的隱逸文化底蘊以及宋代文人追求「逸興」的時代文化心理的高
度融合，它又一次向我們證明了亭臺樓閣對宋詞主題生成的重要作用。

小　結

　　以上選擇了幾個歷史文化內涵豐富的著名亭臺樓閣作為個案，分別闡述了它們對宋詞中「懷古」主題、「士不遇」主題以及「隱逸」主題的生成作用。而這三種主題對於「詞為豔科」的宋詞來說，並不是主要的表現內容，但在有關亭臺樓閣的詞作中都得到了充分的表現。由此不難看出，亭臺樓閣在宋詞主題的生成，尤其是主題拓寬方面所發揮的作用和影響是毋庸置疑的。

結　語

　　陳從周先生說:「山林岩壑，一亭一樹，莫不用文學上極典雅美麗而適當的辭句來形容它，使遊者入其地，覽景生情文，這些文字亦就是這個環境中最恰當的文字代表。」〔註1〕道出了建築美與文學美相映生輝所產生的綜合美學效果。而亭臺樓閣在宋詞中的運用可謂是將建築藝術和文學藝術珠聯璧合的典範，宋詞之所以成爲宋代文學之勝，在中國文學史上成爲可與唐詩比肩的文學體裁，可以說與亭臺樓閣的介入不無關係，因此才有了以上探討的必要和意義。當然以上探討並未能完全解決本課題，比如宋詞與亭臺樓閣之間似乎應是一種「妙境雙生」的關係，但因本人學力有限，文章沒有深入挖掘宋詞對於亭臺樓閣的作用和影響，還有待於以後進一步的研究和探討。

〔註 1〕陳從周《園林談叢》，上海文化出版社 1980 年，36 頁。

主要參考文獻

一、典籍、論著部分

B

1. 《寶慶四明志》，（宋）羅濬撰，上海古籍出版社 1995 年。
2. 《避暑錄話》，（宋）葉夢得撰，上海書店 1990 年。

C

1. 《春明退朝錄》，（宋）宋敏求撰，商務印書館 1936 年。
2. 《淳熙三山志》，（宋）梁克家撰，中華書局《宋元方志叢刊》本。
3. 《詞話叢編》，唐圭璋編，中華書局 1996 年。
4. 《詞學史料學》，王兆鵬著，中華書局 2004 年。
5. 《詞史》，黃拔荊著，福建人民出版社 1989 年。

D

1. 《東坡志林》，（宋）蘇軾撰，中華書局 1981 年。
2. 《東京夢華錄》，（宋）夢元老撰，中華書局 1982 年。
3. 《都城紀勝》，（宋）耐得翁，上海古籍出版 1987 年。
4. 《東軒筆錄》，（宋）魏泰撰，中華書局 1983 年。
5. 《讀史方輿紀要》，（清）顧祖禹輯，中華書局 1957 年。
6. 《大清一統志》，（清）仁宗敕撰，上海書店 1984 年。

F

1. 《方輿勝覽》，（宋）祝穆撰，上海古籍出版社 1991 年。

2. 《福建通志》，（清）郝玉麟等監修，謝道承等編纂，《四庫全書》本，上海古籍出版社 1987 年。

3. 《范文正公年譜》，樓鑰編，范之柔補，刁忠民校點，見《宋人年譜叢刊》四川大學出版社 2002 年。

4. 《范成大年譜》，於北山著，上海古籍出版社 1987 年。

G

1. 《過庭錄》，（宋）范公偁撰，見歷代學人撰《筆記小說大觀》，臺北新興書局有限公司 1979 年。

2. 《癸辛雜識》，（宋）周密撰，中華書局 1988 年。

3. 《姑蘇志》，（明）王鏊等纂，見《天一閣藏明代方志選刊續編》，上海書店 1990 年。

4. 《歸莊集》，（清）歸莊著，上海古籍出版社 1984 年。

5. 《廣東通志》，（清）郝玉麟等監修，魯曾煜等編纂，《四庫全書》本，上海古籍出版社 1987 年。

6. 《管錐編》，錢鍾書著，中華書局 1986 年。

H

1. 《漢書》，（漢）班固撰，中華書局 1962 年。

2. 《後漢書》，（漢）范曄撰，中華書局 1965 年。

3. 《鶴林玉露》，（宋）羅大經撰，中華書局 1983 年。

4. 《海錄碎事》，（宋）葉廷珪撰，中華書局 2002 年。

5. 《浩然齋雅談》，（宋）周密撰，《四庫全書》本，上海古籍出版社 1987 年。

6. 《湖廣通志》，（清）邁柱等監修，夏力恕等編纂，見孫學雷主編《地方志書目文獻叢刊》，北京圖書館出版社 2004 年。

7. 《漢字中的古代建築》，陳鶴歲撰，百花文藝出版社 2005 年。

8. 《華夏意匠》，李允鉌著，天津大學出版社 2005 年。

9. 《徽宗詞壇研究》，諸葛憶兵著，北京出版社 2001 年。

J

1. 《晉書》，（唐）房玄齡等撰，中華書局 1974 年。

2. 《江西通志》，（清）謝旻等監修，見孫學雷主編《地方志書目文獻叢刊》，北京圖書館出版社 2004 年。

3. 《江南通志》，（清）趙宏恩等監修，見孫學雷主編《地方志書目文獻叢刊》，北京圖書館出版社 2004 年。

4. 《畿輔通志》，（清）李鴻章等著，商務印書館 1934 年。

5. 《建炎以來繫年要錄》，（宋）李心傳撰，中華書局 1988 年。

6. 《景定建康志》，（宋）周應和撰，《四庫全書》本，上海古籍出版社 1987 年。

7. 《江城名迹》，（清）陳宏緒撰，《四庫全書》本，上海古籍出版社 1987 年。

8. 《錦繡河山競風流——中華山水文化解讀》，徐成志著，安徽大學出版社 2005 年。

9. 《江南古亭》，陳益著，上海書店出版社 2000 年。

K

1. 《會稽續志》，（宋）張淏撰，臺北成文出版社 1983 年。

L

1. 《洛陽名園記》，（宋）李格非撰，北京文學古籍刊行社 1955 年。

2. 《六朝事迹編類》，（宋）張敦頤撰，上海古籍出版社 1995 年。

3. 《林泉高致》，（宋）郭熙撰，上海古籍出版社 1987 年。

4. 《論語譯注》，楊伯峻譯注，中華書局 1980 年。

M

1. 《墨莊漫錄》，（宋）張邦基撰，中華書局 2002 年。

2. 《夢溪筆談》，（宋）沈括撰，嶽麓書社 2002 年。

3. 《夢梁錄》，（宋）吳自牧撰，浙江人民出版社 1980 年。

4. 《明一統志》，（明）李賢等撰，三秦出版社 1990 年。

5. 《繆鉞說詞》，繆鉞著，上海古籍出版社 1999 年。

6. 《美的歷程》，李澤厚著，文物出版社 1989 年。

7. 《美學散步》，宗白華著，上海人民出版社 1981 年。

8. 《明城史話》，中華書局編輯部編，中華書局 1984 年。

N

1. 《能改齋漫錄》,(宋)吳曾撰,上海古籍出版社 1979 年。
2. 《南宋雜事詩》,(清)厲鶚等撰,浙江古籍出版社 1987 年。

Q

1. 《乾道臨安志》,《淳祐臨安志》,(宋)周淙,施諤撰,浙江人民出版社 1983 年。
2. 《青箱雜記》,(宋)吳處厚,中華書局 1985 年。
3. 《齊東野語》,(宋)周密撰,中華書局 1983 年。
4. 《耆舊續聞》,(宋)陳鵠撰,上海古籍出版 1987 年。
5. 《七國考》,(明)董說撰,上海古籍出版社 1987 年。
6. 《全唐文》,董誥等編,中華書局 1983 年。
7. 《全唐詩》,彭定球等編,中華書局 1960 年。
8. 《全宋文》,曾棗莊等編,巴蜀書社 1994 年。
9. 《全宋詩》,傅璇琮等編,北京大學出版社 1992 年。
10. 《全宋詞》,唐圭璋編,中華書局 1965 年。
11. 《全宋詞典故詞典》,范之麟主編,湖北辭書出版社 2001 年 5 月修訂版。

R

1. 《容齋四筆》,(宋)洪邁撰,見歷代學人撰《筆記小說大觀》,臺北新興書局有限。
2. 《入蜀記》,(宋)陸游撰,湖北人民出版社 2004 年。
3. 《人間詞話》,王國維著,人民文學出版社 1984 年。

S

1. 《釋名》,(漢)劉熙撰,《四部叢刊初編》經部。
2. 《史記》,(漢)司馬遷撰,中華書局 1982 年。
3. 《水經注》,(魏)酈道元撰,商務印書館 1935 年。
4. 《三國志》,(晉)陳壽撰,中華書局 1982 年。
5. 《拾遺記》,(晉)王嘉撰,中華書局 1981 年。
6. 《世說新語》,(南朝·宋)劉義慶,上海古籍出版社 1982 年。
7. 《宋書》,(南朝)沈約撰,中華書局 1974 年。

8. 《石林詩話》，（宋）葉夢得撰，中華書局 1991 年。

9. 《四朝聞見錄》，（宋）葉紹翁撰，中華書局 1989 年。

10. 《剡錄》，（宋）高似孫撰，中華書局《宋元方志叢刊》本。

11. 《邵氏聞見錄》， （宋）邵伯溫撰，中華書局 1983 年。

12. 《邵氏聞見後錄》，（宋）邵博撰，中華書局 1983 年。

13. 《宋史》，（元）脫脫等撰，中華書局 1977 年。

14. 《山堂肆考》，（明）彭大翼撰，《四庫全書》本，上海古籍出版社 1987 年。

15. 《宋論》，（清）王夫之撰，中華書局 1964 年。

16. 《四庫全書總目提要》，（清）永瑢等撰，中華書局 1965 年。

17. 《宋會要輯稿》，（清）徐松撰，中華書局 1957 年。

18. 《山東通志》，（清）岳濬等監修，杜詔等編纂，上海古籍出版社 1991 年。

19. 《宋朝事實類苑》，江少虞著，上海古籍出版社 1981 年。

20. 《宋人軼事彙編》，丁傳靖著，中華書局 1981 年。

21. 《宋詞紀事》，唐圭璋著，上海古籍出版社 1982 年。

22. 《詩經譯注》，程俊英譯注，上海古籍出版社 2006 年。

23. 《蘇軾詞編年校注》，鄒同慶，王宗堂著，中華書局 2002 年。

24. 《宋詞大辭典》，王兆鵬，劉尊明主編，鳳凰出版社 2003 年。

25. 《宋代文學通論》，王水照主編，河南大學出版社 1997 年。

26. 《詩論》，朱光潛著，三聯書店出版社 1984 年。

27. 《宋代文學思想史》，張毅著，中華書局 1995 年。

28. 《宋詞的文化定位》，沈家莊著，湖南人民出版社 2005 年。

29. 《六朝文化》，許輝著，江蘇古籍出版社 2001 年。

30. 《宋代文化史》，姚瀛艇主編，河南大學出版社 1992 年 2 月。

31. 《宋代地域文化》，程民生著，河南大學出版社 1997 年。

32. 《山水與美學》，伍蠡甫主編，上海文藝出版社 1985 年。

33. 《說亭》，劉少宗編著，天津大學出版社 2000 年。

34. 《說亭》，覃力著，山東畫報出版社 2004 年。

35. 《說臺》，韋明鏵著，山東畫報出版社 2005 年。

36. 《說樓》，覃力著，山東畫報出版社 2004 年。

T

1. 《太平御覽》，（宋）李昉等撰，《四庫全書》本，上海古籍出版社 1987 年。

2. 《太平寰宇記》，（宋）樂史撰，臺北文海出版社 1980 年。

3. 《苕溪漁隱叢話》，（宋）胡仔撰，人民文學出版社 1962 年。

4. 《唐宋詞鑒賞辭典》，唐圭璋等撰，上海辭書出版社 1988 年。

5. 《唐宋詞人年譜》，夏承燾著，上海古籍出版社 1979 年。

6. 《談藝錄》，錢鍾書著，中華書局 1984 年。

7. 《唐宋詞史，楊海明著，江蘇古籍出版社 1987 年。

8. 《唐宋詞美學》，楊海明著，江蘇教育出版社 1995 年。

9. 《唐宋詞與人生》，楊海明著，河北人民出版社 2002 年。

10. 《唐宋詞論稿》，楊海明著，浙江古籍出版社 1988 年。

11. 《唐宋詞通論》，吳熊和著，浙江古籍出版社 1989 年。

12. 《唐宋詞集序跋彙編》，金啓華等編，江蘇教育出版社 1990 年。

13. 《唐宋詞抒情美探幽》，吳小英著，浙江大學出版社 2005 年。

W

1. 《吳越春秋》，（漢）趙曄撰，江蘇古籍出版社 1986 年。

2. 《文選》，（梁）蕭統編，中華書局 1977 年。

3. 《吳地記》，（唐）陸廣微撰，江蘇古籍出版社 1999 年。

4. 《吳郡志》，（宋）范成大撰，江蘇古籍出版社 1999 年。

5. 《吳郡圖經續記》，（宋）朱常文撰，江蘇古籍出版社 1986 年。

6. 《武林舊事》，（宋）周密撰，中華書局 1991 年。

7. 《文心雕龍今譯》，周振甫著，中華書局 1986 年。

8. 《武昌縣志》，國家圖書館分館編，線裝書局 2001 年公司 1979 年。

9. 《文學概論》（修訂本），童慶炳主編，武漢大學出版社 1995 年。

X

1. 《新唐書》，（宋）歐陽修，宋祁撰，中華書局 1975 年。

2. 《續資治通鑒長編》，（宋）李燾撰，中華書局 1995 年。

3. 《咸淳毗陵志》，（宋）史能之撰，中華書局《宋元方志叢刊》本。

4. 《新安志》，（宋）羅原撰，中華書局《宋元方志叢刊》本。

5. 《咸淳臨安志》，（元）潛說友，上海古籍出版社 1987 年。

6. 《西湖遊覽志》，（明）田汝成撰，上海古籍出版社 1980 年。

7. 《西湖遊覽志餘》，（明）田汝成撰，上海古籍出版社 1980 年。

8. 《先秦漢魏晉南北朝詩》，逯欽立輯校，中華書局 1983 年。

9. 《辛棄疾年譜》，蔡義江，蔡國黃編著，齊魯書社 1987 年。

Y

1. 《越絕書》，（漢）袁康撰，《四庫全書》本，上海古籍出版社 1987 年。

2. 《元和郡縣志》，（唐）李吉甫撰，《四庫全書》本，上海古籍出版社 1987 年。

3. 《岳陽風土記》，（宋）范致明撰，中華書局 1991 年。

4. 《元豐九域志》，（宋）王存等撰，臺北文海出版社 1980 年。

5. 《輿地廣記》，（宋）歐陽忞撰，臺北文海出版社 1980 年。

6. 《輿地紀勝》，（宋）王象之撰，臺北文海出版社 1980 年。

7. 《瀛奎律髓彙評》，（元）方回著，李慶甲集校，上海古籍出版社 1986 年。

8. 《園冶》，（明）計成著，中國建築工業出版社 1988 年。

9. 《藝概》，（清）劉熙載撰，上海古籍出版 1978 年。

10. 《揚州畫舫錄》，（清）李斗撰，中華書局 1959 年

11. 《園林談叢》，陳從周，上海文化出版社 1980 年。

12. 《園林與中國文化》，王毅著，上海人民出版社 1990 年。

13. 《岳陽樓史話》，何林福著，廣州出版社 2000 年。

14. 《藝術與視知覺》，（美）魯道夫·阿恩海姆著，中國社會科學出版社 1984 年。

Z

1. 《中吳紀聞》，（宋）龔明之撰，上海古籍出版社 1986 年。

2. 《至正金陵新志》，（元）張鉉撰，臺北成文出版社 1983 年。

3. 《至順鎮江志》，（元）俞希魯撰，江蘇古籍出版社 1999 年。

4. 《至元嘉禾志》，（元）徐碩撰，中華書局《宋元方志叢刊》本。

5. 《浙江通志》，（清）嵇曾筠，李衛等修，上海古籍出版社 1991 年。

6. 《中國亭臺樓閣》，陳澤泓，陳若子著，廣東人民出版社 1993 年。

7. 《中國古亭》，高聳明，覃力著，中國建築工業出版社 1994 年。

8. 《中國古代建築史》，劉敦楨主編，中國建築工業出版社 1980 年。

9. 《中國園林藝術概觀》，宗白華等著，江蘇人民出版社 1987 年。

10. 《中國園林美學》，金學智著，江蘇文藝出版社 1990 年。

11. 《中國名勝與歷史文化》，葛曉音著，北京大學出版社 1989 年。

12. 《中國山水文化》，陳雲水著，武漢大學出版社 2001 年。

13. 《稼軒詞編年箋注》，鄧廣銘著，中華書局 1993 年。

14. 《張孝祥年譜》，韓西山著，安徽人民出版社 1993 年。

15. 《中國古代文學十大主題——原型與流變》，王立著，遼寧教育出版社 1990 年。

二、博、碩士論文部分

1. 《北宋亭記研究》，羅敏，四川大學 2006 屆碩士學位論文。

2. 《從詩文看岳陽樓文學現象》，蔣麗，蘇州大學 2005 屆碩士學位論文。

3. 《區域文化視野中的宋詞研究——以江南區域爲中心》，薛玉坤，蘇州大學 2003 屆博士學位論文。

4. 《宋詞與園林》，羅燕萍，蘇州大學 2006 屆博士學位論文。

5. 《唐代亭臺記略論》，花麗，遼寧師範大學 2003 屆碩士學位論文。

6. 《亭的繼承與發展》，蕭風雪，同濟大學 2003 碩士論文。

攻讀博士學位期間公開發表的論文

1、《曾慥〈樂府雅詞〉不錄蘇軾詞之探》，《甘肅社會科學》2005 年第6 期。

2、《蘇軾的名勝詞》，《鹽城師範學院學報》（人文社會科學版）2006年第 2 期。

3、《唐前送別詩的演進歷程》，《臨沂師範學院學報》2007 年第 2 期。

4、《晏殊詞中的百花情》，《樂山師範學院學報》2007 年第 7 期。

5、《淺談宋代詞人「懼怕登樓」的心理傾向》，《蘇州大學學報》2008年第 2 期。

曾慥《樂府雅詞》不錄蘇軾詞之探測

內容摘要：

　　宋人選宋詞是我們考察宋人詞學觀念的一個重要窗口。然曾慥《樂府雅詞》作為現存重要的一部宋人選宋詞，其所選甲乙與後世公論不甚相符，尤其是不選蘇軾詞，現代學術界看法不一。本文在探討了曾慥「雅詞」標準（重在詞作思想內容方面的「騷雅」、「雅正」）以及蘇軾詞流傳情況的基礎上，推理論證了如下觀點：《樂府雅詞》不選蘇軾詞，並不是曾慥本人的主觀想法（既非因蘇詞不符合曾慥的「雅詞」標準，也不是由於曾慥另刻《東坡詞》所致），而是受當時的選源所限。

關鍵詞：曾慥；《樂府雅詞》；雅詞標準；選源

一、現代學術界的觀點

　　曾慥《樂府雅詞》是現存重要的一部宋人選宋詞。據其自序可知，此書約成於南宋高宗時紹興丙寅，即公元 1146 年，所錄範圍乃北宋至南宋初的詞人詞作。自序稱所取「凡三十有四家，雖女流亦不廢」，似乎已較爲客觀了。但翻檢所選之詞，詞作入選數量居於前幾位的詞家有歐陽修、葉夢得、舒亶、賀鑄、陳克‧曹組、周邦彥等，奇怪的是，晏殊、晏幾道、黃庭堅、秦觀甚至柳永、蘇軾等著名的詞人，卻並不在這三十四家之列（蘇軾詞兩首，秦觀詞三首，晏殊和黃庭堅詞各一首均收在《拾遺》裏，而柳永和晏幾道詞竟連《拾遺》裏也沒入選〔註1〕）。尤其是不錄柳永、蘇軾兩人的詞，引起了後人的廣泛關注。

　　不選柳永詞，現代學術界意見基本一致，即認爲柳詞多爲「俗詞豔曲」，不符合曾慥的「雅詞」標準。實際上，關於《樂府雅詞》的選錄標準，曾慥在其自序中已有所交代，爲了便於說明問題，茲將其自序引錄如下：

> 余所藏名公長短句，裒合成篇，或先或後，非有詮次。多是一家，難分優劣。涉諧謔則去之，名曰《樂府雅詞》。九重傳出，以冠於篇首，諸公轉踏次之。歐公一代儒宗，風流自命，詞章幼眇，世所矜式。當時小人，或作豔曲，謬爲公詞，今悉刪除。凡三十有四家，雖女流亦不廢。此外又有百餘闋，平日膾炙人口，咸不知姓名，則類於卷末，以俟詢訪，標目拾遺云。紹興丙寅上元日，溫陵曾慥引。（《四庫全書》本，集部四二九詞曲類）

從序文中所說的「涉諧謔則去之」以及「當時小人，或作豔曲，謬爲公詞，今悉刪除」可知，曾氏選詞，的確是以「雅」爲尙。然翻開柳永《樂章集》，除極少數像《八聲甘州》中的「漸霜風淒緊，關河冷

〔註1〕《樂府雅詞‧拾遺》中所題部分詞作者姓名是否出自曾慥之手，學術界曾有不同的看法。有學者認爲乃後人所補，非出曾慥之手；我從王兆鵬先生的看法，認爲他們出自曾氏之手，「只是不全。」（參見王兆鵬《詞學史料學》 中華書局 2004，311 頁。）

落，殘照當樓」，曾被晁補之贊爲「此眞唐人語，不減高處矣」（《能改齋詞話》卷一，見《詞話叢編》本）外，其詞之內容皆描寫歌妓舞女，抒寫男女之情和羈旅閒愁，且詞語塵下，因此說《樂府雅詞》將其排除在外，是完全可以理解的。

　　而對於蘇軾詞的沒有入選，則引起了現代學術界的廣泛質疑和不同理解。歸納起來大致有兩種不同的觀點：一種觀點認爲蘇軾詞也不符合曾慥的「雅詞」標準。如詹安泰分析說：「有兩種可能，一種是他不錄已成爲萬流宗仰的詞，像王安石《唐百家詩選》不錄李白、杜甫一樣；一種是那類詞不合他的雅詞標準。前者的可能性較小，……關鍵還是在後者。曾氏是把蘇軾那種截斷眾流、別開生面的詞作，也和柳詞一樣看成不合乎雅詞的標準的。『過猶不及』、『橫放傑出』和『淫冶謳歌』、『雜以鄙語』一樣不算雅詞，不能入選。」[1] 另外趙曉嵐在《宋人雅詞原論》中也持這種看法。[2] 294 另一種觀點是，因曾慥曾刊刻蘇軾的詞集，故《樂府雅詞》中不再選錄其詞。持這種觀點的人較爲普遍，如吳熊和《唐宋詞通論》說：「曾慥又刻其所藏《東坡詞》二卷，拾遺一卷，故《樂府雅詞》中不再收入蘇軾詞。」[3] 339 夏承燾等主編《詞學》第一輯載舍之《歷代詞選集敘錄》也說：「集中亦無蘇東坡詞，蓋曾慥已刻東坡詞集，故此書不復重出。」[4] 285 又王兆鵬《詞學史料學》中亦稱：「曾氏另編有《東坡詞》、《東坡詞拾遺》」，故此編未收蘇軾詞，並非以蘇詞不合『雅詞』標準」[5] 311 等等。綜觀以上兩種不同的觀點，其分歧的焦點似在於對曾慥「雅詞」標準的不同理解上，所以本文首先從探討曾慥「雅詞」標準入手，進一步廓清此問題。

二、原因一之探：蘇軾詞並非不合曾慥的「雅詞」標準

　　從上文所引曾慥《樂府雅詞》自序可知，他明確提倡「雅」，但對「雅」的標準，他並沒有進行具體的闡述。其實，「尚雅」是宋人普遍持有的一個重要詞學理論主張。綜觀宋代詞論，其「雅」的標準

大致可歸納爲兩個層面：1、思想內容上要求脫離低級趣味，以抒寫情志抱負，符合文人士大夫高雅情趣的題材爲主，也就是說要符合儒家的詩教標準；2、藝術形式方面，要求合乎音律，語言要典雅精緻，反對詞語塵下；表達方式要含蓄委婉，避免用鋪敘直陳的手法坦白直露的進行表達。前者是正統之雅，屬於「騷雅」、「古雅」等理論範疇；後者則是文人之雅，屬於「閒雅」、「清雅」等理論範疇。雖說兩宋時期的「雅詞論」基本都是建立在批駁柳永詞之「俗」的基礎上的，但在不同時期，甚至不同論者，其理論標準並不完全相同，往往偏重於其中的某一個方面，要麼是內容，要麼是形式，很少能夠兩者並重，這也是中國整個文學理論界一個很普遍的現象。

北宋詞壇，基本上重在藝術形式之雅，這不僅表現在創作上，更反映在此段時期的詞論、詞話中。晁補之評晏殊詞云：「晏元獻不蹈襲人語，而風調閒雅」，又評秦觀詞云：「近世以來作者，皆不及秦少游，如『斜陽外，寒鴉數點，流水繞孤村』，雖不識字，亦知是天生好言語。」[6] 201 李之儀在《跋吳思道小詞》裏追溯了《花間集》以來詞體的發展，對於柳永和張先略有指謫。他認爲「良可佳者晏元獻、歐陽文忠、宋景文則以其餘力遊戲，而風流閒雅，超出意表，又非其類也。」[7] 36 顯然他們都是從語言、風格等藝術角度來強調「雅」的。李清照的《詞論》就更加強調藝術形式之「雅」，她指責柳永「雖協音律，而詞語塵下」，[8] 202 全篇純然以詞的創作技巧、藝術風格爲出發點，對詞的內容方面幾乎沒有涉及。甚至連蘇軾這位在開拓詞境方面做出巨大貢獻的大詞人，也極其重視詞之藝術形式之「雅」，如他責備其門人秦觀學柳永做詞，主要即針對秦詞中出現了「銷魂當此際」這樣類似於柳永語言風格的淺俗之語；又批評秦詞中「小樓連苑橫空，下窺繡轂雕鞍驟」爲「十三個字，只說得一個人騎馬樓前過」，主要是責怪秦觀用詞不夠精練，不應該在詞中使用敘述性較強的鋪陳手法。由此不難看出，北宋時期詞壇提倡的主要是「藝術之雅」。

　　南渡之初，鑒於內憂外患的社會環境，文人士大夫都意識到應以家國爲重，一味沉溺於兒女私情、一己之愁的詞作已不合時宜。基於此，此時的雅詞標準即從重視外在的藝術形式轉向爲重視內在的思想內容。這首先表現在理論界對蘇軾詞的高度讚賞。如王灼《碧雞漫志》卷二云：「東坡先生非心醉於音律者，偶而作歌，指出向上一路，新天下耳目，弄筆者始知自振。」[9] 85 胡仔《苕溪漁隱叢話》亦云：「東坡皆絕去筆墨畦徑詞，直造古人不到處，眞可使人一唱三歎。」胡寅在《酒邊集序》中也說：「柳耆卿後出，掩眾製而盡其妙，好之者以爲不可復加。及眉山蘇軾，一洗綺羅香澤之態，擺脫綢繆宛轉之度，使人登高望遠，舉首高歌，而逸懷浩氣超然乎塵垢之外。於是《花間》爲皁隸，而柳氏爲輿臺矣。」[10] 117 他們對蘇軾這類雅詞的思想、格調予以高度評價的同時，還對曾經力斥柳詞「詞語塵下」而倡導文雅的「本色派」李清照進行了批評。如王灼《碧雞漫志》卷二評李清照「作長短句，能曲盡人意，輕巧尖新，姿態百出，閭巷荒淫之語，肆意落筆，自古縉紳之家能文婦女，未見如此無顧忌也。……其風至閨房婦女，誇張筆墨，無所羞畏。」這已完全以儒家的詩教觀來作爲衡量「雅詞」的標準。宋高宗紹興十二年（1142），鮦陽居士編的宋詞選集《復雅歌詞》（比《樂府雅詞》早4 年），力圖發揚中國《詩經》與《離騷》的優良文學傳統，以「騷雅」爲號召。他在《復雅歌詞》自序中云：「溫、李之徒，率然抒一時情致，流爲淫言猥褻不可聞之語。吾宋之興，宗工巨儒，文力妙天下著，猶祖其遺風，蕩而不知所止。脫於芒端，而四方傳唱，敏若風雨，人人歃豔咀味，尊於朋遊尊俎之間，是以爲相樂也。其韞騷雅之趣者，百一二而已。」[11] 364 在批評了唐五代詞「淫豔猥褻」之失的同時，他對北宋詞風亦有所指謫，認爲詞作中難於找到「騷雅」，而多「淫豔猥褻」。顯然，他是從詞的內容出發的，其「雅」已被上陞到道德的層面。他按照有益於教化的「騷雅」標準，從唐以來的詞作中選出四千餘首，編爲五十卷，以作爲復雅的範本。此

編可惜已佚，但從今存十餘首詞及其評論來看，編者純以儒家政治教化觀念和政治寄託說來論詞，以貫徹其「騷雅」的主張。如其論蘇軾《卜算子》語：「『缺月』，刺明微也；『漏斷』，暗時也；『幽人』，不得去也；『獨往來』，無助也；『驚鴻』，賢人不安也；『回頭』，愛君不忘也；『無人省』，君不察也；『揀盡寒枝不肯棲』，不偷安於高位也；『寂寞吳江冷』，非所安也。與《考槃》詩極相似。」他這裏完全是在以經釋詞了。毫無疑問，和他們生在同一時代的曾慥，住這種文化氛圍下，其「雅詞」標準也應是與之一致的，由此而來他自序中明確提出要擯棄的「諧謔」之詞以及「豔曲」，就主要是指思想內容方面的「俗」和「豔」了。

綜上所述，不難看出曾慥的「雅詞」標準主要強調的是內容方面的「騷雅」、「雅正」（即前文所談到的宋人「雅」的標準的第一層面），希望能以此抒發士大夫的高雅情致。這樣一來，他對那些盡情抒發男女情愛、歡娛享樂思想題材的詞作自然就極為不屑了。然而通觀蘇軾詞作，其詞的雅化可以說正主要是從詞的思想內容方面著手的。他突破「詞為豔科」的樊籬，將文人士大夫生活感情的全部都寫進詞中（有關這方面的論述，學術界已經很多，茲不贅述），而這正就是南渡諸人所提倡的。當然，蘇詞也有不協音律等藝術方面之嫌，但這卻並不是南渡諸人所看重的。前面所引王灼等人對其詞的大力稱賞，以及鮦陽居士對其《卜算子》（缺月掛疏桐）所作的政治比附即可說明問題，而且曾慥本人也的確對蘇詞極為重視，不然他也不會為其專門刻錄《東坡詞》了。可見，《樂府雅詞》不選蘇軾詞理應不是因不合曾慥「雅詞」標準所致。

三、原因二之探：亦非因曾慥另外專門刻錄《東坡詞》

曾慥《樂府雅詞》不錄蘇軾詞究竟是怎樣一回事呢？

對此，學界有不少人認為曾慥因另外專門刻錄《東坡詞》，故《樂府雅詞》不再復錄。其實，曾慥除刻錄有《東坡詞》以外，還刻有

《東坡詞拾遺》。據其於紹興辛未（1151 年）所刻《東坡詞拾遺》
跋可知，他刻《東坡詞》的時間稍早於 1151 年，很可能已在編《樂
府雅詞》（1146 年）之後，如果是這樣，他就不可能預先不選東坡
詞，而留待日後刊刻；即使是刻《東坡詞》在編《樂府雅詞》之前，
他又未曾編過《東坡詞選》，何以有東坡詞集之刻，卻反而不選東坡
詞呢？難以合乎情理。畢竟詞集和詞選是兩回事！前者是為反映詞
作者的創作全貌，後者則貫穿有編選者的主觀色彩，或者說是詞學
理念在其中。

四、原因三之探：實乃受當時選源所限

我們對上述兩種原因進行了質疑，那麼就只有以下這種可能性
了：曾慥私家藏書中當時沒有蘇軾的詞集。《樂府雅詞》自序開頭即
明確聲明是根據「余所藏名公長短句，裒合成編」，需知，這即是曾
慥選詞的大前提！私家藏書，且遭逢戰亂，再加上蘇軾是元祐黨魁，
在黨爭風波中，他的文集也同他一樣遭遇了不幸。北宋自王安石變
法以來，朝廷上形成新、舊兩派黨爭。蘇軾身陷兩黨之爭的漩渦之
中，不僅生前在仕途上屢受打擊，而被一貶再貶，即使在他去世之
後，政敵們依然不放過他，對以他為首的元祐黨人進行了全面清算：
徽宗崇寧元年（1102）七月，蔡京拜相，極力主張復追貶元祐黨人，
禁元祐學術。同月，「禁元祐法」；[12] 482 九月，「立黨人碑於端禮門」，
[13] 483 把司馬光等一百二十人列出罪狀，「謂之奸黨，請御書刻石於
端禮門」，[14] 483 其中就包括了蘇軾兄弟及其門人秦觀、黃庭堅等；
崇寧三年六月，「詔重定元祐、元符及上書邪等者，合為一籍，通三
百九人，刻石朝堂。……待制以上官，蘇軾等四十九人，餘官，秦
觀等一百七十六人。」[15] 2271 且令全國各州縣皆刻「黨人碑」，頒佈
天下；崇寧二年四月「詔蘇洵、蘇軾、蘇轍、黃庭堅、張耒、晁補
之、秦觀、馬涓文集，范祖禹《唐鑑》，范鎮《東齊記事》，劉邠《詩
話》，僧文瑩《湘山野錄》等，印板悉行禁燬。」[16] 2252 到了徽宗宣

和六年（1124），即在蘇軾去世 23 年後，又「詔有收藏習用蘇、黃之文者，並令禁燬，犯者以大不恭論。」[17] 2478 可見，「從元豐二年的烏臺詩案開始，直到靖康元年解除元祐黨禁，這場中國歷史上第一次以當朝名人著作爲禁燬對象的禁書事件，前後歷時 47 年之久，而其中的關鍵人物便是蘇軾」。[18] 11~12 由此看來，在南渡之初，曾慥編《樂府雅詞》時，黨禁和戰亂剛過，再加上當時印刷、出版業還不發達，作品的傳播自然受到很大限制，在這種情況卜，他沒有收藏到蘇軾的詞集是完全可能的。另外，曾慥《東坡詞拾遺跋》中云：「東坡先生長短句既鏤板，復得張賓老所編並載於蜀本者，悉收之。」[19] 30 其中之意，似乎其既已鏤板的《東坡詞》也不是出於家藏，而是得之於外面傳本，對以上所述也是一個很有力的明證。既然家中當時沒藏有他的詞集，也就無以選錄，只好將他詞作中平日膾炙人口，也許已經成誦的幾首附於拾遺之中（拾遺上有蘇軾《虞美人》、《翻香令》二首）。

爲了進一步說明問題，不妨再簡單談一下蘇軾詞集的刊本情況。據劉尚榮先生考證，現存成書最早的東坡詞集應是宋人傅幹的《注坡詞》鈔本十二卷，刊行於南宋紹興初年。[20] 149~170 儘管此書的具體刊行時間難以確定，但既然是在南宋紹興初年，就應差不多和曾慥《樂府雅詞》同時，即使稍早於《樂府雅詞》，受當時信息傳播條件的限制，曾慥沒有收藏到它，也是完全有可能的。

五、結論

以上根據曾慥的「雅詞」標準及蘇詞的流傳對此問題作了一番推理和論證。結論是：《樂府雅詞》未選蘇軾詞，既非因蘇詞不符合曾慥的「雅詞」標準，也不是由於曾慥另刻《東坡詞》所致，實乃因曾氏編選《樂府雅詞》時，其私家藏書中沒有蘇軾的詞集。也就是說，《樂府雅詞》不選蘇軾詞並不是出於曾慥本人的主觀想法，而是受當時的選源所限。

　　另外，曾慥《樂府雅詞》不錄晏殊、晏幾道、黃庭堅、秦觀等人詞，儘管學術界關注的不是太多，但也是非常值得注意的問題，限於篇幅，茲且不論，本人將另做專文探討之。

　　我們知道，宋人選宋詞是我們考察宋人詞學觀念的一個重要窗口。然曾慥《樂府雅詞》作為一部重要的宋人選宋詞，其選詞甲乙與後世論詞多有不合，所以很有必要探清此問題。遺憾的是，近現代部分學者雖對其表示質疑，但只是「結論性」的發表一下看法而已，沒有去作「過程性」的深入探討。當然，在文獻不足的條件下，本文不可避免會有些猜測成分，還有待於以後的進一步檢驗。

參考文獻

〔1〕詹安泰，從宋人的五部詞選中所看到的一些問題〔N〕，北京：光明日報 1963、1、13。

〔2〕趙曉嵐，宋人雅詞原論〔M〕，成都：巴蜀書社 1999。

〔3〕吳熊和著，唐宋詞通論〔M〕，杭州：浙江古籍出版社 1985。

〔4〕夏承燾等主編，詞學：第一輯〔C〕，上海：華東師大出版社 1981。

〔5〕王兆鵬，詞學史料學〔M〕，北京：中華書局 2004。

〔6〕唐圭璋編，詞話叢編：第一冊〔M〕，北京：中華書局 1986。

〔7〕金啓華等編，唐宋詞集序跋彙編〔M〕，南京：江蘇教育出版社 1990。

〔8〕唐圭璋編，詞話叢編：第一冊〔M〕，北京：中華書局 1986。

〔9〕唐圭璋編，詞話叢編：第一冊〔M〕，北京：中華書局 1986。

〔10〕金啓華等編，唐宋詞集序跋彙編〔M〕，南京：江蘇教育出版社 1990。

〔11〕金啓華等編，唐宋詞集序跋彙編〔M〕，南京：江蘇教育出版社 1990。

〔12〕（明）陳邦瞻編，宋史紀事本末：卷四十九〔M〕，北京：中華書局 1977。

〔13〕（明）陳邦瞻編，宋史紀事本末：卷四十九〔M〕，北京：中華書局 1977。

〔14〕（明）陳邦瞻編，宋史紀事本末：卷四十九〔M〕，北京：中華書局 1977。

〔15〕（清）畢沅編著，續資治通鑒：卷八十九 〔M〕，北京：中華書局 1957。

〔16〕（清）畢沅編著，續資治通鑒：卷八十八〔M〕，北京：中華書局 1957。

〔17〕（清）畢沅編著，續資治通鑒：卷九十五〔M〕，北京：中華書局 1957。

〔18〕張殿方，蘇軾詞接受史研究——北宋中葉至清代〔D〕，濟南：山東師範大學碩士學位論文 2003。

〔19〕金啓華等編，唐宋詞集序跋彙編〔M〕，南京：江蘇教育出版社 1990。

〔20〕蘇軾研究會編，東坡詞論叢：蘇軾研究論文集第一輯〔C〕，成都：四川人民出版社 1982。

蘇軾的名勝詞

內容摘要：

　　本文主要對蘇軾杭州和黃州名勝詞以及相關的名勝景點作了概略介紹，試圖以一種新的視角來說明蘇軾詞在詞史發展中的意義及其詞體革新的成就。

關鍵詞：蘇軾詞；名勝；杭州名勝詞；黃州名勝詞

「名勝」一詞，《辭海》解釋爲「著名的風景地，如『名勝古蹟』」；
[1]《漢語大辭典》解釋爲「有古蹟或優美風景的著名的地方」。[2]
由此看來，「名勝」不僅指風景秀美的地方，也包含那些風景雖不優
美，但具有旅遊、紀念、事件發生地等意義的歷史遺跡。名勝可分爲
兩大類：一類是秀美的山川河流等自然景觀；另一類是具有豐厚歷史
文化意蘊的人文景觀。我們偉大的祖國，幅員遼闊，河山壯麗，名勝
古迹，遍佈神州。古往今來，有多少中外名流，文豪墨客，志士仁人，
遊覽其間，賦詩作畫，暢抒情懷。正如蘇軾所云：「山川之秀美，風
俗之樸陋，賢人君子之遺跡，與凡耳目之所接者，雜然有觸於中，而
發於詠歎。」（《江行唱和集序》）

中國古代文學，詩文向來佔據主導地位，自古以來，就出現了許
多與名勝有關的詩文佳作，而詞，在蘇軾登上詞壇以前，這方面的作
品並不多。著名的有中唐張志和的《漁歌子》和白居易的三首《憶江
南》；北宋初年柳永的《望海潮》、潘閬的十首《酒泉子》、歐陽修的
十幾首《採桑子》以及王安石的《桂枝香》等。而蘇軾的一生，由於
大部分時間是在外放中度過的，他曾先後在杭州、密州、徐州任地方
官，後又被貶官黃州等地，這些地方的許多風景名勝吸引著他，不僅
創作了大量的名勝詩文，也填寫了數量可觀的與名勝有關的詞作（這
類詞可稱爲「名勝詞」，需要說明的是，這應是一個寬泛的概念，即
包括那些純粹吟詠名勝的作品，也包括詞人登臨名勝抒發各種感情的
詞作）。瀏覽《東坡樂府》，「名勝詞」有 40 餘首，涉及的名勝景點有
近 30 處之多，且多集中在浙江杭州、湖北黃州兩地（因蘇軾在這兩
地時間最長）。我們不妨隨蘇軾走進杭州和黃州，去遊歷一番。

一、蘇軾杭州名勝詞與相關名勝景點

杭州相傳因大禹到會稽（今紹興）赴諸侯大會在這裏「捨航（杭）
登陸」，故稱「禹杭」，後訛傳爲「餘杭」。秦時設錢塘縣，至隋朝始
設杭州。大運河開通後，杭州日趨繁華。唐時成爲東南大郡，到了

五代吳越錢氏，杭州成爲都城。北宋初年，全國的各都大郡如長安、洛陽、金陵、揚州等處，都在殘酷的兵火下面殘破了，只有杭州太平無事，又因爲有政治經濟及地理方面的種種良好條件，繼續發展，在當時不僅被稱爲「東南第一州」，實際上已成爲全國第一大都市。它的盛況，在柳永的《望海潮》（東南形勝）詞裏已得到充分的反映。蘇軾曾兩次到杭州，先任通判，後任知州。他在杭期間，無日不在山水之間，甚至連辯論決案等公務也在西湖辦理。他一到杭州就對杭州的山水發出驚歎：「餘杭自是山水窟」（《將之湖州戲贈莘老》）、「故鄉無此好湖山」（《六月二十七日望湖樓醉書五絕》），並表示死後願能葬在這裏。由此可見他對杭州的喜愛之情。所以杭州的不少著名景點都在他的詞中得以展現。

1、西湖

　　西湖美景是有口皆碑的。蘇軾不僅寫了大量歌詠西湖的詩歌，一首《飲湖上初晴後雨》堪稱西湖絕唱，「西子湖」之稱就是因它而來，大大提高了西湖的知名度；而且他的幾首西湖名勝詞也值得我們欣賞。

　　　　鳳凰山下雨初晴。水風清。晚霞明。一朵芙蕖，開過尚盈盈。何處飛來雙白鷺，如有意，慕娉婷。　　　忽聞江上弄哀箏。苦念情。遣誰聽。煙斂雲收，依約是湘靈。欲待曲終尋問取，人不見，數峰青。（《江神子‧江景》，本文所引蘇軾詞以唐圭璋編《全宋詞》為底本）

　　　　湖上雨晴時，秋水半篙初沒。朱檻俯窺寒鑒，照衰顏華髮。　　　醉中吹墜白綸巾，溪風漾流月。獨棹小舟歸去，任煙波飄兀。（《好事近‧湖上》）

這兩首詞都是詞人遊賞西湖時所作。前首據龍榆生《東坡樂府箋》，調名下有題序云：「湖上與張先同賦，時聞彈箏。」此詞當是蘇軾於熙寧五年（1072）至七年（1074）在杭州通判任上，與當時已八十餘歲的著名詞人張先（990～1078）同遊西湖時所作。詞開頭三句寫雨

後初晴的湖光山色，接下來「一朵芙蕖」兩句既是實寫水面上的荷花，又是以出水芙蓉比喻彈箏的美人，收到了雙關的藝術效果。後三句又用側面烘託的手法描寫荷花也即是彈箏女子的美。詞的下片從不同層次描寫了音樂的哀怨動聽。全詞把彈箏人置於雨後初晴、晚霞明麗的湖光山色之中，使人物與自然景色相映成趣，音樂與山水相得益彰。尤其是湘水之神娥皇、女英典故的運用，更爲西湖增添了一層迷人的的神話色彩。後一首描繪了西湖雨後初晴的秋色晚景。湖水清澈見底，照見了詞人的衰老容顏，失意之情油然而生。但詞人並沒有悲觀，下片轉寫詞人在微風蕩漾中，駕舟歸去的情形，有種「一蓑煙雨任平生」的意味，表現了詞人熱愛自然、隨緣自適的人生態度。

蘇軾在杭州任通判，算是地方官員，所以同僚之間會經常在西湖舉行一些宴飲或者餞別活動，賦詩填詞自然也是這些活動的重要內容。蘇軾有《菩薩蠻‧西湖送述古》詞云：

秋風湖上蕭蕭雨。使君欲去還留住。今日漫留君。明朝愁殺人。　　佳人千點淚。灑向長河水。不用斂雙蛾。路人啼更多。

這是一首西湖送別朋友的詞。詞中秋風秋雨的西湖淒涼景物描寫，渲染了悲涼的環境氣氛。抒發離別之情真摯感人，不是一般的官場應酬之作，顯然作者與被送之人應有深厚的感情基礎。據詞題「西湖送述古」，可知詞中送別之人乃是陳述古。「蘇軾與陳述古交誼較深。述古名襄，比蘇軾年長。當他還在朝時，便曾向宋神宗推薦蘇軾是難得的人才。以後二人都因反對新法離朝外任，述古於熙寧五年（1072）五月由陳州移知杭州時，蘇軾已任杭州通判半年。二人在這個風景名城一起宴集酬唱，十分相得。熙寧七年（1074）七月，陳調赴南都（宋之南京，今河南商丘）新任」，[3] 蘇軾曾於西湖等處與之舉行多次餞別宴會，可見他們關係之密切。田汝成《西湖遊覽志餘》卷一六云：「唐宋間，郡守新到，營妓皆出境而迎。既出，猶得以鱗鴻往返，覬不爲異。蘇子瞻送杭妓往蘇州迎新守《菩薩蠻》云云，又西湖席上代

諸妓送陳述古云云。此亦可見一時之風氣矣。」[4] 這段文字不但是上
舉詞中「佳人千點淚，灑向長河水」的最好注解，也說明了這樣一個
事實：宋代州郡官員在暇日燕集和迎來送往中，召妓相待，歌舞侑酒，
娛賓佐歡，是具有時代特徵的風尚習俗，也是約定俗成的社交方式。
在這種燕集歌舞的交際和娛樂活動中，詩文顯然不足以娛賓遣興，唯
新聲小詞才能聊佐清歡；而且諸如西湖這樣的風景名勝無疑便是舉行
這類活動的首選之地，這樣客觀上便促進了名勝與詞這一文體的聯
繫，儘管不免會出現一些意義無多的應酬之作。

2、十三樓

　　十三樓是臨近西湖的一個風景點，是宋時杭州名勝之一。周淙的
《乾道臨安志》有這樣的記載：「十三間樓去錢塘門二里許。蘇軾治
杭日，多治事於此。」[5] 蘇軾也曾留有《南歌子·遊賞》一詞來歌詠
十三樓當時的勝景及熱鬧場面：

> 　　　　山與歌眉斂，波同醉眼流。遊人都上十三樓。不羨竹
> 西歌吹、古揚州。　　　　菰黍連昌歜，瓊彝倒玉舟。誰家
> 水調唱歌頭。聲繞碧山飛去、晚雲留。

全詞以十三樓為中心，但並沒有對這一名勝的風物作正面的細緻的描
畫，而是運用了對比和移情的手法。為了描繪十三樓的遊賞之盛，詞
人將之與古揚州的竹西亭作對比：「不羨竹西歌吹、古揚州。」據王
象之編《輿地紀勝》記載：「揚州竹西亭在北門外五里。」[6] 得名於
杜牧《題揚州禪智寺》的「誰知竹西路，歌吹是揚州。」竹西亭為唐
時名勝，向為遊人羨慕。通過與它的相比，杭州十三樓的遊覽勝景就
自然而然的突顯出來了，既省了很多筆墨，又增添了強烈的表達效
果。此外，作者又用移情手法，利用歌眉與遠山、目光與水波的相似，
付與遠山和水波以人的感情，創造出「山與歌眉斂，波同醉眼流」的
藝術佳境。結尾的「聲繞碧山飛去、晚雲留」，寫晚雲為歌聲而留步，
自然也是移情，收到耐人品味的藝術效果，可見蘇軾作詞技法之高
超，藝術之成熟。

3、七里灘

七里灘，又叫七里瀨，七里瀧。在杭州建德縣城東北富春江上游，起自建德縣梅城鎮，止於桐廬縣嚴陵釣臺。夾岸高山連綿，怪石嶙峋，千姿百態。一水中流，湍急如馬，澄清如練。七里灘下游又有漏港灘，江水經此下瀉如漏注，故名。最下游有嚴子陵釣臺，故又名嚴灘或嚴陵瀨。總之，這一帶山色青翠，江水清碧見底，古來就以山川秀美著稱。蘇軾的《行香子‧過七里灘》詞便是描寫的這一帶景色：

> 一葉舟輕。雙槳鴻驚。水天清、影湛波平。魚翻藻鑒，鷺點煙汀。過沙溪急，霜溪冷，月溪明。　　重重似畫，曲曲如屏。算當年、虛老嚴陵。君臣一夢，今古虛名。但遠山長，雲山亂，曉山青。

這首詞是作者於神宗熙寧六年（1073）二月，在杭州任通判，放棹富春江，過七里灘時所作。詞的上片主要寫江面景象。詞人首先用簡練的筆墨，滿懷深情地描繪了同一空間並列的幾個意象：水‧天‧小船、遊魚、白鷺，組成一幅形象生動、色彩鮮豔的圖畫。接下來用一「過」字領起下面三句，高度概括地描繪出沿途景色以及自己的主觀感受。下片首先寫山景，然後借用嚴陵的典故抒發感慨、發表議論，《後漢書‧逸民列傳》云：「嚴光，字子陵，會稽餘姚人。少有高名，與光武同遊學。及光武即位，光乃變名姓，隱身不見。帝令以物色訪之。後齊國上言，有一男子，披羊裘釣澤中。帝疑其光，乃備安車玄纁，遣使聘之。三反而後至。……除爲諫議大夫，不屈，乃耕於富春山。後人名其釣處爲嚴陵瀨焉。」[7] 七里灘和嚴子釣臺在古代詩文中是常用的典故。對於嚴光的隱居，不少人稱讚，但也有人認爲是沽名釣譽。唐代的韓偓《招隱》詩即寫到：「時人未會嚴陵志，不釣鱸魚只釣名。」蘇軾在這裏也笑嚴陵當年虛老於此，不曾眞正領略到山水之美；如今不管皇帝還是隱士，都已如夢般消失，只留下空名而已，惟有青山依舊，白雲悠悠。下片以山起，又以山結，中間插入議論感慨，而又銜接自然，顯示出作者章法結構處理之妙。整首詞「前面寫水，後面寫

山，異曲同工，以景結情。人生的感慨，歷史的沉思，都融化在一片流動閃爍，如詩如畫的水光山色之中，雋永含蓄，韻味無窮。」[8]

4、有美堂和孤山竹閣

宋神宗熙寧七年（1074）陳述古由杭州調知南都，於是僚友們為他舉行了幾次餞別宴會，其中有兩次先後宴於有美堂和孤山竹閣。在這兩次餞別宴會上，蘇軾都有餞別陳述古的詞作留下：

> 湖山信是東南美。一望彌千里。使君能得幾回來。便使尊前醉倒、且徘徊。　　沙河塘裏燈初上。水調誰家唱。夜闌風靜欲歸時。惟有一江明月、碧琉璃。（《虞美人·有美堂贈述古》）

> 翠蛾羞黛怯人看。掩霜紈。淚偷彈。且盡一尊，收淚唱陽關。漫道帝城天樣遠，天易見，見君難。　　畫堂新構近孤山。曲闌干。為誰安。飛絮落花，春色屬明年。欲棹小舟尋舊事，無處問，水連天。（《江神子·孤山竹閣送述古》）

前首詞據其詞題及《本事集》記載，當為有美堂餞別陳述古所作。《本事集》記載較詳：「陳述古守杭，已及瓜代。未交前數日，宴僚佐於有美堂，因請貳車蘇子瞻賦詞，子瞻即席而就，寄《攤破虞美人》。」當時陳述古為知州，蘇軾為通判，故稱蘇軾為「貳車」。有美堂，在杭州城內吳山上，宋仁宗時梅摯所建。《庚溪詩話》云：「嘉祐初，梅公儀守杭，上特製詩寵賜，其首章曰：『地有湖山美，東南第一州。』梅既到杭，遂築堂山上，名曰有美。」（引自龍榆生《東坡樂府箋》）蘇軾此詞首二句即用宋仁宗賜詩首章之意，而變化出之。詞人開首描寫景物，即從遠處著想，大處落筆，境界闊大，氣派不凡。面對江山勝景，僚佐們在物我交融中感到無比歡樂，而詞人更覺得陳公重遊的機會無多，所以此時不妨且醉倒尊前，反映了詞人的依依惜別深情。上片以樂景寫憂思，寓情於景。下片寫有美堂上所觀夜景，因景寓情，由憂而樂。詞人把景物和情思交織起來寫，有層次地表

現出感情的波瀾。此詞亦不同於一般的官場餞行，即席賦詞的應酬之作，全以真情出之，寫得深沉委婉，真實誠摯。後一首是繼有美堂餞行之後，又宴會於孤山竹閣所作。竹閣在杭州西湖孤山寺內，為唐朝白居易在杭州時所建，故又稱白公竹閣。據《乾道臨安志》卷二云：「白公竹閣，在孤山，與柏堂相連，有唐刺史白居易祠堂。」[9] 蘇軾這首詞仍是作別陳述古所作，但不是以蘇軾個人的口吻來寫，而是以某營妓的語氣，代她向陳述古表示惜別之意（正如前文所述，這些宴會上都是有營妓歌舞侑觴的）。此詞因代營妓所寫，故採用傳統婉約詞寫法，表現較為細緻，語調柔婉。但卻豔而不俗，哀而不傷，非常切合現實情景。總之，這類寫於風景名勝的贈別之詞，名勝雖不是其主要歌詠對象，但至少為抒情寫意提供了背景和媒介，使詞作更富有詩情畫意。

二、蘇軾黃州名勝詞與相關名勝景點

　　蘇軾因「烏臺詩案」而被貶黃州，是他一生仕途中最為失意的時期，和過去相比境遇發生了很大的變化。過去雖也離開朝廷，但畢竟還有官職在身：在杭州是任通判，是地方副長官；在密州、徐州、湖州都是知州，是地方長官，且同僚之間相處融洽。而現在是以罪身謫於黃州，眾人有些迴避他，他也迴避眾人，過著孤獨寂寞的生活，行動也處處受限。據葉夢得《避暑錄話》記載，東坡在黃州時，「與數客飲江上，夜歸，江面際天，風露浩然，有當其意，乃作歌辭，所謂『夜闌風靜縠紋平，小舟從此逝，江海寄餘生』者，與客大歌數過而散。翌日，喧傳子瞻夜作此辭，掛冠服江邊，挐舟長嘯去矣。郡守徐君猷聞之，驚且懼，以為州失罪人，急命駕往謁，則子瞻鼻鼾如雷，猶未興也。然此語卒傳之京師，雖裕陵（神宗）亦聞而疑之。」[10] 在此種境遇下，蘇軾雖是豁達之人，並沒有因此而消沉下去，但心境畢竟是悲涼的。況且古城黃州位於長江北岸，自與繁華的杭州無法相比，又相傳黃州乃三國赤壁之戰之遺址，本身就給人一種歷史滄桑之

感。此時此地，蘇軾登臨名勝古迹，或感悟人生，或發懷古之幽思，或借他人之酒杯，澆胸中之塊壘，總之他很難再去靜心地觀賞、歌詠眼前的勝景佳境了。這些在其黃州名勝詞中均有體現。

1、「人道是、三國周郎赤壁」——黃州赤壁

黃州，即今湖北黃岡縣，其西北有座赤鼻磯，因斷岩臨江，形如下垂的鼻子，岩石呈赤赭色，故名。蘇軾在神宗元豐三年（1080）被貶到黃州後，常在這裏遊賞，他那首著名的《念奴嬌・赤壁懷古》即創作在這裏：

> 大江東去，浪淘盡、千古風流人物。故壘西邊，人道是、三國周郎赤壁。亂石穿空，驚濤拍岸，卷起千堆雪。江山如畫，一時多少豪傑。　　遙想公瑾當年，小喬初嫁了，雄姿英發。羽扇綸巾，談笑間、檣櫓灰飛煙滅。故國神遊，多情應笑我，早生華髮。人生如夢，一尊還酹江月。

人們誤認爲黃州赤壁就是三國時 赤壁之戰的遺址，其實，眞正的赤壁之戰遺址在湖北蒲圻縣西北的長江南岸。傳說當時因火光衝天，照得江岸崖壁一片形紅，「赤壁」由此得名。也就是說，黃州赤壁不過傳說。蘇軾謫居黃州，因遊赤壁而懷古，不過興之所至，並未深信其爲史實，故詞中用「人道是」三字巧妙點出。詞由追懷古人的功業抒發自己政治失意的感慨。通篇兼感奮和感傷兩重色彩，但篇末的感傷色彩掩蓋不了全詞的豪邁氣派。詞中寫江山形勝和英雄偉業，在蘇軾之前從未成功地出現過。正是這首千古絕唱，黃州赤壁又被稱爲「東坡赤壁」，以與蒲圻縣的眞赤壁相區別，如今這兩處都已成爲長江中下游重要的旅遊勝地。

2、「一點浩然氣，千里快哉亭」——黃州快哉亭

> 落日繡簾卷，亭下水連空。知君爲我，新作窗戶濕青紅。長記平山堂上，欹枕江南煙雨，渺渺沒孤鴻。認得醉翁語，山色有無中。　　一千頃，都鏡淨，倒碧峰。忽

然浪起，掀舞一葉白頭翁。堪笑蘭臺公子，未解莊生天籟，剛道有雌雄。一點浩然氣，千里快哉風。(《水調歌頭・黃州快哉亭贈張偓佺》)

這首詞作於神宗元豐六年（1083）。據詞題，乃贈張偓佺所作。張偓佺，名懷民，又字夢得，當時亦謫居黃州，坦然自適，在其宅西南長江邊建造快哉亭，作為陶冶性情之所，由蘇軾命名。蘇軾貶黃州後，與張心境相同，他不僅欣賞江邊的優美景致，更欽佩張的氣度，所以蘇軾為其亭取名為「快哉亭」，並賦此詞相贈。上片起首四句寫亭上所見之景和新亭之美。然後筆鋒一轉，追憶昔日在揚州平山堂所見的江南景象。「平山堂」乃揚州名勝。(宋)王象之《輿地紀勝》卷三十七記載：「平山堂，在州城西北五里，大明寺側。慶曆八年二月，歐公來牧是邦，為堂於大明寺亭之坤隅。江南諸山，拱列簷下，若可攀取，因目之曰平山堂。」[11] 可見，蘇軾在詞中將「快哉亭」和「平山堂」融為一體，實有雙重含義：一是借平山堂的佳境勝景來烘託眼前快哉亭之美；另一方面，平山堂的建造者是蘇軾極為崇敬的老師歐陽修，這樣自然就將兩座亭子的主人掛上了鈎，目的是藉以表達對張偓佺的欽佩之情。下片對比著描繪了江上風平浪靜時的秀美和浪濤翻湧時的壯麗，由靜而動，動靜結合。結尾通過老漁翁與風浪搏鬥的情景，順勢用大自然的風來做話題，引出一番關於風的議論。從中悟出了做人應遵循的哲理：只有胸懷「浩然正氣「的人，才能在任何境遇中，處之泰然，充分體會和享受自然之妙。既縮合了」快哉「的題旨，又表達了立足自身，崇尚獨立人格的精神，這既是勉勵友人，又是詞人在自勉。此詞寫景、抒情、議論熔為一爐，表現詞人身處逆境，坦然自適，大氣凜然的豪邁氣概，及其詞作雄奇奔放的風格。

3、「郡中勝絕」──棲霞樓

蘇軾《水龍吟》（小舟橫截春江）調名下注云：「閭丘大夫孝終公顯嘗守黃州，作棲霞樓，為郡中勝絕。」可見，棲霞樓乃閭丘公顯守黃州時所建。蘇軾謫居黃州期間，嘗登樓賦詞。

點點樓頭細雨。重重江外平湖。當年戲馬會東徐。今
日淒涼南浦。　　莫恨黃花未吐。且教紅粉相扶。酒闌
不必看茱萸。俯仰人間今古。(《西江月・重九》)

笑勞生一夢，羈旅三年，又還重九。華髮蕭蕭，對荒
園搔首。賴有多情，好飲無事，似古人賢守。歲歲登高，
年年落帽，物華依舊。　　此會應須爛醉，仍把紫菊茱
萸，細看重嗅。搖落霜風，有手栽雙柳。來歲今朝，爲我
西顧，酹羽觴江口。會與州人，飲公遺愛，一江醇酎。(《醉
蓬萊・重九上君猷》)

霜降水痕收。淺碧鱗鱗露遠洲。酒力漸消風力軟，颼
颼。破帽多情卻戀頭。　　佳節若爲酬。但把清尊斷送
秋。萬事到頭都是夢，休休。明日黃花蝶也愁。(《南鄉子・
重九涵輝樓呈徐君猷》，案：涵輝樓即樓霞樓)

以上三首詞皆蘇軾重九之日登臨樓霞樓所作。玩味詞意，第一首是自
抒懷抱，後二首乃宴席上酬贈徐君猷。蘇軾貶謫黃州時，徐君猷是黃
州知州，頗與蘇軾相善。三詞雖都寫秋色卻並無「悲秋」意緒；皆不
著意於景物描繪，乃重在抒寫懷抱；結構安排上，上片均寫「失意」
之情，下片皆轉表「達觀」之意，「萬事到頭都是夢」、「且盡今日之
歡」是三詞所要表達的主旨。可見，雖處逆境卻不憂懼、悲觀，而以
達觀的態度處之，是蘇軾居黃期間受到重大打擊後，在自然山水中所
領悟到的安心之法。

以上主要對蘇軾杭州、黃州名勝詞與相關名勝景點作了概略分析
和介紹。除此之外，密州的流杯亭、超然臺；穎州西湖；揚州平山堂；
金陵賞心亭；徐州燕子樓；鎮江北固山多景樓；海州景疏樓；泗州南
山；江西造口鬱孤臺等名勝之地，蘇軾都留有相應的詞作，本文限於
篇幅，不作一一介紹。

總之，蘇軾名勝詞作是有一定數量的，蘇軾不僅把這些名勝景點
當作遊賞地，棲身處，更把它們當作擺脫煩惱的精神避難所，因此，
在這些作品裏，不僅反映了美麗的自然風物，也忠實地記錄了蘇軾的

心路歷程,是我們瞭解蘇軾思想情感的一個重要窗口。另外,從詞史發展的角度來看,在詞從兒女閨闈到大自然的發展過程中,蘇軾創作的大量名勝詞起了巨大的推動作用,這也是蘇軾詞體革新的重要成就之一。再者,從現實角度看,通過蘇軾詞與名勝的研究,有助於人們更好得發掘旅遊名勝景點,增加名勝景點民族文化的人文內涵,從而提高旅遊美學的文化品位,同時也有助於人們更好地學習和瞭解我國優秀的古代文學。

參考文獻

〔1〕辭海〔M〕,上海:上海辭書出版社,1999,2348 頁。

〔2〕漢語大詞典:第三卷〔M〕,北京:漢語大詞典出版社,1989,174 頁。

〔3〕唐圭璋,唐宋詞鑒賞辭典(唐五代北宋卷)〔M〕,上海:上海辭書出版社,1988,656 頁,711 頁。

〔4〕(明)田汝成,西湖遊覽志餘:卷一六〔M〕,參見《四庫全書》本。

〔5〕(宋)周淙,乾道臨安志:卷二〔M〕,參見《四庫全書》本。

〔6〕(宋)王象之,輿地紀勝:卷三十七〔M〕,參見顧廷龍,續修四庫全書:584 冊〔M〕,上海:上海古籍出版社,1995。

〔7〕(宋)范曄撰,(唐)李賢等注,後漢書:一〇冊,卷八十三〔M〕,北京:中華書局,1965,2763 頁。

〔8〕唐圭璋,唐宋詞鑒賞辭典(唐五代北宋卷)〔M〕,上海:上海辭書出版社,1988,656 頁,711 頁。

〔9〕(宋)周淙,乾道臨安志:卷二〔M〕,參見《四庫全書》本。

〔10〕(宋)葉夢得,避暑錄話:卷上〔M〕,參見《四庫全書》本。

〔11〕(宋)王象之,輿地紀勝:卷三十七〔M〕,參見顧廷龍,續修四庫全書:584 冊〔M〕,上海:上海古籍出版社,1995。

唐前送別詩的演進歷程

內容提要：

　　傳統題材的送別詩在唐代繁榮以前，已經歷了一個漫長的演進歷程：先奉《詩綛》中《燕燕》、《渭陽》離情別景的描摹以及「吉甫作誦，以贈申伯」的官場餞別，堪稱送別詩的濫觴。魏晉時期隨著送別詩詩題及類別的建構，送別詩才眞正建構起來。降至南北朝時期，文人有意識地將送別詩從其它詩類中獨立出來，再加上當時山水詩的盛行以及詩人注重吟詠性情的特點，帶動送別詩中的寫景技巧，以及融情於景的藝術表現，從而使送別詩無論內容還是藝術形式都獲得了長足的發展。

關鍵詞：唐前；送別詩；演進歷程

　　蘇軾有詞云：「人有悲歡離合，月有陰晴圓缺，此事古難全。」
「悲歡離合」是人類社會生活的必然現象。自古以來，人們或爲應付
官差，或爲外出謀生，或爲謀取功名，或爲報效國家，抑或落第貶謫
等，總會告別親友，奔走他鄉，「悲歡離合」便成爲人們精神世界中
情感反應的重要組成部分，傳統題材的送別詩作也便得以產生。隨著
詩歌創作至唐代進入最燦爛的時期，送別詩也大放異彩，然在唐代以
前，送別詩已經歷了一個漫長的演進歷程。

一、先秦：送別詩的起源

　　《詩經》是我國最早的一部詩歌總集，是中國古代許多題材類型
詩歌的濫觴，送別詩亦不例外。

　　《詩經・邶風・燕燕》是一首送人遠嫁的詩。這首詩爲後人所稱
道，即在詩中描寫了一個感人的送別情景：

> 燕燕於飛，差池其羽。之子于歸，遠送於野。
> 瞻望弗及，泣涕如雨。燕燕於飛，頡之頏之。
> 之子于歸，遠於將之。瞻望弗及，佇立以泣。
> 燕燕於飛，上下其音。之子于歸，遠送於南。
> 瞻望弗及，實勞我心。仲氏任只，其心塞淵。
> 終溫且惠，淑愼其身。先君之思，以勗寡人。[1]

前三章用迴環往復的重章疊句法，步步深入地抒發詩人分別時的憂
傷。末一章寫遠嫁之人的美德和分別時的互相勉勵，讀來情眞意摯，
俳惻動人。(宋) 許彥周評云：「可泣鬼神矣。」(《彥周詩話》) (清)
王士禎稱讚此詩爲「萬古送別詩之祖。」(《分甘餘話》)

　　《詩經・秦風・渭陽》是一首外甥送舅父的送別詩。共兩章，詩
中寫外甥贈送舅父的禮物有「路車乘黃」。特別是第二章中「悠悠我
思」一句，置於送別的氛圍中，更顯得情摯意切，往復讀之，哀婉動
人，體現出作者的無限深情。此詩方玉潤評爲「詩格老當，情致纏綿，
爲後世送別之祖，令人想見攜手河梁時也。」(《詩經原始》) 可見「此
詩動人處，並不在舅甥誼重，而在於送別之情深。」[2]

另外，《詩經・大雅・崧高》、《詩經・大雅・蒸民》《詩經・小雅・白駒》據前賢考述也是送別之作。前二詩的作者均爲尹吉甫。尹吉甫爲周宣王大臣，擅長經邦治國，又有詩才。因此，《詩經・大雅・六月》中有「文武吉甫」之譽。《崧高》是尹吉甫爲周宣王之舅申伯送行的詩。全詩既不訴離別之情，也沒有勸勉之辭，全是稱揚讚頌申伯之語。但末章的「吉甫作誦，其詩孔碩。其風肆好，以贈申伯。」點出是以詩贈行。《蒸民》是尹吉甫送別仲山甫的詩。周宣王派仲山甫築城於齊，在他臨行時，尹吉甫作此詩贈他。詩中也是頌揚仲山甫的美德和他輔佐宣王時的盛況，但末二章描寫出行時軍容行色之壯的場面，給人一種振奮的感覺。尤其是最後四句「吉甫作誦，穆如清風。仲山甫詠懷，以慰其心。」語重心長，以情語結，點染出送別之意。《白駒》與《崧高》、《蒸民》不同，是一首別友思賢的詩。方玉潤《詩經原始》云：「此王者欲賢士不得，固放歸山林而賜以詩也。」此詩的題旨結構正如余冠英《詩經選》所云：「這是留客惜別的詩。前三章是客未去而挽留，後一章是客已去而相憶。」與後世送別詩之依依惜別、別後相憶結構的相近。而且將與《崧高》、《蒸民》、《白駒》作爲送別詩之先河，早已有之。喬億在《劍溪說詩又編》中云：

> 許彥周極稱《邶風》「燕燕於飛」可泣鬼神，阮亭先生復申其說，爲萬古送別詩之祖。余謂唐詩之善者，不出贈別、思懷、羈旅、征戍及宮詞、閨怨之作，而皆出於國風、大小雅，今獨舉《燕燕》四章，其說未備。蓋《雄雉》，思懷詩之祖也；《旄丘》、《陟岵》，羈旅行役詩之祖也；《擊鼓》、《揚之水》，征戍詩之祖也；《小星》、《伯兮》，宮詞、閨怨詩之祖也。《品彙》載張說巡邊，明皇率宋璟以下諸臣各賦詩以餞別，猶吉甫贈申伯之義也。賀知章歸四明，明皇復率朝士詠歌其事，亦詩人詠《白駒》之義也。凡此雖不盡合乎《風》、《雅》，而遺意猶存，不皆其苗裔邪？[3]

王士禎雖早已將《燕燕》定爲送別詩之祖，但喬億認爲此說不夠周全。他認爲唐詩中好的題材均可在《詩經》中找到源頭，並另找出

思懷、羈旅、征戍、宮詞、閨怨詩的源頭，進一步指出張說巡邊、賀知章歸四明、唐明皇率朝士賦詩餞別、贈行是追循《崧高》、《蒸民》、《白駒》之意。我認爲喬億之說道出了送別詩創作的實際情況：送別詩不僅僅用於親朋好友之間的抒情言志，還用於官場上的社交應酬。

因此，《燕燕》、《渭陽》可以說是後世親朋好友分別之際，抒寫離情別緒的一般送別詩的濫觴；而《崧高》、《蒸民》、《白駒》則是後世作於宮廷應詔奉和場合的應制送別詩的源頭。還有戰國時代孤峭振響的荊軻《易水歌》，雖「是一首僅僅兩句的訣別短歌」，但「那激昂悲壯的場景和歌聲，對後世的送別文學，尤其是對唐人的從軍送別之作所產生的積極影響是不可估量的。」[4] 總起來看，正可說明先秦是送別詩的起源期。

二、魏晉：送別詩的建構

漢代的主要文學形式是「賦」，「詩歌創作並未真正成爲文人的個體行爲。」[5]《文選》中所錄這個時代出現唯一一組送別傷離之作——李陵《與蘇武詩》三首，蘇武《古詩四首》，也被先賢們考證是爲假託。[6] 降至「文學自覺」的魏晉時代，「詩歌創作已真正成爲文人的個體行爲」，[7] 文人集團也開始正式形成，以詩歌傳情達意，贈答送別之風漸起，因而，表達友朋之間交往情誼的送別詩歌創作，於此時開始正式建構，已是情理中事。

1、送別詩詩題的建構

一般說來，任何一種文學樣式，都有題目與正文兩部分組成，並且題目與詩文內容相輔相成，互爲表裏。而先秦時代《詩經》中的作品原無詩題，其詩題是後人取詩首或詩中二字代爲標加的，詩題與內容並無多大關聯。所以《燕燕》、《渭陽》、《崧高》、《蒸民》等詩被認爲是送別之作，僅能從內容上來判定。荊軻的《易水歌》也需結合史書所載以及詩歌內容才能判定其爲送別之作。這些都意味著傳統題材的「送別詩」並未真正建構起來。

　　魏晉時代的送別詩，不僅具有了明確的詩題標目，而且標誌送別詩類的題眼幾乎全部出現，從而建構了送別詩的詩題模式。送別詩類詩題核心不出「送」、「別」、「祖」、「餞」，尤其以「送」、「別」兩個字眼出現頻率最多。魏朝應瑒的《別詩二首》、曹植《送應氏詩二首》從現存詩歌來看，可以說首以「送」、「別」二字標題，在送別詩詩題建制上有開創之功，其後以「送某人」、「別某人」命篇的送別詩逐漸增多，如晉代孫楚的《征西官屬送於陟陽侯作詩》、潘岳《北芒送別王世冑詩》、潘尼《送盧弋陽景宣詩》、謝混《送二王在領軍府集詩》、王彪之《與諸弟方山別詩》、陶淵明《與殷晉安別詩》等等，降至南北朝、唐代，成爲送別詩詩題的常制。另外以「祖」、「餞」爲題眼的送別詩也在此時開始大量出現。諸如孫楚《祖道詩》、張華《祖道征西應詔詩》、《祖道趙王應詔詩》、何邵《洛水祖王公應詔詩》、王浚《從幸洛水餞王公歸國詩》等等。送別詩詩題的建構是送別詩類建構的一個重要標誌。

2、送別詩的類別建構

　　魏晉送別詩按其創作場合的不同，可分爲「應制送別詩」和「一般送別詩」兩大類。這兩類送別詩無論在內容、詩體形式、語言風格等方面都有很大的不同。

（1）應制類送別詩

　　此類送別詩的創作場合主要在於宮廷應詔奉和。詩題上一般以「祖道（餞）……應令（詔，制）」名篇；送別對象主要是王公貴族；以歌功頌德，描寫餞行之盛況爲內容主旨；形式上基本四言體，追求典雅、綺麗的語言風格。如晉張華的《祖道征西應詔詩》及《祖道趙王應詔詩》，現將二詩分錄其下：

　　　　赫赫大晉，奄有萬方。陶以仁化，曜以天光。二迹陝西，實在我王。內飪玉鉉，外惟鷹揚四牡揚鑣，玄輅振綏。庶僚群后，餞飲洛湄。感離歎悽，慕德遲遲。（逯欽立輯校《先秦漢魏晉南北朝詩》晉詩卷三，以下所引詩，均出自逯欽立《先秦漢

魏晉南北朝詩》中華書局，1983 年 9 月版，只標明朝代和卷數，不再注明引書。）

　　崇選穆穆，利建明德。於顯穆親，時惟我王。稟姿自然，金質玉相。光宅舊趙，作鎮翼方。休寵曲錫，備物煥彰。發軔上京，出自天邑。百僚餞行，縉紳具集。軒冕峨峨，冠蓋習習。戀德惟懷，永歎弗及。(晉詩卷三)

此二詩在寫法上都是先歌頌王宰，次讚揚送別對象的品德、政績等，再鋪寫餞別時富麗堂皇的盛況，最後以離別之情作結。這類詩中還有王浚《祖道應令詩》、何邵《洛水祖王公應詔詩》等，在寫法上基本上都是這種結構模式。這類「應制送別詩」奉和應詔的創作場合，歌功頌德的內容主旨，以及詩體形式上以「雅潤爲本」[8]的「四言正體」[9]爲載體，是繼承先秦《詩經》中《崧高》、《蒸民》「吉甫作誦」的遺緒而來，具有較濃的應酬意味。這類詩首先在崇尚典雅縟麗文風的西晉時代大量出現，是十分自然的。然而這類「應制送別詩」在後世代有人作，特別是初盛唐時代創作更爲繁盛，從而成爲送別詩類之一格。

（2）一般類送別詩

　　此類送別詩的創作場合主要是在親朋好友分別之際，表現個人的餞行送別。多以「送某人」、「別某人」名篇；內容上一般以抒發離情別緒爲主旨；語言形式以抒情性較強的五言爲主。現以曹植的《送應氏詩二首》其二與應瑒的《別詩二首》爲例，對這類詩的寫法及結構特徵作一分析。

　　清時難屢得，嘉會不可常。天地無終極，人命若朝霜。願得展嬿婉，我友之朔方。親昵並集送，置酒此河陽。中饋豈獨薄，賓飲不盡觴。愛至望苦深，豈不愧中腸。山川阻且遠，別促會日長。願爲比翼鳥，施翮起高翔。(曹植《送應氏詩二首》其二，魏詩卷三)

　　朝雲浮四海，日暮歸故山。役役懷舊土，悲思不能言。悠悠涉千里，未知何時旋。(應瑒《別詩二首》其一，魏詩卷三)

浩浩長河水，九折東北流。晨夜赴滄海，海流亦何抽。
遠適萬里道，歸來未有由。臨河累太息，五內懷傷憂。（應
瑒《別詩二首》其二，魏詩卷三）

曹植《送應氏詩二首》其二，以生命短暫且聚散無常與天地之永恆
的鮮明對照作為開端，自然而然地引入送別主題：「願得展嬿婉，我
友之朔方。」意謂想與朋友永遠長聚相守，無奈朋友將遠行北上。
接下來展示如何置酒相送的餞別場面以及離別情懷。最後以山川阻
遠，別易會難，乃至「願為比翼鳥，施翮起高翔」作結，進一步強
調與朋友的依依不捨之情。全詩從頭至尾不離臨別離情之主題，是
一首較純的送別之作。應瑒的《別詩二首》則以比興手法，分別以
朝雲、日暮、歸山和長河遠逝不歸的意象，從正反兩方面來映襯自
己將遠離家鄉而不能歸的離別深情。另有潘尼《送盧弋陽景宣詩》、
謝混《送二王在領軍府集詩》、王彪之《與諸弟方山別詩》、殷仲文
《送東陽太守詩》以及陶淵明的《於王撫軍坐送客詩》等也是純寫
離情之作。可以說，這類作於親朋好友分別之際，表現個人餞行送
別，以離情為抒寫中心的送別詩，是詩經中《燕燕》、《渭陽》的遺
緒，魏晉以後數量大為增加，成為中國送別詩的典型特徵，可視為
送別詩之正宗。

當然，魏晉時代這種一般類別的送別詩作中，也有不純以離情為
中心的。如曹植《送應氏詩二首》其一關注的是社會動亂景象；孫楚
《征西官屬送於陟陽侯作詩》及李充的《送許從詩》則是離情加哲理
的闡發。另外，魏晉詩人的有些詩作本是創作於親朋好友之間的分別
場合，內容上寫的也是送別之事，別離之情，詩題上卻往往以「贈」、
「答」為題眼，如陸機的《贈弟士龍詩》、陶淵明的《答龐參軍詩》、
《贈羊長史詩》等。上述情況，如純從送別詩立場看，顯得雜而不純，
然而這正是送別詩在建構之初不可避免的現象，說明送別詩在此時還
沒有真正獨立。

三、南北朝：送別詩的獨立及發展

1、送別詩的獨立

對於送別詩的眞正獨立，胡大雷先生在其《文選詩研究・祖餞類》中已有論述，但胡先生是就送別詩的內容及寫法而言的。[10] 另外，從詩題的建制上也可說明送別詩在南北朝時期的眞正獨立。上面提到的魏晉時代某些寫送別內容的詩作，命題卻用「贈」、「答」爲題眼，說明當時「送別詩」與「贈答詩」還沒有眞正分開。南北朝時期，在詩題上出現了「贈」、「答」與「別」連類分用的現象，如鮑照《贈傅都曹別詩》、梁武帝蕭衍《答任殿中宗記室王中書別詩》、江淹《謝法曹惠連贈別詩》、何遜《贈江長史別詩》、《贈韋記室黯別詩》、吳均《贈王桂陽別詩三首》、《贈別新林詩》、庾信《任洛州酬薛文學見贈別詩》、江總《贈洗馬袁郎別詩》等等。這說明了南北朝文人已有意識地將贈別詩從贈答類中分出而獨立成類。

2、送別詩的發展

送別詩在南北朝時期的獨立，從另一方面來說也是其發展。除此之外，其發展還表現在這個時期的送別詩創作較魏晉時期更爲繁榮，在個別詩集中出現的比例增加，如鮑照、謝朓、沈約、何遜、吳均、王褒、庾信等詩人的詩集中都有不少數量的送別詩作。更爲重要的發展，應表現在其藝術手法的運用方面。南北朝時期山水詩風盛行，對山水審美的自覺與表現自然美，成爲文人墨客表現的領域。受此影響，送別詩中寫景成分的增加成爲一種自然趨勢。應制類送別詩中清新自然的山水景物的描寫，代替了魏晉時期莊嚴堂皇的餞別盛況的大肆鋪張；一般類送別詩中的寫景佳句更是俯拾皆是。如謝靈運的「析析就衰林，皎皎明秋月。」（《鄰里相送至方山詩》宋詩卷二）謝朓的「高館臨荒途，清川帶長陌。」（《送江水曹還遠館詩》齊詩卷四）「春風蕊上發，好鳥葉間鳴。」（《送江兵曹檀主薄朱孝廉還上國詩》同上）「葉上涼風初，日隱輕霞暮。」（《臨溪送別詩》同上）范雲的「桂水

澄夜氛，楚山清曉雲。」(《送沈記室夜別詩》梁詩卷三) 何遜的「露濕寒塘草，月映清淮流。」(《與胡興安夜別詩》梁詩卷九) 等等。由南入北的詩人王褒的「沙飛似軍幕，蓬卷若車輪。」(《送別裴儀同詩》北周詩卷一)「百年餘古樹，千里暗黃塵。」(《入關故人別詩》同上) 庾信的「關山負雪行，河水乘冰渡。」(《別張洗馬樞詩》北周詩卷四) 等，則為我們展示了一幅幅闊大壯麗的北方邊塞風物。

　　而且，由於齊梁文人強調文學吟詠性情的特點，[11] 重視性靈的表現，詩人在描寫山水景物的同時融入感情，使自然景物與離情別緒具有很高的契合性，從而取得離情與別景水乳交融的審美藝術效果。如謝朓的《新亭渚別范零陵詩》：

　　　　洞庭張樂地，瀟湘帝子游。雲去蒼梧野，水還江漢流。
　停驂我張望，輟棹子夷猶。廣平聽方籍，茂陵將見求。心
　事俱已矣，江上徒離憂。(齊詩卷三)

此詩首兩聯乍看是詩人設想友人所赴之地的自然景物的描寫，但是洞庭與黃帝鼓樂傳說的關係；瀟湘與娥皇女英神話的聯想，引發的是朋友即將別離之際的悽哀悲涼氣氛。而白雲自蒼梧之野漂浮而去，河水由江漢永遠東流，傳達的是詩人深感別離像雲去水還，無法阻止的無奈與依依惜別之情。又如王融的《別王僧孺詩》，前四句「首夏實清和，餘春滿郊甸。花樹雜為錦，月池皎如練。」(齊詩卷三) 的自然美景的描寫，與接下來「如何於此時，別離言於面」(同上) 的永別式痛語形成鮮明對比，起到以樂景襯哀情的藝術效果，更增添了離別相思的傷感意味。

　　綜上所述，唐前送別詩的演進歷程可概括為：先秦《詩經》中《燕燕》、《渭陽》離情別景的描摹以及「吉甫作誦，以贈申伯」的官場餞別，堪稱送別詩的濫觴。魏晉時期隨著送別詩詩題及類別的建構，送別詩才真正建構起來。降至南北朝時期，文人有意識地將送別詩從其它詩類中獨立出來，再加上當時山水詩的盛行以及詩人注重吟詠性情的特點，帶動送別詩中的寫景技巧，以及融情於景的藝術表現，使送

別詩無論內容還是藝術形式都獲得了長足的發展，從而爲送別詩在唐代的的進一步繁榮打下了基礎。

參考文獻

〔1〕程俊英、蔣見元，詩經注析：上冊〔M〕，北京：中華書局，991，69～71 頁，359 頁。

〔2〕程俊英、蔣見元，詩經注析：上冊〔M〕，北京：中華書局，1991，69～71 頁，359 頁。

〔3〕郭紹虞編選，富壽蓀校點，清詩話續編：第二冊〔M〕，上海：上海古籍出版，1983，1115～1116 頁。

〔4〕羅漫，論唐人送別詩〔J〕，文學遺產，1987，（2），50 頁。

〔5〕胡大雷，文選詩研究・祖餞類〔M〕，桂林：廣西師範大學出版社，2000，93 頁，93 頁，94 頁。

〔6〕逯欽立，漢魏六朝文學論集・漢詩別錄・辨僞〔C〕，西安：陝西人民出版社，1984。

〔7〕胡大雷，文選詩研究・祖餞類〔M〕，桂林：廣西師範大學出版社，2000，93 頁，93 頁，94 頁。

〔8〕劉勰著，周振甫注，文心雕龍注釋・明詩〔M〕，北京：人民文學出版社，1981，50 頁。

〔9〕劉勰著，周振甫注，文心雕龍注釋・明詩〔M〕，北京：人民文學出版社，1981，50 頁。

〔10〕胡大雷，文選詩研究・祖餞類〔M〕，桂林：廣西師範大學出版社，2000，93 頁，93 頁，94 頁。

〔11〕葛曉音，漢唐文學的嬗變・論齊梁文人革新晉宋詩風的功績〔C〕，北京：北京大學出版社，1990。

晏殊詞中的百花情

內容摘要：

　　本文從晏殊詞中出現頻率較高的「花」入手，結合其具體詞作以及其人其事，分析了晏殊百花之中猶愛秋花的原因；探討了晏殊面對百花所產生的無限愁緒，試圖說明花卉描寫在晏殊詞作中的地位和意義。

關鍵詞：晏殊詞；百花情；秋花；愁

　　詞本就產生於花間尊前，自然與花的描寫密不可分。現存最早的一部文人詞集命名為《花間集》，便充分說明這一問題。所以，詞從產生之初，就出現了許多描寫花的作品。如中唐劉禹錫的「山桃紅花滿上頭，蜀江春水拍山流」、「山上層層桃李花，雲間煙火是人家」（《竹枝詞》），白居易的「日出江花紅勝火，春來江水綠如藍」（《望江南》）、「水蓼冷花紅簇簇」江蘺濕葉碧萋萋（竹枝詞），晚唐溫庭筠的「杏花含露團香雪，綠楊陌上多離別」、「花落子規啼，綠窗殘夢迷」（《菩薩蠻》），五代韋莊的「暗想玉容何所似，一枝春雪凍梅花」（《浣溪沙》），馮延巳的「紅杏開時，一霎清明雨」（《鵲踏枝》）。南唐李後主亡國之後，更易借助自然界的花開花落，抒寫其亡國之思，悲愁之感。如「春花秋月何時了，往事知多少」（《虞美人》）、「林花謝了春紅，太匆匆」（《烏夜啼》）、「櫻桃落盡春歸去，蝶翻輕粉雙飛」（《臨江仙》）……。然上述詞人的作品，與被稱為「宋代詞壇的報春花」的晏殊詞相比，其花卉描寫，無論在廣度，還是深度方面都要狹窄和貧弱的多。

　　晏殊140首詞作（唐圭璋《全宋詞》本）中，直接或間接寫到花的有90餘首，約占70%。詞中除了「落花」、「落英」、「繁紅」、「紅芳」等泛寫的花以外，具體的花卉描寫有近二十種之多，而且多數描寫次數不止一次：其中荷花（蓮花）的描寫有19次，梅花10次，菊花、芙蓉各7次，朱槿、蘭花各6次，楊花、葵花、海棠、紫薇各3次，櫻桃、梨花各2次，牡丹、蓼花、杏花各1次。可見晏殊詞中的花卉描寫可謂豐富多彩，那麼晏殊為何特別鍾情於百花呢？首先，晏殊是一個非常熱愛生活的人，從其對花的描寫中即可窺見一斑。不論是爛漫的桃花，嬌豔的牡丹，亭亭玉立的荷花，還是傲霜的秋菊冬梅，在他筆下幾乎都是「遍拆紅芳千萬樹」（《酒泉子》）、「朵朵濃香堪惜」（《胡搗練》），而且面對如此美好的繁花，詞人禁不住癡想「何人解繫天邊日？占取春風」，目的是希望能夠「免使繁紅，一片西飛一片東」（《採桑子》），字裏行間流露出詞人對百花濃濃的鍾愛及憐惜之情，

從中不難體察詞人對待生活的無比熱愛和珍惜！更重要的，晏殊不僅是一位政治家，還是位文學天才。他七歲即知學能文，以「神童」名聞鄉里，十四歲以才名得見天子，十五歲時「與進士千餘人並試廷中，殊神氣不懾，援筆立成。」[1] 其天賦非凡，文思敏捷可見一斑。這樣一位具有文學天賦，又無比熱愛生活的人，對人生、對生活，自然就非常的敏感和多思。而自然界花開花落的自然節律與人生的悲歡離合、生老病死、窮達隱顯有著某種同構性，敏感的詞人面對百花，常觸景生情，浮想聯翩，從而生發出對宇宙、對人生等的深沉思索，繼而就會形諸筆端。

一、四季之中猶愛秋花

從晏殊詞中的花卉描寫，可以發現，在一年四季的百花之中，晏殊猶愛金菊、朱槿、木芙蓉、蘭花、葵花、紫薇等秋花。這類花不僅在晏殊詞中出現的頻率特高，而且詞人還總是把這些淡雅的花兒，描寫的是那樣的「明媚」、「香豔」。如「芙蓉金菊鬥馨香，天氣欲重陽」（《訴衷情》），「數枝金菊對芙蓉，搖落意重重」（同上），「秋花最是黃葵好，天然嫩態迎秋早」（《菩薩蠻》），「人人盡道黃葵淡，儂家解說黃葵豔」（同上），「芙蓉一朵霜秋色。迎曉露、依依先拆。似佳人、獨立傾城，傍朱欄、暗傳消息」（《睿恩新》），「玉字秋風至，簾幕生涼氣。朱槿猶開，紅蓮尚拆，芙蓉含蕊」（《連理枝》）等等。尤其是那首詠芙蓉的《少年遊》，更可見出作者的情感傾向。

> 重陽過後，西風漸緊，庭樹葉紛紛。朱闌向曉，芙蓉妖豔，特地鬥芳新。霜前月下，斜紅淡蕊，明媚欲回春。
> 莫將瓊萼等閒分，留贈意中人。

詞的開頭三句，寫重陽過後自然景物的變化：秋風漸緊，落葉紛紛，渲染出清秋蕭索的氣氛。接下來作者筆觸一轉，寫在這清秋的早晨，朱闌干外的芙蓉花卻開的非常美豔，像在特地競吐芳新。對比之中，更加突顯芙蓉花的可貴可愛之處。過片三句情景描寫極美。在清霜

中，在明月下，那夭斜的紅花，淡黃的花蕊，開得是那麼的妖豔美麗，彷彿能把這蕭瑟的秋季化作明媚的春天，溫暖了詞人的心。最後禁不住萌發了不要隨便採摘這美玉般的花兒，要留著它贈給意中人的想法，作者強烈的惜花、愛花之情也昭然若示。

晏殊爲何偏愛這些秋花？也許是這些凌霜耐寒的秋花的「花品」與詞人「剛峻」的「人品」相類的緣故吧。史載，晏殊稟性「剛峻簡率」。[2]（宋）王稱撰《東都事略》亦云：「殊性剛峻，遇人以誠。」[3]又《四庫全書總目》評其《珠玉詞》云：「殊賦性剛峻，而詞語特婉麗。」[4]另外，我們從晏殊所作的壽詞中或許能夠得到進一步的答案。祝壽之曲在晏殊的詞作中是有一定數量的，140 首詞作中，壽詞有近三十首。而且，後人多把這類詞詬病爲「祝聖壽」、「頌昇平」的應酬之作，「在文學史上毫無價值」。[5]其實，仔細閱讀晏殊的壽詞就會發現，「祝聖壽」、「頌昇平」的詞作並不多，而多數是晏殊以家人尤其是歌妓的口吻向自己祝壽的，也就是說，多是晏殊的自祝之詞。試讀以下詞作：

> 芙蓉花發去年枝。雙燕欲歸飛。蘭堂風軟，金爐香暖，新曲動簾帷。　　家人拜上千春壽，深意滿瓊巵。綠鬢朱顏，道家裝束，長似少年時。（《少年遊》）

> 杏梁歸燕雙回首。黃蜀葵花開應候。畫堂元是降生辰，玉盞更斟長命酒。　　爐中百和添香獸。簾外青蛾回舞袖。此時紅粉感恩人，拜向月宮千歲壽。（《木蘭花》）

> 玉露金風月正圓。臺榭早涼天。畫堂嘉會，組繡列芳筵。洞府星辰龜鶴，來添福壽。歡聲喜色，同入金爐泛濃煙。　　清歌妙舞，急管繁絃。榴花滿酌觥船。人盡祝、富貴又長年。莫教紅日西晚，留著醉神仙。（《長生樂》）

> 人人盡道黃葵淡。儂家解說黃葵豔。可喜萬般宜。不勞朱粉施。　　摘承金盞酒。勸我千長壽。擘作女真冠。試伊嬌面看。（《菩薩蠻》）

荷葉荷花相間鬥。紅嬌綠嫩新妝就。昨日小池疏雨後。
鋪錦繡。行人過去頻回首。　　倚遍朱闌凝望久。鴛鴦
浴處波文皺。誰喚謝娘斟美酒。縈舞袖。當筵勸我千長壽。
（《漁家傲》）

雙燕歸飛繞畫堂。似留戀虹梁。清風明月好時光。更
何況、綺筵張。　　雲衫侍女，頻傾壽酒，加意動笙簧。
人人心在玉爐香。慶佳會、祝延長。（《燕歸梁》）

不難看出，以上所舉皆是晏殊的自壽之詞。作者如此不厭其煩地給自
己祝壽，表明他有強烈的「憂老畏死」心理，茲且不論。這裏需要注
意的是，晏殊壽詞的祝壽時間，幾乎都是在秋天，這一點不論從詞中
直接交代的時間，還是景物描寫都可見出：「玉露金風月正圓。臺榭
早涼天。」、「芙蓉花發去年枝。雙燕欲歸飛。」、「杏梁歸燕雙回首。
黃蜀葵花開應候」等等。由此可推斷晏殊的生辰當在秋季的某個日
子。既然詞人出生在秋天，那麼對秋花自然就會產生由衷的偏愛，這
應該符合人們正常的情感邏輯吧。

二、百花惹盡無限愁

陸機《文賦》云：「遵四時以歎逝，瞻萬物而思紛；悲落葉于勁
秋，喜柔條於芳春。」[6] 一般說來，人們面對不同的景物，會產生或
喜或悲的不同情感，而晏殊即使是面對色彩瑰麗、芳香氤氳、風姿綽
約的爛漫之花時，歡娛之情也是轉瞬即逝，隨後便會生出無限愁來，
這在其詞中有著明顯的體現。如《胡搗練》云：

小桃花與早梅花，盡是芳豔品格。未上東風先拆，吩
咐春消息。　　佳人釵上玉尊前，朵朵濃香堪惜。誰把
彩毫描得。免恁輕拋擲。

此詞賦寫桃花與梅花。詞人賦予它們以「報春使者」的身份，讚美
其「芳妍品格」，然這些美豔的報春花，並沒有引起詞人興奮高揚
的樂觀情緒，依然發出「朵朵濃香堪惜」的感慨無奈之語。因為詞
人深感韶華易逝，青春難駐，一切美好的東西都將歸於沉寂，怎不

令人感慨繫之？詞人以樂景寫哀情，使人倍覺新哀！又如其《探桑子》：

> 陽和二月芳菲遍，暖景溶溶。戲蝶遊蜂。深入千花粉豔中。　　何人解繫天邊日？占取春風。免使繁紅。一片西飛一片東。

這是一首惜春詞。上片用鮮豔的色彩和明快的筆調，描繪一幅陽和二月、春光融融、千花競放、蜂遊蝶戲的圖畫。面對明媚的春景，詞人也為之感奮、為之陶醉，然這種感覺只是暫時的，詞人很快就意識到好景難長，繁紅落去後那「綠肥紅瘦」的局面將不可避免的出現。因此產生不甘心美好時光很快逝去的內心焦慮和痛苦，這種焦慮和痛苦致使作者產生出不合常理的癡心妄想：何人解繫天邊日？占取春風。免使繁紅。一片西飛一片東。晏殊這類面對繁花亦生愁的詞作並不占少數，再如：

> 芙蓉金菊鬥馨香。天氣欲重陽。遠村秋色如畫，紅樹間疏黃。　　流水淡，碧天長。路茫茫。憑高目斷。鴻雁來時，無限思量。（《訴衷情》）

> 春風不負東君信，遍拆群芳。燕子雙雙。依舊銜泥入杏梁。　　須知一盞花前酒。占得韶光。莫話匆忙。夢裏浮生足斷腸。（《探桑子》）

> 春色初來，遍拆紅芳千萬樹，流鶯粉蝶鬥翻飛。戀香枝。　　勸君莫惜縷金衣。把酒看花須強飲，明朝後日漸離披。惜芳時。（《酒泉子》）

> 荷葉初開猶半卷。荷花欲拆猶微綻。此葉此花真可羨。秋水畔。青涼繖映紅妝面。　　美酒一杯留客宴。拈花摘葉情無限。爭奈世人多聚散。頻祝願。如花似葉長相見。（《漁家傲》）

> 芙蓉一朵霜秋色。迎曉露、依依先拆。似佳人、獨立傾城，傍朱檻、暗傳消息。　　靜對西風脈脈。金蕊綻、粉紅如滴。向蘭堂、莫厭重深，免清夜、微寒漸逼。

不難看出，晏殊詞中所表現的愁，既不是傷春女子的幽愁，也不是羈旅遊子的鄉愁，又不是「大道如青天，我獨不得出」式的報國無門的悲愁，更不是感時傷亂的深愁，而是感歎歲月不居、時光易逝、盛筵不再、美景難留的生命哀愁。詞人的這種生命哀愁，在面對狼藉殘紅的落花時，更易隱然流淌：「湖上西風斜日，荷花落盡紅英……可奈光陰似水聲，迢迢去未停」（《破陣子》），「乍雨乍晴花自落，閒愁閒悶日偏長」（《浣溪沙》），「晚花紅片落庭莎……酒醒人散得愁多」（《浣溪沙》），「一向年光有限身……滿目山河空念遠，落花風雨更傷春」（《浣溪沙》），「菊花殘，梨葉墮。可惜良辰虛過」（《更漏子》），「門外落花隨水逝。相看莫惜尊前醉」（《鵲踏枝》），「無端一夜狂風雨，暗落繁枝。蝶怨鶯悲。滿眼春愁說向誰」（《採桑子》），「颯颯風聲來一餉。愁四望。殘紅片片隨波浪」（《漁家傲》），「正好豔陽時節，爭奈落花何。醉來擬恣狂歌。斷腸中、贏得愁多」（《相思兒令》）。有時敏感的詞人還善於抓住不同花類的此開彼落來說明時序的更替，藉以表達歲月易逝、美景難留的內心愁苦。如「櫻桃謝了梨花發，紅白相催」（《採桑子》），「紫菊初生朱槿墜。月好風清漸有中秋意」（《蝶戀花》）等等。總之，一年四季，不管花開花落，總會惹起詞人那揮之不去的無限哀愁。說到底，晏殊的愁乃是其「憂老畏死」心理的自然流露。晏殊具有強烈的「憂老畏死」心理，其大量的自壽之詞即可說明。其實，「憂老畏死」是人類共同的情感流露和心理體驗，隨著文人個體生命意識的覺醒和加強，這種心理和體驗會經常流露於他們的作品當中。如曹操的「對酒當歌，人生幾何？譬如朝露，去日苦多」（《短歌行》），《古詩十九首》中的「浩浩陰陽移，生命如朝露。人生忽如寄，壽無金石固」、「生年不滿百，常懷千歲憂。晝短苦夜長，何不秉燭遊？」等等。一般來說，在時世維艱、仕途不測之際，文人的「憂老畏死」心理更容易突顯出來，而晏殊作為承平時期的「太平宰相」，其詞中所表現出的這種「憂老畏死」心理為何如此幽深呢？

首先看一下晏殊的家庭變故情況：據夏承燾《唐宋詞人年譜・二晏年譜》所列晏殊家族世系表可知，其弟晏穎及其長子晏居厚皆早卒。《臨川縣志》亦云：「元獻曾祖自高安居臨川。郜子固，固生三子，元獻與弟穎舉神童，入秘閣，而穎夭。」[7] 另外，眞宗大中祥符五年至七年，三年之間，晏殊的岳父王超、父親、母親曾先後去世，[8] 當時晏殊才二十幾歲。再聯繫詞人的婚姻史：他先娶工部侍郎李虛己之女，次娶屯田員外郎孟虛舟之女，皆早卒[9]。家庭婚姻之中的一系列變故，無疑給晏殊心理上蒙上了一層陰影，從而對死亡產生一種比一般人更爲強烈的恐懼感。最後結合其仕宦生涯：晏殊少年得志而平步青雲，位列公卿，其一生爲官只有三次出知京師之外，其餘大部分時間都身居要職，可謂富貴顯達。然從另一方面說，正因爲他小小年紀即步入官場，且總是置身於最高權力的中心，在那種環境中，他睹盡了宮廷及官場中殘酷的勾心鬥角、爾虞我詐，「狸貓換太子」的傳奇就發生在眞宗朝，他後來也因牽連此事而被貶出（晏殊曾因爲在仁宗朝給李宸妃撰寫墓誌，未言及宸妃生仁宗之事，而被貶出，輾轉在潁州、陳州、徐州各地任職）；他目睹了太多人的榮辱陞降，十分清楚起伏有數，大限難改，因而身感生命的無常，自然也會加劇他對死亡的焦慮和恐懼之感。

總之，晏殊詞中的百花描寫皆不是閒來之筆，也不純然是對自然界的客觀描摹，而是詞人展示其個性和內心情感的重要載體。通過它們，我們可深刻窺探晏殊那顆豐富而善感的「詞心」。

參考文獻

〔1〕（元）脫脫等撰，宋史：卷三一一《晏殊傳》〔M〕，北京：中華書局，1985 年版。

〔2〕（宋）朱熹，五朝名臣言行錄：卷六〔M〕，見《四部叢刊》本。

〔3〕（宋）王稱，東都事略：卷五十六〔M〕，見《四庫全書》本。

〔4〕（清）永瑢等撰，四庫全書總目：下冊，卷一九八〔M〕，北京：中華書局，1965 年版，1807 頁。

〔5〕宛敏灝，二晏及其詞〔M〕，北京：商務印書館，168 頁。

〔6〕郭紹虞，中國歷代文論選（四卷本）：第一冊〔C〕，上海：上海古籍出版社，2001，170 頁。

〔7〕夏承燾，唐宋詞人年譜〔M〕，上海：上海古籍出版社，1979，200 頁，197 頁。

〔8〕夏承燾，唐宋詞人年譜〔M〕，上海：上海古籍出版社，1979，200 頁，197 頁。

〔9〕王建根，論晏殊詞的創作心態〔J〕，撫州師專學報，1994，（2），19 頁。

淺談宋代詞人「懼怕登樓」的心理傾向

內容摘要：

　　中國文人自古喜愛登高作賦，然宋代詞人卻普遍具有「懼怕登樓」的心理傾向：詞人在詞中或者用「怕」、「莫」、「休」、「怯」等字眼進行直接表達，或者以「危樓」意象委婉流露。究其原因主要是由於「登樓易生愁」的客觀情狀以及宋人自身憂鬱的個性特徵所致。

關鍵詞：宋代詞人；懼怕登樓；危樓；意象

一、

中國自古就有登高之習，尤其是文人更有喜愛登高的天性，因爲「興會則深室不如登山臨水」，[1] 191~192 大自然中的奇景異觀更易激發他們的創作欲望和創作靈感。然古人登高又有登山、登臺、登樓之分。最初登高之舉多爲登山，隨著古代建築的發展，以「高」爲特徵的「樓」便成爲中國文人更喜歡的登臨場所。特別是到了宋代，樓的建築更是蔚然大觀。宋代孟元老《東京夢華錄》序就曾描述北宋都城卞京歌樓酒館的建築之勝云：「舉目則青樓畫閣，棱戶珠簾，雕車競爭駐於天街，寶馬爭馳於御路，金翠耀目，羅綺飄香。」[2] 1 其卷二又記載了各色樓宇 20 餘座。南宋都城臨安也是一個「西湖萬頃，樓觀矗千門」（辛棄疾《六州歌頭》）的繁盛之地，南宋周密《武林舊事》中就曾記載了都城臨安宮中樓、酒樓等名字 30 餘個。[3] 341~342 頁.可見，「高樓林立，自然爲宋代各類人物提供了典型的活動環境。對於男性來說，樓是他們經常流連徘徊的場所。因時代悲劇使然，宋人既沒有馳騁疆場建功立業的機會，也沒有『功名只向馬上取，真是英雄一丈夫』（岑參《送李副使赴磧西官軍》）的豪邁氣慨，他們往往流連於歌樓酒肆，徘徊於落日樓頭，低吟淺唱，無語凝望。而對於女性來說，樓則不僅是她們幾乎全部的生命空間，更是她們通向外界的唯一橋梁。閨樓幽深而足不能出戶，佇立樓頭，思人懷遠，往往憂怨成詞。」[4] 156 正是在這種社會環境下，宋詞中才出現了眾多的登樓之作，形形色色的樓意象也會頻頻出現。然而不少詞人卻在詞作中流露了「懼怕登樓」的內心感受，試讀以下詞句：

> 多病嫌秋怕上樓。苦無情緒懶擡頭。雁來不寄小銀鈎。
>
> （周紫芝《浣溪沙》）

> 寶釵分，桃葉渡。煙柳暗南浦。怕上層樓，十日九風
>
> 雨。（辛棄疾《祝英臺令》）

小樓柳色未春深。湘月牽情入苦吟。翠袖風前冷不禁。怕登臨。幾曲闌干萬里心。(張輯《闌干萬里心》)

都道晚涼天氣好，有明月、怕登樓。(吳文英《唐多令》)

因甚不忺梳洗、怕登樓。(陳允《南歌子》)

怕上高樓，歸思遠、斜陽暮鴉。(吳　《長相思慢》)

只爲相思怕上樓。離鸞一操恨悠悠。(趙必王象《浣溪沙》)

空懷感，有斜陽處，卻怕登樓。(張炎《甘州》)

獨憐水樓賦筆，有斜陽、還怕登臨。(張炎《聲聲慢》)

水悠悠。長江望數據無歸舟。無歸舟。欲攜斗酒，怕上高樓。(汪元量《憶秦娥》)

風花將盡持杯送。往事只成清夜夢。莫更登樓。坐想行思已是愁。(張先《偷聲木蘭花》)

莫上危樓。樓迥空低雁更愁。(王千秋《減字木蘭花》)

勸君莫上玉樓梯，風力勁。山色暝。忍看去時樓下徑。(周紫芝《天仙子》)

明日相思莫上樓，樓上多風雨。(游次公《卜算子》)

莫上小樓高處望，樓前詰曲來時路。(黃機《滿江紅》)

樓高莫上，魂消正在，搖落江籬。(吳文英《採桑子慢》)

明月樓高休獨倚。酒入愁腸，化作相思淚。(范仲淹《蘇幕遮》)

樓底輕陰。春信斷，怯登臨。(章築《聲聲令》)

在這裏之所以不厭其煩地列出諸多詞作中的詞句，正是爲了說明宋代詞人一種普遍的心理傾向——「懼怕登樓」。不難看出，以上詞句中或者直截了當地用「怕」字和「怯」字來表達詞人登樓的感覺；或者用「莫」、「休」等告誡式的語氣描寫人物心理，總之，「懼怕登樓」的內心情感已是昭然若揭。而且不論是婉約派的詞人還是豪放派的詞人，也不管是詞中的女主人公還男主人公，這種心理感受都時有流露。可見，「懼怕登樓」幾乎成了宋代詞人普遍具有的心理特徵。

　　另外，宋詞中「危樓」意象的大量運用也可進一步闡釋宋代詞人的這一心理特徵。翻開《全宋詞》，詞作中的「樓」意象可謂琳琅滿目，蔚為大觀，諸如青樓、妝樓、秦樓、翠樓、玉樓、碧樓、迷樓、繡樓、畫樓、風樓、瓊樓、層樓、重樓、高樓、城樓、江樓等等，形形色色，美不勝收，無疑給宋詞增加了一道亮麗的風景線。其中「危樓」意象也是頻頻出現：「危樓欲上危腸怯」（《賀鑄《木蘭花》》，「莫卜危樓。樓迥空低雁更愁」（王千秋《減字木蘭花》），休去倚危樓，斜陽正在，煙柳斷腸處（辛棄疾《摸魚兒》），「怕傷心，休上危樓高處」（何夢桂《喜遷鶯》）「不知供得幾多愁。更斜日、憑危樓」（石延年《燕歸梁》），「黃昏也，獨自倚危樓」（趙鼎《小重山》》），「怯上翠微，危樓更堪憑晚」（吳文英《惜秋華》）。粗略檢索《全宋詞》，「危樓」意象出現竟達 80 餘處，而和其意象接近的「危欄（闌）」意象也在詞中出現 70 餘次，這是一個值得玩味的現象。

　　「『意象』是融入了主觀情意的客觀物象，或者說是借助客觀物象表現出來的主觀情意。在中國古典詩詞中，『意象』是表情達意最常用的方式，優秀的作品，往往會借助於意象。意象的反覆使用，形成了固定的模式，有了特定的內涵。」[5] 66 那麼，從意象內涵角度看，宋詞中「危樓」的含義既非等同於現代意義上的「危房」，意謂「樓破欲坍塌」；也並非指一般意義上的「高樓」，如李白詩中所描寫的「危樓高百尺，手可摘星辰。不敢高聲語，恐驚天上人」（《夜宿山寺》），詩中以極盡誇張的手法描寫了樓之高，然而非但沒有「高處不勝寒」的感慨，反給人曠闊感，以星夜的美麗引起人們對高聳入雲的「危樓」的嚮往。許慎《說文解字》卷九下云：「危，在高而懼也。」細細玩味詞中之意，宋詞中的「危樓」意象其實寫的是人的心理感受，是對樓的畏懼心理在詞中的反應，也正是上述宋代詞人「懼怕登樓」心理傾向的一種委婉含蓄的流露。

二、

那麼，宋代詞人為何會有這種「懼怕登樓」的心理傾向呢？這與中國文人向來喜愛登高的習性不是互相矛盾嗎？其原因大致如下：

首先是「登樓易生愁」。由於樓自身所具有的高大特徵，又往往處於高遠之地，容易讓人產生「高處不勝寒」（蘇軾《水調歌頭》）的孤獨之感和悲涼意緒。正如王勃《滕王閣序》所云：「天高地迥，覺宇宙之無窮；興盡悲來，識盈虛之有數。」「天高地迥」、「宇宙無窮」會讓人樂極生悲，頓生人生短暫之悲、人生迷茫之感。再者，它往往又是人們日常生活中的宴飲餞別之所，因而容易讓人產生離別的傷感和相思的苦痛。更重要的是，樓本身承載著歷史滄桑的文化內涵。由於「樓閣是我國古代建築中最為雄偉高大的一種建築類型，同時，它也是一種極有藝術感染力的建築類型。它們體量高大，華美壯觀，有『瓊樓玉宇』之美譽；它們飛簷淩空，遏雲蔽月，表現了人們嚮往高空的通天欲望，是人們能夠產生『可上九天攬月』之遐想。」[6] 12 故而樓閣在某中程度上變成了古代帝王們炫耀奢華和顯示權威的工具。傳說黃帝就曾建造十二樓，[7] 108~109 秦始皇建造了輝煌的阿房宮，秦二世為了追求上達天際，也曾「起雲閣，欲與南山齊。」[8] 6 漢武帝亦效黃帝建「井幹樓，高五十丈。」[9] 123 在這種文化思想影響下，歷代宮苑之內無不是「重樓連閣」；歷朝豪門仕宦之家亦皆是「高樓池苑，堂閣相望」。而且，隨著社會和樓閣建築的發展，樓閣遍佈了市井和百姓之家，各種城樓、市樓、望樓、歌樓、酒樓等等拔地而起，一些寺院、道觀以及風景勝地，都建有體量頗大、造型奇麗的樓閣建築。然而，隨著歲月的流逝、歷史的變遷，多數樓閣已遭毀滅，得以遺留下來的無疑就變成了歷史古迹，承載了悠久的歷史滄桑而成為歷史的見證：它們不僅見證了昔日的輝煌，也見證了時代的更替和衰亡。那麼，人們在登樓之際會產生深沉的思索，往往會瀏古覽今、追昔傷往，無名的愁緒就會油然而生。所以當崔顥登上黃鶴樓時，就流露了人去樓空、古人不得見的空漠感；王勃登上滕王閣發出了「閣中

弟子今安在，檻外長江空自流」（王勃《滕王閣》）的歷史悲歎；李白登上宣州謝朓樓喊出「抽刀斷水水更流，舉杯澆愁愁耕愁」（李白《宣州謝朓樓餞別校書叔雲》）的心聲；辛棄疾登「上危樓」，也「贏得閒愁千斛」。

其次，「登樓易生愁」只不過是宋代詞人懼怕登樓的客觀原因，更重要的是宋人本身是憂鬱的。因爲「登樓易生愁」，即使無愁者登臨也會生愁，正如王昌齡在《閨怨》詩中所云：「閨中少婦不知愁，春日凝妝上翠樓。忽見陌頭楊柳色，悔教夫婿覓封侯。」詩中的「少婦」本「不知愁」，但是一上翠樓賞春，便觸景生愁，悔之莫及。那麼，心中本已有憂愁者登臨時自然會愁上加愁了。如王粲滯留荆州時，因久客他鄉，才能又不得施展，心中充滿了懷鄉思歸之情和懷才不遇之憂，這時他登上當陽城樓，本是想「聊暇日以銷憂」，其結果卻是「心悽愴以感發兮，意忉怛而慘惻」（《登樓賦》）。而宋代詞人正是一個憂鬱的群體，他們比以往任何時代的文人有著更爲強烈的憂患意識，宋代社會矛盾日益激化，國家積弱，志士仁人有志難酬，生命短促的感傷和社會價值難以實現的悲哀交織在一起，形成他們多愁善感且陰柔化的個性，所以他們往往「過早地感受到了將使萬物衰敗的『秋氣』」，而「出現憂患人生的遲暮之感」。[10] 21 那麼，他們登樓就更易產生「去國懷鄉，憂讒畏譏，滿目蕭然，感極而悲」的憂愁情狀，也只會像王粲那樣那樣消愁不得反更生憂。更何況登樓的背景又多是斜陽正在、落日摟頭之時，詞人獨倚危樓，憑高目斷。宋人厭倦了外在事功，而「轉向內心，在個人的情感生活中品位人生存在的價值和意義」，[11] 325 對自身深層的孤獨心理亦有了深刻的認識，所以他們往往選擇在日幕黃昏之時獨自登樓以內省。「一眉山色爲誰愁。黃昏也，獨自倚危樓」（趙鼎《小重山》），「不知供得幾多愁。更斜日、憑危樓」（石延年《燕歸梁》）。我們知道，由夕陽暮藹爲中心所構成的黃昏景象，灰濛一片，缺乏明麗的色彩，再加上又值倦鳥歸巢，漁人舟回這萬物歸憩的時刻，本身就極易引發文人們悲怨孤苦的內心情

感，那麼，多愁善感的詞人此時獨自登樓，面對此時此景，情何以堪？怎會不萌生「懼怕登樓」的心理呢？

當然，儘管宋代詞人普遍具有「怕登樓」的心理特徵，但並不意味著他們不喜愛登樓，「愛登樓」是文人們喜愛的外在行為方式，而「怕登樓」則是這一行為方式產生的內心情感體驗，正是因為宋代詞人喜愛登樓，才會出現怕登樓的情感體驗，所以二者並不矛盾。

總之，「一登樓就生愁」的客觀情狀以及宋人憂鬱的個性造成了宋代詞人「懼怕登樓」的心理傾向。詞中或者用「怕」、「莫」、「休」、「怯」等字眼進行直接表達，或者以「危樓」意象委婉流露，宋代詞人懼怕登樓的心理得以淋漓盡致地表現，從而使我們從一個側面進一步窺探到宋代詞人那多愁善感的「詞心」，同時也增強了宋詞的感傷意味。

參考文獻：

〔1〕（清）歸莊著，歸莊集：上冊〔M〕，上海：上海古籍出版社，1984。

〔2〕（宋）孟元老著，伊水文箋注，東京夢華錄箋注：上冊〔M〕，北京：中華書局，2006。

〔3〕（宋）周密撰，裴效維選注，武林舊事〔M〕，北京：學苑出版社，2001。

〔4〕鄔華芬，宋詞中「樓」意象及其美學內涵探析〔J〕，成都：西南民族大學學報（人文社科版），2005（9）。

〔5〕蓋麗娜，宋詞「憑欄」意象析〔J〕，大連：大連大學學報，2003（5）。

〔6〕覃力著，說樓〔M〕，濟南：山東畫報出版社，2004 年。

〔7〕（漢）司馬遷撰，史記：卷十二〔M〕，北京：中華書局，2006。

〔8〕（漢）無名氏撰.三輔黃圖：卷一〔M〕，（清）永瑢等著．四庫全書・史部：卷二二六，468 冊〔C〕，上海：上海古籍出版社，1987・

〔9〕（漢）班固，漢書：卷二十五下〔M〕，上海書店編：二十五史：第一冊〔C〕，上海：上海古籍出版社，1986。

〔10〕楊海明著，唐宋詞論稿〔C〕，杭州：浙江古籍出版社，1988。

〔11〕張毅著，宋代文學思想史〔M〕，北京：中華書局，1995。

後　記

　　讀博三載，幾許辛苦，幾許收穫。回首三年求學路，得到的指導和幫助無數，畢業之際，感慨萬千，感激之情頓然而生！

　　首先，我要感謝恩師楊海明先生。先生學識宏富，治學嚴謹，為人謙和，甘於淡泊，師從先生幾年來使我受益匪淺。今日畢業論文能夠順利完成，無一不是先生細緻耐心指導的結果，在此謹以微薄之詞向先生及師母致以衷心的感謝。

　　其次，感謝自入學蘇大以來給予過我無私關心和幫助的老師、學長、同窗、後進及朋友。另外，校圖書館以及院資料室的各位老師在平時的學習和論文資料收集方面也給予諸多幫助，在此一併致謝！

　　殷殷期盼父母心，處處關心姊弟情。最後，我要感謝在家辛勞的父母，以及陪伴我分享成長路上點點滴滴的弟弟和妹妹，他們一直在背後關心我、支持我、鼓勵我，希望我學有所成。他們無私的關愛是我求學路上不竭的動力源泉！

王慧敏

二〇〇八年四月於蘇大獨墅湖校園